ANG

Angela Marsons a rencontré un succès éditorial considérable avec la publication de son premier roman, *Le Pensionnat des innocentes*, vendu à plus de un million d'exemplaires et traduit dans plus de vingt pays. Elle vit dans le Black Country, en Angleterre, avec sa compagne et leur petite ménagerie.

Retrouvez toute l'actualité de l'auteur sur : www.angelamarsons-books.com

LE PENSIONNAT DES INNOCENTES

ANGELA MARSONS

LE PENSIONNAT DES INNOCENTES

Traduit de l'anglais
par Valérie Bourgeois

belfond

Titre original :
SILENT SCREAM
publié par Zaffre Publishing, Londres

Ce livre est une œuvre de fiction. Les noms, les personnages, les établissements d'affaires, les organisations, les lieux et les événements sont le fruit de l'imagination de l'auteur ou utilisés fictivement. Toute ressemblance avec des personnes réelles, vivantes ou mortes, des événements ou des lieux serait pure coïncidence.

MIXTE
Papier issu de sources responsables
FSC® C003309
FSC www.fsc.org

Pocket, une marque d'Univers Poche, est un éditeur qui s'engage pour la préservation de l'environnement et qui utilise du papier fabriqué à partir de bois provenant de forêts gérées de manière responsable.

ISBN : 978-2-266-29739-4
Dépôt légal : novembre 2020

Ce livre est dédié à ma partenaire,
Julie Forrest, qui n'a jamais cessé d'y croire
et m'a permis de réaliser mon rêve.

Prologue

Rowley Regis, Pays noir
2004

Ils étaient cinq, postés en étoile autour d'un petit monticule de terre. Eux seuls savaient qu'il s'agissait d'une tombe.

Creuser le sol gelé sous les couches de glace et de neige avait été aussi dur qu'essayer d'entailler de la roche, alors ils s'étaient relayés. Chacun à son tour.

Un trou de la taille d'un adulte leur aurait pris plus de temps.

La pelle était passée de main en main. Certains s'étaient montrés hésitants, incertains. D'autres, plus assurés. Personne en revanche n'avait résisté et personne non plus n'avait soufflé mot.

Une vie innocente avait été emportée. Ça, aucun ne l'ignorait. Mais ils avaient conclu un pacte. Leurs secrets seraient enterrés.

Les cinq silhouettes inclinèrent la tête et se représentèrent le corps sous le sol qui luisait déjà d'une nouvelle couche de givre.

Tandis que les premiers flocons saupoudraient la tombe, un frisson traversa le groupe.

Puis tous se dispersèrent, leurs pas dessinant la queue d'une comète dans la neige fraîche et craquante.

C'était fini.

1

Le Pays noir
De nos jours

Sans pouvoir s'expliquer pourquoi, Teresa Wyatt avait l'impression que cette nuit serait sa dernière.

Elle éteignit son téléviseur et tout devint silencieux. Seulement ce n'était pas le silence qui s'installait d'habitude lorsque, à l'approche de l'heure du coucher, sa maison et elle s'abandonnaient à une douce langueur.

Elle n'aurait su dire ce qu'elle s'attendait à découvrir aux infos du soir. L'annonce avait déjà été faite un peu plus tôt au journal télévisé local. Peut-être espérait-elle un miracle, un répit de dernière minute.

Depuis le dépôt de la demande initiale, deux ans plus tôt, elle se faisait l'effet d'une prisonnière dans le couloir de la mort. Des gardes venaient régulièrement la conduire vers la chaise, puis le sort la ramenait dans sa cellule, en sécurité. Mais cette fois, ce serait la fin. Teresa pressentait qu'il n'y aurait pas de nouveau recours, pas de délai supplémentaire.

Elle se demanda si les autres avaient vu les infos. Partageaient-ils son sentiment ? Oseraient-ils s'avouer que l'envie de se protéger surpassait les remords ?

Aurait-elle été une meilleure personne, une pointe de mauvaise conscience se serait peut-être mêlée à sa peur. Mais ce n'était pas le cas.

S'écarter du plan prévu aurait ruiné sa réputation. Ça aurait été une tache sur son nom, la fin du respect dont elle jouissait à ce jour.

Elle ne doutait pas que la plainte pouvait être prise au sérieux. La source était sournoise, mais crédible. Heureusement, elle avait été définitivement réduite au silence – et c'était là quelque chose qu'elle n'était pas près de regretter.

Pourtant, au cours des années écoulées depuis Crestwood, il était parfois arrivé que son ventre se torde à la vue d'une démarche similaire, d'une couleur de cheveux ou d'une inclinaison de la tête particulière.

Elle se leva et tenta de dissiper sa mélancolie en rangeant son assiette et son verre de vin dans le lave-vaisselle.

Il n'y avait pas de chien à laisser sortir ni de chat à laisser entrer. Juste une dernière inspection des serrures de la maison, par mesure de sécurité.

Une fois de plus, elle eut le sentiment que c'était inutile, que rien ne pouvait retenir le passé. Elle chassa vite cette pensée de son esprit. Elle n'avait pas à avoir peur. Ils avaient tous conclu un pacte, et cela faisait dix ans qu'ils s'y conformaient. Ils n'étaient que cinq à connaître la vérité.

Elle était trop tendue pour s'endormir rapidement, mais elle avait convoqué une réunion du personnel à

7 heures le lendemain matin et elle ne pouvait pas se permettre d'arriver en retard.

Elle alla ouvrir le robinet de la baignoire et versa une bonne dose de bain moussant à la lavande. Le parfum se répandit aussitôt autour d'elle. Après le verre de vin qu'elle avait bu en début de soirée, une longue immersion dans l'eau chaude devrait l'aider à trouver le sommeil.

Sa robe de chambre et son pyjama en satin étaient soigneusement pliés sur le panier de linge sale lorsqu'elle entra dans la baignoire.

Elle ferma les yeux et laissa l'eau l'envelopper. Un sourire monta à ses lèvres à mesure que son anxiété s'estompait. Elle avait les nerfs à vif, voilà tout.

Sa vie lui semblait se diviser en deux parties. Il y avait eu les trente-sept années A. C., ainsi qu'elle appelait sa vie *ante* Crestwood. Une période bénie. Célibataire et ambitieuse, elle décidait seule de tout ce qui la concernait, sans avoir de comptes à rendre à personne.

Après, tout était devenu différent. La peur l'avait suivie partout comme une ombre, dictant ses actes et influençant ses choix.

Elle se rappelait avoir lu quelque part que la conscience n'était rien d'autre que l'angoisse de se faire prendre, et elle était assez honnête pour admettre que, dans son cas, cela se vérifiait.

Mais leur secret était bien gardé. Il ne pouvait pas en être autrement.

Du verre vola soudain en éclats quelque part. Et pas au loin, non. Cela venait de la porte de sa cuisine.

Elle resta parfaitement immobile, aux aguets. Le fracas n'avait dû alerter aucun de ses voisins. La maison la plus proche se trouvait à presque deux cents mètres, de l'autre côté d'une haie de cyprès elle-même haute de six mètres.

Le silence se fit plus pesant, plus lourd de menaces.

Ce n'était peut-être qu'un acte de pur vandalisme. Quelques étudiants de Saint-Joseph qui auraient découvert son adresse. Bon sang, pourvu que ce soit ça.

Le sang pulsait dans ses veines et battait à ses tempes. Elle déglutit pour tenter de faire cesser le bourdonnement dans ses oreilles.

Son corps réagissait peu à peu à l'impression de ne plus être seule. Elle se redressa et le clapotis de l'eau contre les parois de la baignoire résonna dans la pièce. Sa main glissa sur le rebord avant de retomber sur le côté.

Un bruit au bas de l'escalier anéantit son mince espoir d'avoir affaire à de simples vandales.

Il était trop tard, elle le savait. Elle aurait dû réagir, mais tout son être s'était pétrifié devant l'inévitable. Elle n'avait nulle part où se cacher.

Les marches grincèrent. Elle ferma les yeux et s'obligea à rester calme. Au bout du compte, affronter enfin les peurs qui la hantaient lui procurait un certain sentiment de liberté.

Elle rouvrit les yeux. Un courant d'air frais s'était engouffré dans la salle de bains.

La silhouette lui apparut comme une ombre noire et indistincte. Son pantalon de treillis était surmonté d'une épaisse polaire noire, elle-même recouverte d'un long pardessus, et une cagoule en laine masquait son visage. *Mais pourquoi moi ?* songea Teresa dans un sursaut de révolte. Elle n'était pas le maillon le plus faible du groupe.

Elle secoua la tête.

— Je n'ai pas parlé, dit-elle.

Ses paroles furent à peine audibles. Tous ses sens déclinaient à mesure que son organisme se préparait à mourir.

L'ombre noire fit deux pas vers elle. Teresa l'examina, en quête d'un indice, mais n'en trouva aucun. Il ne pouvait s'agir que de l'un des quatre autres.

De l'urine s'écoula entre ses jambes dans l'eau parfumée. Son corps la trahissait.

— Je promets… je n'ai pas…

Laissant sa phrase inachevée, elle essaya de s'asseoir, mais le bain moussant avait rendu la baignoire trop glissante.

Sa respiration n'était plus qu'un râle essoufflé, elle chercha comment supplier l'intrus de l'épargner. Non, elle ne voulait pas mourir. Ce n'était pas le bon moment. Elle n'était pas prête. Il y avait des choses qu'elle tenait à faire.

Elle imagina soudain l'eau emplir ses poumons et les gonfler comme des ballons.

— S'il vous plaît…, articula-t-elle avec un geste implorant. S'il vous plaît… non… je ne veux pas mourir…

L'individu se pencha et appuya une main gantée sur chacun de ses seins. Comprenant qu'il voulait la plaquer au fond de la baignoire, Teresa tenta encore de se redresser. Il fallait qu'elle s'explique. Mais la pression augmenta et ses efforts restèrent vains. La gravité et la force brutale de son assaillant l'empêchaient de se défendre.

Juste quand l'eau encadrait son visage, elle ouvrit la bouche. Un petit sanglot lui échappa.

— Je jure…

Incapable de poursuivre, elle regarda des bulles d'air sortir de son nez. Ses cheveux flottaient autour d'elle.

De l'autre côté de la surface, la silhouette n'était plus qu'une masse miroitante.

Le manque d'oxygène se fit très vite sentir et Teresa paniqua, battant des bras en tous sens. La main gantée glissa sur sa poitrine et elle put en profiter pour redresser la tête. Alors elle vit de plus près les yeux froids et perçants de son agresseur et le reconnut. Cela acheva de lui couper le souffle.

Après ce bref instant de confusion, l'agresseur reprit sa position initiale et l'enfonça fermement sous l'eau.

Alors même que sa conscience se brouillait, elle demeurait saisie d'incrédulité.

Ses complices n'imagineraient jamais qui ils devaient craindre.

2

Kim Stone contourna la Kawasaki Ninja pour régler le volume de son iPod. Les haut-parleurs vibraient au son des notes argentines du concerto de Vivaldi. Bientôt, ce serait sa partie préférée – le final de *L'Été*, intitulé « Tempête ».

Elle reposa sa clé à douille sur l'établi et s'essuya les mains sur un vieux chiffon en contemplant la Triumph Thunderbird qu'elle restaurait depuis sept mois déjà. Pourquoi sa moto ne parvenait-elle pas à capter toute son attention ?

Elle jeta un coup d'œil à sa montre. Presque 23 heures. Ses équipiers devaient être en train de quitter le Dog en titubant. Elle-même ne buvait pas, mais il lui arrivait de les accompagner quand elle estimait qu'elle avait bien mérité une pause.

Elle reprit sa clé à douille et s'agenouilla sur le tapis de protection en mousse à côté de la Triumph.

Rien ne justifiait qu'elle fasse la fête ce soir-là.

Le visage terrifié de Laura Yates vint se superposer aux entrailles de sa bécane. Elle positionna l'embout de sa clé sur un écrou, à l'extrémité arrière du vilebrequin, et tourna.

Reconnu coupable de trois viols, Terence Hunt allait rester longtemps derrière les barreaux.

— Mais pas assez longtemps, marmonna Kim.

Car il y avait eu une quatrième victime.

Elle actionna encore sa clé, mais l'écrou refusait de se bloquer. Elle avait déjà assemblé le palier, le pignon, la rondelle de serrage et le rotor. L'écrou était la dernière pièce du puzzle et cette saleté refusait de fixer la rondelle de frein.

Kim le regarda en silence. Il avait sacrément intérêt à lui obéir. Mais non, toujours rien. Elle reporta sa colère sur le manche de la clé à douille et tira de toutes ses forces. Le pas de vis cassa et l'écrou se mit à tourner librement.

— Merde ! cria-t-elle en jetant la clé à l'autre bout du garage.

Laura Yates avait tremblé à la barre des témoins en racontant le calvaire qu'elle avait subi lorsqu'elle avait été traînée derrière une église et violée brutalement à plusieurs reprises durant deux heures et demie. Tous avaient vu de leurs propres yeux combien elle avait peiné à s'asseoir – et ça, trois mois après son agression.

Assise dans le public, la jeune fille de dix-neuf ans avait écouté les verdicts de culpabilité se succéder jusqu'à ce que le juge passe à son dossier. Là, deux mots avaient été prononcés qui allaient changer sa vie à jamais.

Non coupable.

Et pourquoi ? Parce qu'elle avait avalé deux ou trois foutus verres d'alcool. Oubliés les onze points de suture, la côte cassée et l'œil au beurre noir. Elle avait forcément dû en avoir envie, vu qu'elle avait bu.

Kim sentit ses mains trembler de rage.

Pour son équipe, trois sur quatre, ce n'était pas si mal. Certes. Mais ce n'était pas suffisant. Pas pour elle.

Elle se baissa et inspecta les dégâts sur la moto. Il lui avait fallu presque six semaines pour dénicher ces vis.

Elle avait repositionné la douille et faisait pivoter la clé entre son pouce et son index lorsque son portable sonna. Abandonnant l'écrou, elle se redressa vivement. Un appel peu avant minuit ne laissait rien présager de bon.

— Inspecteur Stone.

— On a un cadavre, m'ame.

Évidemment. Qu'est-ce que cela aurait pu être d'autre ?

— Où ça ?

— Hagley Road, à Stourbridge.

Kim connaissait le coin. Il se trouvait à la limite de la zone d'intervention des forces de police voisines de West Mercia.

— Il faut qu'on prévienne le sergent Bryant, m'ame ?

La question l'agaça. Elle détestait ce mot, m'ame. À trente-quatre ans, elle n'était pas prête à se faire appeler ainsi.

Elle eut une vision de son collègue s'engouffrant dans un taxi devant le Dog.

— Non, je gère, dit-elle.

Elle raccrocha et éteignit son iPod. Il fallait qu'elle oublie l'accusation dans les yeux de Laura Yates.

Que cela ait été une impression ou pas, elle l'avait bien perçue et ne pouvait se l'ôter de l'esprit.

Comment accepter que la justice dans laquelle elle croyait ait manqué à son devoir envers une personne qu'elle était censée protéger ? Elle-même avait persuadé Laura Yates de lui faire confiance, ainsi qu'au système qu'elle représentait, et elle restait tenaillée par le sentiment que la jeune fille avait été trahie. Y compris par elle.

3

Quatre minutes après ce coup de fil, Kim était au volant de sa Golf GTI vieille de dix ans, qu'elle ne prenait que lorsque les routes étaient verglacées ou que les pétarades de la Ninja devenaient excessives.

Elle avait troqué son jean déchiré, maculé de taches d'huile, de graisse et de poussière, contre un pantalon de toile noir assorti d'un T-shirt blanc et de bottines plates en cuir verni. Ses cheveux bruns et courts ne nécessitaient pas beaucoup d'entretien. Un petit coiffage rapide avec les doigts et elle avait été prête.

Sa cliente ne s'en formaliserait pas.

Elle avança jusqu'au bout de la rue avec l'impression de conduire un véhicule totalement inconnu. Malgré la taille modeste de la Golf, elle devait se concentrer pour passer à distance raisonnable des véhicules garés le long du trottoir. Toute cette tôle s'avérait encombrante.

À un kilomètre et demi de sa destination, une odeur de brûlé s'infiltra dans l'habitacle par les volets d'aération et s'accentua peu à peu. À huit cents mètres, elle distingua une colonne de fumée inclinée au-dessus des

Clent Hills. Elle comprit bientôt qu'elle se dirigeait tout droit vers elle.

La police des Midlands de l'Ouest, la deuxième du pays juste après celle de Londres, veillait sur une population de près de deux millions six cent mille habitants. Situé au nord et à l'ouest de Birmingham, le Pays noir avait compté parmi les régions anglaises les plus industrialisées à l'époque victorienne. Il devait son nom aux affleurements charbonneux qui noircissaient son sol, et notamment à la veine de minerai qui le traversait – la plus grosse de toute la Grande-Bretagne avec ses neuf mètres d'épaisseur.

À présent, il affichait le troisième taux de chômage le plus important du pays. La délinquance augmentait, tout comme les incivilités.

La scène de crime se trouvait juste à côté de l'axe principal reliant Stourbridge à Hagley – un coin plutôt tranquille en temps normal. Au bord de la route se dressaient des maisons récentes, avec des façades symétriques, des colonnes romaines d'un blanc éclatant et des fenêtres ornées de croisillons en plomb noir. Plus loin, cependant, on en découvrait d'autres, plus espacées et beaucoup plus anciennes.

Kim s'arrêta au niveau du ruban jaune tendu par la police et se gara entre deux véhicules de sapeurs-pompiers. Sans un mot, elle montra son insigne à l'officier qui montait la garde à l'entrée de la zone. Il hocha la tête et souleva le ruban pour lui permettre d'avancer.

— Que s'est-il passé ? demanda-t-elle au premier pompier qu'elle croisa.

Il lui désigna les restes calcinés d'un conifère, à la limite de la propriété.

— Le feu a pris là. Le temps qu'on arrive, il s'était étendu à presque tous les arbres.

Sur les treize qui bordaient la propriété, seuls les deux plus proches de la maison avaient échappé aux flammes, nota Kim.

— C'est vous qui avez découvert le corps ?

L'homme fit signe que non et l'orienta vers un de ses collègues qui s'entretenait avec un agent de police, tous deux assis par terre.

— Presque tout le quartier est sorti regarder l'incendie, mais ici personne n'a bougé. Les voisins nous ont dit que la Range Rover noire était celle de la propriétaire et qu'elle vivait seule.

Kim s'approcha du pompier assis par terre. Il était pâle, et sa main droite tremblait légèrement. Tomber sur un cadavre n'était jamais agréable, quelle que soit la formation qu'on ait pu recevoir.

— Vous avez touché à quelque chose ?

— Non, dit-il après réflexion. La porte de la salle de bains était ouverte, mais je suis resté dans le couloir.

Elle alla prendre des protège-chaussures en plastique bleu dans une boîte en carton posée à gauche de l'entrée, puis monta les marches deux à deux jusqu'à l'étage. Dans la salle de bains, elle repéra tout de suite Keats, le médecin légiste – un petit homme dont le crâne parfaitement chauve contrastait avec sa moustache et sa barbe taillée en pointe. C'était lui qui s'était chargé de l'instruire lorsqu'elle avait assisté à sa première autopsie, huit ans plus tôt.

— Tiens, tiens, inspecteur. Où est passé Bryant ?

— Merde, on n'est pas tout le temps collés l'un à l'autre !

— Peut-être mais, ensemble, vous me faites penser à un plat chinois. Du porc à la sauce aigre-douce. Sans lui, vous êtes simplement aigre…

— Keats, à votre avis, ça m'amuse d'être ici à une heure pareille ?

— Pour être honnête, votre sens de l'humour ne saute pas aux yeux, quel que soit le moment de la journée.

Bon sang, comme elle aurait aimé le moucher ! Elle aurait pu lui faire remarquer les plis pas tout à fait droits de son pantalon noir. Ou le col légèrement effrangé de sa chemise. Ou la petite tache de sang au dos de son manteau.

Mais le cadavre nu devant eux réclamait toute son attention.

Elle fit lentement un pas vers la baignoire en veillant à ne pas glisser sur l'eau dans laquelle pataugeaient deux techniciens en combinaison blanche.

Le corps de la femme était partiellement immergé. Elle avait les yeux encore ouverts et ses cheveux blonds décolorés formaient un éventail autour de son visage. Elle flottait juste assez pour que la pointe de ses seins rompe la surface de l'eau.

Kim lui donna entre quarante-cinq et cinquante ans et la jugea bien conservée. Le haut de ses bras semblait musclé, malgré la chair plus flasque en dessous, les ongles de ses orteils étaient peints en rose pâle et on ne distinguait aucune repousse de poils sur ses jambes.

La quantité d'eau sur le sol indiquait qu'elle s'était débattue contre son agresseur.

Des pas résonnèrent soudain dans l'escalier.

— Inspecteur Stone, quelle agréable surprise !

Elle laissa échapper un grognement en reconnaissant cette voix et le sarcasme qui en dégoulinait.

— Inspecteur Wharton. Tout le plaisir est pour moi.

Ils avaient mené quelques enquêtes ensemble, et elle n'avait jamais masqué le mépris que lui inspirait cet homme obsédé par sa carrière et son envie de gravir les échelons le plus vite possible. Résoudre des enquêtes ne l'intéressait pas. Seul comptait pour lui son tableau de chasse.

Il avait vécu comme une humiliation suprême le fait qu'elle devienne inspecteur avant lui, au point de déménager et de demander sa mutation à West Mercia – une unité plus petite, avec moins de concurrence.

— Qu'est-ce que tu fabriques ici ? Renseigne-toi et tu verras que cette affaire relève de mes services.

— Renseigne-toi et tu verras que la maison se trouve juste à la frontière entre nos deux divisions et que j'ai été avertie la première.

Sans même en avoir conscience, elle s'était placée entre lui et la baignoire. Le corps nu de la victime n'avait pas besoin d'autres regards curieux.

— C'est mon enquête, Stone.

— Je ne bougerai pas d'ici. Mais on peut toujours faire équipe. Et dans la mesure où j'étais là avant toi, c'est moi qui commanderai.

Le visage émacié de l'inspecteur Wharton vira au rouge. Il aurait fallu lui arracher les yeux à la petite cuillère pour qu'il accepte de se soumettre à l'autorité de son ancienne collègue.

— Pour commencer, je t'inviterai à entrer sur la scène du crime avec les protections appropriées, continua-t-elle en l'examinant.

Il baissa les yeux sur les chaussons en plastique qu'elle avait enfilés, puis sur ses propres pieds. *Ne confonds pas vitesse et précipitation*, se retint-elle d'ajouter.

— Épargne-moi un bras de fer, Tom, dit-elle à la place.

Il la toisa avec mépris et sortit furieux de la salle de bains.

Elle reporta son attention sur le cadavre.

— Vous auriez gagné, déclara posément Keats.

— Hein ?

— Au bras de fer, dit-il, l'air amusé.

Elle opina en silence. Elle non plus n'avait aucun doute à ce sujet.

— On peut la tirer de là maintenant ?

— Encore quelques gros plans de sa cage thoracique et on aura fini, répondit l'un des techniciens en braquant sur la poitrine de la victime un appareil photo muni d'un objectif long comme un pot d'échappement.

Kim se pencha et nota deux marques au-dessus de chaque sein.

— Elle a été plaquée sous l'eau ? demanda-t-elle à Keats.

— Je pense, oui. L'examen préliminaire ne montre aucune autre blessure. Je vous en dirai plus après l'autopsie.

— Vous avez une idée du temps qu'elle a passé là ?

Elle ne voyait sur l'abdomen aucune trace d'incision qui aurait indiqué un relevé de la température du foie. Keats avait probablement utilisé un thermomètre rectal avant son arrivée.

La température corporelle baissait de 1,5 degré dans l'heure suivant le décès, puis, dans des conditions normales, elle perdait entre 1,5 et 1 degré par heure. Mais beaucoup de facteurs influençaient ces chiffres, et la nudité de la victime, ajoutée à son immersion dans une eau refroidie, n'était pas à négliger.

Keats haussa les épaules.

— Je ferai des calculs complémentaires un peu plus tard, mais pas plus de deux heures selon moi.

— Quand pourrez-vous…

— Je dois examiner une vieille dame de quatre-vingt-seize ans morte dans son fauteuil et un jeune homme de vingt-six ans retrouvé avec une aiguille plantée dans le bras.

— Rien d'urgent, si je comprends bien ?

— Vers midi, ça ira ? proposa-t-il en consultant sa montre.

— Disons plutôt 8 heures.

— 10 heures et pas avant. Je suis un être humain, j'ai besoin de me reposer de temps en temps.

— Parfait.

C'était pile le délai qu'elle avait eu en tête. Cela lui permettrait de briefer son équipe et de désigner quelqu'un pour assister à l'autopsie.

De nouveaux pas résonnèrent dans l'escalier, accompagnés d'une respiration laborieuse.

— Sergent Travis, dit-elle sans se retourner. Faites-moi un topo.

— Des agents inspectent la propriété. Le premier officier présent sur place a interrogé quelques voisins, mais ils ne s'étaient rendu compte de rien avant que les pompiers débarquent. L'alerte a été donnée par le conducteur d'une voiture qui passait là.

Kim approuva les mesures prises. L'officier avait fait du bon boulot en sécurisant la scène pour la police scientifique et en réunissant tous les témoins potentiels, mais les maisons étaient situées en retrait de la route et séparées les unes des autres par quelque mille mètres carrés de terrain. Pas franchement l'idéal pour qui aimait épier ses voisins.

— Continuez, dit-elle.

— Le meurtrier s'est introduit dans la maison en brisant un carreau de la porte de service ; d'après le capitaine des pompiers, l'entrée principale n'était pas fermée à clé.

— Hmmm… intéressant.

Elle remercia le sergent d'un signe de tête et redescendit au rez-de-chaussée.

Un technicien inspectait le couloir et un autre appliquait une poudre sur la porte du fond afin d'y relever des empreintes. Un sac à main de marque trônait sur la table-bar de la cuisine. Kim n'en utilisait jamais et ignorait complètement le sens du monogramme doré qui servait d'attache, mais elle devina qu'il avait coûté cher.

Un troisième technicien la rejoignit depuis la salle à manger adjacente.

— Rien n'a été volé, déclara-t-il en montrant le sac. On a retrouvé des cartes de crédit et de l'argent liquide à l'intérieur.

Elle en prit note et sortit de la maison. Sur le perron, elle ôta ses chaussons en plastique et les laissa dans une deuxième boîte. Toutes les protections utilisées seraient emportées plus tard et examinées en quête d'éventuels indices.

Elle franchit de nouveau le ruban jaune. Un pompier demeurait présent pour s'assurer que le feu était complètement éteint. Les flammes étaient rusées et une simple braise passée inaperçue risquait de faire flamber la bâtisse en quelques minutes.

Plantée près de sa voiture, Kim embrassa du regard l'ensemble de la propriété.

Teresa Wyatt vivait seule. Rien ne semblait avoir été volé chez elle, ou même déplacé.

L'assassin avait eu tout loisir de partir tranquillement, en sachant que le corps ne serait pas découvert avant le lendemain matin dans le meilleur des cas, et pourtant il avait déclenché un incendie afin d'attirer plus vite l'attention de la police.

Tout ce qu'elle avait à faire désormais, c'était trouver pourquoi.

4

À 7 h 30, Kim gara sa Ninja sur le parking du poste de police de Halesowen, juste à la sortie de la rocade qui contournait la ville, près d'une petite zone commerciale et d'une université. À un jet de pierre du tribunal, c'était un emplacement commode, mais on était quitte pour prétendre à des frais de déplacement.

L'immeuble de trois étages était aussi triste et peu accueillant que n'importe quel bâtiment de l'administration publique ; il aurait été juste de s'excuser auprès des contribuables pour cette laideur.

Elle se dirigea vers la salle des inspecteurs sans adresser ni recevoir aucun salut. Kim savait qu'on la disait froide, asociale et insensible, mais cette image dissuadait les gens d'échanger des banalités avec elle, et cela lui convenait parfaitement.

Étant comme toujours la première à son poste, elle se chargea d'allumer la machine à café. La salle accueillait quatre bureaux disposés en miroir et chacun équipé d'un ordinateur et de casiers de rangement dépareillés. Trois seulement étaient occupés en permanence depuis la révision des effectifs, quelques mois plus tôt, et Kim préférait en général s'installer sur le dernier plutôt que dans la pièce dont la porte arborait une plaque à son nom.

Ce petit espace, communément appelé le Bocal, était délimité par des parois de verre et de Placoplâtre, au fond à droite de la salle. Kim ne l'utilisait qu'occasionnellement, pour des « entretiens individuels d'évaluation des performances » – en clair, les bonnes vieilles engueulades.

— Bonjour, chef ! lança l'agent Wood en arrivant.

Bien que d'origine mi-anglaise, mi-nigériane, Stacey Wood n'avait jamais mis un pied hors du Royaume-Uni. Ses cheveux bruns étaient coupés presque à ras depuis qu'elle avait sacrifié sa dernière tresse, et sa peau lisse couleur caramel s'accordait bien avec ce nouveau style.

Très ordonnée, elle veillait toujours à ce que son espace de travail soit bien rangé et organisé. Tout ce qui ne rentrait pas dans ses casiers étiquetés était soigneusement empilé et aligné sur la bordure supérieure de son bureau.

Le sergent Bryant la suivait de près.

— Salut, chef !

Ce grand gaillard d'un mètre quatre-vingts affichait une mise irréprochable, comme si sa mère l'avait habillé pour aller au catéchisme, mais la veste de son costume atterrit d'emblée sur le dos de sa chaise. Avant la fin de la journée, il aurait desserré le nœud de sa cravate, ouvert son col et retroussé ses manches jusqu'aux coudes.

Kim remarqua le regard qu'il jetait à son bureau. Voyant qu'elle s'était déjà servi un café, il alla remplir une tasse portant la mention « Le meilleur chauffeur de taxi au monde », cadeau de sa fille de dix-neuf ans.

Ses méthodes de rangement n'étaient pas aisément compréhensibles, mais il s'était toujours montré capable de fournir en quelques secondes le document qu'on lui réclamait. Une photo encadrée de lui-même et sa femme lors de leur vingt-cinquième anniversaire de mariage trônait au-dessus de ses affaires, et il en gardait une autre de sa fille dans son portefeuille.

Le sergent Kevin Dawson, troisième membre de l'équipe, n'avait disposé aucune photo sur son bureau. S'il avait voulu avoir près de lui un portrait de la personne pour qui il éprouvait le plus d'affection, il aurait eu sa propre image sous les yeux à longueur de journée.

— Désolé, chef, je suis en retard, dit-il en s'asseyant en face de Wood.

Officiellement, ce n'était pas vrai. Ils n'étaient pas censés commencer avant 8 heures, mais Kim aimait les réunir tous pour un briefing matinal, surtout au début d'une nouvelle enquête. Les tableaux de service n'étaient pas son genre, et ceux qui ne juraient que par ce mode de fonctionnement ne restaient jamais très longtemps sous son commandement.

— Hé, Stacey, qu'est-ce que tu attends pour aller me chercher un café ? ajouta Dawson en consultant son téléphone.

— Mais bien sûr, Kev. Comment tu le veux : avec du lait, deux sucres et servi sur tes genoux ? répliqua-t-elle d'une voix douce teintée d'un fort accent local.

— Et toi, tu en veux un ? dit-il en se levant, alors même qu'il savait pertinemment qu'elle n'en buvait jamais. Tu dois être crevée après une nuit de castagne contre des sorciers.

La jeune femme était accro au jeu en ligne World of Warcraft et il ne ratait pas une occasion de tourner cette passion en ridicule.

— Si tu veux tout savoir, Kev, une grande prêtresse m'a donné le pouvoir de transformer un homme adulte en connard fini, mais on dirait que quelqu'un s'est déjà occupé de toi.

Dawson fit semblant de se tordre de rire.

— Chef ! lança Bryant par-dessus son épaule. La marmaille est encore dissipée.

Puis il se retourna et agita un doigt réprobateur en direction de ses deux collègues.

— Attendez un peu que votre mère rentre à la maison.

Impatiente de se mettre au travail, Kim s'assit devant le quatrième bureau en levant les yeux au ciel.

— OK, Bryant, sors les déclarations. Kev, au tableau.

Dawson prit un marqueur et alla se poster à côté du tableau blanc qui couvrait tout le mur du fond. Pendant que Bryant distribuait des papiers, elle leur communiqua ce qu'elle avait appris plus tôt ce matin-là.

— Notre victime s'appelle Teresa Wyatt, quarante-sept ans, directrice très respectée d'une école privée pour garçons à Stourbridge. Célibataire, sans enfant. Elle vivait confortablement, mais pas luxueusement non plus, et n'avait pas d'ennemi connu.

Kev nota ces renseignements sous forme de points clés dans une colonne intitulée « Victime ».

Le téléphone de Bryant sonna. Il n'articula que quelques mots avant de reposer le combiné.

— Woody veut te voir, chef.

Kim l'ignora.

— Kev, ajoute une colonne « Crime ». Pas d'arme, pas de cambriolage, et pour l'heure aucun indice ni aucune information tirée de l'expertise médico-légale. Colonne suivante : « Mobile ». En général, les gens sont assassinés pour une chose qu'ils ont faite, qu'ils sont en train de faire ou qu'ils s'apprêtent à faire. Mais, à notre connaissance, la victime n'était engagée dans aucune activité dangereuse.

— Euh… chef, l'inspecteur principal veut te voir.

Kim avala une nouvelle gorgée de café.

— Crois-moi, Bryant, il me préfère quand j'ai bu un jus. Kev, l'autopsie aura lieu à 10 heures. Stace, trouve-moi tout ce que tu peux sur Teresa Wyatt. Bryant, contacte l'école et dis-leur qu'on arrive.

— Chef…

— Du calme, maman, j'y vais, dit-elle en finissant sa tasse.

Elle monta l'escalier au pas de course jusqu'au troisième étage et frappa doucement à la porte avant d'entrer.

L'inspecteur principal Woodward parlait au téléphone. C'était un homme trapu d'une cinquantaine d'années qui devait à ses origines métissées une peau couleur café au lait parfaitement lisse, jusqu'au sommet de son crâne chauve. Il portait un pantalon noir et une chemise blanche fraîchement repassés, aux plis bien marqués, ainsi que des lunettes de lecture qui ne masquaient guère ses yeux fatigués.

Il lui fit signe d'entrer et de prendre place sur une chaise d'où elle eut une vue d'ensemble sur la vitrine qui renfermait sa collection de petites voitures. L'étagère inférieure était consacrée à des modèles britanniques anciens, tandis que celle du dessus illustrait l'histoire des véhicules de police. Il y avait là une MG TC des années 1940, une Ford Anglia, une Black Maria et, occupant fièrement la place centrale, une Jaguar XJ40.

À droite de la vitrine, solidement accrochée au mur, une photo montrait Woody serrant la main de Tony Blair. Plus à droite encore se trouvait un portrait de son fils aîné, Patrick, juste avant son départ pour l'Afghanistan. Il portait son plus bel uniforme – celui-là même dans lequel il avait été enterré quinze mois plus tard.

Woody mit fin à sa conversation téléphonique et ramassa aussitôt une balle antistress sur son bureau. En observant sa main qui pétrissait l'objet, Kim prit brusquement conscience que son supérieur avait très souvent tendance à faire ça quand elle était dans les parages.

— Qu'est-ce qu'on a pour le moment ?

— Pas grand-chose, monsieur. Nous faisions justement le point sur l'enquête quand vous m'avez convoquée.

Woodward ignora la pique, mais les jointures de ses doigts blanchirent autour de la boule de mastic.

Kim laissa ses yeux dériver vers l'appui de fenêtre où patientait une Rolls-Royce Phantom, la dernière maquette en cours de son supérieur. Sa construction n'avançait plus depuis plusieurs jours.

— Vous avez croisé l'inspecteur Wharton, à ce qu'on m'a dit ?

Ah, les nouvelles allaient vite…

— Nous avons échangé quelques plaisanteries près du cadavre.

Un détail clochait dans la maquette. L'empattement était trop long, estima-t-elle.

Woodward pressa la balle encore plus fort.

— Son chef m'a appelé. Une plainte officielle a été déposée contre vous et ils veulent que l'affaire leur soit confiée.

Kim eut un geste d'humeur. Ce cafard de Wharton n'était-il pas capable de se défendre seul ?

Réprimant son envie de se pencher vers la Rolls pour rectifier l'erreur de montage, elle fit face à Woodward.

— Ils n'obtiendront pas gain de cause, n'est-ce pas, monsieur ?

Il soutint son regard un long moment.

— Non, Stone, pas question. Mais une plainte en bonne et due forme ne fera pas très bon genre dans votre dossier et, pour être franc avec vous, je commence à en avoir assez d'en recevoir. Je suis donc curieux de découvrir qui sera votre second dans cette enquête.

Kim se sentit comme une enfant sommée de désigner son nouveau meilleur ami. Son dernier entretien d'évaluation n'avait mis en lumière qu'une seule défaillance : ses rapports avec les autres.

— J'ai le choix ?

— Qui prendriez-vous ?

— Bryant.

L'ombre d'un sourire flotta sur les lèvres de Woodward.

— Dans ce cas, oui, vous avez le choix.

Il n'aurait accepté personne d'autre, comprit-elle. Sachant qu'elle aurait toujours leurs collègues du district voisin dans son rétroviseur, Woody préférait ne pas courir de risque. Il voulait qu'elle soit accompagnée par un adulte responsable. De ce point de vue, Bryant l'empêcherait de causer trop de dégâts.

Elle avait été à deux doigts d'offrir à son chef un petit conseil qui lui épargnerait des heures de travail pour démonter le train arrière de la Rolls, mais elle changea rapidement d'avis.

— Autre chose, monsieur ?

Il reposa sa balle et ôta ses lunettes.

— Tenez-moi au courant de l'avancée de l'enquête.

— Bien sûr.

— Oh, Stone…

Sur le point de sortir, elle se retourna.

— Laissez souffler votre équipe de temps en temps. Tout le monde ne recharge pas ses batteries comme vous *via* un port USB.

La bonne blague. Elle partit en se demandant combien de temps il avait mis à la trouver.

5

Accompagnée de Bryant, Kim longea les couloirs de l'école Saint-Joseph à la suite de Courtney, la responsable de l'accueil qui s'était proposé de les conduire jusqu'au bureau du proviseur par intérim. Kim s'émerveilla de la vitesse à laquelle cette femme parvenait à se déplacer sur des talons de dix centimètres.

Bryant soupirait devant les salles de classe qui semblaient se succéder à l'infini.

— Quelle époque bénie c'était, hein ?

— Pas pour moi.

Ils tournèrent à l'angle d'un long couloir au deuxième étage du bâtiment et furent introduits dans un bureau. Une trace ovale décolorée sur la porte indiquait que la plaque désignant son occupante habituelle avait déjà été ôtée.

Un homme vêtu d'un costume luxueux et d'une cravate en soie bleu ciel se leva pour les accueillir. À en juger par leur couleur noire uniforme, ses cheveux avaient été teints peu de temps auparavant.

Il leur tendit la main, mais Kim s'écarta afin d'examiner les murs. Tous les documents officiels et tous les souvenirs de Teresa Wyatt avaient eux aussi disparu.

Bryant, lui, accepta la poignée de main.

— Merci de nous recevoir, monsieur Whitehouse.

— Vous êtes le proviseur *adjoint*, d'après ce que j'ai compris, dit Kim.

Whitehouse opina et se rassit.

— J'assume désormais le rôle de proviseur par intérim et si je peux faire quoi que ce soit pour vous aider dans votre enquête…

— Oh, je n'en doute pas, le coupa-t-elle.

Il y avait quelque chose de faux dans ses manières. Quelque chose de trop travaillé. Et puis le fait qu'il s'était déjà approprié le bureau de Teresa Wyatt et qu'il avait effacé toute trace de son existence était pour le moins de très mauvais goût. Cela ne faisait même pas douze heures qu'elle était morte. À coup sûr, il avait aussi mis à jour son CV.

— Nous aimerions avoir la liste de tous les membres du personnel. Veuillez prendre les dispositions nécessaires pour que nous puissions les interroger par ordre alphabétique.

À en juger par ses mâchoires serrées, Whitehouse n'aimait guère recevoir des ordres, et Kim se demanda brièvement s'il réagissait ainsi avec toutes les femmes, ou juste avec elle.

— Bien sûr, céda-t-il en baissant les yeux. Je vais dire à Courtney d'arranger ça tout de suite. J'ai fait libérer une salle au bout du couloir qui satisfera toutes vos exigences et au-delà.

Kim jeta un coup d'œil autour d'elle.

— Non, je pense qu'on sera très bien ici.

Whitehouse ouvrit la bouche pour protester, mais la bienséance l'empêchait de revendiquer si vite l'usage exclusif du bureau. Il rassembla quelques affaires et se dirigea vers la porte.

— Courtney ne tardera pas.

Après son départ, Bryant se mit à rire.

— Quoi ? dit Kim en prenant la place de Whitehouse.

— Rien, chef.

Il tira une chaise pour lui à côté du bureau et Kim observa alors celle qui restait.

— Recule-la un peu.

Docile, il alla positionner la chaise plus en retrait, puis légèrement en biais, de façon qu'il n'y ait rien autour sur quoi s'appuyer – des conditions parfaites pour épier le langage corporel de ceux qui s'y installeraient.

Un léger coup fut frappé à la porte.

— Entrez ! crièrent-ils en même temps.

Courtney se présenta avec une feuille de papier et un sourire éblouissant. M. Whitehouse n'était visiblement pas très populaire.

— M. Addington attend dehors que vous soyez prêts.

— Dites-lui de venir, s'il vous plaît, la pria Kim.

— Puis-je vous apporter autre chose ? Du café ? Du thé ?

— Volontiers. Du café pour nous deux.

Courtney s'apprêtait à sortir lorsque Kim se rappela ses bonnes manières.

— Merci, Courtney.

Celle-ci hocha la tête et tint la porte ouverte à la première personne sur la liste.

6

À 16 h 15, après douze conversations toutes identiques, Kim laissa tomber sa tête sur le bureau. Le bruit sourd de son crâne contre le bois lui procura une certaine satisfaction.

— Je te comprends, dit Bryant. Il semblerait que la morgue ait récupéré une sainte.

Il sortit de sa poche un paquet de bonbons à la menthe et à l'eucalyptus – le cinquième aujourd'hui, compta Kim.

Deux ans plus tôt, à la suite d'une infection pulmonaire, Bryant avait cédé aux injonctions de son médecin et renoncé à ses trente cigarettes quotidiennes. Il s'était mis à sucer des pastilles en continu pour se débarrasser d'une toux déchirante et, s'il avait depuis réussi à se débarrasser de son addiction au tabac, il l'avait remplacée par une autre.

— Tu devrais y aller mollo avec ces machins-là, tu sais.

— Y a des jours comme ça, chef.

À l'image de n'importe quel fumeur invétéré, il augmentait sa dose dans les moments de stress ou d'ennui.

— À qui le tour ?

— Joanna Wade, répondit-il en consultant leur liste. Professeur d'anglais.

Kim soupira lorsque la porte s'ouvrit sur une femme en pantalon de tailleur noir et chemisier en soie couleur lilas. Ses longs cheveux blonds attachés en queue de cheval dévoilaient une mâchoire carrée et un visage très peu maquillé.

Elle s'assit sans leur avoir serré la main, posa les siennes bien comme il fallait sur ses jambes et croisa les chevilles.

— Nous n'allons pas abuser de votre temps, madame Wade. Nous avons juste quelques questions à vous poser.

— Je vous en prie, appelez-moi Joanna.

Elle s'exprimait d'une voix basse et contrôlée où affleurait une pointe d'accent du Nord.

— Merci, madame Wade. Depuis combien de temps connaissiez-vous le proviseur Wyatt ?

— Elle m'a recrutée il y a presque trois ans.

— Comment décririez-vous vos rapports professionnels ?

L'enseignante inclina légèrement la tête, les yeux rivés sur Kim.

— Vraiment, inspecteur ? Vous voulez passer tout de suite aux choses sérieuses ?

Kim ignora le sous-entendu et la regarda bien en face.

— S'il vous plaît, répondez à la question.

— Naturellement. Nous avions une relation de travail à peu près correcte. Avec des hauts et des bas, comme cela arrive entre femmes. Teresa était une directrice très sérieuse et très rigide dans ses convictions.

— Expliquez-vous.

— La pédagogie a évolué depuis le temps où elle-même était élève. On a souvent besoin de créativité pour instiller le savoir dans de jeunes esprits fertiles. Nous avons tous tenté de nous adapter à une culture changeante, mais Teresa estimait qu'un apprentissage silencieux et discipliné par les livres était la seule bonne façon d'enseigner, et quiconque testait une approche différente était prié de rentrer dans le droit chemin.

Kim observa Joanna Wade. La jeune femme avait l'air franche et honnête. Et elle n'avait pas accordé la moindre attention à Bryant.

— Pouvez-vous me donner un exemple ?

— Il y a deux ou trois mois, un élève m'a rendu un devoir rédigé en bonne partie avec des abréviations, comme on le fait en général dans les SMS ou sur Facebook. J'ai demandé à ses camarades et lui d'aller chercher leurs téléphones portables dans leurs casiers, puis de consacrer dix minutes à s'envoyer des textos rédigés dans une langue correcte du point de vue de l'orthographe, de la grammaire et même de la ponctuation. L'exercice leur a paru contre nature, et ils ont tous compris où je voulais en venir.

— À savoir ?

— Les modes de communication ne sont pas interchangeables. L'incident ne s'est plus jamais reproduit.

— Et cela n'a pas plu à Teresa ?

— C'est le moins qu'on puisse dire. Elle a considéré que l'élève fautif aurait dû être collé. Le message aurait été plus clair, selon elle. J'ai osé exprimer mon désaccord et elle a fait figurer dans mon dossier un avertissement pour insubordination.

— Ce n'est pas le tableau que vos collègues ont brossé d'elle, madame Wade.

— Je ne peux pas parler en leur nom, mais je dirais qu'il y a des enseignants ici qui ont baissé les bras. Leurs méthodes ne fonctionnent plus du tout avec les jeunes d'aujourd'hui et ils font du surplace en attendant la retraite. Ne plus être inspiré et ne plus inspirer personne ne les dérange pas. Moi, si.

Une fois de plus, Joanna Wade inclina la tête avec un petit sourire.

— Apprendre à des adolescents à apprécier la beauté et la finesse de la langue anglaise n'est pas facile, mais je suis convaincue qu'on ne devrait jamais reculer devant un défi. Vous n'êtes pas de mon avis, inspecteur ?

Bryant toussota.

Kim esquissa un léger sourire. L'assurance et la franchise de cette femme étaient une bouffée d'air frais après toutes les réponses identiques qu'elle avait reçues jusqu'alors. Et ce flirt flagrant l'amusait.

— Quel genre de femme était Teresa ?

— Vous voulez que je m'en tienne au discours officiel et que je vous récite l'épitaphe politiquement correcte réservée aux défunts de fraîche date ? Ou préférez-vous que je sois plus sincère ?

— Nous apprécierions un avis honnête.

Joanna Wade décroisa et recroisa les jambes.

— En tant que proviseur, Teresa était une personne très investie. En tant que femme, je la trouvais égoïste.

Vous pouvez le constater vous-même en examinant son bureau : il n'y a aucune photo, aucune trace de quelqu'un ou de quelque chose qui aurait eu de l'importance à ses yeux. Elle ne voyait aucun problème à retenir les membres de l'équipe enseignante jusqu'à 20 ou 21 heures le soir. À part ça, elle passait beaucoup de temps au spa, à courir les boutiques de luxe et à réserver des vacances hors de prix.

Bryant prit quelques notes.

— Y a-t-il d'autres informations qui vous sembleraient de nature à faire avancer notre enquête ?

Joanna Wade fit signe que non.

— Merci, madame Wade.

— Si vous voulez que je vous fournisse un alibi, inspecteur, dit l'enseignante en se penchant sur sa chaise, j'étais à mon cours de yoga au Liberty Gym. C'est excellent pour la souplesse musculaire. Et au cas où cela vous intéresserait, j'y suis tous les jeudis soir.

Kim croisa son regard. Une lueur provocante brillait dans les yeux bleu clair de la jeune femme, qui s'approcha du bureau d'un pas léger pour lui remettre une carte de visite.

Elle n'eut pas d'autre choix que de la prendre. Joanna Wade posa la carte dans sa main et en profita pour la lui serrer. Sa poigne était fraîche et ferme, et ses doigts s'attardèrent un instant au-dessus des siens.

— Voici mon numéro. Je vous en prie, n'hésitez pas à m'appeler.

— Merci, madame Wade, vous nous avez beaucoup aidés.

— Nom de Dieu ! dit Bryant lorsque la porte se fut refermée. Pas besoin d'un dictionnaire pour déchiffrer des signaux pareils.

— On a du succès ou on n'en a pas, répliqua Kim avec indifférence en rangeant la carte dans la poche de son blouson. Il reste quelqu'un à interroger ?

— Non, c'était la dernière.

— Ça ira pour aujourd'hui, décida Kim. Rentre chez toi te reposer.

Quelque chose lui disait qu'ils allaient en avoir besoin.

7

— OK, tout le monde, j'espère que vous avez bien dormi et que vous avez dit au revoir à ceux que vous aimez.

— En clair, on peut oublier toute vie sociale jusqu'à nouvel ordre, râla Dawson. Ça ne changera rien pour Stacey, mais nous, on n'est pas des ermites.

Kim l'ignora. Du moins, cette fois.

— Les GG veulent que l'affaire soit résolue d'ici à la fin de la semaine.

Tous savaient qu'elle désignait ainsi les Grands Guignols, en l'occurrence les haut-gradés de la police, même si le surnom pouvait s'appliquer à d'autres personnes, en fonction de son humeur.

— Et si notre assassin n'est pas briefé à temps ? demanda Kev en consultant son portable.

— Alors c'est toi que j'arrêterai vendredi et, crois-moi, j'arriverai à faire tenir l'accusation.

Il éclata de rire, mais cela n'amusait pas Kim.

— Continue à m'énerver, Kev, et tu verras que je ne plaisante pas. Qu'a donné l'autopsie ?

— Poumons emplis d'eau, répondit-il en lisant ses notes. Noyade certaine. Deux hématomes au-dessus des seins. Aucune trace d'agression sexuelle, mais difficile d'en être sûr.

— Autre chose ?

— Oui, elle a mangé du poulet korma au dîner.

— Génial, ça fait vraiment avancer l'enquête, ça.

Dawson haussa les épaules.

— L'autopsie n'a rien livré d'intéressant, chef.

— Bryant ?

Celui-ci déplaça quelques feuilles, sans doute juste pour la forme. Kim était certaine qu'il avait toutes les infos dans sa tête.

— Les habitants du secteur ont été interrogés une nouvelle fois, mais personne n'a rien remarqué. Seuls deux ou trois la connaissaient de vue. Apparemment, elle n'était pas du genre à papoter avec ses voisines autour d'un café. Une femme pas très sociable, en résumé.

— Super, voilà un bon mobile. Assassinée pour son manque d'esprit communautaire.

— Certains l'ont été pour moins que ça, chef, répondit Bryant.

Elle dut lui concéder ce point. Trois mois plus tôt, ils avaient enquêté sur le meurtre d'un infirmier tué pour deux canettes de bière et quelques pièces de monnaie.

— Et sinon ?

Bryant prit une autre feuille.

— La police scientifique n'a rien trouvé pour le moment. Il n'y a pas d'empreinte de chaussure et les analyses des fibres prélevées sur place viennent juste de commencer.

Kim songea au principe d'échange de Locard, qui soutenait qu'un assassin abandonnait et emportait toujours quelque chose sur le lieu du crime – que ce soit un cheveu, une simple fibre ou n'importe quoi d'autre. Toute la difficulté consistait à mettre la main dessus. Seulement, avec une scène piétinée par huit sapeurs-pompiers et une salle de bains inondée, les indices n'allaient pas leur être servis sur un plateau.

— Des empreintes digitales ?

— Non. Et l'arme du crime étant une paire de mains, il y a peu de chances qu'on la découvre jetée quelque part sous un buisson.

— Vous savez, chef, ça ne se passe pas comme ça dans *Les Experts*, intervint Stacey. Les relevés téléphoniques ne nous apprennent rien non plus. Tous les appels émis et reçus par cette femme concernaient Saint-Joseph ou des restaurants de la région. La liste de ses contacts n'est pas très longue.

— Pas d'amis ni de famille ?

— En tout cas, personne avec qui elle avait envie de rester en contact. J'ai demandé le relevé des appels de sa ligne fixe et son ordinateur est en cours d'analyse. Peut-être qu'on fera une bonne pioche.

— En gros, trente-six heures se sont écoulées et on n'a que dalle. On ne sait rien sur cette femme.

— Je reviens tout de suite, dit soudain Bryant, avant de se lever et de quitter la pièce.

— Bon, récapitulons pendant que monsieur se repoudre le nez, reprit Kim sans masquer son exaspération.

Elle se tourna vers le tableau qui contenait à peine plus d'informations que la veille.

— Nous avons une femme proche de la cinquantaine, ambitieuse et travailleuse, mais pas particulièrement sociable ni populaire. Elle vivait seule, sans animaux domestiques et sans lien avec sa famille. Elle n'était pas impliquée dans une quelconque activité dangereuse et ne semble pas avoir eu de hobby ni de centre d'intérêt particulier.

— Ce n'est pas sûr, l'interrompit Bryant en les rejoignant. Apparemment, elle s'intéressait beaucoup à des fouilles archéologiques qui venaient d'être autorisées quelque part à Rowley Regis.

— Comment le sais-tu ?

— Je viens de parler à Courtney.

— Courtney qui ?

— Courtney qui nous a apporté des cafés hier toute la journée. Je lui ai demandé si notre victime s'était entretenue avec quelqu'un d'inhabituel ces dernières semaines et elle s'est souvenue que Teresa Wyatt lui avait réclamé le numéro d'un certain Pr Milton, au Worcester College.

— J'ai vu un reportage aux infos locales à ce sujet, dit Stacey. Le type essaie d'obtenir la permission d'entamer des fouilles depuis des lustres. Le site en question n'est plus qu'un champ en friche depuis que l'ancien foyer d'accueil pour enfants a brûlé, mais la rumeur parle d'un trésor enterré. Une foule de recours ont été déposés contre le projet du Pr Milton, au point qu'il a mis deux ans à obtenir le feu vert des autorités. La bataille judiciaire a été si longue qu'on en a même parlé aux infos nationales.

Kim éprouva une petite bouffée d'excitation. L'intérêt de Teresa Wyatt pour un projet local ne leur désignait pas franchement un coupable, mais c'était toujours mieux que ce qu'ils avaient dix minutes plus tôt.

— Très bien, vous deux, continuez à creuser – pardon pour le jeu de mots. Bryant, fais chauffer la Batmobile.

Dawson soupira bruyamment.

Kim attrapa son blouson et s'arrêta devant son bureau.

— Stace, lança-t-elle, tu n'aurais pas besoin d'aller aux toilettes, là, maintenant ?

— Non, chef…

— Stacey, sors de cette pièce.

Le tact et la diplomatie avaient été inventés par quelqu'un qui n'avait vraiment rien à faire. Quant à elle, Kim n'avait pas l'habitude de mâcher ses mots avec les membres de son équipe – ni avec qui que ce soit, du reste.

— Kev, pose ce téléphone et écoute-moi. Je sais que tu traverses une période un peu difficile en ce moment, mais tu l'as cherché. Si tu avais laissé ta queue au chaud dans ton pantalon deux semaines de plus, tu pourrais serrer ta copine et ton bébé dans tes bras au lieu de dormir chez ta mère.

— J'étais bourré et j'ai fait le con à un enterrement de vie de garçon…

— Kev, sans vouloir t'offenser, c'est ton problème, pas le mien. Mais si tu continues à bouder comme une gamine chaque fois que tout ne se passe pas comme tu le voudrais, le bureau vide que tu vois là ne sera bientôt plus le seul dans cette pièce. Je me suis bien fait comprendre ? ajouta-t-elle en le toisant froidement.

Après un temps d'hésitation, il hocha la tête.

Elle sortit sans un mot de plus et descendit l'escalier.

Dawson était un bon inspecteur, mais il avançait sur une pente très, très glissante.

8

Pour la seconde fois en deux jours, Kim pénétra dans l'atmosphère imprégnée de naïves espérances propre à tous les établissements éducatifs.

Pendant que Bryant se dirigeait vers le bureau d'accueil, elle resta à l'écart et observa quelques étudiants qui riaient, penchés sur un téléphone portable. L'un d'eux l'aperçut et la reluqua, s'attardant sur ses seins, puis inclina la tête en souriant.

Elle fit de même et prit note de son jean moulant, de son T-shirt à l'encolure en V et de sa coupe de cheveux façon Justin Bieber. Lorsqu'elle croisa son regard, elle sourit à son tour.

— Même pas en rêve, mon chou.

Il reporta vivement son attention sur sa bande d'amis avec l'air de prier pour qu'ils n'aient pas été témoins de l'échange.

— C'est bizarre, déclara Bryant. La responsable de l'accueil a paru perplexe quand j'ai demandé à voir le professeur. Quelqu'un va venir nous parler, mais je ne pense pas que ce sera lui.

Brusquement, le groupe s'écarta comme la mer Rouge devant une petite femme juchée sur des talons hauts qui marchait d'un pas rapide, avec la détermination de celle que rien n'arrête. Ses yeux vifs examinèrent le hall d'accueil et se posèrent sur les deux policiers.

— Merde, planquons-nous, souffla Bryant.

— Inspecteurs ? dit-elle en leur tendant la main.

Des effluves d'Apple Blossom assaillirent les narines de Kim. Des boucles courtes, serrées et grisonnantes encadraient le visage de cette femme, dont les lunettes n'étaient pas sans rappeler celles de Dame Edna[1].

Bryant lui serra la main. Kim, non.

— Vous êtes ?

— Mme Pearson, l'assistante du Pr Milton.

Bon, le professeur était visiblement trop occupé pour les recevoir en personne. Si son assistante ne leur apprenait rien d'intéressant, ils allaient devoir insister.

— Nous aimerions vous interroger sur un projet auquel se consacre le Pr Milton. Pouvez-vous répondre à quelques questions ?

— Faites vite, alors.

Elle ne les invita pas à poursuivre la conversation ailleurs, plus au calme. À l'évidence, Mme Pearson ne comptait leur accorder que très peu de temps.

— Le professeur souhaite mener des fouilles archéologiques ?

— Oui, il a reçu la permission il y a quelques jours.

---

1. Dame Edna Everage : personnage de vieille dame excentrique créé par l'humoriste australien Barry Humphries. (*N.d.l.T.*)

— Que cherche-t-il, au juste ? s'enquit Bryant.

— Des pièces de monnaie de grande valeur, inspecteur.

Kim haussa un sourcil.

— Dans un champ aux abords de Rowley Regis ?

Mme Pearson soupira comme si elle avait affaire à une petite fille.

— Je vois que vous méconnaissez la richesse de notre région. Avez-vous jamais entendu parler du butin du Staffordshire ?

Kim jeta un coup d'œil à Bryant. Tous deux secouèrent la tête. Mme Pearson ne tenta même pas de masquer son dédain. Quiconque n'appartenait pas au monde universitaire passait manifestement pour un ignare à ses yeux.

— L'une des plus importantes découvertes de notre époque a été faite dans un champ de Lichfield il y a quelques années. Plus de trois mille cinq cents objets et fragments d'objets en or estimés à un peu plus de trois millions de livres. Et très récemment encore, des deniers romains datant de 31 av. J.-C. ont été exhumés près d'ici, à Stoke-on-Trent.

— À qui revient l'argent ? demanda Kim, intriguée.

— Eh bien, prenons le cas de Bredon Hill, dans le Worcestershire : un homme équipé d'un détecteur de métaux a récemment mis la main sur de l'or romain, dont des pièces de monnaie. Lui et le fermier propriétaire du champ ont touché chacun plus d'un million et demi de livres.

— Qu'est-ce qui fait croire au professeur qu'il peut y avoir quelque chose ici, à Rowley ?

— Oh, une légende locale, un mythe sur une bataille qui a eu lieu dans le coin, répondit Mme Pearson avec indifférence.

— A-t-il reçu récemment un appel d'une certaine Teresa Wyatt ?

— Oui, je crois bien, acquiesça-t-elle après un instant de réflexion. Elle a téléphoné plusieurs fois en insistant pour lui parler et il me semble qu'il l'a recontactée un jour en fin d'après-midi.

Cette fois, Kim en avait assez. Ils tenaient une piste, et c'était avec Dieu qu'elle voulait s'entretenir, pas avec ses saints. Lui seul pourrait détailler le contenu de cette conversation.

— Merci pour votre aide, madame Pearson. Je me doute que le professeur est très occupé, mais nous allons devoir lui parler sans plus tarder.

D'abord décontenancée, Mme Pearson eut ensuite l'air franchement agacée.

— Moi aussi, j'ai une question à vous poser, inspecteur. Vous autres policiers, vous ne communiquez jamais entre vous ?

— Pardon ?

— Vous ne devez pas travailler pour le service des personnes disparues, sinon vous seriez au courant.

— Au courant de quoi, madame Pearson ?

— Le Pr Milton n'a pas donné signe de vie depuis plus de quarante-huit heures, répliqua celle-ci, exaspérée, les bras croisés sur la poitrine.

Brust

9

Nicola Adamson inséra sa clé dans sa serrure en tentant de chasser le pressentiment qui l'assaillait. Malgré toutes ses précautions, le bruit lui parut se réverbérer jusqu'au bout du couloir – comme l'aurait fait presque n'importe quel bruit à 2 h 30 du matin.

Myra Downs allait émerger d'un instant à l'autre du logement voisin pour identifier le responsable d'un tel boucan. Nicola aurait juré que cette comptable à la retraite dormait juste derrière sa porte d'entrée.

Ainsi qu'elle s'y attendait, le verrou de l'appartement 4C coulissa avec son couinement familier, mais elle parvint à se faufiler chez elle juste à temps pour échapper aux remontrances du cerbère de l'immeuble.

Avant même d'avoir allumé, elle sentit le changement dans l'atmosphère. Son appartement avait été occupé, envahi. Bien qu'il lui appartînt toujours, elle devait le partager. Une fois de plus.

Elle ôta ses chaussures et traversa le salon à pas feutrés en direction de la cuisine. Malgré la présence de la visiteuse dans la chambre d'amis, elle essayait de préserver ses habitudes, sa routine. Sa vie.

Elle sortit des lasagnes du frigo et les plaça dans le micro-ondes. Le travail l'affamait et, à son retour du club, elle mettait toujours un plat à réchauffer le temps de prendre une douche, puis mangeait son repas en l'accompagnant d'un verre de vin rouge. Ensuite seulement, elle allait se coucher.

Pas question de renoncer à tout ça sous prétexte qu'elle devait héberger quelqu'un. Pourtant, ce fut sur la pointe des pieds qu'elle quitta la cuisine. Elle était fatiguée et n'était pas d'humeur à supporter une scène.

Une fois dans la salle de bains, elle poussa un soupir de soulagement. Chaque porte qu'elle refermait derrière elle était comme une nouvelle bataille gagnée. Elle se faisait l'effet d'un personnage de jeu vidéo dont la mission aurait consisté à investir des pièces une à une sans être rattrapé par l'ennemi.

Tout en se reprochant d'être injuste, elle abandonna ses vêtements en tas près de la douche à l'italienne… et s'agaça aussitôt de devoir régler la température de l'eau chaude. Une semaine auparavant, cela ne s'imposait pas. Elle retrouvait toujours le mitigeur thermostatique dans la position où elle l'avait laissé.

Les yeux clos, elle offrit son visage au jet et savoura le picotement de l'eau brûlante sur sa peau. Puis elle s'écarta et inclina la tête en arrière. En quelques secondes, ses longs cheveux blonds ruisselèrent. Elle tendit la main vers le support métallique derrière elle. Merde, la bouteille avait encore été reposée par terre !

Elle se baissa pour la ramasser et la pressa si fort que du shampooing éclaboussa la paroi de verre. Elle ravala de nouveau son irritation. Partager son espace n'aurait pas dû être si difficile. Elle y avait été obligée toute sa vie, non ? Mais bon sang, comme elle avait du mal !

Elle sentit la tension dans ses épaules. Cette soirée n'avait pas été un succès.

Cela faisait cinq ans qu'elle officiait au Roxburgh – depuis son vingtième anniversaire, en fait – et elle avait apprécié chaque instant passé dans cette boîte de nuit. Elle se moquait bien que les gens jugent ça minable ou dégradant. Elle adorait danser, aimait montrer son corps, et les hommes payaient cher pour la regarder. Et puis elle ne se déshabillait pas et personne ne la touchait. Pas de ça au Roxburgh.

Il y avait d'autres clubs au centre de Birmingham, mais toutes les filles qui s'y produisaient rêvaient d'être embauchées par le sien. Nicola, elle, ne connaîtrait jamais que celui-là. Elle comptait partir à trente ans et se tourner ensuite vers de nouvelles activités – un projet que son compte bancaire rendait tout à fait réalisable.

En cinq ans, elle était devenue la danseuse la plus populaire du Roxburgh. Elle recevait en moyenne trois demandes de spectacle privé tous les soirs et, à deux cents livres la prestation, elle ne crachait pas dessus.

Quant aux féministes qui la voyaient comme l'incarnation même de l'Antéchrist, elle leur adressait un beau doigt d'honneur. La libération de la femme passait par le droit de faire ses propres choix, et elle avait choisi de danser. Pas parce qu'elle n'était qu'une junkie fauchée sans rien dans le crâne, mais parce que ça lui plaisait.

Enfant, déjà, elle aimait jouer en public. Elle s'était démenée pour développer cette singularité, ce caractère unique qui la distinguerait des autres et lui permettrait de se faire remarquer.

Ce soir-là, pourtant, elle n'avait pas été satisfaite de sa performance. Personne ne s'était plaint, le cristal avait coulé à flots et son dernier client avait acheté deux bouteilles de dom pérignon, pour la plus grande joie de son employeur, mais elle savait. Elle savait qu'elle n'avait pas eu la tête à ce qu'elle faisait. Elle n'avait pas éprouvé cet abandon total du corps et de l'esprit que la danse provoquait en elle. Or, à ses yeux, c'était précisément ce qui différenciait la Meilleure actrice de la Meilleure actrice dans un second rôle.

Elle se rinça les cheveux, se sécha et enfila une robe de chambre dont le tissu chaud et moelleux la réconforta. Elle sortait de la salle de bains en serrant la ceinture lorsqu'elle s'arrêta net.

L'espace d'un instant, elle avait oublié. L'espace d'un très court instant.

— Beth, souffla-t-elle.

— Qui veux-tu que ce soit ?

— Désolée si je t'ai réveillée, dit-elle en allant sortir les lasagnes du micro-ondes.

Elle répartit le plat dans deux assiettes qu'elle posa sur la table, la sienne à sa place habituelle et l'autre en face.

— J'ai la dalle, dit Beth.

Nicola tenta de ne pas grimacer devant son accent marqué, si typique du Pays noir. Elle-même avait travaillé dur pour s'en débarrasser. Enfants, elles s'exprimaient toutes les deux ainsi, mais Beth n'avait fait aucun effort pour changer.

— Tu as mangé aujourd'hui ? demanda-t-elle.

Elle s'en voulut aussitôt. Cesserait-elle un jour de se comporter en aînée ? Elle n'avait que quelques minutes de plus que sa jumelle, après tout.

— T'as pas envie de moi ici, hein ?

Elle baissa les yeux sur ses pâtes, son appétit brusquement envolé. Cette question abrupte ne l'étonnait pas, et mentir ne rimait à rien. Beth la connaissait presque aussi bien qu'elle se connaissait elle-même.

— Ce n'est pas ça, mais on ne s'est pas vues depuis si longtemps…

— À qui la faute, ma chère sœur ?

Nicola porta son assiette dans l'évier sans oser regarder Beth. Elle n'était pas capable d'affronter ses accusations et sa mine blessée.

— Tu as des projets pour demain ? demanda-t-elle pour aiguiller la conversation vers un sujet moins dangereux.

— Évidemment. Tu bosseras encore le soir ?

Elle ne répondit pas. Il était évident que Beth désapprouvait son style de vie.

— Comment est-ce que tu peux t'abaisser à ça ? continua sa sœur.

— J'aime ce que je fais, se défendit-elle, tout en détestant l'inflexion suraiguë que sa voix avait prise.

— Et ton diplôme de sociologie ? Tu parles d'un gâchis !

— Moi, au moins, j'ai un diplôme.

Elle aurait aimé retirer ces paroles, mais il était trop tard. Le silence dans la pièce devint pesant.

— Peut-être, mais qui m'a privée de mon rêve, hein ?

Nicola savait que Beth la tenait pour responsable de leur éloignement. Elle ignorait en revanche pour quelle raison et ne pouvait se résoudre à le lui demander. Elle fixa l'évier en s'agrippant à son rebord.

— Pourquoi es-tu revenue ?

— Où voulais-tu que j'aille ?

Elle hocha la tête en silence et la tension commença à baisser.

— Ça va recommencer comme avant, hein ? lança Beth posément.

La vulnérabilité que Nicola sentait percer dans sa voix lui serra le cœur. Certains liens ne pouvaient pas être brisés.

L'assiette sale se brouilla devant elle, et les années passées sans sa sœur pesèrent soudain comme une chape sur ses épaules.

— Comment tu comptes me protéger cette fois, Nicola ?

Elle s'essuya les yeux et se retourna en tendant les bras vers sa jumelle pour la serrer contre elle, mais la porte de la chambre d'amis s'était déjà refermée.

Elle vida le contenu de la seconde assiette.

— Beth, quelle que soit la raison pour laquelle tu me détestes, murmura-t-elle, je suis désolée. Je suis tellement, tellement désolée.

10

À 7 heures, plantée devant la pierre tombale, Kim serra sur elle les pans de son blouson en cuir. Le vent hurlait au sommet de la colline dominée par le cimetière de Powke Lane. On était samedi et, nouvelle enquête ou pas, elle avait toujours du temps à consacrer à la famille ce jour-là.

Les sépultures alentour portaient encore les vestiges des offrandes déposées à Noël par des vivants pétris de culpabilité. Des couronnes réduites à des brindilles squelettiques. Des poinsettias contraints par le vent à se soumettre et dépérir. Une couche de givre luisait sur la tombe d'un rouge impérial.

Dès l'instant où, des années plus tôt, elle avait trouvé la simple croix de bois marquant cet emplacement, elle avait économisé autant que ses deux jobs de l'époque le lui permettaient, jusqu'à pouvoir acheter une stèle. Celle-ci avait été installée seulement deux jours après son dix-huitième anniversaire.

Elle contempla les quelques lettres dorées. Rien qu'un nom et deux dates, tout ce qu'elle avait eu les moyens de payer alors. Comme d'habitude, elle fut frappée par l'intervalle entre les deux années gravées – à peine un clin d'œil.

Elle pressa les doigts sur ses lèvres, puis les appuya fermement contre la pierre froide.

— Bonne nuit, gentil Mikey. Dors bien.

Des larmes lui brûlèrent les yeux, mais elle les refoula. Ces mots étaient ceux qu'elle avait prononcés juste avant que le petit corps fragile enterré là laisse échapper son dernier souffle.

Elle remisa ce souvenir au fond de sa mémoire, remit son casque et poussa sa Kawasaki Ninja vers la sortie – il y aurait eu quelque chose d'irrespectueux à faire gronder un moteur de 1 400 cm^3 dans l'enceinte d'un cimetière. Sitôt à l'extérieur, elle démarra la moto et descendit la colline jusqu'à une zone industrielle où pullulaient les panneaux « À louer ». Ces témoignages sinistres de la gloire révolue de la région offraient un cadre désolé tout à fait approprié au coup de fil qu'elle avait à passer.

La conversation à venir n'était pas de celles qui pouvaient avoir lieu près de la tombe de Mikey. Jamais elle ne laisserait sa dernière demeure être souillée. Elle devait le protéger, même après toutes ces années.

On décrocha à la troisième sonnerie.

— Mme Taylor, s'il vous plaît. Bureau des infirmières.

Elle patienta quelques secondes avant qu'une voix familière retentisse au bout du fil.

— Bonjour, Lily, c'est Kim Stone.

— Bonjour, Kim. Quel plaisir de vous entendre ! Je me disais que vous appelleriez peut-être aujourd'hui.

Elle répétait ça à chaque fois, alors même que Kim n'avait jamais rien changé à ses habitudes. Cela faisait seize ans qu'elle téléphonait le douze de chaque mois.

— Comment va-t-elle ?

— Noël a été tranquille. Elle a eu l'air d'apprécier le chœur qui est venu…

— Pas d'accès de violence ?

— Non, pas depuis un moment. Son traitement la stabilise.

— Rien d'autre à signaler ?

— Elle a encore demandé de vos nouvelles hier. Elle n'a pas du tout la notion du temps, mais c'est comme si elle sentait quand vous allez vous manifester. Vous savez…, ajouta l'infirmière, si vous voulez venir la voir…

— Merci, Lily.

Kim ne s'était jamais déplacée et n'avait pas l'intention de le faire un jour. Sa mère, internée à l'hôpital psychiatrique de Grantley depuis qu'elle-même avait six ans, n'avait sa place nulle part ailleurs que dans cet établissement.

— Je lui dirai que vous avez appelé.

Kim la remercia encore, puis raccrocha. L'infirmière semblait penser que ses coups de fil étaient motivés par une inquiétude toute filiale, et elle ne l'avait jamais détrompée.

En vérité, ils avaient pour seul but de vérifier que cette salope aux mains pleines de sang était toujours bien enfermée.

11

— OK, on fait le point. Kev, qu'as-tu appris au service des personnes portées disparues ?

— Le Pr Milton en était à son troisième divorce et toutes ses ex n'ont que du bien à dire de lui. Il n'a pas d'enfant, seulement cinq beaux-enfants. Aucune rancœur déclarée à son égard.

— Quand sa disparition a-t-elle été signalée ?

— Il a été vu pour la dernière fois mercredi. Son assistante à l'université s'est étonnée de son absence jeudi matin et a donné l'alerte. Il n'a contacté aucun des membres de sa famille, ce qui est apparemment très curieux.

— Rien ne laisse penser qu'il ait déjà fait ça ?

— Non. À en croire ses ex, c'est l'incarnation même de Gandhi : un homme doux et gentil.

Kev consulta ses notes avant de poursuivre :

— La dernière en date lui a parlé mardi après-midi. D'après elle, il était ravi d'avoir enfin obtenu l'autorisation de mener ses fouilles.

— Je me suis renseignée à ce sujet, chef, intervint Stacey. La première demande d'autorisation du professeur remonte à deux ans. Une vingtaine de recours ont été déposés depuis pour des motifs environnementaux, politiques ou culturels. Je n'ai pas d'autres infos pour le moment.

— Continue à chercher. Bryant, sait-on quand Teresa Wyatt a parlé avec le professeur au téléphone ?

— Courtney m'a faxé le relevé de ses appels, répondit-il en lui tendant une feuille de papier. Ils se sont entretenus pendant douze minutes, mercredi autour de 17 h 30.

— Bon ! reprit Kim en croisant les bras. Tout ce qu'on a jusqu'ici, c'est une brève conversation entre notre victime et un professeur d'université mercredi après-midi. Depuis, l'une est morte et l'autre a disparu.

À cet instant, quelqu'un frappa à la porte. Un agent se tenait sur le seuil.

— Quoi ? lança sèchement Kim, qui détestait être interrompue pendant qu'elle briefait son équipe.

— M'ame, il y a un monsieur à l'accueil qui veut vous parler.

Elle le dévisagea comme s'il avait perdu la tête.

— Je sais bien, m'ame, mais il insiste pour vous voir, vous et personne d'autre. C'est un professeur…

Kim bondit de sa chaise.

— Bryant, suis-moi. Stace, trouve tout ce que tu peux sur le champ où les fouilles sont prévues.

Puis elle fonça dans l'escalier, talonnée non sans mal par son adjoint.

Dans le hall d'accueil l'attendait un homme à la barbe grise aussi foisonnante que sa chevelure.

— Professeur Milton ?

Il ne cessa de se tordre les mains que le temps de la saluer.

— Je vous en prie, venez par ici, dit-elle en l'entraînant le long d'un couloir jusqu'à la salle d'interrogatoire n° 1. Bryant, appelle le service des personnes disparues et dis-leur d'arrêter les recherches. Souhaitez-vous boire quelque chose, professeur ?

— Un thé serait le bienvenu.

Bryant opina et referma la porte derrière eux.

— Beaucoup de gens se sont fait du souci pour vous, professeur.

Elle ne voulait pas donner l'impression de lui faire des reproches, mais elle détestait qu'on fasse perdre son temps à la police. Ils manquaient déjà bien assez de personnel.

Il comprit et hocha la tête.

— Je suis désolé, inspecteur. Je ne savais pas quoi faire. J'ai parlé à Mme Pearson il y a quelques heures seulement et elle m'a raconté votre entretien avec elle. Elle disait que je pouvais vous faire confiance.

Kim fut surprise que cette vieille harpie se soit forgé une telle opinion d'elle.

— Où étiez-vous passé ?

Ce n'était pas la question qui la démangeait, mais si Bryant avait été présent, il l'aurait enjointe à la prudence. L'homme tremblait et continuait à se tordre les mains.

— À Barmouth, dans un Bed & Breakfast. Il fallait que je parte.

— Mais mercredi, vous étiez fou de joie, d'après Mme Pearson.

Bryant revint avec trois gobelets sur un support en polystyrène. Il s'assit et en poussa une vers l'enseignant.

— Vous vous êtes entretenu au téléphone avec une certaine Teresa Wyatt ce jour-là, n'est-ce pas ? reprit Kim.

Le Pr Milton parut déconcerté par la question.

— Oui, Mme Pearson m'a expliqué que vous l'aviez interrogée à ce sujet, mais je ne vois pas très bien le rapport avec ce qui m'est arrivé après.

Kim ignorait complètement à quoi il faisait allusion. Ce qu'elle savait, en revanche, c'était ce qui était arrivé à Teresa Wyatt.

— Pouvez-vous nous expliquer la raison de son appel ?

— Bien sûr. Elle m'a demandé si j'accepterais que des bénévoles participent au chantier.

— Qu'avez-vous répondu ?

— Que je n'acceptais que les personnes ayant au moins une année d'université derrière elles. Mme Wyatt s'intéressait à l'archéologie, mais elle n'avait pas suivi d'études dans ce domaine et elle n'aurait pas été en mesure de le faire avant le début des fouilles, prévu fin février.

Kim sentit retomber son excitation. Ce n'était pas ça qui allait les aider à démasquer un assassin. Cette conversation n'avait aucun intérêt.

— Vous a-t-elle demandé autre chose ? s'enquit Bryant.

— Elle a voulu savoir où nous comptions démarrer, ce que j'ai trouvé un peu curieux dans le contexte de cet échange téléphonique.

En effet, songea Kim. C'était même très curieux.

— Que s'est-il passé plus tard ? dit-elle en se rappelant le précédent commentaire du professeur.

— Je suis rentré chez moi après mon travail, et Tess ne m'a pas accueilli comme elle le faisait d'habitude.

Kim échangea un coup d'œil avec Bryant. Dawson leur avait dit que le Pr Milton était de nouveau célibataire.

— Normalement, elle dort dans la cuisine, près de sa gamelle d'eau, mais dès qu'elle entend la clé tourner dans la serrure, elle accourt en remuant la queue.

Ah, tout s'éclairait…

— Mercredi, ça n'a pas été le cas. Je suis allé dans la cuisine en l'appelant, mais elle n'est pas venue. Je l'ai retrouvée par terre, près de son panier, en train de convulser. Elle avait les yeux vitreux, le regard fixe. Au début, je n'ai pas remarqué le message. Je l'ai prise dans mes bras et j'ai filé aussi vite que possible chez le vétérinaire, mais c'était trop tard. Elle est morte avant que j'arrive.

Le professeur essuya une larme. Kim s'apprêtait à l'interroger sur le message mais Bryant la devança.

— Je suis désolé pour vous. Elle était malade ?

— Pas du tout. Elle n'avait que quatre ans. Le vétérinaire n'a pas eu besoin de l'examiner, il a tout de suite senti l'odeur d'antigel dans sa gueule. Apparemment, les chiens adorent le goût sucré de ce produit. Il avait été versé dans sa gamelle et elle avait tout bu.

— Vous parliez d'un message laissé sur place ? dit Bryant pour l'encourager à continuer.

— Oui, ce salopard l'avait agrafé à son oreille.

Les yeux du professeur rougirent, et Kim grimaça en imaginant la scène.

— Vous vous rappelez sa teneur ?

— Je l'ai ici. C'est le vétérinaire qui l'a retiré.

Il sortit un papier de son blouson. Étant donné que deux personnes déjà l'avaient manipulé, la police scientifique ne pourrait rien en tirer. Kim déplia la feuille blanche et l'étala sur la table. Il y était dactylographié :

Annulez les fouilles ou ce sera le tour
de l'Épouse n° 3.

— Je ne suis pas rentré chez moi. J'ai honte, mais j'étais terrifié. Je le suis toujours, d'ailleurs. Qui a pu faire ça ? Je ne sais même plus où aller.

— Chez Mme Pearson.

Kim gardait en mémoire l'expression de cette femme quand elle avait évoqué le professeur. Elle monterait la garde près de lui comme un vrai bouledogue, sans laisser personne approcher.

Pendant que Bryant saluait le professeur et proposait de le faire conduire où il voulait, elle prit le papier et retourna à son bureau. Elle avait en tête l'image tenace d'une énorme boîte de vers de terre cachée quelque part dans la nature. Une boîte dont on venait juste de lui donner la clé.

— Kev, dit-elle en rejoignant son équipe, je crois qu'on va avoir besoin de café. Stace, qu'as-tu appris sur le site des fouilles ?

— Il couvre environ un demi-hectare et se trouve juste à côté du crématorium de Rowley, tout au bout d'un ensemble de logements sociaux construits au milieu des années 1950. Avant ça, il y avait une aciérie à cet endroit.

Bryant entra à son tour dans la salle, le téléphone collé à l'oreille.

— Merci, Courtney. Votre aide nous a été très précieuse.

Six yeux curieux se posèrent sur lui.

— Quoi ? dit-il après avoir raccroché.

— Courtney ? ironisa Kim. Faut-il que j'en touche un mot à ta femme ?

Il se mit à rire en ôtant sa veste.

— Je suis heureux en ménage, chef. Ma femme le dit elle-même. Et de toute façon, Courtney est trop occupée à réparer le cœur brisé de cette pauvre prof d'anglais qui t'a draguée l'autre jour.

Dawson fixa Kim d'un air ébahi.

— C'est vrai, chef ?

— On se calme, mon garçon. Bryant, pourquoi ce coup de fil ?

— J'ai suivi ton approche chronologique des faits et demandé à Courtney si elle avait accès au CV de Teresa Wyatt. Elle va nous le faxer.

— Il faudra qu'on pense à envoyer un cadeau de Noël à cette fille. Elle nous épargne je ne sais combien de mandats de perquisition.

Kim se tourna ensuite vers Stacey en essayant de visualiser le site des fouilles archéologiques.

— Attends, on parle bien du champ juste à côté du crématorium ? Celui où s'installe la fête foraine itinérante ?

Stacey se pencha sur son ordinateur et fit apparaître à l'écran une image de Google Earth.

— Regardez, il y a une clôture qui délimite une zone au bord de la route, mais ce n'est qu'un terrain en friche.

Kim sentit quelque chose lui tordre le ventre. Tous ses sens étaient en alerte.

— Stace, tape le nom de Crestwood et déniche-moi tout ce que tu peux. J'ai des appels à passer pendant ce temps.

Elle prit une inspiration en s'asseyant à son bureau. Quelques pièces du puzzle commençaient à se mettre en place et, pour la première fois de sa vie, elle espérait faire erreur.

12

Tom Curtis roula sur le côté pour tourner le dos à la fenêtre. En temps normal, après un service de huit heures à la maison de retraite, la lumière du jour ne l'empêchait pas de dormir.

Le travail était épuisant : soulever des vieux grassouillets, les mettre au lit, essuyer leur bave et torcher leur cul.

Il avait déjà échappé à deux enquêtes internes, mais là, il craignait des complications. La fille de Martha Brown venait une fois par semaine, et on pouvait compter sur elle pour remarquer les hématomes de sa mère à sa prochaine visite.

Ses collègues faisaient mine de ne rien voir. Il y avait des limites à la patience. Il était le seul homme de l'équipe et il arrivait souvent que le soir, lorsqu'il prenait son service, les tâches les plus physiques n'aient pas été accomplies. Impossible pourtant de s'en plaindre : s'il avait décroché ce job, c'était en mentant sur son dossier médical.

Mais son insomnie n'avait rien à voir avec la mauvaise conscience. Il n'éprouvait rien pour les vieux débris qui lui étaient confiés, et si leurs proches y trouvaient à redire, ils n'avaient qu'à les ramener chez eux et essuyer eux-mêmes leurs culs pleins de merde.

Non, c'était la sonnerie de son téléphone portable qui l'empêchait de fermer l'œil. Bien qu'il l'eût éteint, il l'entendait toujours dans sa tête.

Il se retourna sur le dos, heureux que sa femme et sa fille aient déjà quitté la maison. Encore une sale journée en perspective.

Des journées comme ça, il en avait connu un paquet au long des deux ans, sept mois et dix-neuf jours qui venaient de s'écouler. Dans ces moments-là, l'envie de boire était irrépressible. Dans ces moments-là aussi, la vie ne lui paraissait pas justifier qu'il reste sobre.

À sa sortie de l'école de cuisine, diplôme en poche, il n'imaginait pas que son avenir se résumerait à changer les couches de personnes âgées. Il n'avait pas été préparé à ces chairs flasques autour de son cou quand il les levait ou les couchait dans leur lit. Il n'avait pas rêvé de nourrir à la petite cuillère des vieux déjà raides comme des cadavres avant d'avoir poussé leur dernier soupir.

À vingt-trois ans, un premier infarctus l'avait rendu inapte aux métiers de la restauration. Les longues heures de travail et le stress propres à ce milieu ne favorisaient pas la longévité d'un homme souffrant d'insuffisance cardiaque congestive.

Du jour au lendemain, lui qui servait une cuisine gastronomique dans un restaurant français du quartier de Water's Edge, à Birmingham, s'était retrouvé dans une cantine à préparer des hamburgers à la dinde et des frites surgelées pour une bande de jeunes morveuses.

Des années durant, il avait caché son alcoolisme à sa femme, passant maître dans l'art du mensonge et des faux-semblants. Jusqu'au jour où il s'était écroulé, victime d'une seconde attaque. La vérité avait éclaté lorsque son médecin les avait prévenus que sa prochaine cuite serait probablement la dernière.

Il n'avait pas bu un seul verre depuis.

Il tendit le bras pour allumer son téléphone et celui-ci sonna aussitôt. Il pressa le bouton raccrocher, portant ainsi à cinquante-sept en trois jours le nombre d'appels manqués. Il ne reconnaissait pas le numéro et aucun nom ne s'affichait sur l'écran, mais il savait qui le harcelait.

Cette personne aurait mieux fait de commencer par Teresa. Elle avait été trop bavarde, c'était évident, raison pour laquelle elle avait été supprimée.

Il se doutait que l'autorisation de mener des fouilles dans le champ les rendait tous nerveux, mais il n'avait pas besoin de ces avertissements téléphoniques. Il garderait leurs foutus secrets, de même qu'ils avaient gardé le sien. Ils avaient conclu un pacte. Les autres pouvaient bien voir en lui le maillon faible de leur groupe, il n'avait pas failli jusqu'à présent.

Il avait parfois été tenté de tout déballer, de se débarrasser de ce poison – en général quand il traversait un passage à vide. L'alcool avait eu le mérite d'étouffer plus facilement ce genre de pensées.

Son esprit revint en arrière, comme tous les jours. Merde, il aurait dû dire non ! S'opposer aux autres et dire non. Sa propre faute paraissait si triviale comparée aux conséquences de cette acceptation.

Ses pas l'avaient conduit une fois devant le poste de police d'Old Hill. Il était resté là trois heures et demie, à se débattre avec sa conscience. Il n'avait cessé de se lever, se rasseoir, faire les cent pas, se rasseoir encore. De pleurer, de se lever. Jusqu'à ce qu'il décide de partir.

S'il avait eu la force d'avouer la vérité, il aurait risqué de perdre son épouse. En tant que femme et mère, elle aurait été écœurée de découvrir quelle part il avait prise dans ces événements. Et le pire, c'est qu'il n'aurait pas pu lui en vouloir.

Il rejeta les couvertures. Inutile d'essayer de dormir. Il descendit au rez-de-chaussée. Un café, voilà ce qu'il lui fallait. De préférence bien fort.

Alors qu'il se dirigeait vers la cuisine, quelque chose sur la table de la salle à manger l'arrêta net.

En face de lui se trouvaient une bouteille de Johnnie Walker Blue et un message.

La simple vue du liquide brun doré lui assécha la bouche. La bouteille titrait 40° et coûtait plus de cent livres. C'était l'un des meilleurs assemblages de whiskies de malt et de grain, le summum dans la catégorie des blended whiskies. Son corps s'enflamma au quart de tour – c'était Noël avant l'heure –, et il dut prendre sur lui pour s'arracher à la contemplation de la bouteille et ramasser le message.

On peut faire ça à ta façon ou à la mienne,
mais ce sera fait. Savoure.

Il s'affaissa sur une chaise, les yeux rivés sur son meilleur ami et pire ennemi.

Le but de l'expéditeur était clair : il voulait le voir mourir. Malgré sa peur, pourtant, Tom éprouva un certain soulagement. Il avait toujours su que le jour du Jugement dernier arriverait, que ce soit dans ce monde ou le suivant.

Il dévissa le bouchon et perçut tout de suite l'odeur du whisky. En boire le tuerait. Pas la première petite gorgée, bien sûr – pour un alcoolique de sa trempe, il n'existait pas de petite gorgée. S'il commençait, il finirait toute la bouteille et signerait sa propre perte.

L'avantage de cette méthode était que personne n'aurait à en souffrir. Sa femme penserait qu'il avait simplement eu un moment de faiblesse et elle n'aurait rien à craindre. Avec un peu de chance, elle n'apprendrait peut-être jamais ce qu'il avait fait. Et sa fille non plus.

Il saisit lentement la bouteille, avala une première rasade et ne marqua qu'une toute petite pause avant de porter de nouveau le goulot à ses lèvres. Cette fois, il ne s'arrêta que lorsque la brûlure dans sa poitrine devint intolérable.

Les effets furent immédiats. Après deux bonnes années et demie d'abstinence, son corps ne tolérait plus l'alcool comme autrefois et un feu courut dans ses veines jusqu'à son cerveau.

Il avala une nouvelle rasade, puis sourit. Il y avait de pires façons de mourir.

Encore une gorgée. Il se mit à rire. Terminés, les bains à donner aux vieux, les couches sales et la bave à essuyer.

Il leva la bouteille et fit descendre le niveau à la moitié. Il se sentait électrisé, euphorique. C'était comme regarder son équipe de foot préférée écraser l'adversaire.

Il n'aurait plus besoin de cacher son crime ni d'avoir peur. Il faisait ce qu'il fallait.

Des larmes coulèrent sur ses joues. Au fond de lui, il était heureux, en paix, mais son corps le trahissait. Il se figea soudain, le goulot contre sa bouche, en apercevant une photo de sa fille qui donnait à manger aux chèvres du zoo de Dudley le jour de ses six ans.

Curieux. Il ne se rappelait pas ce froncement de sourcils ni ce regard interrogateur.

— Je suis désolé, ma chérie, dit-il à la photo. Ça ne s'est produit qu'une fois, je te le jure.

Elle continua à le fixer avec la même expression. *Tu es sûr ?*

Il ferma les yeux, mais le visage de la petite flottait toujours devant lui.

— D'accord, peut-être plus d'une fois, mais ce n'était pas ma faute, trésor. Elle m'a obligé. Elle m'a tenté. Elle m'a allumé. Je n'ai pas pu m'en empêcher. Ce n'était pas ma faute.

Mais tu étais adulte ?

Le violent dégoût manifesté par sa fille lui arracha une nouvelle larme.

— S'il te plaît, comprends-moi, elle faisait bien plus de quinze ans. Elle était rusée et manipulatrice, j'ai juste cédé. Je n'y pouvais rien. Elle m'a séduit et j'ai été incapable de me défendre.

C'était une enfant.

Il tira sur ses cheveux pour essayer d'apaiser la douleur dans son crâne.

— Je sais, je sais, mais en réalité, non, ce n'était pas une enfant. C'était quelqu'un de fourbe qui avait le don d'obtenir tout ce qu'elle voulait.

Ce que tu as fait après était impardonnable. Je te déteste, papa.

Tout son corps était secoué de sanglots à présent. Il ne reverrait pas sa jolie petite fille. Il ne la regarderait pas grandir et devenir une jeune femme. Il ne serait pas là pour la protéger des garçons. Il n'embrasserait plus ses douces joues et ne sentirait plus sa toute petite main dans la sienne.

Sa tête bascula en avant. À travers les larmes qui tombaient à présent sur ses jambes et lui brouillaient la vue, il aperçut les chaussons qu'Amy lui avait achetés pour la fête des pères. Ils étaient à l'effigie de Homer Simpson, son personnage préféré.

Non, hurla sa conscience. Il devait bien y avoir une autre solution. Il n'avait pas envie de mourir. Il ne voulait pas perdre sa famille. Il fallait qu'il leur fasse comprendre.

Peut-être en allant voir la police ? En avouant ce qu'il avait fait ? Ce n'était pas comme s'il avait agi seul. La décision n'était même pas la sienne. Il avait juste suivi les autres parce qu'il était jeune et terrifié. On pouvait lui reprocher sa faiblesse et sa bêtise, mais pas d'être un assassin, merde.

Tant pis s'il était condamné, ce ne serait pas cher payé pour voir grandir sa fille. Il essuya ses larmes et se concentra sur la bouteille à moitié vide. *Mon Dieu, faites qu'il ne soit pas trop tard !* pria-t-il. Alors qu'il la reposait sur la table, on le tira brusquement en arrière par les cheveux.

La bouteille tomba par terre. Il s'efforçait encore de comprendre ce qui se passait quand il sentit une pointe métallique froide sous son oreille gauche et un avant-bras contre son cou. Il voulut se retourner, mais la pointe de la lame entailla sa peau.

Il vit une main gantée décrire un arc de cercle sous son menton.

Puis, plus rien.

13

Après son troisième appel, Kim reposa le combiné. Elle espérait faire erreur et accaparer pour rien le précieux temps de quelques personnes très importantes. Elle accepterait même volontiers que Woody lui passe un savon si c'était le cas, tant avoir raison ne lui donnerait aucune satisfaction.

Quelqu'un ne voulait pas de ces fouilles archéologiques.

— Qu'est-ce que tu as trouvé, Stace ? demanda-t-elle en s'asseyant sur le bord du bureau vacant.

— Tenez-vous bien, chef. Le bâtiment encore debout fait partie d'un plus gros ensemble construit dans les années 1940. À l'époque, il était destiné à accueillir les soldats qui revenaient du front avec des troubles mentaux. Les mutilés étaient soignés dans les différents hôpitaux de la région, mais les déséquilibrés atterrissaient à Crestwood. Dans les faits, c'était une unité sécurisée pour les hommes incapables de se réinsérer dans la société. Soyons clairs, on parle de machines à tuer dépourvues de bouton « off ». À la fin des années 1970, les trente-cinq individus internés s'étaient tous suicidés ou étaient morts naturellement. L'endroit est ensuite devenu une maison de correction.

Kim grimaça. Cette expression désuète charriait toutes sortes de connotations.

— Continue.

— Des rumeurs atroces de sévices sexuels et de maltraitance ont circulé dans les années 1980. L'enquête menée à ce moment-là n'a débouché sur aucune plainte. Après ça, la maison a été transformée en foyer d'accueil pour filles, mais elle avait toujours la réputation d'accueillir des jeunes à problèmes. Des restrictions budgétaires et les coûts d'entretien du bâtiment ont conduit à son abandon progressif autour des années 2000, jusqu'à ce qu'un incendie le vide complètement de ses occupants, en 2004.

— Il y a eu des blessés ?

Stacey secoua la tête.

— Aucun article de presse ne le donne à penser.

— Très bien. Kev et toi, commencez à dresser la liste des membres du personnel. Je veux voir…

Le bruit d'un fax en cours d'impression la fit taire. Tous savaient de quoi il s'agissait.

Bryant prit le CV de Teresa Wyatt, le parcourut rapidement puis le tendit à Stacey.

— Tiens. Je crois qu'on a une première piste.

Les quatre policiers échangèrent des regards en même temps que plusieurs hypothèses se faisaient jour en eux. Personne ne souffla mot.

Puis le téléphone sonna.

14

— Merde, chef, lève le pied. On n'est pas sur une Kawasaki Goldwing.

— C'est bon à savoir, parce qu'il n'existe aucune moto de ce nom.

— Tu sais quand même qu'il est trop tard pour le sauver ?

Kim ralentit en approchant d'un feu qui venait de passer à l'orange sur Pedmore Road, mais elle se ravisa, accéléra et se faufila entre les véhicules qui circulaient sur la double voie bordant le centre commercial de Merry Hill.

— Je te rappelle aussi qu'on n'a pas de sirène.

— Détends-toi, Bryant. On est toujours en vie. Tu ferais mieux de t'inquiéter pour cette entaille sur ton bras gauche.

Elle avait repéré la blessure à travers le tissu de sa chemise durant le débriefing de son équipe.

— C'est juste une égratignure.

— Tu avais un entraînement de rugby hier soir ?

Il acquiesça.

— Tu devrais arrêter, tu sais. Tu es soit trop vieux pour ça, soit trop lent. Dans tous les cas, tu vas finir par te faire très mal.

— Merci, chef.

— Tes blessures empirent à chaque fois. Il est sûrement temps de laisser tomber.

Au feu rouge suivant, elle fut obligée de s'arrêter. Bryant en profita pour lâcher la poignée de toit intérieure et dégourdir sa main gauche.

— Impossible. Le rugby, c'est mon yang.

— Ton quoi ?

— Mon yang. Mon équilibre. Ma femme m'oblige à prendre des cours de danse de salon avec elle toutes les semaines. J'ai besoin du rugby pour retrouver mon équilibre.

Kim dépassa un rond-point par l'intérieur, ignorant les coups de klaxon.

— Donc, tu sautilles sur une piste de danse et ensuite tu serres des types poilus dans tes bras pour compenser ?

— On appelle ça une mêlée.

— Je ne te juge pas, je t'assure, dit-elle en réprimant un sourire. Mais ce que je ne comprends pas, c'est pourquoi tu me livres volontairement une info pareille. Tu te doutes bien que c'est une erreur, non ?

Il appuya la tête contre son dossier, ferma les yeux et grogna.

— Ouais, je commence à le mesurer. Tu garderas ça pour toi, hein ?

— Je ne ferai aucune promesse que je ne suis pas certaine de pouvoir tenir, répondit-elle en toute franchise.

— Bon, changeons de sujet. Qui tu as appelé tout à l'heure ?

— Le Pr Milton.

— Pourquoi ?

— Pour m'assurer qu'il était arrivé sain et sauf chez Mme Pearson.

— Foutaises, dit Bryant en toussant.

Alors que le flot des voitures avançait au pas, Kim colla au pare-chocs de celle qui les précédait et dut piler pour ne pas l'emboutir lorsque les trois voies passèrent à deux. Bryant s'agrippa de nouveau à sa poignée.

— Que sait-on au juste sur notre victime ? demanda Kim.

— C'est un homme d'une trentaine d'années, la gorge tranchée. Suicide possible, ou éventuellement un accident.

Elle eut un geste d'impatience. Dans leur métier, l'humour noir était nécessaire pour ne pas devenir fou, mais parfois…

— Où va-t-on maintenant ?

— Tourne à gauche juste après l'école. De là, on devrait voir où c'est.

Les roues crissèrent et Bryant fut projeté contre sa portière lorsque Kim braqua. Elle remonta ensuite une rue en pente et tira sur le frein à main devant le ruban tendu par la police.

Une véranda ouverte menait directement dans le salon de la maison, où une policière assise sur un canapé réconfortait une femme en larmes.

— Mon Dieu ! murmura Kim.

— Non, ce n'est pas lui, dit Keats.

Le défunt était encore assis sur une chaise devant la table de la salle à manger. Ses membres pendaient, inertes, semblables à ceux d'une poupée de chiffon, et sa tête à moitié tranchée ployait tellement en arrière que le haut du crâne reposait presque entre ses omoplates. Kim eut aussitôt à l'esprit des images de dessins animés. Une telle position était inconcevable.

Les lois de la physique auraient voulu que l'homme tombe par terre, mais l'inclinaison de sa nuque par-dessus le dossier de la chaise l'avait maintenu en place, sa tête jouant le rôle d'un crochet.

Sa plaie béante dévoilait les tissus jaunes et adipeux entaillés par la lame. Le sang avait giclé sur le mur d'en face, puis s'était répandu sur son T-shirt en lui dessinant un bavoir macabre. Ses baskets aussi en étaient tout imbibées, et l'odeur métallique qui s'en dégageait manqua donner la nausée à Kim.

— Mon Dieu ! jura Bryant derrière elle.

Keats prit un air consterné.

— L'un de vous devrait virer son parolier.

Kim l'ignora et entreprit d'enregistrer tous les détails de la scène. Elle s'approcha du corps. Les yeux de l'homme étaient grands ouverts et la terreur se lisait sur son visage.

Elle aperçut alors la bouteille vide qui gisait par terre.

— De l'alcool dans un moment pareil ? s'étonna-t-elle.

— Je pense que la moitié de ce whisky se trouve dans son estomac et l'autre sur la moquette. Vous parlez d'un gâchis. Une bouteille de Johnnie Walker Blue vaut plus de cent livres.

— Bryant…

— J'y vais.

Bryant regagna le salon. Il savait mieux s'y prendre avec les femmes en détresse. Elle-même avait trop souvent tendance à les faire pleurer encore plus.

Elle contourna le cadavre et examina la scène sous tous les angles. Rien n'avait été dérangé autour de la victime, qui ne semblait pas s'être débattue. Un technicien en combinaison blanche vint se poster près d'elle.

— Inspecteur, dit Keats, Keegan est trop bien élevé pour vous demander de ne pas rester là, mais pas moi. Laissez-le faire son travail.

Kim obéit, non sans l'avoir fusillé du regard. Du coin où elle s'était retirée, elle s'aperçut avec satisfaction que le pantalon du médecin légiste avait un ourlet décousu. Maudit soit le vernis de politesse qui la retenait de lui en faire la remarque…

Keegan prit une série de clichés numériques, puis recommença avec un appareil jetable.

— Son portefeuille est à l'étage, ce n'était donc pas un cambriolage, déclara Keats.

Ça, Kim en avait déjà la certitude.

— Qu'en est-il du couteau ?

— Je dirais qu'il s'agit d'un couteau de cuisine, avec un manche en plastique et une lame de dix-sept centimètres. Le genre qu'on utilise d'habitude pour trancher le pain.

— C'est plutôt précis pour un examen préliminaire.

Il haussa les épaules.

— Peut-être qu'on en a simplement retrouvé un couvert de sang dans l'évier.

— Ce type a été assassiné avec son propre couteau à pain ?

— Inspecteur, je ne voudrais pas me prononcer trop vite, mais…

Keats baissa la voix et se pencha vers elle.

— … je me risquerais à supposer que nous avons affaire à un meurtre.

Génial, songea Kim. Tout le monde était d'humeur à plaisanter aujourd'hui.

— Comment l'assassin est-il entré ?

— La porte donnant sur le jardin était ouverte pour laisser le chat aller et venir.

— Ça fait plaisir de voir que la campagne de prévention « Pour des maisons plus sûres » a été entendue.

Kim s'avança vers la porte en question. À l'extérieur, un technicien déposait de la poudre sur la poignée. Elle scruta le jardin – un mélange de graviers et de dalles délimité par une clôture en bon état – et un détail attira son attention. Elle alla s'accroupir à côté.

— Keats, qui dans cette équipe se trouvait chez Teresa Wyatt l'autre jour ?

— Seulement moi, répondit-il après un coup d'œil aux techniciens.

Avec elle, cela faisait deux personnes.

— Vous portiez les mêmes chaussures qu'aujourd'hui ?

— Inspecteur, mes chaussures…

— Répondez juste à ma question.

— Non.

La même réponse valait pour elle.

— Vous avez vu ça ?

Il plissa les yeux. Ce qu'elle lui montrait ne mesurait pas plus de deux ou trois centimètres de long.

— Ça vient d'un cyprès de Leyland, observa-t-il.

Leurs regards se croisèrent. L'un et l'autre mesuraient les implications d'une telle découverte.

Bryant les rejoignit à cet instant.

— Le whisky nous pose un petit problème, chef. Le type était un ancien alcoolique au régime sec depuis deux ans. Sa femme dit que la bouteille n'était pas chez eux ce matin et qu'il ne serait jamais sorti de la maison habillé comme il est. Sans compter que son portefeuille contient la même somme d'argent que lorsqu'elle est partie. Elle vérifie toujours.

Kim se leva et prit un signet dans le sac du technicien afin de marquer son indice.

— Pourquoi l'assassin serait-il venu avec du whisky ?

— Aucune idée. Mais la victime souffrait d'insuffisance cardiaque congestive. L'alcool aurait probablement suffi à le tuer.

Elle resta perplexe. L'assassin avait apporté une bouteille en sachant qu'elle serait sans doute fatale à Tom Curtis, et malgré ça il l'avait presque décapité. Cela n'avait aucun sens.

— Notre homme aurait pu se contenter de lui laisser l'alcool et de s'en aller. Pourquoi s'est-il donné la peine de l'égorger ?

— C'est peut-être un détraqué qui tenait à faire passer un message ?

— Soit il était au courant du problème cardiaque de Curtis et il a quand même voulu ajouter une petite touche personnelle à son crime, soit c'était un moyen de le soumettre pour se faciliter le travail.

Le portable de Kim se mit à sonner.

— Stone à l'appareil.

— Chef, c'est quoi, le nom complet de la victime ?

— Tom Curtis. Pourquoi ?

La voix essoufflée de Dawson lui tordit le ventre. Elle devinait ce qui allait suivre.

— Vous n'allez jamais le croire, mais le foyer pour enfants de Crestwood employait un chef cuisinier il y a dix ans. Il s'appelait Tom Curtis.

15

— Merci de m'avoir laissé prendre le volant pour rentrer, chef. Je n'aurais pas supporté une nouvelle séance de montagnes russes.

— Mouais, mais dis-toi bien qu'on n'est pas dans *Miss Daisy et son chauffeur*. J'aimerais arriver au poste avant le week-end prochain, moi.

Tandis que Bryant bifurquait vers Halesowen, Kim sortit son portable pour rappeler un numéro qu'elle avait déjà composé un peu plus tôt.

— Professeur Milton… oui… bonjour. C'est au sujet de notre précédente conversation… Tout est prêt ?

— J'ai passé quelques coups de fil, ma chère, et je pense être en mesure de vous aider.

— J'apprécie beaucoup, mais il semblerait que nous ayons un second cadavre sur les bras en rapport avec cette affaire. Autant dire que nous sommes très, très pressés.

Le professeur suffoqua de surprise.

— C'est compris, inspecteur, assura-t-il.

Elle le remercia et raccrocha.

— De quoi vous parliez ? demanda Bryant.

— Ne t'occupe pas de ça. Roule.

Le temps qu'il se gare dans le parking du poste de police, elle avait sollicité et obtenu un bref entretien avec Woody. Elle monta donc directement au troisième étage, frappa à la porte de son supérieur et entra juste avant qu'il l'invite à le faire.

— Stone, vous avez intérêt à m'annoncer une bonne nouvelle. J'étais en plein…

— L'affaire Teresa Wyatt s'annonce bien plus compliquée que prévu, monsieur.

— Comment ça ?

— Le jour de sa mort, elle a appelé un certain Pr Milton, qui venait de recevoir l'autorisation de mener des fouilles sur un terrain en friche à Rowley Regis. Elle a d'abord demandé à travailler comme bénévole pour le projet et, lorsqu'il a refusé, elle a cherché à en savoir plus sur la zone concernée.

— Qu'est-ce que ce terrain a de particulier ?

— C'est le site de l'ancien foyer pour enfants.

— Celui à côté du crématorium ?

— Oui. Teresa Wyatt et Tom Curtis ont tous les deux fait partie du personnel. L'autorisation de mener des fouilles remonte à quelques jours et rien que dans ce laps de temps, le professeur a reçu des menaces de mort, sa chienne a été tuée et deux anciens employés de Crestwood ont été assassinés.

Woody fixa un point sur le mur derrière elle. Il voyait déjà les gros titres dans la presse.

— Monsieur, quelqu'un ne veut pas qu'on vienne retourner la terre de ce champ.

— Ne vous emballez pas, Stone. Il y a beaucoup d'enjeux politiques dans cette histoire.

— Des équipes seront sur le site dès demain.

La mâchoire de Woody se crispa.

— Stone, vous savez que c'est impossible. Il nous faut d'abord effectuer toutes sortes de démarches…

— Sauf votre respect, monsieur, c'est votre problème, pas le mien. Cette affaire prend une telle ampleur qu'on ne peut pas se permettre d'attendre.

Il médita ses paroles un instant.

— Je veux que vous soyez sur place à la première heure demain matin, mais il est hors de question que les gars creusent quoi que ce soit. Pas une seule pelle ne doit toucher le sol de ce champ tant que je ne vous aurai pas donné mon feu vert.

Elle garda le silence.

— C'est bien compris, Stone ?

— Bien sûr, monsieur. Comme vous voudrez.

Elle se leva et sortit.

16

Bethany Adamson poussa un juron. Le bruit de sa canne sur la grille en fer qui séparait la cabine d'ascenseur et le sol carrelé venait de déchirer le silence.

Elle s'avança tout en cherchant le trousseau de clés et tenta d'une main de repérer celle qui ouvrait l'appartement. Le trousseau tomba par terre, métal contre métal.

Elle jura de plus belle en se baissant pour le ramasser tandis qu'un éclair de douleur fusait depuis son genou et remontait jusqu'à sa hanche. Sa main se referma sur les clés, mais trop tard : le pêne coulissait déjà dans la serrure de la peau de vache d'à côté.

Alors qu'elle se redressait, un courant d'air chaud s'échappa par la porte ouverte.

— Tout va bien ? demanda sa voisine.

Il n'y avait aucune sollicitude dans la question, juste une pointe de reproche.

Myra Downs mesurait environ un mètre cinquante dans ses chaussons bordés de fourrure. La peau nue de ses pieds était si sèche qu'elle desquamait – une chance qu'elle ait enfilé une longue robe de chambre pour cacher le reste… Elle avait croisé ses bras dodus sur ses gros seins, qui s'en trouvaient aplatis comme des crêpes, et son visage ridé était plissé par la contrariété.

Beth la regarda droit dans les yeux. Nicola avait peut-être peur de cette femme, mais pas elle.

— Nan, madame Downs, j'étais juste en train de me faire piquer mon sac et violer par trois mecs, mais c'est gentil de vous inquiéter.

La femme prit un air pincé.

— Il y a des gens ici qui essaient de dormir.

— Vous auriez plus de chances d'y arriver si vous restiez pas collée contre votre porte.

Cette fois, le visage de Myra Downs se tordit de rage. On aurait dit un bouledogue qui aurait avalé une guêpe.

— Vous savez, cet immeuble était tout à fait respectable avant. Maintenant, entre les disputes et le raffut à toute heure du jour et de la nuit…

— Madame Downs, il est 22 h 30 et j'ai juste laissé tomber mes clés. Remettez-vous, putain.

Sa voisine devint rouge de colère.

— Eh bien, eh bien, ça alors… Combien de temps comptez-vous séjourner ici ?

Ah ! Encore une qui n'avait pas envie de la voir s'incruster. Pas de bol.

— Probablement un bon moment. Nic va faire ajouter mon nom sur le bail.

— Oh ! non, non, non, je parlerai à votre sœur de…

Face à la mine horrifiée de Myra Downs, Beth savoura son mensonge, mais cette vieille fouine commençait à l'énerver sérieusement.

— C'est quoi, votre problème, hein ?

— Le tapage nocturne est effrayant pour les gens qui vivent seuls, jeune fille.

— Et qui pourrait bien s'introduire chez vous ? Y a trois serrures et un digicode pour vous protéger ! répliqua Beth, avant de la regarder de la tête aux pieds. Et franchement, vous avez pas grand-chose à craindre.

Mme Downs recula d'un pas.

— Il est impossible de discuter avec vous. J'en toucherai un mot à Nicola. Elle est beaucoup plus agréable.

Tu m'apprends rien, grosse vache, pensa Beth.

Elle continua à fixer la vieille femme jusqu'à ce que celle-ci referme sa porte. Alors seulement, elle se laissa aller à sourire. Ce petit échange avait égayé sa soirée.

Elle agita encore un peu son trousseau, puis entra dans l'appartement.

Là, elle appuya sa canne contre le bord du canapé, s'assit et massa son genou. Il dérouillait salement avec ce froid.

Elle ôta ses bottines plates pour enfiler les beaux chaussons en cuir bordeaux, doux et lisses au-dessus, chaudement fourrés au-dedans, qui attendaient près du canapé. Ce n'était pas les siens, mais ça ne gênerait pas Nicola. Elles avaient toujours tout partagé. Il en allait ainsi entre jumelles.

Elle se leva, agita sa jambe pour en chasser la douleur et alla frapper doucement à la porte de sa sœur. Pas de réponse. Qu'espérait-elle ? Évidemment que cette putain n'était pas là. Elle était partie danser et s'exhiber pour de l'argent.

Elle se faufila dans la pièce avec, comme d'habitude, un petit coup au cœur devant le décor. C'était le genre de chambre dont elles avaient rêvé enfants, lorsqu'elles dormaient côte à côte à Crestwood.

À l'époque, elles s'imaginaient avec des couvertures et des oreillers roses, des lits à baldaquin ornés de belles tentures en dentelle. Une armoire magique pareille à celle du *Monde de Narnia*. Des étagères croulant sous les peluches et les boules à neige. Des guirlandes lumineuses autour des lits. Un jour viendrait où elles auraient une chambre féerique, et claire, et remplie de choses qui leur appartiendraient, et elles s'y endormiraient le soir en s'amusant à projeter des ombres sur le mur.

Beth s'avança et effleura le manteau de la cheminée, jusqu'à l'ours en peluche posé seul tout au bout. Elle ouvrit ensuite la porte du dressing.

Les vêtements de Nicola, ses dessous et ses chaussures étaient bien pliés, empilés et triés par couleur. Il y avait aussi deux tiroirs entiers de bijoux. Le premier renfermait des pièces coûteuses et délicates, conservées dans leurs écrins d'origine – dont un de chez Cartier et deux de chez De Beers.

Le second tiroir contenait des breloques plus grosses et plus voyantes que Nicola mettait probablement pour danser. Beth le referma rapidement et s'éloigna. Elle n'aimait pas se représenter sa sœur au travail.

Elle passa devant la coiffeuse au miroir bordé de spots qui séparait la penderie du placard à chaussures puis sortit du dressing pour aller s'asseoir sur le lit à baldaquin. C'était une chambre de princesse, exactement comme elles l'avaient prévu. Une chambre semblable à celle où elles s'étaient juré de vivre à jamais ensemble. La chambre de leurs rêves, à ceci près qu'il n'y avait qu'un lit. Et la seule à en profiter avait aussi tout pour elle.

Pourtant, toutes les possessions de Nicola n'exaspéraient pas Beth autant que son refus de reconnaître ses torts.

La façon pathétique qu'avait sa sœur de nier leur passé la rendait chaque jour un peu plus folle de rage. Aucune excuse ne pourrait jamais effacer ça.

Nicola avait anéanti leurs chances de vivre ensemble, et pourtant elle prétendait toujours ignorer ce qui s'était produit.

Je ne sais pas pourquoi tu me détestes. Je ne sais pas ce que j'ai fait. Je ne sais pas en quoi je t'ai blessée. Elle n'arrêtait pas.

Seulement, elle avait beau jurer tout ce qu'elle voulait, Beth sentait la vérité au fond d'elle.

Quelque part tout au fond, Nicola savait.

17

— Merde, Bryant, tu veux bien rester tranquille ?

Bryant se dandinait d'un pied sur l'autre. La température était tombée à moins 3° au cours de la nuit, et le froid glacial transperçait leurs semelles, leur glaçant les os.

Il souffla dans ses mains en coupe.

— Tout le monde n'est pas en titane, chef. Ça pèle grave.

— Un peu de nerf, rétorqua Kim en s'approchant du site.

La zone, grande comme un terrain de foot, montait en pente douce vers une rangée d'arbres qui cachait son extrémité nord au quartier voisin, peuplé de logements sociaux. Une route la séparait à l'ouest du crématorium de Rowley Regis, et Kim aperçut les vestiges d'un grand bâtiment construit tout au sud, dans la partie basse du champ, derrière un arrêt de bus et un réverbère. Le dernier étage dominait une rangée de maisons mitoyennes de l'autre côté de la chaussée, tandis que le rez-de-chaussée disparaissait derrière une palissade d'un mètre quatre-vingts, qui délimitait un périmètre restreint tout autour du complexe.

Elle promena un regard consterné sur les environs. Quel réconfort cela avait dû être pour des enfants abandonnés, violentés et négligés de contempler un cimetière depuis leurs fenêtres ! Il y avait vraiment des moments où l'insensibilité du système l'horrifiait. On n'avait vu là qu'un bâtiment vacant à réinvestir, comme si rien d'autre n'importait.

Elle soupira et souffla un baiser silencieux vers la tombe de Mikey, à présent voilée par un épais brouillard qui les isolait complètement et empêchait de distinguer quoi que ce soit à plus de soixante mètres à la ronde.

Puis un break Volvo s'arrêta sur une bande de terre au sommet du site. Le Pr Milton en sortit avec deux autres hommes.

— Inspecteur, quel plaisir de vous revoir !

Elle nota un changement remarquable dans son allure par rapport à la veille. Les joues roses et les yeux brillants, il se déplaçait d'un pas alerte et déterminé. Si c'était là le résultat d'une nuit sous la protection de Mme Pearson, elle aurait peut-être intérêt à s'inviter chez elle.

Le Pr Milton se tourna vers ses compagnons alors que Bryant émergeait du brouillard.

— Voici Darren Brown et Carl Newton, les bénévoles qui devaient m'aider dans mes fouilles. Ce sont eux qui manipuleront le matériel.

Sachant quel mal il s'était donné, Kim se sentit le devoir d'être franche avec lui.

— Vous avez bien conscience que nous n'avons que des soupçons, n'est-ce pas ? Il n'y aura peut-être rien ici.

— Mais imaginons le contraire, inspecteur, dit Milton à voix basse, l'air très sérieux. J'essaie de sonder ce terrain depuis deux ans, et quelqu'un a tout fait pour m'en empêcher. J'aimerais savoir pourquoi.

Rassurée, elle se tourna vers une Opel Astra qui s'était garée à côté de la Volvo. Un homme corpulent d'une cinquante d'années les rejoignit, accompagné d'une grande rousse à qui elle ne donnait pas trente ans.

— Merci d'être venu, David, dit-elle.

— Je ne me rappelle pas avoir eu le choix, répliqua-t-il avec un sourire forcé.

— Professeur Milton, je vous présente le Dr Matthews.

Les deux hommes échangèrent une poignée de main.

Kim avait rencontré le Dr Matthews à l'université de Glamorgan, laquelle formait avec l'université de Cardiff et la police du sud du pays de Galles une organisation unique au Royaume-Uni : l'Institut de police scientifique, dédié à la recherche et à la formation en matière de criminologie et de criminalistique.

Conseiller rattaché au centre de Glamorgan pour les sciences policières, le Dr Matthews avait joué un rôle déterminant dans la création d'un programme d'enseignement universitaire fondé sur l'analyse des scènes de crime.

Après un de ses séminaires deux ans plus tôt, Kim avait émis quelques suggestions pour améliorer les scénarios soumis aux étudiants en se fondant sur sa propre expérience du terrain – ce qui l'avait finalement amenée à rester tout un week-end sur place.

— Permettez-moi de vous présenter Cerys Hughes, dit le Dr Matthews. C'est une archéologue qualifiée qui a obtenu récemment son diplôme d'expert médico-légal.

Kim la salua d'un signe de tête avant de s'adresser à eux :

— OK. Comprenez bien tous les deux que nous ne sommes pas encore autorisés à mener des recherches ici. Mon supérieur s'occupe des démarches administratives, alors rien ne doit être dérangé tant qu'on ne sera pas en règle. Si vous suspectez la présence de quelque chose, prévenez-moi.

— Nous n'avons que trois heures à consacrer à vos magouilles, l'avertit David Matthews. Si on n'a rien trouvé d'ici là, on décampera.

Kim acquiesça. Trois heures pour lui contre un week-end pour elle. Yep, ça semblait équitable.

— Cerys et moi allons prélever un échantillon de terre au sommet du terrain pour commencer à analyser le sol, continua-t-il.

Sa collègue avait des yeux bleu clair, le regard perçant, et portait ses cheveux roux flamboyants en un carré bien lisse qui lui arrivait juste sous la mâchoire. Sans être naturellement belle, elle avait un visage intrigant, qui attirait l'attention.

Elle retourna son salut à Kim sans sourire et suivit David Matthews vers l'extrémité du site.

Une Escort blanche prit la dernière place libre près des deux autres voitures. Une femme ouvrit les portières arrière, dévoilant un distributeur d'eau chaude et des paquets enveloppés de papier aluminium.

— Mon imagination me joue des tours ou quoi ? demanda Bryant, amusé.

— Non, ce n'est pas un rêve. Veille à ce que tout le monde prenne une boisson et un sandwich au bacon avant d'attaquer.

Il sourit.

— Tu sais, chef, parfois…

Kim n'entendit pas la fin de sa phrase. Déjà, elle descendait la colline en direction du bâtiment abandonné. Elle longea la palissade sans trouver de point d'entrée. L'avant du bâtiment faisait face à la route et aux habitations situées de l'autre côté. Trop de regards inquisiteurs en perspective. Elle rebroussa chemin et chercha une brèche quelconque à l'arrière.

La clôture n'avait pas été conçue de façon traditionnelle. Des planches de bois solides et épaisses, plutôt que celles utilisées pour les palettes, s'alignaient exactement pour ne laisser qu'un infime jour entre elles, tous les vingt-deux centimètres.

Kim poussa l'un des piquets. Sa base avait pourri dans le sol et il oscilla sur lui-même.

— N'y pense même pas, dit Bryant en lui tendant un gobelet fumant.

Elle l'accepta et continua à longer la palissade. Les deux piquets suivants étaient stables, mais le quatrième bougea lui aussi.

— Comment as-tu réussi à faire venir le Dr Matthews ici ? Tu l'as menacé ?

— Précise ce que tu entends par menacer.

— Je préfère ne pas savoir, finalement. Ce serait encourager des démentis plausibles et autres foutaises du genre.

— Ça ne fait pas de mal d'avoir sous le coude une archéologue doublée d'une experte médico-légale.

— Bien sûr que non, sauf qu'à ce stade, on n'est pas habilités à demander à qui que ce soit d'entreprendre quoi que ce soit.

Kim ignora son objection.

— Que se passera-t-il si on ne trouve rien ? insista Bryant.

— On rentrera tous bien tranquillement chez nous. Mais dans le cas contraire, on aura une longueur d'avance. Le Dr Matthews est parfaitement qualifié pour…

— Oh, ça, je suis au courant. Il m'a récité tout son CV. Mais on a ordre de ne toucher à rien tant qu'on n'aura pas toutes les autorisations nécessaires.

— Tu deviens pédant, là.

— Je ne voudrais pas que Woody te botte les fesses, c'est tout.

— Ne t'occupe pas de mes fesses. Tu devrais plutôt t'inquiéter pour les tiennes si tu envisages de manger le deuxième sandwich dans ta poche.

— Comment tu as deviné ?

Elle ne répondit pas. Elle se doutait qu'il en avait pris un pour elle, même s'il savait qu'elle n'y toucherait probablement pas. Elle s'écarta de la palissade et termina son café.

— Question importante, maintenant : dois-je franchir ou enfoncer cette barrière ?

— Pourquoi ne pas t'en éloigner ? grogna Bryant.

— Ça ne figure pas dans les options que je t'ai soumises.

— Nous n'avons pas le droit d'entrer.

— Soit tu m'aides, soit tu me laisses me débrouiller. À toi de choisir.

Elle posa son gobelet vide par terre pendant qu'il soupirait bruyamment.

— Si tu l'enfonces, l'endroit sera à la merci des gamins du coin.

— Je passerai par-dessus, alors, dit-elle en s'approchant d'un point situé entre deux piquets stables.

Elle donna un coup de pied dans l'une des planches à hauteur de sa cuisse. Le bois commença à céder et, au coup suivant, il se brisa en deux. Elle poussa les débris vers l'avant afin que la planche intacte en dessous lui fasse office de marche. D'un mouvement fluide, elle inséra le bout de sa botte dans le trou et s'appuya sur Bryant pour se hisser sur la palissade, balancer une jambe par-dessus le sommet et caler son pied. À cheval sur la barrière, elle prit le temps d'assurer son équilibre, puis ramena l'autre jambe et sauta en arrière, genoux pliés pour absorber le choc.

À travers les hautes herbes et les orties qui envahissaient le pourtour du bâtiment, elle se fraya un chemin jusqu'à la seule fenêtre visible au rez-de-chaussée. La hauteur de la clôture l'avait protégée, ainsi que ses voisines, mais toutes celles de l'étage supérieur étaient brisées.

Avisant une poubelle grise en étain, Kim saisit le couvercle et fracassa la vitre avec.

— Qu'est-ce que tu fabriques ? s'inquiéta Bryant.

Sans répondre, elle fit tomber quelques éclats de verre, retourna la poubelle et monta dessus afin de se glisser avec précaution dans l'ouverture.

Elle descendit de l'autre côté sur un plan de travail en Formica qui courait tout le long du mur, de part et d'autre d'un double évier. Des toiles d'araignée pendaient dans tous les coins. L'incendie avait ravagé la pièce, et les murs apparaissaient plus noirs près de la porte qui menait au couloir. À première vue, le sinistre avait démarré là, dans la cuisine.

Quelque part dans le bâtiment, quelque chose gouttait. L'eau avait dû être coupée, mais un peu de pluie avait pu s'infiltrer par le toit, endommagé d'abord par le feu puis par les intempéries.

Depuis le seuil, elle vit que le couloir divisait le bâtiment en deux sur toute sa longueur. Une couche de poussière était visible par endroits sur le mur blanc cassé à sa droite, mais l'incendie avait laissé ce dernier intact.

À sa gauche, en revanche, les poutres qui soutenaient le plancher de l'étage supérieur étaient noircies. Des fils électriques et des câbles mis à nu pendaient au milieu, et l'encadrement des portes était calciné. Seules quelques portions inférieures du mur avaient été épargnées.

Des débris et des dalles de plafond jonchaient le sol. Plus on s'éloignait vers l'autre bout du bâtiment et plus les dégâts semblaient empirer.

Kim revint examiner la cuisine. Les placards muraux situés à côté de l'entrée présentaient l'effet marbré du bois brûlé. Les portes du frigo et du freezer pendaient de travers, toutes tordues, et une légère couche de suie recouvrait les abords de la table de cuisson à six feux.

Elle ouvrit un placard, faisant cascader par terre des crottes de rongeurs. Collée au dos du battant, une feuille de format A4 présentait une liste encore lisible de noms de filles ainsi que les corvées assignées à chacune pour la semaine.

Kim marqua une pause tandis que sa main effleurait les premiers noms. Elle avait fait partie de ces filles. Pas à cet endroit ni à cette époque, mais dans son subconscient, elle connaissait chacune d'entre elles. Elle savait leur solitude, leur douleur, leur colère.

Un souvenir de sa famille d'accueil n° 5 s'imposa. Dans la petite chambre à l'arrière de la maison, elle entendait la nuit les doux roucoulements des pigeons voyageurs des voisins. Chaque fois qu'ils étaient lâchés, elle les regardait en leur ordonnant mentalement de s'échapper, de fuir cette captivité et de conquérir leur liberté. Ils ne le faisaient jamais.

C'était pareil dans les maisons comme Crestwood. De temps à autre, des oiseaux étaient libérés, mais ils donnaient l'impression de toujours revenir. De même qu'en prison, les départs d'un foyer d'accueil s'accompagnaient d'adieux emplis d'espoirs et de vœux de réussite. Et eux non plus n'étaient jamais définitifs.

Les pensées de Kim furent interrompues par le hurlement d'une sirène au loin. Elle grimpa sur le plan de travail, se faufila par la fenêtre et redescendit en s'aidant de la poubelle.

Elle tirait celle-ci vers la palissade lorsque la sirène s'arrêta – et avec elle le moteur d'une voiture.

— Bonjour, Kelvin, pourquoi tout ce raffut ? cria Bryant.

— On nous a signalé une intrusion dans le bâtiment.

Génial, les flics s'étaient déplacés pour elle, songea-t-elle en se plaquant contre la clôture.

— Non, c'était seulement moi qui fouinais. On m'a refilé un boulot de merde aujourd'hui. Je dois surveiller les gars qui creusent là-bas et j'étais curieux de voir ce qu'il y avait ici.

— Mais vous n'êtes pas entré dans la maison, hein ? demanda l'agent d'un ton sceptique.

— Non, mon vieux. Vous me prenez pour un débile ou quoi ?

— C'est bon, inspecteur. Je vous laisse.

L'agent commença à s'éloigner, avant de se raviser et de revenir sur ses pas.

— C'est votre chef qui vous a refourgué cette mission, inspecteur ?

— Qui d'autre ?

— Faut que je vous dise, monsieur : presque tout le monde au poste est désolé que vous soyez obligé de bosser avec cette casse-couilles.

— Vous savez, elle serait probablement d'accord avec vous si elle vous entendait, répondit Bryant en riant.

— Elle est un peu froide, non ?

Derrière la palissade, Kim approuva. Ouais, ça lui convenait.

— Nan, elle n'est pas aussi terrible que vous le croyez.

Elle se retint de gronder. Oh, si ! Elle l'était.

— D'ailleurs, elle me disait justement l'autre jour que ce serait sympa si vous pouviez engager la conversation avec elle de temps en temps.

Elle allait le tuer. Lentement, très lentement.

— Pas de problème, monsieur. Je n'oublierai pas.

En repartant, l'agent annonça à son poste de commandement que tout était en ordre.

— Salaud, cracha Kim à travers les planches.

— Oups, désolé ! Je ne m'étais pas rendu compte que tu étais là… en train de m'espionner.

Elle se servit de nouveau de la poubelle pour franchir la palissade, mais elle atterrit cette fois sur Bryant.

— Oups, désolée !

— Sur l'échelle des excuses sincères, je mettrais moins 7 à celle-là.

— Inspecteurs ! les interrompit le Pr Milton en surgissant derrière eux. Nous sommes prêts.

Bryant croisa le regard de Kim et le soutint pendant que l'enseignant s'éloignait.

— Alors, qu'est-ce que t'a appris cette mission de reconnaissance illégale ?

— Contrairement à ce que disait le rapport écrit, l'incendie n'a pas démarré dans la cuisine.

18

Kim rattrapa le professeur alors qu'il rejoignait Bill et Ben, ainsi qu'elle avait déjà surnommé ses bénévoles.

— Le Dr Matthews a effectué un examen préliminaire du sol, l'informa-t-il. Il a établi qu'il était de nature essentiellement argileuse.

Pas franchement une surprise dans cette région…

— Cela affecte la performance du radar géologique. On va donc commencer avec un magnétomètre.

— À vos souhaits, plaisanta Bryant.

Le professeur l'ignora et continua à parler comme si Kim avait la moindre idée de ce à quoi il faisait allusion. Elle mettait rarement en doute l'expertise des autres, cependant. Elle comptait sur eux pour faire leur travail et attendait la même confiance en retour.

— Le magnétomètre est équipé de capteurs qui mesurent l'intensité du champ magnétique, celle-ci pouvant être perturbée par différentes matières. Grâce à cet appareil, on peut détecter des substances organiques décomposées ou établir qu'un sol a été remué.

Bill s'approcha, suivi de Ben. On l'aurait dit tout droit sorti de *Terminator*. Il avait calé sur son épaule une sangle noire attachée à une tige métallique d'environ un mètre quatre-vingts qu'il tenait à l'horizontale au niveau de la taille. À l'avant, une autre tige, plus courte et équipée de capteurs à ses extrémités, formait un T géant avec la première. Le jeune homme portait également sur son ventre un lecteur relié à la perche par des câbles, ainsi qu'un fourre-tout en toile noire dans son dos.

— On va commencer ici, dans la partie la plus basse du terrain, et on avancera en suivant des lignes droites. Un peu comme on tondrait une pelouse.

Kim opina et les trois hommes se mirent au travail.

Le Dr Matthews et son assistante s'étaient installés au chaud dans leur voiture.

— Ça va aller, chef ? demanda Bryant.

— Pourquoi veux-tu que ça n'aille pas ? répondit-elle sèchement.

— Eh bien, tu comprends…

— Non, je ne comprends pas, et si tu doutes de mes capacités, adresse-toi à mon supérieur.

— Je ne ferais jamais ça, chef. Je posais la question parce que je m'inquiétais.

— Je vais bien. Arrête avec ça.

Elle n'évoquait jamais son passé, mais Bryant en connaissait certains pans – plus ou moins. Il savait qu'elle avait été confiée à des familles d'accueil, mais pas ce qu'elle avait subi durant cette période. Que sa mère était paranoïaque et schizophrène, mais pas les conséquences de sa maladie. Qu'elle avait eu un frère jumeau autrefois, mais pas comment il était mort. Seule une personne était au courant de tout ce qui lui était arrivé, et Kim était certaine qu'il en serait toujours ainsi.

Son téléphone portable sonna. C'était Woody.

— Oui, monsieur ?

— J'attends toujours, Stone. Je voulais juste m'assurer que vous n'aviez pas oublié notre conversation.

— Bien sûr que non, monsieur.

— Essayez seulement d'enfreindre mes ordres…

— Monsieur, je vous en prie, vous pouvez me faire confiance.

Bryant afficha un air accablé en entendant cela.

— Si je n'obtiens pas l'autorisation dans les deux ou trois prochaines heures, remerciez le Pr Milton et renvoyez-le chez lui.

— Oui, monsieur.

Par chance, il ignorait la présence sur le site du Dr Matthews.

— Je sais que c'est frustrant de rester là sans rien faire, mais il faut respecter les procédures.

— Je comprends, monsieur. Bryant est à côté de moi et il aimerait vous faire part de sa préoccupation concernant la gestion de cette enquête.

Elle tendit le téléphone à son adjoint. Bryant la fusilla du regard avant de tourner les talons.

— Ah, finalement non ! dit-elle. J'ai dû faire erreur.

Agacé, Woody mit fin à la communication. Elle appela aussitôt Dawson, lequel répondit à la deuxième sonnerie.

— Quoi de neuf ?

— Pas grand-chose, chef.

— Tu as les noms des autres membres du personnel ?

— Pas encore. Les autorités locales ne sont pas aussi soucieuses de nous aider que Courtney. On épluche tous les articles de presse qui mentionnent le nom de Crestwood au cas où on tomberait sur une info intéressante, mais pour le moment, on n'a qu'un certain pasteur Wilks, qui a organisé une randonnée reliant les trois plus grands sommets du pays afin de collecter des fonds pour financer une excursion d'une journée pour les filles.

— Merci, Kev. Passe-moi Stacey.

— Bonjour, chef, dit celle-ci.

— Il me faut la liste des filles qui étaient hébergées ici juste avant l'incendie.

Même s'ils ne trouvaient rien dans le champ, il faudrait tôt ou tard qu'ils interrogent les anciennes pensionnaires de l'établissement pour établir un lien entre Teresa Wyatt et Tom Curtis.

Stacey répondit qu'elle entamait tout de suite des recherches et raccrocha. Le Pr Milton et ses deux assistants avaient progressé d'environ douze mètres avec leur magnétomètre et s'étaient arrêtés pour scruter leur appareil.

Puis Kim aperçut Bryant à la lisière du site. Fait inhabituel, elle s'en voulut de lui avoir parlé sèchement. Elle savait qu'il se souciait vraiment d'elle, mais elle avait toujours eu un peu de mal à accepter les marques de gentillesse.

Elle le rejoignit et lui donna un petit coup de coude.

— Hey, tu as toujours ce sandwich au bacon ?

— Ouais. Tu le veux ?

— Non. Jette-le à la poubelle. Ton taux de cholestérol t'interdit d'y toucher.

À peine eut-elle prononcé ces mots qu'elle prit conscience de son erreur. Elle s'était trahie.

— Toi, tu as parlé à ma femme.

Elle sourit. L'épouse de Bryant lui avait envoyé un texto deux jours plus tôt.

Un mouvement derrière eux la fit soudain se retourner. Le professeur arrivait en courant, le teint rouge, l'air surexcité.

— Inspecteur, l'appareil montre des résultats intéressants. Je crois qu'on tient quelque chose.

Bryant croisa le regard de Kim.

— Chef, on n'a pas le droit…

Elle le fixa longuement. S'il y avait un cadavre enterré dans ce champ, elle n'entendait pas le laisser moisir là une minute de plus que nécessaire.

— Commencez à creuser, dit-elle au professeur.

19

— Avec tout le respect que je te dois, tu as perdu la tête ?

— Quelque chose te tracasse, Bryant ?

— Rien, à part le fait que tu risques de te retrouver au chômage.

— C'est mon problème.

— Ouais, mais parfois tu ferais mieux de t'arrêter deux secondes pour réfléchir.

— Tu sais quoi ? Reste ici et réfléchis à ma place pendant que je retourne bosser.

Elle le planta là et suivit le professeur. De son côté, le Dr Matthews avait jailli de sa voiture et fonçait vers eux comme un dératé.

— Inspecteur, je ne peux pas vous laisser faire ça ! À quoi vous jouez ?

— Je fais mon travail.

— Ce n'est pas votre travail tant que vous n'aurez pas reçu l'autorisation de fouiller ce site.

— Qui a dit qu'on allait le fouiller ? On va juste creuser quelques trous.

Tous avaient à présent convergé vers le magnétomètre.

— Vous pourriez compromettre toute l'enquête en agissant de manière précipitée !

— Docteur, si jamais on découvre un cadavre, je me conformerai à toutes les procédures appropriées, mais à ce stade on n'a qu'une anomalie magnétique. Pour ce qu'on en sait, ce n'est peut-être qu'un chien crevé.

Elle se rendit aussitôt compte de sa maladresse.

— Désolée, professeur.

— C'est une scène de crime potentielle, insista Matthews.

— Qui a pu être sondée par n'importe quel chercheur de trésor équipé d'un détecteur de métaux, auquel cas aucune procédure n'aura été respectée.

Telle était sa logique, et elle s'y tenait.

Matthews se raidit en comprenant qu'il ne réussirait pas à la faire changer d'avis. Il dévisagea les autres membres du groupe autour de lui avant de la toiser froidement.

— Votre impatience menace notre carrière à tous.

Elle fit signe qu'elle en avait conscience.

— Passez-moi une pelle, dit-elle à Bill et Ben.

— Chef…

Les deux hommes consultèrent le professeur du regard.

— Merde ! s'énerva-t-elle. Docteur Matthews, vous êtes libre d'attendre dans votre voiture que nous ayons l'autorisation d'intervenir. Les autres, faites ce que vous voulez, je m'en contrefous.

Elle ramassa elle-même une pelle, l'enfonça autant que possible dans le sol et souleva une première motte de terre qu'elle déposa sur sa gauche.

— Il m'est impossible de prendre part à cette opération, décréta le Dr Matthews. Venez, Cerys.

— Je vous rejoins tout à l'heure, docteur, dit-elle. J'aimerais rester un peu.

Il hésita un instant, puis partit en affichant un air désabusé.

Kim remercia l'archéologue d'un sourire. Sa présence lui offrait une sorte de protection et elle le savait.

Elle enfonça de nouveau sa pelle dans le sol. Celui-ci était dur et l'entreprise s'annonçait très longue, mais cela valait mieux que de se tourner les pouces.

— Oh, nom de Dieu ! jura Bryant en ramassant une deuxième pelle.

Il se positionna à environ deux mètres en face de Kim et se mit à creuser lui aussi.

— Non, non, non ! protesta le Pr Milton, consterné. Écoutez, si vous tenez vraiment à faire ça, faites-le correctement.

Durant deux heures, Bryant et Kim se relayèrent avec Bill et Ben pour déblayer la terre en suivant les instructions de Cerys et du professeur. L'archéologue ne cessait de parcourir la zone en consultant les données du magnétomètre. Ce fut elle qui leur indiqua dans quel sens progresser et jusqu'à quelle profondeur. Puis elle interpella Kim et Bryant :

— Inspecteurs, je crois que vous devriez vous écarter maintenant. Professeur, pouvez-vous m'apporter vos outils manuels ?

Kim sortit de la fosse, qui mesurait à présent un mètre quatre-vingts de large sur deux mètres quarante de long et presque cinquante centimètres de profondeur. Elle tenta de s'épousseter mais les projections de boue et d'argile s'étaient incrustées en séchant dans le tissu de son pantalon.

Cerys et le Pr Milton étudièrent les relevés du magnétomètre et pointèrent des zones précises dans la fosse, où Bill et Ben entrèrent cette fois avec des outils de jardinage.

— On ne s'ennuie jamais avec toi, hein ? lança Bryant à Kim.

— Au moins, tu as brûlé toutes les calories de ton sandwich au bacon.

— Et même plus.

Elle-même sentait son ventre gargouiller. Le demi-toast qu'elle avait avalé à 6 h 30 ce matin-là n'était plus qu'un lointain souvenir.

— Il est presque 14 heures, observa Bryant. Il fera bientôt nuit.

À ce moment-là, Bill et Ben firent signe à Cerys de les rejoindre dans la fosse où, à genoux, sans se soucier de la terre collée à son jean bleu clair, elle commença à passer dans un coin ce qui ressemblait à un énorme pinceau à maquillage.

— OK, dit-elle après un dernier coup de pinceau. Que tous ceux qui n'ont pas suivi de formation médico-légale sortent de la fosse. Tout de suite.

Restée seule dans le trou, elle se tourna vers Kim.

— Nous avons des ossements et, à moins qu'il ne s'agisse d'une espèce canine inconnue à cinq doigts, ce ne sont pas ceux d'un chien.

Personne ne souffla mot durant quelques secondes. Tous assimilaient la nature de leur découverte. Puis, comme si la mise au jour des os avait déclenché une sorte d'alarme, deux voitures de police firent crisser les graviers aux abords du champ. En même temps, le portable de Kim sonna.

C'était Woody. Dieu merci.

— Stone, rentrez tout de suite au poste avec Bryant, aboya-t-il.

— Monsieur, il faut que vous sachiez…

— Tout ce que vous avez à dire peut attendre votre retour.

— Mais on a trouvé des ossements dans le sol.

— Et moi, je vous ordonne de rappliquer tout de suite. Si vous n'êtes pas là dans un quart d'heure, ce ne sera plus la peine de revenir.

Et la ligne fut coupée.

— Je crois qu'il est au courant, dit Kim à Bryant, qui poussa un soupir exaspéré. Bon, file. Je te rejoins sur place.

Il obtempéra et regagna sa voiture.

— OK, tout le monde, cria-t-elle aux autres. Je vous remercie pour votre aide, mais si on vous interroge, Bryant n'a jamais touché la moindre pelle, d'accord ?

Tous acquiescèrent.

Elle fonça alors vers sa moto et, après avoir enfilé son casque et ses gants, quitta le site en se préparant à braver la tempête qu'elle avait elle-même déchaînée.

20

Quelque chose en elle me fascine.

Le site entier grouille d'activité. Il y a des sirènes, des véhicules, des gens en mouvement, et pourtant je ne peux voir qu'elle. Elle se démarque de la foule, comme une image en trois dimensions dans un film qui n'en aurait que deux.

Il émane d'elle une énergie incontrôlée. Comme si un démon l'animait. Et cette énergie m'intrigue par sa noirceur. Même au milieu de tout ce monde, elle est seule. Même immobile, elle ne cesse de bouger. Son poing se serre ou son pied bat le sol au rythme d'un cerveau toujours en ébullition.

Je ne l'avais jamais vue, et pourtant je la connais. Je connais son intelligence, son impatience et cette suspicion dans son regard. Elle possède une qualité ignorée de la plupart des gens. Une qualité indéfinissable, sans nom, qui la rend sensible à tout ce qui l'entoure. Une qualité qui m'est familière, aussi.

Ah, Caitlin. Ma douce, tendre et adorable Caitlin...

L'inspecteur s'en va bien trop vite. Le film perd

sa vedette. Mon intérêt faiblit, mais je ne bouge pas, momentanément perdu dans mes pensées.

Qui de la poule ou de l'œuf a vu le jour en premier ? C'est une question que je me suis souvent posée. N'ai-je rien ressenti quand ma mère m'a rejeté, ou m'a-t-elle rejeté parce que je ne ressentais rien ?

Bien des érudits se sont penchés sur le sujet. Est-on psychopathe de naissance ou le devient-on ? Ils n'ont pas la réponse, moi non plus.

Il fut un temps où je me débattais avec ces interrogations, où je luttais contre elles, où j'essayais même de les résoudre, mais cela remonte à loin.

J'ai entamé mon périple avec un poisson. Un simple poisson rouge anonyme, tout ce qu'il y a de plus ordinaire, que mon père avait gagné dans une fête foraine. Je l'ai porté jusqu'à la maison. Il a vécu deux jours dans un bocal, puis il est mort.

Ma sœur était inconsolable. Moi, non. Elle pleurait sur cette perte qui ne me faisait ni chaud ni froid. Je voulais pourtant avoir la même chose qu'elle : je voulais sa douleur, son chagrin. Je voulais éprouver quelque chose.

Ensuite, il y a eu le chaton. Sa fourrure était douce et chaude. Il était censé être à nous deux, mais il préférait ma sœur. Il n'a pas vraiment résisté quand je l'ai étouffé. À la fin, j'ai attendu un peu – là encore, sans rien ressentir du tout.

Les autres enfants de l'école avaient tous des chiots, alors j'en ai réclamé un. Celui-là n'appartenait qu'à moi. Je l'ai nourri, promené et fait dormir dans ma chambre. J'étais optimiste, cette fois, et pourtant la vue de son cou brisé ne m'a causé aucune peine. Cela a juste attisé ma curiosité, mon besoin de découvrir jusqu'où je pouvais aller.

Ces trois morts consécutives ont incité mes parents à bannir les animaux domestiques de chez nous, réduisant d'autant mes possibilités de poursuivre mes recherches. Puis je me suis rendu compte que le test ultime était là, devant moi, et depuis toujours.

Tout le monde la disait mignonne, adorable, angélique, parfaite. Elle est devenue mon objectif. Je savais qu'elle n'irait pas d'elle-même à la mare, il faudrait que je l'y attire. Elle avait cette lueur particulière dans le regard. Elle percevait des choses qui échappaient aux autres.

Je lui ai donc raconté qu'il y avait des lapins. Une maman et ses bébés. Je lui ai montré un buisson juste au bord de l'eau. Elle s'est penchée dessus en me tournant le dos et je l'ai poussée avant de m'asseoir à califourchon sur sa nuque. Elle a toussé, elle a craché, jusqu'à ce qu'elle cesse de bouger.

Oh, Caitlin, Caitlin, Caitlin. Tu m'as fait un beau cadeau.

Quand je me suis détaché de son petit corps, j'avais enfin toutes les réponses à mes questions. Ma condition n'était pas un fardeau, mais une bénédiction. Le sacrifice de ma sœur m'avait affranchi. Depuis ce jour, je suis libre de prendre ou de détruire tout ce que je veux sans être bridé par la culpabilité ou les remords.

Comme un membre manquant, la compassion est tout simplement absente en moi. Elle ne peut être remplacée, ni greffée – et quand bien même ce serait possible, je la refuserais. Ce n'est qu'une chaîne qui emprisonne le commun des mortels dans une moralité et un code éthique. Moi, je n'ai aucune règle.

Alors, qui de la poule ou de l'œuf a vu le jour en premier ? La réponse est que je m'en fous complètement.

Tandis que le bruit de la moto s'estompe au loin, je fais demi-tour et je m'en vais.

Je tiens une adversaire digne de ce nom.

Elle fera des découvertes qui la mèneront exactement là où je veux.

Elle percera plusieurs des secrets de Crestwood, mais jamais le mien.

21

Bien que Bryant fût parti le premier, Kim arriva au parking peu avant lui. Il vint se garer à côté d'elle.

— Va te nettoyer, lui lança-t-elle en se dirigeant vers l'entrée du poste de police. Je file voir Woody.

— J'assume parfaitement mes décisions, alors ne…

— J'ai sept minutes pour me présenter devant lui. Dépêche-toi.

Ils montèrent l'escalier ensemble au pas de course et déboulèrent dans la salle des inspecteurs.

Dawson ouvrit de grands yeux en les voyant.

— La vache, on dirait que vous sortez d'un combat de boue. J'aurais bien aimé voir ça, tiens. J'aurais misé sur le chef.

— Et tu n'aurais pas pris un grand risque, répliqua Bryant en s'asseyant.

— On a trouvé des ossements, annonça Kim, qui pendant cet échange avait ôté son blouson et s'était recoiffée rapidement avec les doigts. Bryant va vous donner toutes les infos.

— Hé ! l'arrêta ce dernier juste quand elle ressortait du bureau. Dis-lui la vérité.

— Bien sûr.

D'après ses estimations, il lui restait une minute et demie pour frapper à la porte de Woody. Elle attendit cette fois qu'il l'invite à entrer – un surcroît d'énervement n'allait pas arranger son cas.

Elle fit quatre pas vers la chaise qu'il lui désignait avant de remarquer qu'il ne s'était pas emparé de sa balle antistress. En clair, elle était vraiment dans le pétrin.

— Qu'est-ce qui vous a pris, Stone ?

— Euh… pourriez-vous être plus précis ? demanda-t-elle, soucieuse de ne pas s'excuser à tort et à travers.

— Ne faites pas la maligne avec moi. Avec vos conneries, Bryant et vous pourriez menacer sérieusement…

— Pas Bryant, monsieur. Il n'a fait qu'observer.

— J'ai parlé à quelqu'un qui l'a vu dans la fosse.

— Et moi, j'ai parlé aux quatre personnes qui se tenaient le plus près de cette même fosse. Toutes affirment qu'il n'y était pas.

— Et que dirait l'intéressé ?

Elle garda le silence. Ils connaissaient tous les deux la réponse à cette question.

— Monsieur, je suis désolée. Je sais que j'ai commis une faute et j'aimerais vous présenter mes sincères excuses…

— Épargnez-moi ce discours. Ça me donne envie de vomir, et ça ne vous avancera à rien.

Il avait raison. Elle n'était absolument pas désolée.

— Comment l'avez-vous appris ?

— Cela ne vous regarde pas, mais le Dr Matthews…

— Mouais, j'aurais dû me douter que…

— Il a bien fait de me prévenir, la coupa Woody en élevant la voix. Qu'est-ce qui vous est passé par la tête ?

— Monsieur, il fallait commencer les recherches. Mon flair me disait qu'il y avait un cadavre enterré quelque part, et l'idée d'attendre que toutes les démarches administratives soient réglées m'a paru ridicule.

— Ridicules ou pas, ces démarches ont une raison d'être – la première étant qu'elles nous prémunissent contre toute attaque au tribunal. Vous auriez intérêt à vous rappeler que mes ordres ne sont pas facultatifs.

— Je comprends.

Il soupira avec force.

— La seule chose qui vous sauve, c'est que votre flair ne vous a pas trompée et que la priorité est maintenant de limiter les dégâts. Cependant, je ne suis plus du tout persuadé que vous soyez la personne la plus à même de diriger cette enquête.

— Mais, monsieur, vous ne pouvez pas…

— Oh si, je le peux et, à l'heure où je vous parle, je l'envisage sérieusement.

Kim prit le temps de la réflexion. Ce qu'elle allait dire maintenant serait décisif. Pour finir, elle décida d'être franche.

— Monsieur, déclara-t-elle d'une voix grave, vous avez vu mon dossier. Vous connaissez mon passé. Vous savez donc que je suis la mieux placée pour résoudre cette affaire.

— Peut-être, mais j'ai besoin de quelqu'un qui soit capable de respecter des instructions. Si les ossements découverts aujourd'hui sont ceux d'un enfant confié aux services sociaux, l'affaire éclatera dans les médias. Beaucoup de gens essaieront de se protéger, et je ne laisserai pas un membre de mon équipe offrir à qui que ce soit une faille juridique qui lui permettra de s'en tirer.

Son argument tenait la route, bien sûr, mais Kim restait persuadée d'être à la hauteur de la tâche.

— Maintenant, je vous conseille de rentrer chez vous prendre une douche – et Bryant aussi. Je vous communiquerai ma décision demain matin.

Elle comprit qu'il la congédiait, mais au moins pouvait-elle s'estimer heureuse d'avoir échappé à une procédure disciplinaire.

— Vous savez, Kim…, commença-t-il alors qu'elle atteignait la porte.

Merde ! Elle détestait quand Woody l'appelait par son prénom.

— Tôt ou tard, continua-t-il en ôtant ses lunettes et en la regardant en face, votre flair vous trompera. À ce moment-là, vous serez obligée d'en assumer les conséquences. C'est votre choix, mais vous feriez bien de prendre en compte les personnes autour de vous. Vos équipiers vous respectent et vous suivront en toutes circonstances pour vous défendre et gagner votre estime.

Elle grimaça intérieurement. Il faisait évidemment allusion à un membre de son équipe en particulier.

— Le jour où votre imprudence mettra en danger la carrière ou la vie de votre entourage, conclut-il, ce n'est pas devant moi, ou même devant notre hiérarchie que vous devrez vous justifier.

Une nausée monta en elle, qui n'avait rien à voir avec son ventre vide. En refermant la porte, elle se surprit à regretter de ne pas avoir été convoquée devant une commission de discipline.

Une chose était sûre concernant Woody : il savait frapper là où ça faisait mal.

22

Lorsqu'on sonna chez elle, Kim défit la chaînette de sécurité sans poser de question. Ce ne pouvait être que Bryant qui lui apportait des plats achetés chez un traiteur chinois.

— La fée du *chow mein* est dans la place ! annonça-t-il.

— Tu peux rester seulement s'il y a des chips aux crevettes, dit-elle le plus sérieusement du monde.

Bryant ôta son blouson. Il était venu en polo et en jean.

— J'adore ce que tu as fait de cet endroit.

Kim ne releva même pas la remarque. Il disait la même chose à chacune de ses visites. Les gens trouvaient généralement sa maison austère et impersonnelle, mais elle n'avait aucun goût pour les touches de déco personnelles. Aurait-elle choisi de déménager le lendemain qu'elle n'aurait eu besoin que d'une dizaine de gros sacs poubelles et de deux ou trois heures pour se préparer à partir. Les années passées au sein du système de protection de l'enfance l'avaient bien formée.

Elle servit les nouilles au bœuf et le riz cantonais. Une double portion pour Bryant, une petite pour elle. Ils s'installèrent ensuite chacun sur l'un des deux canapés du salon.

Dès la première bouchée, elle dut faire taire sa déception. Manger était plus excitant en théorie qu'en pratique. Pour elle, les aliments n'étaient rien de plus qu'un carburant, une source d'énergie. Elle se força un peu, mais ne tarda pas à reposer son assiette.

— Pas si vite, bon sang, ironisa Bryant. Tu as presque ingurgité de quoi remplir une dent creuse.

— Ça me suffit.

— À côté de toi, un moineau aurait l'air d'un gros goinfre. Il faut manger plus, chef.

Elle lui jeta un regard en coin. Chez elle, elle cessait d'être l'inspecteur Stone, de même qu'il cessait d'être son subordonné pour devenir tout simplement Bryant, la personne qui se rapprochait le plus d'un ami dans sa vie.

— Bon, bon, désolé ! dit-il en la voyant se raidir.

— Arrête de te faire du souci pour moi. Je suis une grande fille.

Elle rapporta son assiette dans la cuisine et prépara du café.

— Je te livre à domicile un bel homme affable et des plats auxquels tu touches à peine… Rappelle-moi ce que je tire de cette relation, déjà ?

— Le plaisir incomparable de ma compagnie, rétorqua-t-elle, très pince-sans-rire, mais surtout très gênée par cette conversation.

— Mouais. Je vais éviter de commenter cet argument, parce que tu as beau être Kim en ce moment, tu finiras par redevenir ma chef.

Il termina son plat et rapporta à son tour son assiette dans la cuisine.

— En fait, j'avais autre chose en tête, enchaîna-t-il.

— C'est-à-dire ?

— Un rencard.

— Avec toi ?

— Dans tes rêves.

Kim éclata de rire.

— Voilà qui fait plaisir à entendre ! dit-il. Tu devrais rire plus souvent.

Elle devina ce qui allait suivre et prit les devants.

— La réponse est non.

— Tu ne sais même pas de qui il s'agit.

— Oh, si !

Elle avait aperçu Peter Grant en sortant du poste. Parce qu'il était procureur, leurs chemins se croisaient parfois, mais elle avait fui toute discussion avec lui depuis leur rupture.

— Allez, Kim, donne-lui une chance. Il est malheureux sans toi. Et tu l'es plus encore sans lui.

Elle s'accorda un instant de réflexion avant de lui répondre en toute honnêteté.

— Je t'assure que non.

— Il t'aime.

— Oui, et alors ?

— Tu étais différente quand vous étiez ensemble. Je n'irais pas jusqu'à dire heureuse, mais peut-être un peu plus supportable.

— Je suis plus heureuse maintenant.

— Je ne te crois pas.

Sans un mot, elle remplit deux tasses de café et revint s'asseoir avec lui dans le salon.

— Écoute, quoi qu'il ait fait, je suis sûr qu'il le regrette.

Kim en doutait fortement, pour la simple et bonne raison qu'il n'avait rien fait de mal. C'était elle. C'était toujours elle.

— Bryant, combien de temps on est sortis ensemble, Peter et moi ?

— Presque un an.

— Et à ton avis, combien de nuits a-t-il passées chez moi ?

— Un bon nombre.

— Exact. Tu veux savoir ce qui a provoqué notre dispute finale ?

— Si tu as envie d'en parler.

— Je le fais seulement pour que tu me lâches avec cette histoire. J'ai rompu avec lui le jour où il a oublié sa brosse à dents chez moi.

— Tu déconnes ?

Elle fit signe que non. Elle se rappelait ce matin-là : il était parti travailler et, en entrant dans la salle de bains, elle avait vu sa brosse posée insolemment à côté de la sienne. Aucune scène de crime ne lui avait jamais inspiré une horreur comparable.

— J'ai senti que si je n'étais pas prête à partager un verre à brosse à dents, je ne l'étais pas pour partager grand-chose.

— Mais vous auriez sûrement pu en discuter, chercher une solution…

— Bryant, on n'est pas dans *Confessions intimes*. Il y a des gens faits pour trouver l'âme sœur et nager dans le bonheur, comme au cinéma. Et d'autres qui n'ont pas été programmés pour ça. C'est tout.

— J'aimerais juste que tu aies quelqu'un dans ta vie qui te rende heureuse.

— Et par conséquent moins pénible au boulot ? répliqua-t-elle en lui signifiant par là que le sujet était clos.

Il comprit le message.

— Bon Dieu ! S'il suffisait de ça, j'emménagerais ici moi-même.

— Dans ce cas, veille surtout à ne pas oublier ta brosse à dents.

— Non, j'apporterai le verre où je mets mon dentier tous les soirs.

— Franchement, ça suffit, là.

— Très bien, dit-il en terminant son café. Assez de préliminaires. On sait tous les deux pourquoi je suis venu. Tu vas me le montrer, oui ou non ?

— Eh bien…

— Allez, tu m'as assez appâté.

Elle se leva d'un bond et il la suivit avec empressement jusqu'à son garage, où elle prit un objet sur l'établi. D'un geste tendre, comme si elle tenait un trésor entre ses mains, elle ôta la taie d'oreiller qui le protégeait du froid.

Bryant fixa avec émerveillement le réservoir de moto.

— C'est une pièce originale ?

— Oh oui !

— Il est de toute beauté. Où l'as-tu déniché ?

— Sur eBay.

— Je peux ?

Elle lui tendit la pièce détachée, datée de 1951, qu'elle avait passé six semaines à chercher sur Internet. Il était beaucoup plus simple de se procurer celles des Triumph produites après 1953, mais elle n'avait jamais privilégié la facilité.

Bryant caressa les protège-genoux en caoutchouc fixés de chaque côté du réservoir.

— Magnifique, commenta-t-il.

— Bon, rends-le-moi maintenant.

Il obéit et fit lentement le tour de la moto.

— C'est bien celle que conduisait Marlon Brando dans *L'Équipée sauvage ?*

— Non, la sienne était un modèle de 1950.

— Et tu comptes la conduire un jour ?

Elle opina. La Triumph serait sa thérapie. La Ninja lui offrait une bouffée d'adrénaline, un défi à relever qui satisfaisait un besoin profond en elle. La Thunderbird, elle, lui procurait plutôt le plaisir d'une œuvre d'art. Le simple fait de se trouver à côté d'elle la ramenait en arrière, vers les trois uniques années de sa vie durant lesquelles elle avait éprouvé un sentiment proche du contentement. Cela n'avait été qu'une petite parenthèse, hélas !

La sonnerie de son téléphone la fit soudain sursauter. Elle alla le récupérer dans la cuisine.

— Merde, non ! murmura-t-elle en découvrant le numéro qui s'affichait.

Elle fonça dans la rue et attendit de s'être suffisamment éloignée pour décrocher.

— Kim Stone à l'appareil.

— Euh… mademoiselle Stone, je voulais vous informer qu'un incident s'est produit avec votre mère. Elle…

— Qui êtes-vous ?

— Oh, excusez-moi ! Je suis Laura Wilson, la responsable de nuit du centre Grantley. Je crains que votre mère n'ait fait une rechute.

— Mais pourquoi m'appelez-vous ? demanda Kim, décontenancée.

Il y eut un bref silence au bout du fil.

— Eh bien… parce que vous êtes mentionnée comme la personne à contacter en cas d'urgence.

— C'est ce qui figure dans son dossier ?

— Oui.

— Elle est morte ?

— Mon Dieu, non ! Elle s'est prise d'antipathie…

— Vous auriez dû lire plus attentivement les consignes que j'ai laissées, mademoiselle Wilson. Vous sauriez alors que je ne souhaite être informée de son état que dans un cas bien précis, et il est déjà clair que rien aujourd'hui ne justifie cet appel.

— Je suis désolée. J'ignorais complètement… Excusez-moi de vous avoir dérangée.

Kim perçut le tremblement dans la voix de son interlocutrice et se reprocha aussitôt sa réaction.

— Bon, qu'est-ce qu'elle a encore fait ?

— Elle s'est persuadée qu'une infirmière stagiaire était venue l'empoisonner. Elle est très en forme pour une femme qui approche les soixante ans. Elle s'est jetée sur notre collègue et l'a fait tomber par terre.

— Elle va bien ?

— Oui. Nous avons modifié légèrement son traitement afin…

— Je voulais parler de l'infirmière.

— Elle a eu une petite frayeur, mais ça va maintenant. Ça fait partie du métier.

Rien de plus normal quand on fréquentait une schizophrène paranoïaque, en effet.

— Autre chose ? demanda Kim, impatiente de mettre fin à cette conversation.

— Non, c'est tout.

— Merci de votre appel, mais j'apprécierais que vous ajoutiez une note dans le dossier concernant mes précédentes instructions.

— Bien sûr, mademoiselle Stone. Je m'excuse encore.

Kim raccrocha et s'appuya contre un réverbère, le temps de chasser de son esprit toute image de sa mère. Elle n'acceptait de penser à cette femme qu'à ses propres conditions, c'est-à-dire une fois par mois, à l'endroit et à l'heure de son choix. Quand elle dominait la situation.

Abandonnant ses souvenirs dans la rue, elle rentra chez elle et referma résolument sa porte. Elle ne laisserait pas sa mère salir son refuge.

Elle sortit de nouvelles tasses propres d'un placard et les remplit de café. Bryant ne fit aucun commentaire lorsqu'elle revint dans le garage, comme s'il était tout à fait naturel qu'elle se soit enfuie de sa propre maison pour répondre à un coup de fil.

Elle s'assit sur l'établi, posa le réservoir sur ses genoux et, munie d'une brosse métallique dont la taille et la forme ressemblaient à celles d'une brosse à dents, commença à nettoyer doucement une petite tache de rouille sur le côté droit. De fines particules brunes atterrirent sur son jean.

— Tu ne connais pas un moyen plus rapide ?

— Oh, Bryant ! Il n'y a qu'un homme pour se soucier d'aller vite.

Un silence bon enfant retomba entre eux pendant qu'elle s'affairait.

— Tu ne seras pas dessaisie de l'enquête, tu sais, déclara tranquillement Bryant.

— Je n'en suis pas si sûre. Woody n'a pas tort quand il me reproche de ne pas être fiable. Je peux bien lui faire toutes les promesses du monde, il y a des moments où c'est plus fort que moi, je les envoie promener.

— C'est bien pour ça qu'il te gardera.

Elle leva les yeux vers lui.

— Il connaît ta façon de travailler, et pourtant tu es toujours en poste. Ton dossier ne comporte même aucune sanction disciplinaire – ce qui est plus que choquant, si tu veux mon avis. Woody a parfaitement conscience de ta capacité à obtenir des résultats et à ne rien lâcher quand tu mènes une enquête. Et ce sera encore plus vrai avec celle-là.

Kim ne répondit pas. Cette affaire touchait une corde sensible en elle, et leur supérieur pouvait craindre que cela n'affecte son jugement.

— Il y a une autre raison qui fait qu'il ne te retirera pas cette enquête.

— Laquelle ?

— Ce serait foutrement con de sa part, et nous savons tous les deux qu'il n'est pas con.

Kim soupira en reposant le réservoir sur le côté. Elle espérait sincèrement que son collègue et ami ne se trompait pas.

23

Nicola Adamson revint au début de la séquence vidéo et la regarda une nouvelle fois.

Un grand gaillard noir du nom de Woodward annonçait la découverte d'un corps sur le site de l'ancien foyer d'accueil de Crestwood. Sa brève déclaration était suivie d'une prise de vue aérienne de la maison où elle avait un jour vécu.

Elle était soulagée. Enfin, les gens allaient découvrir les secrets de ce lieu perdu.

Puis la peur l'envahit. Comment Beth allait-elle prendre la nouvelle ? Sa sœur ne se confierait pas à elle, c'était certain. Dire que, enfants, elles avaient été si proches. À l'époque, elles ne pouvaient compter que l'une sur l'autre et partageaient tout.

Tout avait changé après Crestwood. Beth était revenue la voir quatre ans plus tôt, quand elle avait été hospitalisée pour une mononucléose infectieuse, mais sa sœur avait plié bagage dès sa sortie de l'unité de soins intensifs. Cela faisait à présent une semaine qu'elle était de retour et, malgré les petites contrariétés que lui causait leur cohabitation, Nicola adorait l'avoir auprès d'elle – tant pis pour la petite voix intérieure qui lui demandait parfois pour combien de temps encore.

Quand Beth n'était pas là, elle se sentait comme amputée d'une partie d'elle-même. Pourtant, elle était stressée en sa présence et redoutait toujours ses réactions. Le fait est qu'elle ne reconnaissait pas sa jumelle. Elle sentait chez Beth une distance, une froideur qui transparaissait dans l'expression mauvaise de son visage, une impatience vis-à-vis des autres. Comme si toute joie l'avait désertée.

Nicola jeta un coup d'œil à l'intérieur du four. Elle avait décidé de préparer le plat préféré de Beth, des croquettes de poulet pané et des gaufres de pommes de terre accompagnées d'une bonne dose de ketchup. Elle sourit. Curieusement, sa sœur ne s'était jamais lassée de ce menu.

En dépit de leurs différences, elle aspirait à renforcer leurs liens et à comprendre ce qui les avait éloignées l'une de l'autre. Peut-être que Beth accepterait de s'asseoir avec elle et de regarder un film en pyjama tout en partageant ce repas d'autrefois. Avec un peu de chance, cela lui rappellerait quelques souvenirs.

La cohabitation n'était pas simple, loin de là, et cela l'agaçait même souvent, mais pour rien au monde elle n'y aurait renoncé. Elle ferait tout ce qui était en son pouvoir pour que Beth reste.

24

Kim rejoignit son équipe après un entretien de quarante minutes avec Woody. Trois paires d'yeux la fixèrent avec espoir.

— Je dirige toujours l'enquête.

Un soupir collectif s'éleva dans la pièce.

— Un ostéo-archéologue a confirmé que les os étaient ceux d'un être humain mort récemment. Par conséquent, la zone est maintenant considérée comme une scène de crime. Cerys est restée sur place. Elle supervisera la partie archéologique, et un anthropologue médico-légal arrivera bientôt de Dundee.

L'université de Dundee hébergeait le Cahid, Centre d'anatomie et d'identification humaine, qui proposait des cours en anthropologie médico-légale depuis des années et dont on sollicitait régulièrement les conseils et les avis dans des affaires très médiatisées, que ce soit dans le pays ou à l'étranger.

C'était Woody qui avait tiré les ficelles sur ce coup-là. Il voulait s'assurer que tous les experts susceptibles d'être appelés à témoigner au tribunal présentaient des qualifications indiscutables.

— Où en est-on concernant le personnel de Crestwood ?

Dawson prit une feuille sur son bureau.

— J'ai écarté les intérimaires et les contrats de courte durée. Résultat, il nous reste quatre employés qui travaillaient là au moment de l'incendie. Comme nous le savons déjà, Teresa Wyatt était la directrice adjointe et Tom Curtis, le chef cuisinier. Le directeur était un certain Richard Croft. En plus de ces trois-là, il y avait une gouvernante présente depuis des années, Mary Andrews, et deux surveillants de nuit qui faisaient aussi office de concierges et d'hommes à tout faire. J'ai localisé Mary Andrews dans une maison de retraite à Timbertree…

— Richard Croft, ce n'est pas le député conservateur de Bromsgrove ? l'interrompit Kim.

Elle aurait juré avoir lu un article très récent sur une course cycliste à laquelle Croft avait participé pour soutenir une œuvre caritative.

— C'est bien le même nom, mais je n'ai pas encore pu faire de rapprochement…

— Donne ça à Stace.

Dawson se rembrunit, mais elle enchaîna :

— Stacey, tu as obtenu des infos sur les gamines ?

— Jusqu'ici, j'en ai retrouvé sept – la plupart sur Facebook. Il n'y a pas beaucoup d'archives relatives à Crestwood et encore moins de personnes prêtes à évoquer cet endroit. D'après ce que j'ai compris, les filles les plus jeunes avaient déjà été confiées à des familles d'accueil ou à d'autres foyers de la région. Six ou sept autres étaient reparties vivre chez des membres de leur famille, si bien qu'il en restait une dizaine le soir de l'incendie.

— Un foutu cauchemar en perspective, on dirait.

— Pour le commun des mortels, oui, répondit Stacey avec un grand sourire.

Kim le lui retourna. Stacey adorait les défis, un trait de caractère qui s'annonçait très utile dans le cas présent.

— OK, Bryant, va faire chauffer la voiture.

Pendant ce temps, elle alla ôter ses bottes de motarde dans le Bocal et ne put s'empêcher d'entendre la discussion entamée par ses deux adjoints.

— Tu lui as offert des fleurs ? demandait Stacey à Dawson.

— Oui.

— Des chocolats ?

— Aussi.

— Un bijou ?

Pas de réponse.

— Tu te fous de moi ? Tu n'as pas essayé les bijoux ? Kev, rien ne dit autant « excuse-moi d'avoir été un gros con » qu'un collier hors de prix brillant de mille feux.

— Fous-moi la paix, Stacey. Qu'est-ce que tu y connais ?

— Je le sais, mon mignon, parce que je suis une feeeeeemme.

— Ouais, mais ta vie amoureuse dans le monde des avortons ne compte pas. J'ai besoin des conseils d'une femme qui fréquente des hommes, des vrais.

Amusée, Kim coupa court à leur conversation en revenant dans la salle.

— Stacc, finalement, tu vas t'occuper des recherches sur le personnel de Crestwood en plus de celles sur les anciennes pensionnaires. Toi, Dawson, tu viens avec moi.

Dérouté, il prit sa veste sur le dossier de sa chaise.

— À ta place, je mettrais aussi ton pardessus. Tu resteras sur le site avec l'équipe médico-légale.

Son visage s'illumina.

— C'est vrai, chef ?

— Oui. J'ai besoin de savoir ce qui se passe en temps réel. Je veux que tu casses les pieds à tout le monde. Pose des questions aux gens, traîne dans leurs pattes, écoute ce qu'ils disent et préviens-moi dès que tu apprends quelque chose.

— D'accord, dit-il avec enthousiasme.

Il la suivit jusqu'à la voiture qui les attendait et monta à l'arrière.

— Bouclez vos ceintures, les enfants, lança Bryant en sortant du parking.

Kim jeta un coup d'œil à la mine réjouie de Dawson dans le rétroviseur avant de se tourner vers sa vitre.

Ses compétences relationnelles laissaient peut-être à désirer, mais parfois la loi des probabilités faisait qu'elle se comportait comme il convenait envers les autres.

25

Le site qu'elle avait quitté la veille avait pris des allures de petite ville fortifiée. Une clôture grillagée l'entourait, avec une entrée dans la partie supérieure du terrain et une seconde à l'opposé. Deux agents y montaient la garde pendant que d'autres patrouillaient le long du grillage, en veillant à maintenir un contact visuel avec leurs collègues. Kim fut rassurée de voir l'endroit bien protégé.

Un espace clos avait été aménagé en haut du champ pour la presse, mais déjà les journalistes se dispersaient aux abords de la clôture en observant les deux tentes blanches – l'une dissimulait la fosse, l'autre abritait le matériel des techniciens.

Kim se dirigea vers la première, sans s'être préparée au spectacle du squelette au fond du trou ni à l'effet qu'il aurait sur elle. Elle s'était déjà rendue sur de nombreuses scènes de crime et avait scruté des corps dans des états de décomposition plus ou moins avancés, mais là, il ne restait que des os. Quand des tissus étaient encore présents, il lui semblait qu'on pouvait au moins restituer aux familles quelque chose à enterrer et à pleurer. Les os, en revanche, étaient anonymes, sans rien de distinctif. Comme un bâtiment réduit à ses fondations et privé de l'architecture qui le rendait unique. Cette idée ne lui plaisait pas du tout.

Elle fut également choquée par le peu d'espace occupé par le squelette.

— Il n'y a pas de vêtements ? demanda-t-elle à Cerys qui s'approchait d'elle.

— Bonjour à vous aussi, inspecteur.

Oups, elle oubliait toujours cette partie-là…

— Pour répondre à votre question, poursuivit l'archéologue, on ne peut pas affirmer qu'il n'y avait pas de vêtements à l'origine, seulement qu'il n'y en a pas aujourd'hui. Les matériaux se dégradent plus ou moins vite selon leur nature. Tout dépend du temps que ce squelette a passé dans le sol. Le coton peut disparaître en dix ans environ, alors que la laine reste parfois intacte durant des décennies.

Cerys s'interrompit et s'écarta pour laisser des techniciens prendre des clichés des ossements. Un repère jaune avait été posé près d'eux dans le sens de la longueur.

— Vous savez, reprit-elle, je n'étais pas sûre de vous revoir ici.

— Nous n'avons pas vraiment eu l'occasion de papoter hier.

— Je ne vous aurais pas crue du genre à papoter, mais soit… J'ai vingt-neuf ans. Célibataire, sans enfant. Ma couleur préférée est le jaune. J'ai un faible pour les chips au poulet et quand je ne tricote pas, j'œuvre en tant que réserviste au sein de l'armée territoriale.

Elle marqua une pause.

— Bon, d'accord, j'ai menti au sujet du tricot.

— C'est bon à savoir, mais ce n'est pas ce qui m'intéresse.

— Demandez-moi tout ce que vous voulez, inspecteur.

— Êtes-vous qualifiée pour ce job ?

Cerys tenta de réprimer un sourire, mais ses yeux pétillèrent.

— J'ai obtenu mon diplôme d'archéologue à Oxford il y a huit ans. J'ai ensuite travaillé pendant quatre ans sur des chantiers à l'étranger, principalement en Afrique de l'Ouest, avant de rentrer préparer mon diplôme de médecine légale. Et cela fait maintenant deux ans que j'essaie de me faire respecter dans un milieu essentiellement masculin. Ça vous parle, inspecteur ?

Kim éclata de rire et lui serra la main.

— Contente de vous compter parmi nous.

— Merci. Pour info, les os ont tous été dégagés et j'attends l'anthropologue pour discuter avec lui de leur retrait. Je dois m'assurer qu'on ne décape pas trop le sol.

Kim la regarda sans comprendre.

— Désolée. Il faut qu'on veille à ne pas aller trop loin dans le prélèvement, ou au contraire pas assez. Une fois que c'est fait, on ne peut pas revenir en arrière et recommencer.

Cela ne l'éclairait pas davantage.

— Bon, imaginez que le sol soit un mur de brique. Chaque rangée figure une période du passé. Si on creuse trop profond, on risque de tomber sur des traces laissées par des événements antérieurs au meurtre qui pourraient nous livrer de faux renseignements.

Cette fois, Kim avait compris.

— Quand les os auront été retirés, on tamisera la terre pour y chercher des indices.

— Ah, inspecteur ! résonna une voix familière. J'aimerais vous présenter quelqu'un.

C'était Keats, son médecin légiste préféré.

— Inspecteur Kim Stone, voici le Dr Daniel Bate, l'anthropologue médico-légal de l'université de Dundee. Il travaillera à la fois ici et dans mon laboratoire le temps que durera cette enquête.

L'homme qui tendit la main à Kim était légèrement plus grand qu'elle. Taillé comme un athlète, il avait une mâchoire carrée, des cheveux bruns et d'étonnants yeux verts qui offraient un contraste intéressant avec son teint mat.

Des présentations s'ensuivirent entre Cerys, Keats et le nouveau venu, dont la poigne se révéla ferme et vigoureuse.

Il fit d'emblée le tour de la fosse et Kim en profita pour l'observer. Il n'avait pas l'air d'un scientifique. Sa carrure paraissait plus adaptée à un métier physique exercé en plein air – une impression renforcée par son jean et son sweat-shirt.

— Bien, dit Keats. Nous avons ici les trois personnes à même de résoudre cette affaire. Celle qui découvrira les indices, celle qui les déchiffrera et celle qui les mettra bout à bout de façon à nous livrer un assassin.

Sans lui prêter attention, Kim alla se poster près du Dr Bate.

— Vous remarquez quelque chose à première vue ?

Il se frotta le menton.

— Oui, je peux vous confirmer avec certitude qu'il y a des os dans cette fosse.

— Merci, je m'en étais rendu compte, docteur Bate.

— Je comprends que vous souhaitiez des réponses immédiates, mais je n'ai pas encore touché à ces os et je ne présumerai de rien tant que je ne l'aurai pas fait.

— C'est un membre de votre famille ? lança-t-elle à Keats.

— J'étais prêt à parier que vous auriez des atomes crochus, tous les deux, répliqua-t-il, amusé.

— Vous n'avez vraiment rien à nous mettre sous la dent ? insista-t-elle en se retournant vers Bate.

— Je peux vous dire que votre victime est là depuis au moins cinq ans. Le corps d'un adulte met entre dix et douze ans à se décomposer complètement. Celui d'un jeune, moitié moins. La première étape du processus est l'autolyse, c'est-à-dire la destruction des tissus par des enzymes libérées après la mort. La deuxième est la putréfaction. C'est là que les tissus mous se désagrègent sous l'influence des micro-organismes. À la fin, ils se transforment en liquide et en gaz.

— On vous invite souvent à des soirées, doc ? plaisanta Kim.

— Toutes mes excuses, inspecteur, dit-il en riant. J'étais il n'y a pas très longtemps à la Ferme des Cadavres, c'est-à-dire l'université d'anthropologie médico-légale de Knoxville, dans le Tennessee, là où des corps sont disposés de différentes façons afin d'établir…

— Le sexe ?

— Je n'envisagerai de parler sexe avec vous que lorsque vous m'aurez invité à dîner, inspecteur.

— Ce n'est pas drôle. Vous avez une idée ?

Il fit signe que non.

— Inutile de préciser, dit-elle. Vous n'avez pas encore eu la possibilité de l'examiner au labo.

— Ça ne changera peut-être pas grand-chose, malheureusement. Si nous avons affaire à un adolescent ou à un enfant, les modifications de l'ossature qui permettent de distinguer les deux sexes n'auront pas eu lieu. Imaginons que la victime ait eu entre seize et dix-huit ans. Dans ce cas, nous aurons une petite chance grâce à l'évolution de son bassin, mais si elle est plus jeune, il y a peu de scientifiques qui se risqueront à déterminer son sexe à partir de ses os.

— Ce qui suppose qu'il y a d'autres façons de procéder ?

— Il existe des techniques qui consistent à utiliser l'ADN des dents pour identifier les chromosomes X et Y, mais elles sont coûteuses et chronophages. En fait, le squelette d'une jeune victime donne plus d'indications sur son âge que sur son sexe. On peut s'appuyer sur la croissance des os, la dentition et le degré de fermeture des fontanelles au niveau du crâne. Vous aurez une estimation dans la journée.

— À vue de nez, vous diriez quoi ?

Bate la défia du regard.

— Concernant la date, l'heure et le lieu où vous arrêterez l'assassin ?

— Ce sera le professeur Violet dans la bibliothèque le jeudi 18 à 11 heures, répliqua-t-elle sans se laisser démonter. Et bien que vous n'ayez pas posé la question, il sera armé d'un chandelier.

— Je suis un scientifique. Je ne travaille pas « à vue de nez ».

— Mais vous pouvez bien déduire quelque chose de…

— Keats ! S'il te plaît, sauve-moi et mets fin à cet interrogatoire avant que j'avoue avoir kidnappé le fils de Charles Lindbergh.

Son fort accent écossais détonnait avec celui du Pays noir qui résonnait partout ailleurs sur le site. En fermant les yeux, elle aurait presque pu se croire en face de Sean Connery. Presque.

— J'avais raison, vous êtes faits pour vous entendre, dit Keats en souriant. Daniel, les boîtes viennent d'arriver.

Kim se posta au bout de la fosse et regarda des techniciens s'avancer avec des boîtes en plastique transparentes. Elle ne savait plus du tout qui faisait partie de quelle équipe et elle se félicita d'avoir demandé à Dawson de rester vigilant en son absence – sans compter qu'elle aurait pu ajouter un deuxième meurtre à la liste si elle avait dû traiter plus longtemps avec une tête de mule comme le Dr Bate.

— Tu t'es fait un nouveau copain ? s'amusa Bryant.

— Et comment ! C'est un marrant, celui-là.

— Un scientifique pur jus ?

— Oui. Je ne le lui ai pas caché, d'ailleurs.

— Je vois. Je parie qu'il a adoré.

— C'était assez difficile à dire.

— Toujours aussi douée pour juger des sentiments des autres, hein ?

— Bryant, va te faire f…

— Non, non, non ! cria soudain le Dr Bate.

Tout le monde se figea au son de cette voix forte et autoritaire.

Il s'agenouilla près de l'homme qui travaillait sur le crâne, puis Cerys descendit le rejoindre. Personne ne prononça un mot pendant qu'ils se concertaient en chuchotant.

— Inspecteur, j'ai finalement une info pour vous, annonça bientôt Bate.

Kim s'approcha en retenant son souffle.

— Je vous écoute.

— Vous voyez ces os, ici ?

Elle acquiesça.

— Juste à la base du crâne, au niveau du cou, on trouve sept os qui forment les vertèbres cervicales. La première, tout en haut, est la C1, l'atlas, puis vient la C2, l'axis.

Bate lui montra du doigt les autres vertèbres, jusqu'à la dernière. Kim remarqua une rupture nette entre la troisième et la quatrième. D'instinct, elle porta une main à sa propre nuque en se demandant comment il avait pu remarquer ce détail de là où il était.

— Crachez le morceau, doc.

— Je peux affirmer sans l'ombre d'un doute que cette pauvre âme a été décapitée.

26

— Viens, Bryant, ordonna Kim en s'éloignant de la fosse. On a du boulot.

Elle passa à côté d'un pick-up Toyota dont elle avait déduit par élimination qu'il devait appartenir à Daniel Bate. La carrosserie était bosselée au-dessus de la roue arrière et maculée de boue.

— Putain de merde ! C'est quoi, ça ? s'écria-t-elle en sursautant.

— Euh… ça s'appelle un chien, chef.

Elle regarda de plus près la boule de fourrure qui avait surgi derrière la vitre.

— Bryant, c'est moi ou…

— Non, chef. On dirait qu'il n'a qu'un seul œil.

— Arrêtez de faire peur à ma chienne, lança Daniel Bate en les rejoignant. Je vous assure qu'elle ne sait rien.

Kim se tourna vers son collègue.

— Tu vois ! Les chiens finissent bien par ressembler à leur maître.

— Inspecteur, après un réveil à 4 heures du mat' et trois heures et demie de route, vous n'êtes vraiment pas le meilleur remontant qui soit.

— Elle est aveugle ? demanda Kim alors qu'il ouvrait la portière de sa voiture.

— Non, elle y voit parfaitement de l'œil droit.

La chienne – un berger suisse blanc – sauta hors du véhicule et s'assit pendant que Bate attachait une laisse à son collier. Kim tendit une main prudente.

— Elle mord ?

— Seulement les inspecteurs arrogants.

Imperturbable, elle caressa la fourrure douce et chaude de l'animal. Un détail l'intriguait. En voiture, il fallait bien plus de trois heures et demie pour parcourir les cinq cent soixante kilomètres qui les séparaient de Dundee.

— Que fait-elle ici ?

— J'ai pris quelques jours de congé après mon dernier dossier. Je repérais des sites d'escalade du côté de Cheddar quand j'ai reçu un coup de fil de mon boss. J'étais l'anthropologue le plus proche de vous.

Aucune irritation ne perçait dans sa voix – ce genre d'appels faisait partie du métier.

Kim sentit la truffe de la chienne contre sa main droite. Sans s'en rendre compte, elle avait cessé de lui caresser la tête.

— Regardez ça, inspecteur, dit Bate avec une lueur ironique dans le regard. Il y a au moins quelqu'un ici qui vous apprécie.

La sonnerie de son portable empêcha Kim de l'envoyer promener. Elle décrocha tandis que Bate entraînait sa chienne vers le haut du champ.

— Qu'y a-t-il, Stace ?

— Où êtes-vous ?

— Je m'apprête à quitter Crestwood. Pourquoi ?

— Vous êtes en haut ou en bas du terrain ?

— Hein ?

— J'ai trouvé William Payne, l'un des surveillants de nuit.

— Donne-moi son adresse.

— Tournez-vous vers le sud. Vous devriez voir une rangée de sept maisons. La sienne est celle du milieu, avec une courette entièrement dallée à l'avant et une autre à l'arrière.

Déjà, Kim descendait la colline.

— Comment tu as découvert ça ?

— Google Earth, chef.

Kim raccrocha, médusée. Parfois, Stacey l'effrayait vraiment.

— Où on va ? demanda Bryant.

— Interroger notre premier témoin.

— Ici ? s'étonna-t-il en la voyant pousser le portail de la maison indiquée par leur collègue.

Une mer sinistre de dalles grises s'étendait devant eux, traversée par une rampe qui sinuait en pente douce jusqu'au perron. Après qu'ils eurent frappé à la porte, un homme de grande taille aux cheveux blancs comme neige leur ouvrit.

— William Payne ?

— Oui.

Bryant sortit son insigne.

— Pouvons-nous entrer ?

— Je ne comprends pas, dit Payne sans bouger d'un pouce. Un officier de police est déjà passé hier pour noter tous les détails.

Kim consulta Bryant du regard. Elle n'avait envoyé personne à cette adresse.

— Monsieur Payne, nous venons au sujet d'une enquête menée sur Crestwood.

— Oh ! dit-il avec l'air de saisir soudain la situation. Bien sûr. Je vous en prie, entrez.

Il recula et Kim prit le temps de mieux l'examiner. De prime abord, ses cheveux le faisaient paraître bien plus vieux que son visage, comme s'il subissait deux processus de vieillissement radicalement différents, mais ses traits n'incitaient pas à lui donner plus d'une petite cinquantaine d'années.

— S'il vous plaît, ne faites pas de bruit, demanda-t-il d'une agréable voix basse dépourvue de la moindre trace d'accent du Pays noir. Ma fille dort. Suivez-moi.

Il les conduisit dans une pièce qui s'étirait sur toute la longueur de la maison. Un salon avait été aménagé dans la partie avant, puis une salle à manger. Tout au bout, une baie vitrée ouvrait sur un petit jardin entièrement dallé qui ne laissait place à aucun carré de gazon ni à aucun buisson.

Alors qu'elle s'avançait, Kim entendit un bruit derrière elle. Un doux battement rythmé. Il provenait d'un appareil qui semblait enregistrer la respiration d'une fille de quinze ou seize ans, assise dans un fauteuil roulant bien trop grand pour elle et équipé d'une perfusion.

Autour du bras gauche du fauteuil était enroulé un collier dont le pendentif comportait un bouton rouge d'appel. Ce genre de dispositif, qui permettait de joindre directement les urgences, était généralement réservé aux personnes gravement handicapées. Kim comprit qu'il n'aurait servi à rien que l'adolescente le porte autour du cou, raison pour laquelle il était fixé à moins de deux centimètres de sa main.

Le pyjama en flanelle à l'effigie de Betty Boop ne cachait pas l'atrophie de ses membres.

— Ma fille, Lucy, dit William Payne.

Il se pencha et repoussa doucement une mèche de cheveux blonds derrière l'oreille de l'adolescente. On entendait une émission de Jeremy Kyle en sourdine, quelque part dans la maison.

— Je vous en prie, asseyez-vous, ajouta-t-il en les entraînant vers la petite table de la salle à manger. Puis-je vous offrir un café ?

Kim et Bryant acceptèrent et Payne se dirigea vers sa cuisine, une simple alcôve sur le côté du salon, puis il revint poser trois dessous-de-verre métalliques sur la table avant d'apporter des tasses en porcelaine. Le parfum du café était délicieux, et Kim le goûta aussitôt.

— C'est du colombien ?

— Oui, et c'est également mon seul vice, inspecteur, dit-il en souriant. Je ne bois pas, je ne fume pas, je ne possède pas de voiture de course et je ne cours pas après les femmes faciles. J'aime simplement le bon café.

Elle avala une nouvelle gorgée en approuvant son choix – contrairement à Bryant, qui vida sa tasse comme si elle avait contenu un vulgaire café instantané.

— Monsieur Payne, pouvons-nous vous demander…, commença-t-il, aussitôt stoppé par un coup de pied sous la table : Kim voulait diriger cet entretien.

— Pouvons-nous vous demander de quoi souffre Lucy ? reprit-elle.

— Bien sûr. C'est toujours un plaisir pour moi de parler de ma petite fille. Lucy a quinze ans. Elle est née avec une dystrophie musculaire.

William Payne se tourna vers l'adolescente, permettant ainsi à Kim de l'observer ouvertement.

— On a très vite compris que quelque chose n'allait pas. Elle a marché assez tard et elle ne semblait pas vouloir dépasser le stade des premiers pas maladroits.

— Sa mère est ici ?

Il reporta son attention sur Kim, l'air sincèrement surpris.

— Pardon. J'oublie parfois que Lucy a eu une mère, un jour. Ça fait si longtemps qu'on vit seuls tous les deux.

Sa voix était à peine plus qu'un murmure, et elle se pencha en avant pour mieux l'entendre.

— Ce n'était pas une mauvaise personne, mais elle avait certaines attentes, et une fille handicapée ne cadrait pas avec ses projets. Attention, ne vous méprenez pas. Je suis sûr que tous les parents espèrent un enfant parfait. S'occuper d'un adulte qui ne sera jamais capable de se débrouiller seul ne fait pas partie de leur rêve… Excusez-moi un instant.

Il alla essuyer un filet de bave qui coulait sur le menton de sa fille.

— Désolé. Pour en revenir à votre question, Alison a fait de son mieux au début. Tant qu'il y a eu quelques éléments de normalité auxquels se raccrocher, elle a réussi à tenir, mais à mesure que la maladie progressait, c'est devenu trop dur pour elle. Quand elle est partie, elle n'arrivait plus à regarder Lucy et elle ne l'avait pas touchée depuis des mois. Nous sommes convenus ensemble qu'il valait mieux qu'elle s'en aille. Cela remonte à treize ans maintenant, et nous n'avons plus jamais eu de ses nouvelles.

Malgré la tonalité très factuelle de son récit, Kim perçut la douleur dans sa voix. Il se montrait plus indulgent envers la mère de Lucy qu'elle-même ne l'aurait été.

— C'est pour ça que vous avez pris ce poste de nuit à Crestwood ?

— Oui. Avant, j'étais architecte paysagiste, mais je ne pouvais pas exercer ce métier tout en veillant sur Lucy. Travailler à Crestwood me permettait d'être là pour elle la journée. Ma voisine me relayait souvent en mon absence.

— Il n'y a pas de deuxième Mme Payne ? demanda Bryant.

— Non, je m'étais engagé pour la vie. Le divorce convient peut-être aux juristes, mais pas à Dieu.

Même s'il l'avait voulu, il aurait eu du mal à rencontrer quelqu'un, supposa Kim. Peu de gens étaient prêts à s'occuper à temps complet d'un enfant handicapé qui n'était pas le leur.

Un gargouillis retentit dans la pièce et Payne se leva aussitôt.

— Bonjour, ma chérie. Tu as bien dormi ? Tu veux boire quelque chose ?

Bien que Kim ne distinguât aucun mouvement chez Lucy, son père et elle avaient manifestement mis au point une forme de communication quelconque parce que Payne tira sur une sonde nutritive qu'il plaça entre les lèvres de l'adolescente. L'index droit de Lucy pressa un bouton sur le bras du fauteuil et une dose de liquide coula dans le tube vers sa bouche.

— Tu veux écouter de la musique ? Un livre audio ?

Puis il sourit.

— Tu veux te retourner ?

Kim comprit enfin. Lucy clignait des paupières pour lui répondre.

Lorsqu'il fit pivoter le fauteuil, elle fut frappée par le teint pâle et le regard franc et direct de la jeune fille. Elle en vint à s'interroger sur l'ironie du sort qui voulait qu'un cerveau tout à fait fonctionnel se trouve prisonnier d'un corps inutile. Il ne devait pas y avoir de destin plus cruel.

— Lucy reste assise à la fenêtre pour voir ce qui se passe dehors. Elle a été hypnotisée par tous les va-et-vient de la journée d'hier.

En douceur, Kim tenta de réorienter la conversation vers l'objet de sa visite.

— Monsieur Payne, vous disiez…

— Oh, oui, bien sûr ! Ma tâche à Crestwood n'était pas bien compliquée. Tout ce que j'avais à faire, c'était m'assurer que l'établissement était bien sécurisé, il fallait empêcher les filles de sortir et des intrus d'entrer, vérifier les détecteurs de fumée et accomplir tous les petits boulots laissés en attente par le personnel de jour. C'était très pratique pour moi, et j'ai été déçu quand ça s'est terminé.

— À cause de l'incendie ?

— Oui. Même si la fermeture de l'établissement était programmée, j'espérais avoir encore du travail pour quelques mois.

— Vous étiez de service ce soir-là ?

— Non, c'était Arthur, mais j'ai entendu l'alarme dès qu'elle s'est déclenchée. Je dors dans la chambre qui donne sur la rue, vous comprenez.

— Qu'avez-vous fait ?

— Je suis allé m'assurer que Lucy dormait bien, et puis j'ai couru jusqu'au foyer. Arthur avait fait sortir la plupart des filles, mais il suffoquait, alors j'ai fait le tour du bâtiment au cas où il serait resté quelqu'un à l'intérieur. Mlle Wyatt et Tom Curtis ont été les premiers sur place. C'était le chaos. Tout le monde dressait des listes pour vérifier qu'il ne manquait aucune pensionnaire. Les secours ont évacué celles qui présentaient des petites coupures et qui avaient inhalé de la fumée, mais sans en informer personne. Au bout d'un moment, j'ai eu l'impression que mes efforts pour me rendre utile ne faisaient qu'accroître la confusion ambiante. Je suis parti quand les autres employés ont commencé à arriver.

— Quelle heure était-il ?

— Je dirais autour de 1 h 30.

— La cause de l'incendie a-t-elle été établie ?

— Je ne sais pas. Je ne suis pas sûr que la police ait beaucoup cherché. Personne n'avait été gravement blessé et le foyer allait fermer, de toute façon.

— Vous savez que Teresa Wyatt et Tom Curtis ont été assassinés ?

Payne se leva et s'approcha de sa fille.

— Ma chérie, je pense qu'il est temps de te faire écouter un peu de musique, hein ?

Kim ne vit pas l'adolescente cligner des yeux, mais son père lui posa des écouteurs sur les oreilles et alluma un appareil.

— Elle entend parfaitement, inspecteur. N'importe quelle ado de son âge aurait été priée de quitter la pièce. Cela est notre solution de remplacement.

Kim se serait collé un bon coup de pied aux fesses si elle l'avait pu. Sans même en avoir conscience, elle avait traité Lucy comme une entité invisible, tout ça à cause de son handicap. C'était une erreur qu'elle ne ferait pas deux fois.

— Que pouvez-vous nous dire sur ces victimes ?

— Pas grand-chose. Je croisais rarement les employés qui travaillaient à Crestwood en journée – sauf peut-être Mary, la gouvernante, qui m'attendait parfois pour me raconter les derniers ragots.

— Quel genre de ragots ?

— Ça concernait surtout les querelles entre Mlle Wyatt et M. Croft. D'après Mary, ils se disputaient le pouvoir.

— Y a-t-il quelqu'un, selon vous, qui aurait pu vouloir s'en prendre aux filles ?

William Payne pâlit visiblement, puis tourna les yeux vers la fenêtre.

— Vous ne pensez quand même pas que… vous pensez vraiment que le corps enterré là-bas est celui d'une des filles de Crestwood ?

— Nous n'excluons pas cette hypothèse.

— Je suis désolé, mais je ne crois pas pouvoir vous aider.

Il se redressa brusquement. Sa mine avait changé. Il continuait à s'exprimer d'une voix douce, mais il semblait avoir décidé qu'il était temps de mettre fin à l'entrevue.

— Et les filles ? insista Bryant. Elles posaient beaucoup de problèmes ?

— Pas vraiment. Il y avait quelques rebelles, mais dans l'ensemble, c'était de bonnes gamines.

— Que voulez-vous dire par « rebelles » ?

— Rien que de très normal.

Il devenait de plus en plus évident qu'il voulait se débarrasser d'eux, et Kim commençait à comprendre pourquoi.

— Quel genre de…

— Bryant, on a fini, dit-elle en se levant.

Payne lui jeta un regard reconnaissant.

— Mais j'aimerais juste lui demander…

— J'ai dit qu'on avait fini.

Le ton était sans appel et Bryant rangea son calepin avant de se lever à son tour.

— Merci de nous avoir reçus, monsieur Payne, dit Kim. Nous n'allons pas vous retarder davantage. Au revoir, Lucy, ajouta-t-elle en passant près du fauteuil roulant et en effleurant la main de l'adolescente. J'ai été ravie de te rencontrer.

Sur le seuil, elle marqua une pause.

— Monsieur Payne, j'ai une dernière question, si vous me le permettez… Pour quelle raison avez-vous d'abord supposé qu'on vous rendait visite ?

— On a tenté de nous cambrioler la nuit dernière. Rien n'a été volé, mais j'ai quand même appelé la police.

Kim le remercia d'un sourire alors qu'il refermait la porte sur eux.

Bryant attendit qu'ils aient franchi le portail pour protester.

— Qu'est-ce qui t'a pris ? Tu n'as pas remarqué comme il a changé dès qu'on l'a interrogé sur les filles ? Il n'avait plus qu'une envie, c'était de nous virer de chez lui.

— Ce n'est pas ce que tu penses, Bryant.

Elle traversa la route et se retourna vers la maison. La seule de toute la rangée à disposer d'un système d'alarme fixé bien en évidence sur la façade avant. Un détecteur infrarouge passif était pointé vers le portail, identique à celui qu'elle avait aperçu à l'arrière, en plus d'une clôture d'un mètre quatre-vingts hérissée de pointes. Les cambrioleurs ne se compliquaient pas délibérément la tâche en ciblant les propriétés les mieux protégées. Et elle ne croyait pas aux coïncidences.

— Tu n'as aucune idée de ce que je pense parce que tu ne m'as pas laissé l'occasion de découvrir ce qui le rendait aussi fébrile, râla Bryant.

Kim garda le silence et remonta la colline. En chemin, elle croisa Daniel Bate qui ramenait sa chienne vers son pick-up.

— Tiens, inspecteur. C'est plus fort que vous, vous ne pouvez pas vous éloigner de moi, hein ?

— En effet, doc, dit-elle sans ralentir.

— Qu'est-ce qui se passe ? demanda Bryant au moment où ils atteignaient leur voiture. Ce n'est pas ton genre de reculer devant un défi. Ce type était nerveux et tu n'as absolument pas réagi.

— Exact.

— Il nous a pratiquement foutus à la porte !

— Je sais, répliqua-t-elle, cette fois en s'énervant. Mais il fallait qu'il change la couche de sa fille !

27

D'un point de vue architectural, la maison de retraite était un modèle de symétrie. Deux guichets vitrés se faisaient face dans le hall d'accueil. À sa droite, Kim repéra une petite pièce vide. À sa gauche, une autre contenant deux bureaux, dont l'un était occupé par une femme en T-shirt noir – de toute évidence, la gardienne.

— Je peux vous aider ?

Elle supposa que la femme s'était adressée à elle à travers la vitre de séparation.

— Nous aimerions parler à l'une de vos pensionnaires.

La gardienne haussa les épaules sans comprendre, avant de secouer la tête lorsque Kim lui montra les parois coulissantes du guichet. « Uniquement les urgences », articula-t-elle.

L'espace d'un instant, Kim eut l'impression d'être enfermée avec Bryant dans une sorte de chambre de décontamination. Elle insista en pointant du doigt le sas d'accès menant à l'intérieur de la maison de retraite.

Cette fois, la femme acquiesça et lui désigna un cahier ouvert sur une tablette à droite de la vitre en mimant le geste d'écrire. Sans doute fallait-il signer.

— Ils ont des progrès à faire en matière de communication, marmonna-t-elle.

Kim et Bryant griffonnèrent leurs noms et attendirent le signal sonore annonçant le déverrouillage de la porte.

En entrant, Kim devina d'emblée que deux communautés cohabitaient dans cet espace. D'un côté se trouvaient les résidents les plus valides. Un ou deux se déplaçaient avec des déambulateurs, d'autres se penchaient dans leur fauteuil à oreilles pour discuter avec leurs voisins. À la télé, le présentateur Phillip Schofield déblatérait sur les placements financiers les plus avisés. Quelques retraités se retournèrent à leur arrivée. Tiens, de nouvelles têtes !

De l'autre côté, en revanche, il n'y avait presque pas un bruit. Une infirmière poussait un chariot en distribuant des médicaments. Personne ne s'intéressa à eux.

La femme de l'accueil sortit de son bureau et les rejoignit. Elle avait accroché un badge juste au-dessus de son sein gauche sur lequel on lisait son prénom, Cath.

— Vous désirez ?

— Nous sommes venus voir l'une de vos pensionnaires, Mary Andrews.

Cath porta une main à sa gorge.

— Vous êtes de sa famille ?

— Non, de la police, répondit Bryant.

Il continua à parler, mais Kim eut un mauvais pressentiment devant la réaction de l'employée. Ils arrivaient trop tard.

— Je suis désolée, Mary Andrews est morte il y a dix jours.

C'est-à-dire avant le début de cette affaire, songea-t-elle. À moins que son décès n'en ait été le point de départ.

— Merci, dit Bryant. Nous allons contacter le médecin légiste.

— Pour quoi faire ?

— Obtenir des informations sur les causes du décès.

— Mais aucune autopsie n'a été pratiquée. Mary Andrews était atteinte d'un cancer du pancréas en phase terminale. Personne n'a vraiment été surpris par son décès. Comme il n'y avait aucune raison d'infliger une telle procédure à sa famille, le corps a été confié au personnel de chez Hickton.

Kim n'avait pas besoin de précisions. Tout le monde connaissait la maison de pompes funèbres de Cradley Heath, qui enterrait les habitants du coin depuis 1909.

— Mary Andrews a-t-elle reçu une visite le jour de sa mort ?

— Nous avons cinquante-six résidents. Ne m'en veuillez pas, mais je ne garde pas tout en mémoire.

— Ça vous ennuie qu'on consulte le registre des visiteurs ? insista-t-elle sans tenir compte de l'hostilité de la gardienne.

Celle-ci hésita un instant, puis appuya sur le bouton vert qui déverrouillait l'accès au hall d'accueil. Kim alla tourner les pages du cahier pendant que Bryant maintenait la porte ouverte avec son pied.

— Monsieur, il faut que vous la laissiez se refermer, sinon l'alarme va sonner.

Penaud, il recula.

— C'est quoi ton problème ? Tu as quelque chose contre les vieux ? demanda Kim en notant sa mine sombre.

— Nan, c'est juste que je trouve ça déprimant.

— Quoi donc ?

— Savoir que c'est ça, la dernière étape de l'existence. Tant qu'on vit dans le grand et vaste monde, tout reste possible, mais une fois qu'on entre dans ce genre d'endroit, c'est fini, il n'y a plus qu'une seule façon d'en sortir.

— Hmm. Tu es d'humeur joyeuse, aujourd'hui… Ah, je l'ai ! dit-elle en tapotant une page. 12 h 15 le 10 du mois. Quelqu'un est venu voir Mary Andrews, mais la signature est illisible.

Au même moment, Bryant attira son attention sur l'angle supérieur droit de l'accueil. Kim suivit son regard, puis toqua à la paroi vitrée derrière laquelle Cath avait repris sa place. La gardienne actionna l'ouverture de sa porte d'un air contrarié.

— Nous avons besoin de visionner les images de vos caméras de surveillance.

Cath la dévisagea, comme sur le point de s'y opposer, avant de laisser échapper un reniflement méprisant.

— Suivez-moi.

Ils traversèrent son bureau et pénétrèrent dans une autre pièce, tout au fond.

— C'est ici, dit-elle en les laissant se débrouiller.

En fait de pièce, il s'agissait plutôt d'un cagibi. Il y avait là un petit bureau avec un vieil écran de télévision, un panneau de commandes et un magnétoscope qui ronronnait à côté.

— J'imagine que ça aurait été trop beau d'avoir des enregistrements numériques, râla Bryant.

— Yep, ce sont de bonnes vieilles cassettes VHS. S'il te plaît, dis-moi qu'elles sont étiquetées.

Kim prit l'unique chaise disponible pendant qu'il inspectait les étagères.

— Il n'y en a que deux correspondant à la date qui nous intéresse. Une pour la journée et l'autre pour la nuit. Les cassettes ne sont changées que toutes les douze heures.

— On n'aura donc que des vidéos séquentielles ?

— J'en ai bien peur.

Les enregistrements continus constituaient des preuves recevables car ils restituaient des scènes en temps réel dans leur intégralité – contrairement aux vidéos séquentielles, qui mémorisaient une image à intervalle régulier, comme une série de captures d'écran qui donnaient un côté mécanique aux mouvements filmés.

Kim inséra la cassette dans le lecteur. L'écran s'anima et elle fit défiler la bande jusqu'à l'heure approximative où le visiteur de Mary Andrews était passé.

— Tu vois ce que je vois ? dit-elle au bout d'un moment.

— La bande est détériorée. Merde, on distingue que dalle !

— Combien de fois ces cassettes ont-elles servi ?

— Je dirais des centaines.

Les images de vidéosurveillance étaient en général détruites après un cycle de douze utilisations successives, afin justement d'éviter ce genre de mauvaises surprises.

Kim continua à fixer les ombres qui entraient et sortaient.

— Putain, ça pourrait même être moi !

— Sans blague, tu avoues ? dit Bryant avec le plus grand sérieux.

— Cath ! cria-t-elle en ouvrant la porte du cagibi. Vous avez une minute ?

La gardienne apparut sur le seuil.

— Vraiment, inspecteur, ce n'est pas la peine de…

— Nous allons emporter cette cassette.

— Très bien. Si ça vous amuse.

— Vous avez une autorisation écrite à nous faire signer ?

— Une quoi ?

Bryant arracha une page de son calepin et inscrivit le numéro de la cassette, ainsi que leurs noms et les coordonnées de leur poste de police. Cath la prit sans paraître très sûre de ce qu'elle devait en faire.

— Vous vous rendez compte que votre système de vidéosurveillance ne sert pratiquement à rien ? s'énerva Kim.

La femme la regarda comme si elle était stupide.

— Vous êtes dans une maison de retraite, inspecteur, pas une prison de haute sécurité.

Kim acquiesça en silence pendant que Bryant examinait attentivement ses ongles.

— Vous avez raison… mais si les enregistrements avaient été de meilleure qualité, nous serions peut-être en mesure d'identifier une personne responsable de deux, voire de trois meurtres, et nous pourrions certainement veiller à ce qu'elle ne puisse pas recommencer. Merci quand même pour votre disponibilité et votre coopération, conclut-elle avec un sourire avenant, avant de planter là l'employée, qui semblait soudain horrifiée.

— J'ai toujours su qu'il valait mieux se méfier de toi quand tu souriais, plaisanta Bryant une fois dehors.

— Donne cette cassette à Stacey. Avec un peu de chance, elle connaît un technicien de génie qui pourra en tirer quelque chose.

— Ça marche. Où on va, maintenant ?

Kim lui prit les clés de la voiture.

— Vers ton pire cauchemar, Bryant. On va passer de la maison de retraite aux pompes funèbres.

— Très bien, dit-il en mimant un frémissement d'horreur. Mais si c'est toi qui conduis, fais en sorte que ce ne soit pas mon dernier trajet, d'accord ?

28

— Franchement, chef, il y en a qui tirent sur les ambulances, mais toi, t'en as carrément après un foutu corbillard…

Imperturbable, Kim combla la distance qui les séparait de la voiture devant eux.

— Tu as entendu l'employé des pompes funèbres. Elle est partie il y a deux heures seulement. Si on arrive à temps, on pourra stopper la cérémonie et ordonner une autopsie.

— La famille va sauter de joie.

— Arrête de te plaindre.

— Tu te rends compte qu'on se dirige vers le crématorium situé juste à côté de Crestwood ? Tu n'as pas l'impression de tourner en rond ?

— Tu n'imagines même pas à quel point.

La voiture qui les précédait hésita à un croisement, et Kim klaxonna jusqu'à ce que le conducteur se décide à bifurquer à droite. Elle accéléra ensuite en remontant Garratts Lane et franchit en trombe le pont qui enjambait le canal local. Bryant rebondit sur son siège. Pour finir, elle s'engagea sur un rond-point, prit la quatrième sortie et pila devant le crématorium.

— Merde, il n'y a personne !

— Si ça se trouve, on est en avance, objecta Bryant. Le cortège funèbre n'est peut-être pas encore arrivé.

Kim se dirigea sans un mot vers le bâtiment. Une jeune fille était assise sur un muret, la tête baissée, mais elle ne lui prêta pas attention. Elle avait des funérailles à saboter.

Elle frissonna en entrant dans la salle de cérémonie. Des bancs en bois s'alignaient de part et d'autre de l'allée centrale jusqu'à une zone fermée par des tentures de velours rouge, tandis que sur la droite, un tableau positionné derrière un pupitre surélevé mentionnait les titres de trois cantiques.

Kim nota l'aspect froid et impersonnel des lieux. Elle n'aimait guère les églises, mais au moins offraient-elles un certain équilibre. On y célébrait des mariages et des baptêmes. Des rites qui officialisaient un commencement et contrebalançaient les deuils. Les crématoriums, eux, n'existaient que pour les morts.

— Puis-je vous aider ? demanda une voix désincarnée.

— Mon Dieu ! murmura Bryant en regardant Kim.

— Pas tout à fait, répliqua une silhouette en surgissant de derrière le pupitre.

Bien qu'il ne fût pas gros, l'homme n'était pas à son avantage dans sa longue chasuble noire. Son visage n'était pas aussi rond qu'on aurait pu s'y attendre pour un homme de cette stature, et ses cheveux poivre et sel, épais sur les tempes, se clairsemaient au sommet de son crâne en dessinant un grand arc de cercle qui évoquait un chemin à la lisière d'un champ. Il approchait la soixantaine, estima Kim.

— Mais peut-être puis-je vous aider en Son absence ?

Il parlait sur un ton grave, égal, doucement rythmé. Cela rappela à Kim la mère de sa famille d'accueil n° 5, qui semblait toujours se transformer lorsqu'elle parlait au téléphone, et elle se demanda si le pasteur avait une façon particulière de s'exprimer lors des cérémonies religieuses.

— Nous venons pour les funérailles de Mary Andrews.

— Vous êtes des membres de la famille ?

Bryant sortit son insigne et exposa la raison de leur déplacement.

— J'ai peur que vous n'arriviez trop tard.

— Mince ! Y a-t-il un moyen quelconque d'interrompre la crémation ?

Le pasteur regarda sa montre.

— Ça fait à peu près une heure qu'elle est soumise à une température supérieure à 1 000 °C. Il ne doit plus rester grand-chose d'elle à ce stade.

— Mer… Pardonnez-moi, mon père.

— Je suis pasteur, pas curé, mon cher, mais je transmettrai vos excuses.

— Merci pour votre aide, dit Bryant en entraînant Kim vers la sortie.

— Merde, merde, merde ! jura-t-elle à l'extérieur.

Du coin de l'œil, elle enregistra la présence de la fille assise seule sur le muret. Elle se retourna en atteignant la voiture. Il était évident que cette gamine tremblait, mais ce n'était pas son problème.

Elle ouvrit la portière et marqua une pause. Ce n'était vraiment pas son problème.

— Je reviens tout de suite, dit-elle à Bryant, avant de s'éloigner d'un pas rapide. Hé, toi, ça va ? lança-t-elle.

La fille parut surprise, mais s'efforça de sourire poliment. Ses yeux n'étaient plus que des cavités rougies au milieu de son visage blafard. Elle portait des chaussures plates en cuir verni surmontées d'un petit nœud noir et blanc, des collants noirs opaques sous une jupe qui lui arrivait aux genoux, et une chemise grise presque entièrement camouflée par une veste de costume à pans croisés aussi démodée que trop grande pour elle. L'ensemble formait une tenue de deuil approximative, mais n'était guère efficace contre une température qui n'excédait pas 2 °C.

Bon, tant pis ! songea Kim. Elle avait posé la question. La fille pleurait quelqu'un, rien de plus. Elle pouvait s'en aller la conscience tranquille. Ce n'était pas ses oignons, à la fin.

— Tu as perdu un proche ? demanda-t-elle pourtant en s'asseyant sur le muret.

— Ma mamie.

— Je suis désolée. Mais tu te fais du mal en restant ici, tu sais.

— C'était presque une mère pour moi.

— Et qu'est-ce que tu attends ? insista doucement Kim.

La fille leva les yeux vers la cheminée du crématorium. Une épaisse fumée s'en échappait et se dispersait dans les airs.

— Je n'ai pas envie de la laisser tant que… je n'ai pas envie de la laisser seule.

Sa voix se brisa et des larmes coulèrent sur ses joues. Kim se raidit en comprenant soudain de qui elle parlait.

— Ta grand-mère était Mary Andrews ?

— Oui, répondit la fille. Je m'appelle Paula. Mais comment avez-vous deviné… ?

Kim jugea préférable de ne pas avouer à cette pauvre enfant le vrai motif de sa venue.

— Je suis inspecteur de police. Je mène une enquête liée à tout ce qui se passe en ce moment sur le terrain d'à côté et son nom a surgi parmi quelques autres.

— Oh, oui ! Elle a travaillé à Crestwood. Elle en a été la gouvernante pendant presque vingt ans.

La fille sourit soudain.

— Elle m'emmenait parfois quand elle était de week-end. Je l'aidais à changer les draps ou à faire des lessives – même si je ne suis pas sûre de lui avoir été très utile. Toutes les pensionnaires l'adoraient. Mamie exigeait qu'elles se tiennent à carreau, mais elles semblaient la respecter et n'étaient pas insolentes avec elle. Au contraire, elles lui faisaient souvent des câlins.

— J'imagine que les autres membres du personnel l'appréciaient beaucoup, eux aussi.

— Oui, surtout oncle Billy, dit Paula en désignant le pied de la colline d'un coup de menton. Il vivait là-bas avant.

— Comment l'as-tu connu ? demanda Kim, intriguée.

— Mamie allait parfois s'occuper de sa fille pour lui permettre de faire des courses. Elle était censée rester simplement assise et surveiller Lucy, mais elle n'y arrivait jamais. Elle trouvait toujours deux ou trois trucs à faire avant qu'oncle Billy rentre – tantôt un peu de repassage, tantôt un coup d'aspirateur. Moi, pendant ce temps, je jouais avec Lucy. Quand il revenait, elle ne lui signalait jamais toutes les petites corvées dont elle l'avait débarrassé. Elle ne voulait pas de remerciements, juste l'aider.

— C'était une femme exceptionnelle, on dirait.

— Nous ne sommes jamais retournées les voir après l'incendie. D'après mamie, ils ont déménagé.

Paula se tut un instant, et Kim se demanda pourquoi Mary Andrews lui avait raconté ce mensonge sur William Payne.

— Vous savez, reprit la jeune fille, presque tout a changé pour elle après cet incendie. Elle n'avait jamais été une vieille mamie, si vous voyez ce que je veux dire, mais après ça c'est comme si quelque chose s'était éteint.

— Tu ne l'as jamais interrogée à ce sujet ?

Kim savait qu'elle profitait du besoin qu'avait Paula de parler de sa grand-mère. Évoquer une personne récemment disparue était un moyen de la garder vivante en soi, de maintenir un lien avec elle par-delà la mort. De ce point de vue-là au moins, elle espéra qu'elle aussi lui apportait une certaine aide.

— Si. Je l'ai fait un jour, mais elle s'est mise en colère contre moi. Je m'en souviens très bien parce que ça ne lui était jamais arrivé. Elle m'a ordonné de ne plus jamais mentionner Crestwood ni personne de là-bas. J'ai obéi.

Paula tremblait de froid. Tout son corps était parcouru de frissons, mais elle ne quittait pas des yeux la fumée qui continuait à s'échapper de la cheminée.

— Tu sais, quelqu'un m'a dit un jour une chose que je n'ai jamais oubliée…, commença Kim.

Elle s'en souvenait même parfaitement. Cela remontait à l'enterrement du couple qui avait été sa quatrième famille d'accueil. Elle avait alors treize ans.

Le visage innocent de Paula se tourna vers elle, aussi avide de réconfort qu'elle-même l'avait été à l'époque – bien qu'elle ne l'eût montré à personne.

— On m'a expliqué que le corps n'est rien d'autre qu'une enveloppe que l'on jette quand elle perd toute utilité. Ta grand-mère n'est plus là, Paula. Son enveloppe la faisait souffrir, mais elle en est libérée maintenant.

Elle fixa le ruban de fumée qui s'amenuisait peu à peu.

— Je crois même qu'elle s'en est allée, cette fois. Et tu devrais en faire autant.

Paula se leva.

— Merci, dit-elle. Merci beaucoup.

Kim la regarda faire demi-tour et s'éloigner. N'importe quelle parole pouvait atténuer pour quelques instants la douleur causée par la mort d'un être cher. Égoïste par nature, le deuil était une affaire de vivants. Il témoignait de la force avec laquelle on éprouvait une perte personnelle – et aussi, dans certains cas, des regrets. Ça, elle était bien placée pour le savoir.

Elle avait envisagé de révéler à Paula que Lucy vivait toujours au pied de la colline, mais une raison quelconque avait dû pousser Mary Andrews à mentir à sa petite-fille et elle devait respecter son choix.

La sonnerie de son téléphone la fit revenir à la réalité. C'était Dawson.

— Chef, où vous êtes ?

— Si près de toi que je sens presque ton after-shave.

Cette journée ressemblait de plus en plus à un mauvais épisode de *La Quatrième Dimension*.

— Tant mieux, parce qu'on a besoin de vous tout de suite.

— Qu'y a-t-il ? demanda-t-elle en courant rejoindre Bryant.

— Le magnétomètre vient de s'emballer. On dirait qu'on a un autre cadavre sur les bras.

29

Elle mit moins de temps à arriver sur le site à pied que Bryant en voiture. En chemin, elle croisa Bate et Keats qui chargeaient des boîtes dans un fourgon.

— Si ça continue, lui lança Bate, je vais réclamer une ordonnance restrictive contre vous.

— Me faites pas chier. Ça vous va, ça ? répliqua-t-elle sans s'arrêter.

— Mouais, vous aviez raison, dit-il à Keats.

Elle ignorait à quel sujet le médecin légiste avait eu raison, mais à cet instant précis elle n'en avait strictement rien à faire. Son attention était rivée sur un groupe de personnes, à une dizaine de mètres à l'ouest de la première tente – donc derrière celle qui abritait tout le matériel technique, loin des yeux de la presse. Bon, ça aurait pu être pire.

— Pourquoi toute cette agitation ? demanda-t-elle à Cerys.

— Gareth inspectait le reste de la zone par acquit de conscience quand le magnétomètre a détecté une nouvelle anomalie.

— Merde ! Ça ne peut vraiment être qu'un cadavre ?

— Il y a toujours une chance que non, mais on ne le saura que lorsqu'on aura commencé à creuser. En attendant, j'aimerais vous montrer autre chose.

Kim la suivit dans la tente réservée au matériel. Des petits Tupperware s'alignaient sur des tables pliantes. À l'exception de certains encore vides, tous renfermaient des quantités plus ou moins importantes de terre.

— Nous avons trouvé quelques fragments métalliques que j'ai besoin d'examiner plus avant, mais j'ai pensé que cela pourrait vous intéresser, dit Cerys en saisissant l'une des plus petites boîtes, remplie de terre et de ce qui ressemblait à des bonbons Maltesers.

— Qu'est-ce que c'est ?

Sans répondre, l'archéologue prit une boule rose parfaitement régulière et parsemée de petits points jaunes.

— Une perle ?

— Oui.

— Combien y en a-t-il ?

— Jusqu'ici, sept.

— Un bracelet ?

Cerys sourit.

— Ça, c'est votre boulot, inspecteur. Bien sûr, il est possible qu'on ait affaire à des contextes complètement différents.

— Des quoi ?

— Euh… vous vous rappelez ma métaphore du mur ?

Effectivement, Kim avait le vague souvenir d'une explication sur des événements formant des couches superposées…

— Ces perles pourraient donc n'avoir aucun rapport avec le cadavre ?

— Oui.

— Quand aurai-je des photos ?

— Demain matin à la première heure.

Kim la remercia et quitta la tente. La zone repérée par le magnétomètre avait été délimitée avec de la peinture jaune en spray.

— Pourquoi est-ce que personne ne creuse ? demanda-t-elle à Cerys qui l'avait suivie.

— Il est presque 15 heures. Nous n'avons plus qu'une demi-heure de jour. Ce n'est pas assez.

— Vous plaisantez ? Vous allez la laisser là ?

Cerys eut l'air surprise.

— Premièrement, nous ne sommes encore sûrs de rien. Il s'agit peut-être d'un chien mort, dit-elle en reprenant l'exemple cité la veille par Kim elle-même. Deuxièmement, à supposer qu'il y ait bien un autre corps enterré ici, il serait imprudent de lui attribuer un sexe alors que le premier…

— C'est quoi, votre problème, les scientifiques ? Il y a un cours spécial à l'université intitulé « l'extraction de la libre pensée » ?

— Si on commence à remuer la terre maintenant, en sachant qu'on ne pourra pas finir ce soir, on risque d'exposer le site aux éléments naturels et de perdre des indices précieux.

— Non, vous êtes tous les mêmes. Des petits robots clonés qui s'appuient sur…

— Je vous assure que nous ne sommes pas tous pareils. Hier, on a fait les choses à votre façon. Aujourd'hui, on les fait à la mienne.

Kim la fixa avec colère.

— Je comprends votre impatience, inspecteur, et j'ai même vu comment elle se manifestait, mais je ne vous laisserai pas m'intimider et me pousser à commettre des erreurs. Qui plus est, mon équipe s'est levée à 4 heures ce matin pour venir ici. Les gars ont besoin de souffler.

Cerys s'éloigna de quelques pas, comme si elle en avait fini avec elle, mais elle se ravisa.

— Je vous promets qu'elle peut rester une nuit de plus ici sans danger, ajouta-t-elle.

— Merci… Cerys.

— De rien… Kim.

Celle-ci se dirigea vers Bryant et Dawson.

— Bon, ils vont tout remballer pour ce soir. Si on découvre un autre cadavre ici, ça va faire l'effet d'une bombe, il vaut donc mieux que vous rentriez vous reposer. À partir de demain, il faudra travailler non-stop. Prévenez bien vos familles que vos horaires normaux appartiennent au passé.

— Pas de souci, chef, répondit joyeusement Dawson. Il avait les yeux cernés et un peu rougis, mais le métier rentrait.

— D'accord, Bryant ?

— Comme toujours, chef.

— Très bien. Briefing à 7 heures. Prévenez Stacey.

Kim partit en bouillonnant intérieurement. Attendre n'était décidément pas son fort.

30

Il était presque minuit lorsqu'elle arriva chez elle. Au-dehors, sa paisible rue résidentielle était plongée dans un silence ouaté. Elle alluma son iPod et choisit les *Nocturnes* de Chopin. Ces pièces pour piano seul l'accompagneraient vers les petites heures du jour, jusqu'à ce que son corps exige de dormir.

Après avoir quitté le site des fouilles, elle était retournée au poste de police mais s'était révélée incapable de faire quoi que ce soit en sachant qu'un autre corps gisait peut-être sous terre. Pour finir, elle était rentrée, avait passé l'aspirateur dans toute la maison, donné un coup de serpillière dans la cuisine, vidé la moitié d'un flacon de désinfectant surpuissant sur tous les plans de travail, fait tourner et sécher deux lessives, avant de tout repasser et ranger dans son armoire.

Cela n'ayant pas suffi à dissiper son énergie fébrile, elle avait ensuite réparé une étagère brisée dans la salle de bains, modifié la disposition des meubles dans le salon et nettoyé le placard qui servait de séchoir en haut de l'escalier.

Un grand ménage de printemps, voilà probablement ce qu'il lui fallait, pensa-t-elle en entrant dans sa pièce préférée.

Sa Ninja, face à la porte du garage, semblait prête à partir avec elle dans de nouvelles aventures.

L'espace d'un instant, elle s'imagina dessus, les seins et le ventre plaqués contre le réservoir d'essence, les cuisses serrées autour du siège en cuir tandis qu'elle inclinait la moto pour passer une série de virages en épingle, les genoux presque au ras du sol. Coordonner ses mains et ses pieds pour contrôler la bête exigeait une concentration absolue, et cela effaçait de son esprit tout le reste.

Conduire sa Ninja était comme maîtriser un cheval fougueux. Il fallait dominer, dompter un rebelle.

Bryant lui avait dit un jour qu'elle aimait en découdre avec le sort. Selon lui, ce dernier l'avait faite belle, et pourtant elle se refusait à faire quoi que ce soit pour se mettre en valeur. Toujours selon lui, le sort l'avait voulue incapable de cuisiner, et pourtant elle s'acharnait à tester des plats compliqués chaque semaine. Mais elle seule savait que ce même sort l'avait condamnée à mourir jeune et que, jusque-là, elle s'était farouchement opposée à lui. Avec succès.

Il y avait des moments où il s'acharnait pour l'obliger à devenir ce qu'elle aurait dû être à six ans : une statistique. Alors, de temps en temps, elle le narguait, le défiait de la rattraper comme il avait essayé de le faire à l'époque.

Restaurer la Triumph Thunderbird était un acte d'amour, un hommage à deux personnes qui avaient voulu lui procurer un sentiment de sécurité et lui témoigner leur affection. Ce voyage émotionnel lavait son esprit.

Dans ce garage, ses muscles se détendaient, oubliaient la tension et les difficultés de sa journée de travail, jusqu'à ce qu'elle en ressorte apaisée et satisfaite. Là, elle n'avait pas besoin d'être un inspecteur à l'esprit analytique qui disséquait chaque indice, ni une chef d'équipe soucieuse d'accompagner et d'aiguillonner ses adjoints pour obtenir les meilleurs résultats possible. Elle n'avait pas à justifier de sa capacité à exercer un métier qu'elle adorait, ni à batailler pour masquer les compétences relationnelles qui lui faisaient si cruellement défaut. Elle était tout simplement heureuse.

Elle s'assit en tailleur et examina les pièces qu'elle avait mis cinq mois à réunir. Issues d'une Triumph de 1993, elles étaient censées s'assembler pour former un carter de vilebrequin. Il ne lui restait plus qu'à trouver comment.

Le défi de restaurer une moto vintage en masquait d'autres, plus petits. Le carter de vilebrequin était le cœur de la machine, aussi commença-t-elle comme toujours par un puzzle à l'intérieur du puzzle, en triant les pièces par catégorie.

Vingt minutes plus tard, les rondelles, les joints de culasse, les ressorts, les valves, les tubes et les pistons étaient tous regroupés entre eux. Elle déplia alors le schéma explicatif qui devait la guider à chaque étape.

En temps normal, la marche à suivre lui sautait aux yeux, à la manière d'un hologramme en trois dimensions. Elle parvenait à identifier le point de départ le plus logique et avançait ensuite vers son objectif. Ce soir-là, pourtant, les instructions n'étaient qu'un amas incompréhensible de chiffres, de flèches et de figures.

Elle fixa la page pendant dix minutes avec colère. Rien à faire, tout ça restait aussi indéchiffrable que la pierre de Rosette.

Son enquête la déstabilisait, elle le sentait bien.

Elle allongea les jambes et s'adossa au mur. Peut-être était-ce à cause de tout ce temps passé si près de la tombe de Mikey. Elle avait beau lui apporter des fleurs toutes les semaines, elle avait enfermé ses souvenirs dans une boîte au fond de sa mémoire quand elle avait six ans. Et cette boîte était semblable à une bombe reliée à un détecteur de mouvements : il n'y aurait jamais de bon moment pour l'ouvrir. Tous les psychologues qu'on l'avait envoyée consulter avaient tenté leur chance – en vain. Ils avaient beau lui assurer qu'elle devait parler de son traumatisme pour en guérir, elle avait résisté. Parce qu'ils se trompaient tous.

Après la mort de Mikey, elle avait été ballottée pendant quelques années d'un professionnel de la santé mentale à un autre, comme une énigme incompréhensible. Elle se demandait souvent avec le recul si on avait promis un ensemble de couteaux à steak à celui qui parviendrait à briser la carapace de la fillette ayant survécu au pire cas de négligence jamais recensé dans la région.

À coup sûr, aucune prime n'avait été prévue pour recoller ensuite les morceaux.

Le silence et l'agressivité avaient été ses meilleurs amis. Elle était une enfant difficile – consciemment. Elle n'avait pas voulu être choyée, aimée et comprise. Elle n'avait pas voulu nouer des liens avec ses familles d'accueil, ses pseudo-frères et sœurs et tous ceux payés pour veiller sur elle. Elle avait juste voulu qu'on lui fiche la paix.

Jusqu'à la famille n° 4.

Keith et Erica Spencer étaient un couple déjà assez âgé quand ils avaient décidé d'assumer ce rôle. Kim avait été la première enfant placée chez eux – et aussi la dernière.

Tous deux enseignants, ils avaient choisi de ne pas fonder de foyer. Au lieu de ça, ils avaient passé leur temps libre à parcourir le monde à moto, jusqu'à ce que la mort de l'un de leurs amis les incite à mettre fin à leurs voyages incessants. Pour autant, l'amour de la moto ne les avait jamais quittés.

Lorsqu'elle leur avait été confiée à l'âge de dix ans, Kim avait sorti toutes ses griffes, prête à affronter les longues conversations inquisitrices et la compassion mesurée auxquelles elle avait toujours eu droit.

Les trois premiers mois, elle était restée dans sa chambre, affûtant ses techniques de rejet et attendant que les Spencer viennent la chercher. Parce qu'ils n'en faisaient rien, elle s'était surprise à s'aventurer parfois brièvement au rez-de-chaussée, comme un animal hésitant à quitter sa tanière à la fin de son hibernation. S'ils avaient été surpris, ils ne l'avaient pas montré.

Au cours de l'une de ces expéditions, elle avait observé Keith qui restaurait une vieille moto dans son garage. Elle s'était d'abord assise le plus loin possible de lui, en simple spectatrice. Sans se retourner, il lui avait expliqué ce qu'il faisait, sans se soucier de provoquer une réaction.

Elle était revenue chaque jour, s'approchant toujours un peu plus, jusqu'à s'installer à côté de lui. Le moment arriva bientôt où, dès lors qu'il était dans son garage, on pouvait être certain de l'y trouver elle aussi.

Petit à petit, elle avait commencé à poser des questions sur les rouages du moteur, avide de comprendre comment les pièces s'assemblaient. Keith lui avait montré des schémas, avant de passer à des leçons pratiques.

Erica devait souvent les arracher à leurs séances de bricolage pour qu'ils viennent déguster ses dernières recettes gastronomiques, piochées dans l'un des innombrables livres qui remplissaient les étagères de la cuisine, et c'est avec une impatience mêlée de tendresse qu'elle écoutait Kim interroger Keith pendant que tous trois mangeaient, bercés par les airs de musique classique qu'elle affectionnait.

Kim vivait avec eux depuis un an et demi quand Keith lui avait lancé un défi.

— Bien ! Tu m'as regardé faire je ne sais pas combien de fois. Tu crois que tu arriverais à fixer ce boulon et cette rondelle dans le carter d'échappement ?

Il était ensuite parti chercher des boissons dans la cuisine. C'était avec ce premier tour de vis que la passion de Kim pour les motos était née.

Absorbée par sa tâche, elle avait trié les pièces qui jonchaient le sol du garage et avait fini par en fixer quelques autres sur la moto… jusqu'à ce qu'un petit rire la fasse sursauter. Les Spencer l'observaient depuis le pas de la porte, Erica avec des larmes dans les yeux. Keith était venu reprendre sa place à côté d'elle.

— Je crois que tu tiens ton intelligence de moi, ma chérie, avait-il dit en lui donnant un petit coup de coude.

Elle se doutait bien qu'elle ne pouvait pas tenir de lui, mais ces mots lui avaient noué la gorge, et elle avait songé au bonheur que Mikey et elle auraient pu connaître si la vie avait été plus clémente à leur égard.

Deux semaines avant son treizième anniversaire, Erica lui avait apporté dans sa chambre un chocolat chaud qu'elle avait simplement posé sur sa table de nuit. Puis, sur le point de ressortir, elle avait marqué un temps d'arrêt.

— Tu sais combien on t'aime, n'est-ce pas ? avait-elle dit, la main sur la poignée de la porte.

Les yeux rivés sur son dos, Kim n'avait pas répondu.

— Nous ne pourrions pas t'aimer davantage si tu étais notre fille biologique, et nous n'essaierons jamais de te changer. Nous t'aimons telle que tu es, d'accord ?

Kim avait acquiescé, prise d'une soudaine envie de pleurer. Sans qu'elle s'en rende compte, ce couple d'un certain âge avait réussi à gagner son cœur et lui avait offert le premier point d'ancrage stable qu'elle eût jamais connu.

Deux jours plus tard, Keith et Erica mouraient dans un carambolage sur l'autoroute. Elle avait appris par la suite qu'ils revenaient d'un rendez-vous chez un avocat spécialisé dans les procédures d'adoption.

Moins d'une heure après l'accident, elle avait été récupérée avec ses affaires et rendue à l'assistance publique comme un vulgaire colis indésirable. Il n'y avait pas eu de fête ni de fanfare pour marquer son retour. Rien pour reconnaître cette parenthèse de trois ans. Elle n'avait eu droit qu'à un hochement de tête ici et là et au dernier lit vacant d'un foyer.

Kim essuya une larme qui coulait le long de sa joue. C'était le problème avec les retours dans le passé. Tous ses souvenirs heureux menaient à la tragédie et au deuil. Voilà pourquoi elle n'y revenait pas souvent.

L'odeur de café qui s'échappait de la cuisine la fit se relever.

Alors qu'elle remplissait sa tasse, ses yeux se posèrent sur l'impressionnante collection de livres de recettes qui occupaient ses étagères. Sans prévenir, les mots qu'elle aurait dû prononcer vingt et un ans plus tôt franchirent enfin ses lèvres.

— Je t'aimais moi aussi, Erica.

31

Nicola Adamson prit une gorgée de Southern Comfort. En temps normal, elle ne buvait pas pendant le travail, mais elle n'arrivait pas à se débarrasser de cette raideur dans ses os. C'était comme si ses articulations avaient été soudées et qu'on avait injecté du ciment dans ses muscles.

L'atmosphère du club était électrique. Un groupe de banquiers suisses avait débarqué, tout rouges d'excitation et pleins aux as. La musique pulsait, les rires étaient contagieux. Les autres filles se mêlaient aux clients en affichant de grands sourires sincères. Tout portait à croire que chacun s'amuserait bien ce soir-là. C'était le genre d'ambiance qui faisait que son boulot ne lui demandait aucun effort. D'habitude.

Nicola savait qu'elle était encore ébranlée par sa dispute avec sa sœur. Tout avait commencé par une broutille – un truc si ridicule qu'elle ne se le rappelait même pas –, mais la situation avait dégénéré et il s'en était fallu de peu qu'elles en viennent aux mains.

Évidemment, Beth avait joué la carte de la culpabilité en énumérant toutes les choses dont Nicola était seule à profiter, pour finir par claquer la porte de l'appartement, folle de rage. Beth n'était toujours pas rentrée quand sa sœur était partie travailler.

Beth était une adulte, une femme parfaitement capable de se débrouiller, mais en tant qu'aînée, Nicola se sentait toujours le devoir de la protéger, malgré l'animosité entre elles.

— Hé, Nic, ça va ?

Elle sursauta légèrement.

— Oui, Lou.

Le propriétaire du club était un ancien lutteur – ce que ne parvenaient pas à cacher la chemise et le costume qu'il portait tous les soirs. Il l'avait créé à partir de rien, avec l'idée d'une ambiance très sélecte et de filles séduisantes qui danseraient pour le plaisir des clients. Dès le début, il s'était attaché à faire appliquer strictement trois principes : pas de nudité, pas de contact physique, pas de comportement irrespectueux. Et cela valait pour tout le monde.

Les employées étaient soumises à une quatrième interdiction : pas de drogue. Lou se chargeait de veiller lui-même au respect des trois premières règles. Pour la dernière, un test de dépistage mensuel prenait le relais.

Ces principes constituaient à la fois son business plan et son cahier des charges, et il mettait un point d'honneur à toujours donner l'exemple. Nicola n'avait jamais entendu parler d'aucune fille qui se serait sentie mal à l'aise en sa présence.

— Tu n'es pas dans ton assiette, ce soir, on dirait.

Elle songea à lui mentir, mais son patron la connaissait trop bien.

— Je suis juste un peu distraite, Lou.

— Tu veux tenir le bar ?

Elle secoua la tête, puis fit signe que oui, avant de soupirer. Pour être honnête, elle ne savait plus ce qu'elle voulait.

Lou l'invita à le suivre dans le couloir derrière le bar afin de pouvoir discuter plus au calme. Mary Ellen, un ancien mannequin de San Diego, se faufila entre eux, et il attendit qu'elle se soit suffisamment éloignée.

— C'est en rapport avec ta sœur ?

— Comment es-tu au courant ? demanda Nicola, stupéfaite.

Il regarda à droite et à gauche pour s'assurer qu'ils étaient bien seuls.

— Écoute, je ne comptais pas aborder le sujet, mais elle est passée ici aujourd'hui.

— Elle est venue au club ?

— Oui. Elle a exigé que je te laisse partir afin que tu puisses faire quelque chose de mieux de ta vie.

— Oh, mon Dieu, non…

Ses joues la brûlèrent. Elle ne s'était jamais sentie si humiliée de toute sa vie.

— Qu'est-ce que tu lui as répondu ?

— Que tu étais une grande fille parfaitement capable de prendre seule ses décisions.

— Merci, Lou. Je suis désolée. Elle t'a fait d'autres réflexions ?

— Oui, elle m'a traité de quelques noms d'oiseaux et m'a accusé de t'exploiter. Mais bon, ce n'est pas la première fois que j'entends ça.

Elle sourit.

— Comment tu as réagi ?

— Je l'ai remerciée et je lui ai demandé si je pouvais faire quoi que ce soit pour elle.

Nicola éclata de rire. C'était un répit bienvenu et un antidote à la tension qui l'habitait. Mais la bonne humeur de Lou ne l'empêchait pas de se sentir mortifiée à l'idée que Beth ait traîné leurs problèmes familiaux jusque sur son lieu de travail.

— Écoute, Lou. Je n'ai pas le cœur à danser ce soir. Il vaudrait peut-être mieux que je rentre à la maison.

— Sans doute, oui. Mais tu veux que je te dise ? De vous deux, je suis content de t'avoir embauchée, toi, parce que ta frangine a vraiment l'air d'une fille vénère.

— Je sais.

Il n'imaginait pas à quel point il avait raison, songeat-elle en se dirigeant vers le vestiaire au bout du couloir.

— Hé, Nic…

Elle se retourna.

— Fais attention à toi. J'ai l'impression qu'elle t'en veut à mort.

Découragée, elle rumina sa pensée précédente.

Il n'imaginait *absolument* pas à quel point il avait raison…

32

— OK, Kev. Toi d'abord.

Kim avait déjà briefé son équipe sur la scène de crime de la veille et la découverte des brindilles de conifère qui établissaient un lien entre le meurtre de Teresa Wyatt et celui de Tom Curtis.

Fidèle à sa parole, Cerys leur avait fait parvenir des photos peu après 6 h 30.

Debout devant le tableau sur lequel une vue aérienne du site des fouilles avait été scotchée, Dawson traça une ligne depuis l'emplacement de la première tombe jusqu'au bord de la feuille.

— Ceci est la victime n° 1. Bien qu'on n'ait pas identifié formellement son sexe, les restes de vêtements et les perles retrouvés à proximité incitent à penser qu'il s'agit plutôt d'une femme, enterrée là depuis environ dix ans. Ses os ont été emportés au labo pour y être examinés par Keats et le Dr Bate. Pour l'instant, on sait avec certitude qu'elle a été décapitée.

— C'est horrible, marmonna Stacey pendant que Dawson continuait à écrire des notes au tableau.

Dawson écrivait au tableau et Kim fut contrariée de l'entendre répéter « Victime n° 1 ». Ces ossements avaient autrefois été une personne avec des muscles, une peau, peut-être une marque de naissance. Une personne au visage expressif. La fille avait passé suffisamment de temps dans l'anonymat, et Kim enrageait de ne pas pouvoir lui donner un nom.

Elle se rappelait très nettement le moment où elle avait mesuré le degré d'invisibilité des enfants confiés aux services sociaux. À huit ans, elle s'était aventurée dans la lingerie de son foyer d'accueil pour y chercher une taie d'oreiller propre, et son regard avait été attiré par des feuilles de papier accrochées à une tablette en bois. Sur chacune figuraient des schémas représentant les sept chambres du foyer. Chaque lit était dessiné et numéroté – lit n° 1, lit n° 2, lit n° 3 –, accompagné d'une case à cocher. Au début, elle s'était demandé pourquoi ce n'était pas son nom qui était mentionné au lieu du lit n° 19, avant de comprendre que cela aurait été trop compliqué. Les pensionnaires allaient et venaient en permanence, alors que l'emplacement des lits, lui, ne changeait pas.

Sous le coup d'une impulsion, elle avait décroché les feuilles et, appuyée sur une table à repasser, inscrit le nom de chaque fille à côté de leurs lits respectifs.

Deux jours plus tard, un rapide contrôle dans la lingerie avait révélé de nouvelles feuilles sur lesquelles apparaissaient de nouveau les seuls numéros.

Son espace, son identité – tout ce qui constituait son unique petit domaine protégé – avaient été effacés. Comme ça, tout simplement. Elle n'avait jamais oublié la leçon.

Elle reporta son attention sur Dawson.

— Voici l'endroit où une seconde masse a été détectée, à environ quinze mètres de la première, dit-il en montrant un point au tableau.

Il tira un trait vers le bord de la carte, mais n'inscrivit cette fois qu'un astérisque. Kim, qui s'était d'abord raidie en l'entendant dire le mot « masse », s'efforça de se ressaisir. Pour le moment, il n'y avait pas de corps.

— Merci, Kev. L'équipe d'archéologues effectuera un examen complet du site pour s'assurer qu'il n'y en a pas d'autres.

— Parce que vous pensez que c'est possible, chef ?

Elle ne répondit pas. Elle n'en avait pas la moindre idée.

— Stacey, tu as eu le temps de regarder la bande vidéo ?

— Oui, mais elle aurait aussi bien pu servir à filmer la première version de *Ben Hur*. Elle a été réutilisée des centaines de fois. J'ai un ami qui arrivera peut-être à nettoyer un peu l'image, seulement il ne figure pas sur notre registre d'experts habilités…

— Envoie-lui quand même la bande. Elle n'aura aucune valeur au tribunal dans la mesure où on ne peut pas prouver que Mary Andrews a été assassinée, mais ça nous apprendra peut-être quelque chose.

— D'accord. En ce qui concerne Teresa Wyatt, je n'ai rien de nouveau. Je n'ai relevé aucun appel entrant ou sortant sur ses relevés qui ne puisse être expliqué. Et la police scientifique n'a rien trouvé chez elle, à part quelques empreintes de chaussures piétinées deux fois.

Cela voulait dire qu'en repartant, l'assassin avait pris la peine de marcher dans ses premiers pas pour rendre toute identification encore plus difficile, raisonna Kim.

Comme si les dégâts provoqués par les pompiers n'étaient pas suffisants.

— On a affaire à quelqu'un d'intelligent et d'impatient, conclut-elle.

— Pourquoi impatient ? demanda Bryant.

— La découverte du corps de Teresa Wyatt a été favorisée par l'incendie. C'est pour ça qu'on l'a retrouvée moins d'une heure après son décès. Quant à Tom Curtis, il serait probablement mort naturellement s'il avait continué à boire du whisky, mais ce n'était pas assez pour notre homme.

— Il veut nous faire comprendre qu'il est en colère, c'est ça ?

— Il a certainement un message à faire passer, en tout cas.

— On doit l'arrêter avant qu'il le répète à quelqu'un d'autre, renchérit Stacey en tapant sur son clavier. J'ai poursuivi les recherches de Kev et je peux confirmer que le Richard Croft de Crestwood est bel et bien le député conservateur de Bromsgrove.

— Putain de merde ! jura Kim.

Woody n'allait pas aimer ça.

— J'ai son adresse, ainsi que celle du deuxième surveillant de nuit, ajouta Stacey pendant que l'imprimante crachait une feuille dont Bryant s'empara aussitôt. J'ai également la liste la plus actualisée des dernières filles hébergées à Crestwood. Elle m'a été fournie par un médecin local, mais pour être honnête, Facebook livre de meilleures infos.

— Essaie de les localiser, Stace. Cela pourrait nous aider à identifier le premier squelette. Quelqu'un reconnaîtra peut-être les perles. Nous, pendant ce temps, on se concentrera sur les membres du personnel. Après tout, rien ne suggère que les anciennes pensionnaires du foyer puissent être en danger. Bryant et moi avons déjà interrogé William Payne. En résumé, il a une fille gravement handicapée, il adorait son travail mais ne croisait pas très souvent ses collègues, et il a récemment été victime d'une tentative de cambriolage – ce qui est curieux quand on voit comment sa maison est protégée. Kev, fais un détour par chez lui quand tu retourneras sur le site. Tu n'auras qu'à dire que tu viens le conseiller sur les mesures de sécurité à adopter.

Dawson fit signe qu'il avait compris.

— Bon, tout le monde sait ce qu'il a à faire ? demanda Kim. Bryant, viens avec moi. On file au labo voir si le Dr Spock a découvert quelque chose.

— Du calme, chef. Il est à peine 7 h 30. Laisse-lui une chance d'arriver.

— Il sera déjà au boulot, affirma-t-elle.

Au moment d'ouvrir la portière de la voiture, elle prit une profonde inspiration.

Dieu seul savait ce qu'ils allaient déterrer ce jour-là.

33

En entrant dans la morgue, Kim cligna des yeux pour ajuster sa vision. Les surfaces en acier inoxydable lui faisaient l'effet de flashes qui auraient jailli tous en même temps.

— Cet endroit me fout les jetons, dit Bryant.

— Arrête de faire ta mauviette. C'est nouveau, ça.

— Non, j'ai toujours été comme ça, chef.

Récemment modernisée, la salle d'autopsie comportait désormais quatre alcôves distinctes qui évoquaient un petit service de soins hospitaliers, mais sans rideaux – les patients de ce service ne manifestaient guère de fausse pudeur. Chacune était équipée d'un évier, d'une table, de placards muraux et d'un plateau chargé d'instruments. Si la plupart avaient l'air bien inoffensifs et pas très différents des ciseaux et scalpels employés en chirurgie, d'autres, tels que le burin à crâne, la scie et le costotome, semblaient tout droit sortis d'un film d'horreur.

Il se dégageait du squelette soigneusement reconstitué sur la table une impression de solitude plus grande encore qu'au fond de la fosse. Il reposait à présent dans un environnement stérile afin d'y être scruté, décortiqué, analysé et, de l'avis de Kim, c'était comme lui infliger une humiliation supplémentaire. La table d'autopsie était bordée d'une gouttière qui la faisait ressembler à un plat sur lequel trônaient les restes d'une dinde démesurée. D'instinct, elle eut envie de recouvrir les os d'un drap.

Sous la lampe du plafond abaissée à hauteur d'épaule – la même ou presque que celles utilisées par les dentistes –, le Dr Bate était occupé à mesurer le fémur droit du squelette et à consigner les résultats sur une tablette.

— Il y en a qui bossent, on dirait, lui lança-t-elle.

— L'avenir appartient à ceux qui se lèvent tôt, n'est-ce pas ? Exception faite des éboueurs, évidemment.

Kim porta une main à son cœur.

— Doc, est-ce que, par hasard, vous auriez voulu faire de l'humour ? Je me trompe ?

Bate ouvrit sa blouse blanche, dévoilant un jean délavé et un polo de rugby à rayures vertes et bleues.

— Inspecteur, vous êtes aussi sarcastique avec toutes les personnes que vous rencontrez ?

— Mmm… J'essaie, en tout cas.

— Comment avez-vous réussi dans la police en vous montrant à ce point impolie, arrogante, odieuse…

— Hé, doucement, doc ! J'ai aussi quelques défauts. Dis-lui, Bryant.

— Oh, que oui !

— Que pouvez-vous nous apprendre sur notre victime, ce matin ? enchaîna-t-elle.

Vaincu, Bate secoua la tête.

— Pour commencer, les os révèlent souvent plus de choses sur la vie d'une personne que sur sa mort. Grâce à eux, on peut estimer combien de temps elle a vécu, de quelles maladies ou blessures elle a souffert, sans compter sa taille, sa corpulence et la présence éventuelle de malformations. L'âge au moment du décès affecte inévitablement le processus de décomposition. Plus la victime est jeune, plus ça va vite, car les os des enfants sont plus petits et contiennent moins de minéraux. Quelqu'un d'obèse se décomposera lui aussi plus vite en raison des quantités de chair disponibles pour les micro-organismes et les vers…

— Génial, le coupa Kim. Avez-vous quoi que ce soit d'utile à nous apprendre ?

Il éclata d'un rire tonitruant.

— Je vous concède une qualité, inspecteur. Vous êtes constante dans vos réactions.

Kim ignora sa remarque et le regarda chausser une paire de lunettes aux montures noires.

— Nous avons deux métatarses fracturés sur le pied gauche. Ce genre de blessure survient plutôt quand on joue au foot, mais celle-ci était récente. Les os n'ont pas eu le temps de se ressouder.

— Il est possible de se faire ça en donnant un coup de pied dans quelque chose ? demanda Bryant.

— Oui, mais on frappe d'habitude avec le pied droit – ou alors il faut avoir été entraîné à le faire avec les deux.

Bate s'approcha de la tête du squelette.

— Je vous ai déjà montré la fracture sur la vertèbre cervicale, qui nous permet de savoir que la victime a été décapitée. L'attaque a été d'une extrême violence et le coup qui a sectionné l'os n'était pas le premier. Observez bien les vertèbres C1 et C2, dit-il en sortant une loupe. Vous comprendrez ce que je veux dire.

Kim se pencha à côté de lui. Il y avait une strie bien visible sur la C1.

— Vous voyez ?

Elle acquiesça tout en notant le parfum mentholé de son haleine.

Il lui tendit ensuite la loupe, puis tourna doucement le squelette afin que les os du cou se présentent à elle de biais.

— Maintenant, examinez la C2.

Elle fit descendre la loupe le long des vertèbres les plus proches du crâne et distingua une nouvelle strie. Prise d'un haut-le-cœur, elle recula d'un pas.

— L'entaille que vous avez repérée hier n'était pas sur le côté du cou.

— En effet.

Un bref instant, leurs regards se croisèrent et exprimèrent la même compréhension des faits.

— Je ne pige pas, moi, dit Bryant en se penchant à son tour sur la table.

— Elle était vivante, murmura Kim. Elle bougeait pendant qu'il essayait de la décapiter.

— C'est un malade…

— Doc, est-ce que l'assassin aurait pu fracturer les métatarses en écrasant le pied de la victime pour la rendre moins mobile ?

Cela aurait expliqué pourquoi celle-ci n'avait pas réussi à s'enfuir.

— Oui, la conclusion paraît logique.

— Attention. À ce rythme-là, vous allez bientôt formuler une hypothèse.

— En l'absence de tissus mous, je ne suis pas en mesure de confirmer cette théorie, inspecteur. Je peux juste dire que je n'ai identifié aucune autre cause évidente de décès.

— Combien de temps a-t-elle passé sous terre ?

— Au minimum cinq ans, au maximum douze.

Kim eut un mouvement d'humeur.

— Écoutez, continua-t-il, si je pouvais vous donner le jour, le mois et l'année, je le ferais, mais la décomposition est tributaire de nombreux facteurs : la chaleur, la nature du sol, l'âge de la victime, d'éventuelles maladies et infections. Comme vous, j'aimerais que tout le monde se promène avec une photo, un dossier médical complet, un passeport et une facture d'eau ou d'électricité récente, mais malheureusement on n'a rien de plus que ces os.

Son accès de colère laissa Kim de marbre.

— Et que nous disent-ils au juste, doc ?

— Si vous voulez mon avis d'expert, la victime n'avait pas plus de quinze ans.

— Un avis d'expert ? C'est comme ça qu'on appelle une supposition dans le jargon scientifique ?

— Non, c'est la conclusion que je présenterais au tribunal si j'étais amené à témoigner. Ma supposition est qu'il s'agit d'une femme.

— Mais hier, vous disiez…

— Cette supposition n'est pas sous-tendue par une logique scientifique.

— C'est à cause des perles ?

— Non. Cerys m'a apporté ça hier soir.

Il brandit un sachet en plastique contenant un bout de tissu. Kim s'approcha plus près. On discernait un motif.

— C'est un reste de chaussette. La laine se dégrade, mais beaucoup plus lentement que les autres tissus.

— Je ne vois toujours pas…

— Au microscope, on distingue vaguement un papillon rose.

— Ça me suffit, déclara Kim.

Et, tournant les talons, elle quitta la morgue.

34

J'ai détesté cette fille à l'instant où je l'ai vue. Il y avait quelque chose de pitoyable chez elle. De pathétique. Sans compter sa laideur.

Tout ce qu'elle portait était trop petit. Ses orteils avaient percé le bout de ses chaussures. Sa jupe en jean dévoilait un peu trop ses cuisses. Même son buste semblait trop court pour ses longs membres.

Je n'aurais jamais cru qu'une fille comme elle me causerait le moindre souci. Elle était si banale que je me souviens à peine de son nom.

Elle n'a pas été la première, ni la dernière, mais j'ai éprouvé une véritable satisfaction à mettre fin à son supplice. C'était quelqu'un que personne n'aimerait jamais et que personne n'avait jamais aimé.

Elle n'avait pas été gâtée par la vie. Née dans le quartier défavorisé de Hollytree, d'une mère adolescente qui s'était fait la malle au bout de cinq ans après avoir donné naissance à un deuxième enfant, elle avait été abandonnée à Crestwood par son père à l'âge de six ans. Lorsqu'il l'avait déposée au foyer avec un unique sac poubelle rempli de toutes ses possessions, il avait été très clair : il ne lui rendrait pas visite le week-end et ne reviendrait jamais la chercher.

Plantée devant le bureau d'accueil, elle l'avait regardé se débarrasser d'elle. Elle était assez grande pour comprendre ce qui lui arrivait.

Il était parti sans la serrer dans ses bras, sans la toucher ni même lui dire au revoir, mais à la dernière minute, il s'était retourné et l'avait fixée durement.

Avait-elle espéré, l'espace d'un instant, qu'il regrettait son geste ? Qu'il allait s'expliquer, se justifier, ou lui faire la promesse, même fausse, de revenir ?

— Écoute-moi, la p'tiote, avait-il dit en l'attirant à l'écart. Le seul conseil que j'peux te donner pour avancer dans la vie, c'est tâche de bien travailler à l'école, parce que tu trouveras jamais un gars qui voudra de toi.

Puis il avait déguerpi.

Elle se déplaçait telle une ombre au milieu des pensionnaires, soucieuse de plaire, prête à faire n'importe quoi en échange d'un peu d'amour ou de ce qui y ressemblait. Comme elle n'avait pas l'habitude qu'on lui témoigne de l'affection, la moindre marque d'attention de la part de ses autres filles faisait naître chez elle une gratitude pathétique et une loyauté éternelle qui s'accompagnaient de dons de friandises et d'argent – ou, lorsqu'il s'agissait de ses deux seules copines, de tout ce que celles-ci lui demandaient. Elle les suivait comme un bon toutou, et elles la laissaient faire.

Ça m'amuse de voir que la fille la plus insignifiante de la Terre suscite aujourd'hui un peu d'intérêt. Tout le monde l'examine, en quête de réponses, et je suis heureux de lui avoir fait ce cadeau.

Je me souviens du moment où elle s'est confiée à moi.

— Je sais un secret sur Tracy, m'a-t-elle glissé ce soir-là.

— Moi aussi, ai-je répondu.

Je lui ai demandé de me rejoindre une fois que les autres dormiraient. Promis, je ne répéterais rien à personne. Et puis j'avais une surprise pour elle. Des petits lapins près d'une mare. La technique demeurait infaillible.

À 1 h 30, j'ai regardé s'ouvrir la porte de service. Un rayon de lumière a éclairé son corps dégingandé par-derrière, lui donnant l'allure d'un personnage de dessin animé. Elle s'est avancée vers moi à petits pas et j'ai souri intérieurement.

Cette fille ne présentait aucun défi. Son besoin désespéré d'attirer l'attention me donnait envie de gerber.

— J'ai un aveu à faire, a-t-elle murmuré.

— Je t'écoute, ai-je dit avec une curiosité feinte.

— Je ne crois pas que Tracy se soit enfuie.

— Vraiment ?

Son visage ingrat et stupide affichait le plus grand sérieux, mais sa nouvelle n'était pas un scoop. Elle racontait ça à tous ceux sur qui elle arrivait à mettre le grappin.

— C'est pas le genre à faire ça, et puis elle a oublié son iPod. Je l'ai retrouvé au pied de son lit.

Je ne m'attendais pas à ça, mais tant pis. Comment avais-je pu ne pas voir cet iPod ? Sans doute volé à quelqu'un, il pendait toujours à l'oreille de cette conne de Tracy, qui le considérait comme son bien le plus précieux.

— Qu'est-ce que tu en as fait ?

— Je l'ai rangé dans mon placard pour qu'on n'aille pas le lui piquer.

— Tu en as parlé à quelqu'un d'autre ?

— Les filles n'en ont rien à battre. On croirait que Tracy n'a jamais existé pour elles.

Bien sûr qu'elle n'existait plus pour personne. Et c'était précisément ce que je voulais.

Mais il y avait ce fichu iPod, à présent.

— Tu es très intelligente, ai-je dit avec un grand sourire.

Malgré l'obscurité qui nous enveloppait, j'ai deviné qu'elle rougissait. Elle a souri aussi, avide de plaire, de servir à quelque chose, de compter pour quelqu'un.

— Et ce n'est pas tout. Elle n'a pas pu s'enfuir parce qu'elle était...

— Chhh, l'ai-je coupée en me penchant vers elle d'un air complice et amical. Tu as raison. Tracy ne s'est pas échappée du foyer et je sais où elle est. Tu veux qu'on aille la voir ?

Elle a pris la main que je lui tendais.

Je l'ai entraînée dans les herbes vers la partie du champ la plus éloignée du foyer, à l'abri des arbres. Là, elle a trébuché dans le trou que j'avais creusé et elle est tombée en arrière. J'ai lâché sa main.

La confusion est apparue dans son regard, avant qu'elle lève un bras pour se défendre quand je suis entré à mon tour dans la fosse.

J'ai cherché la pelle que j'avais laissée au bord et qu'elle avait déplacée dans sa chute. Ce délai lui a suffi pour se redresser. Comme j'avais besoin qu'elle soit étendue par terre, je l'ai tirée par les cheveux. Son visage n'était plus qu'à quelques centimètres du mien, et sa respiration s'était accélérée, devenant laborieuse.

Je lui ai donné un grand coup sur le pied avec ma pelle. Elle a crié et s'est affaissée en se pliant d'instinct pour le serrer entre ses mains. Ses yeux s'étaient révulsés sous l'effet de la douleur. Un bref instant, elle a perdu connaissance. J'en ai profité pour lui arracher une chaussette et la lui fourrer dans la bouche, puis je l'ai allongée au milieu de la tombe. J'ai visé son cou avec le tranchant de ma pelle et réussi à l'atteindre sur le côté. La douleur l'a ranimée. Elle a tenté de hurler, mais aucun son n'a pu franchir ses lèvres.

Ses yeux roulaient dans tous les sens tandis qu'elle se tortillait, paniquée. J'ai abattu mon arme de fortune sur elle avec encore plus de force – et plus d'efficacité aussi, puisque j'ai distingué le bruit des chairs entaillées par le métal.

Mais la fille était coriace. Comme elle s'agitait toujours, je lui ai envoyé mon pied dans le ventre et j'ai continué à la frapper pour la retourner sur le dos pendant qu'elle s'étouffait dans son sang.

Le moment était venu de me concentrer. Il fallait être précis. J'ai de nouveau brandi ma pelle et, cette fois, je l'ai plantée en plein dans son cou. Ses yeux se sont éteints, mais le bas de son corps a légèrement tressauté.

Cela m'a évoqué la chute d'un arbre. L'entaille était faite. Encore un effort et le tronc serait complètement sectionné.

J'ai donné un dernier coup et entendu le métal heurter un os.

Elle a cessé de bouger. Brusquement, il n'y a plus rien eu d'autre que le silence.

J'ai pris appui sur la pelle et je l'ai enfoncée jusqu'à atteindre la terre meuble sous le corps de la fille. Ses yeux sont restés rivés sur moi lorsque je l'ai ensevelie. Dans la mort, elle était presque jolie.

Pour finir, j'ai contemplé la tombe. Elle passerait inaperçue au milieu des traces laissées par la fête foraine.

La fille avait toujours voulu aider les autres, servir à quelque chose, avoir une raison d'être. Voilà qui était fait.

J'ai piétiné le sol et, reculant d'un pas, je l'ai remerciée d'avoir gardé mon secret.

Elle s'était enfin rendue utile.

35

— Qu'est-ce que tu en penses ? demanda Bryant au moment où Kim s'installait sur le siège passager.

— De quoi ?

— Du médecin et de l'archéologue.

— Ça ressemble au début d'une mauvaise blague.

— Allez, tu vois de quoi je parle. Tu crois qu'ils…

— Mais qu'est-ce qui ne va pas chez toi ? l'interrompit-elle sèchement. Il y a une demi-heure, tu tremblais de peur comme une petite fille, et maintenant on dirait une vieille commère.

— Hé, je ne suis pas vieux, chef !

— Je préférerais que tu utilises tes quelques neurones pour résoudre cette enquête, pas pour décrypter la vie sexuelle de nos collègues.

Sans se laisser atteindre par ses critiques, Bryant prit la direction de Bromsgrove. Leur prochain arrêt serait au bureau de Richard Croft, dans la rue principale de la ville.

Alors qu'ils atteignaient Lye, Kim se tourna vers sa vitre, incapable de se défaire de l'image d'une adolescente de quinze ans qui se tordait par terre en serrant son pied blessé et en essayant d'échapper au couperet d'une lame mortelle. L'idée que les deux premières tentatives de l'assassin aient pu entailler des chairs, du cartilage et des muscles jusqu'à l'os, sans pour autant s'avérer fatales, lui était tout simplement insupportable.

Fermant les yeux, elle imagina la peur qu'avait éprouvée cette enfant et resta ainsi perdue dans ses pensées jusqu'à ce qu'ils atteignent la banlieue de Bromsgrove et le site qui avait autrefois abrité l'asile de Barnsley Hall.

Ouvert en 1907, l'hôpital psychiatrique avait accueilli jusqu'à mille deux cents patients au plus fort de son activité. C'était là que sa mère avait été internée durant la majeure partie des années 1970, jusqu'à ce qu'on l'autorise à sortir à l'âge de vingt-trois ans.

Tu parles d'une décision, songea Kim en contemplant la résidence construite après la fermeture et la démolition de l'hôpital à la fin des années 1990.

Les habitants de la ville avaient beaucoup regretté le château d'eau ouvragé qui dominait le complexe – la structure gothique en briques rouges, dotée d'un parement en grès et terre cuite, avait été détruite en 2000 –, mais pour sa part Kim en avait été enchantée, tant elle y voyait le dernier vestige d'une institution qui portait une si lourde responsabilité dans la mort de son frère.

Elle se ressaisit lorsque Bryant arrêta la voiture sur un petit parking situé à l'arrière d'une animalerie. Plutôt que d'en faire le tour, ils empruntèrent une ruelle entre deux magasins, humant au passage l'odeur de la première fournée du jour qui émanait d'une boulangerie.

Bryant laissa échapper un grognement.

— N'y pense même pas, dit Kim.

Puis elle examina les bâtiments alentour jusqu'à repérer une porte rouge, entre une carterie et une boutique de vêtements discount.

— C'est là.

Elle pressa un bouton sur l'interphone situé juste sous la plaque du député et une voix féminine lui répondit.

— Nous aimerions voir M. Croft.

— Je suis désolée, il n'est pas disponible. Nous avons…

— Nous enquêtons sur un meurtre, coupa Kim, pas du tout disposée à discuter depuis la rue. Veuillez nous ouvrir, s'il vous plaît.

Un buzz discret se fit entendre. À l'intérieur, un petit vestibule desservait une étroite cage d'escalier qui les mena à l'étage. Deux portes se faisaient face sur le palier – celle de gauche en bois massif, celle de droite en verre. Kim choisit la seconde et entra dans une pièce aveugle occupée par une femme d'environ vingt-cinq ans, dont la queue-de-cheval était si serrée qu'elle tirait en arrière la peau de ses tempes.

Bryant sortit son insigne et se présenta.

Si petite fût-elle, la pièce avait l'air bien rangée et fonctionnelle. Des meubles d'archivage s'alignaient le long d'un mur, tandis qu'un grand calendrier et deux certificats décoraient celui d'en face. Les haut-parleurs d'un ordinateur diffusaient le programme de la Radio 2.

— Pouvons-nous parler à M. Croft ?

— J'ai peur que non.

Kim se tourna vers la porte située de l'autre côté du palier.

— Il n'est pas là, précisa la secrétaire. Il fait ses visites.

— Ses visites ? Il est médecin ou quoi ?

Pourquoi les assistantes des hommes d'âge mûr ressentaient-elles le besoin de les protéger ? Suivaient-elles une formation spéciale pour cela ?

— M. Croft passe beaucoup de temps à rencontrer les électeurs qui ne peuvent pas sortir de chez eux.

Les mots « public captif » vinrent à l'esprit de Kim, en même temps que des images du député refusant de partir tant qu'il n'aurait pas arraché une promesse de vote.

— Nous menons une enquête sur un meurtre, alors…

— Je peux sûrement fixer un rendez-vous à un moment qui vous conviendra, assura la secrétaire en s'emparant d'un grand agenda.

— Et si vous l'appeliez pour l'informer que nous sommes ici ? Nous attendrons.

La fille joua avec son collier de perles.

— Il ne doit pas être dérangé pendant ses visites. Prenons un rendez-vous et…

— Non, je ne veux pas fixer un foutu…

— Nous comprenons que le député soit très occupé, s'interposa Bryant d'une voix douce et chaleureuse en poussant Kim sur le côté. Le problème est que nous enquêtons sur un meurtre. Vous êtes certaine qu'il n'a pas un seul créneau de libre aujourd'hui ?

L'assistante de Croft revint en arrière dans son agenda, mais secoua la tête. Bryant suivit son regard sur la page.

— Vraiment, je ne peux pas vous caser avant jeudi matin à…

— Vous plaisantez ? cracha Kim.

— Nous prendrons ce que vous avez à nous proposer, dit Bryant.

— 9 h 15, inspecteur.

— Parfait, acquiesça-t-il en souriant. Merci pour votre aide.

Il entraîna ensuite Kim vers la sortie.

— Jeudi matin ? tonna-t-elle une fois dehors. Tu déconnes, Bryant ?

— Évidemment. D'après son agenda, il travaille chez lui cet après-midi et on connaît son adresse.

— Ah ! Très bien.

— Tu sais, tu ne peux pas toujours houspiller les gens en espérant qu'ils t'accorderont ce que tu veux.

Elle n'était pas d'accord. Cette méthode lui avait réussi jusqu'à présent.

— Tu n'as jamais entendu parler de ce livre, *Comment se faire des amis* ? insista-t-il.

— Tu n'as jamais vu *Vol au-dessus d'un nid de coucou* ? Parce que cette fille est une Miss Ratched en devenir.

Bryant éclata de rire.

— Je dis juste qu'il y a plus d'une façon de résoudre un problème.

— C'est pour ça que tu m'accompagnes, répliqua-t-elle en poussant la porte d'un café. Pour moi, ce sera un grand *latte*.

Bryant leva les yeux au ciel pendant qu'elle s'installait à une table près de la devanture.

Malgré les avertissements de son adjoint, elle n'avait jamais été capable d'adapter son comportement aux attentes d'autrui. Même enfant, elle ne s'était intégrée dans aucun groupe, quel qu'il soit. Elle ne savait pas cacher ce qu'elle pensait, et ses sentiments avaient la manie de s'afficher clairement sur son visage avant qu'elle ait pu les contrôler.

— Il y a des jours où on aimerait pouvoir commander un simple café, se plaignit Bryant en revenant avec deux tasses. Il y a plus de choix ici que chez un traiteur chinois. Apparemment, ceci est un *americano*.

Kim sourit. Bryant lui donnait parfois l'impression d'être resté bloqué à la fin des années 1980.

— Au fait, pourquoi tu t'es énervée contre Miss Ratched tout à l'heure ?

— On n'avance pas, Bryant.

— Oui, on est bloqués devant les oignons frits.

— Pardon ?

— Je vois chaque enquête comme un repas composé de trois plats. La première partie ressemble à l'entrée. Tu as faim, du coup tu te jettes dessus. Il y a des témoins, une scène de crime, et tu ingurgites plein de détails. Arrive ensuite le plat principal – disons, un assortiment de grillades. Il faut établir des priorités. Il y a trop à manger, trop d'informations. Faut-il avaler toute la viande et laisser de côté l'accompagnement, ou renoncer à une saucisse pour garder une place pour le dessert ? La plupart des gens conviennent que le pudding est ce qu'il y a de meilleur, parce que, lorsqu'il arrive, la boucle est bouclée et on finit rassasié.

— C'est le plus gros tas de conne…

— Regarde où on en est : on a mangé l'entrée, maintenant on se retrouve avec une double enquête et on essaie de déterminer dans quelle direction avancer pour goûter au dessert.

Kim avala une gorgée de café. Bryant adorait établir des analogies, et elle consentait parfois à l'écouter.

— Maintenant, continua-t-il, le plat principal est souvent plus digeste quand on s'arrête deux minutes, le temps d'une franche discussion avec nos tripes.

Kim sourit. Ils travaillaient ensemble depuis vraiment trop longtemps.

— Vas-y, chef. Balance tout. Qu'est-ce que tes tripes te disent ?

— Rappelle-moi notre théorie initiale ?

— Teresa Wyatt a été assassinée par quelqu'un qui avait une dent contre elle.

— Ensuite ?

— Après le meurtre de Tom Curtis, on a supposé que cette personne avait un lien avec Crestwood.

— La mort de Mary Andrews ?

— Elle n'a pas changé la donne.

— La découverte d'un corps enterré ?

— On en a déduit qu'il y avait quelque part une volonté d'éliminer des gens impliqués dans des crimes commis il y a dix ans.

— En résumé, nous pensons que le meurtrier de la jeune fille est aussi celui des anciens employés de Crestwood et qu'il agit dans le but de ne pas être arrêté pour son premier crime ?

— Bien sûr.

C'était là que leurs tripes ne leur disaient pas la même chose.

— Je crois qu'Einstein a déclaré un jour : si les faits ne collent pas avec la théorie, changez les faits.

— Hein ?

— Celui ou celle qui a tué la victime enfouie à côté de Crestwood s'est montré mesuré et méthodique. Il a réussi à tuer et à se débarrasser d'un corps, au moins, sans se faire pincer. Il n'a laissé aucun indice et son crime n'aurait jamais été découvert sans l'obstination du Pr Milton. À l'inverse, dans le cas de Tom Curtis, nous savons que l'arme utilisée contre lui était l'alcool, mais que ça ne suffisait pas pour notre assassin. Il voulait faire savoir à tout le monde que cet homme méritait de mourir.

Bryant la regarda fixement.

— Chef, tes tripes ne te disent tout de même pas que… ?

— Ce qu'elles me disent, Bryant, c'est qu'on va avoir besoin d'une plus grosse assiette.

36

— Tu es sûr que c'est là ? demanda Kim.

— Oui. Le Bull and Blader. Célèbre pour être le deuxième pub du Delph Run.

Le Delph Run était une série de six pubs éparpillés le long de Delph Road. Le Bell ouvrait la marche au niveau de Quarry Bank, et le Corn Exchange la fermait à l'angle d'Amblecote Road. En faire la tournée en consommant autant d'alcool que leurs corps pouvaient en contenir était devenu un passage rituel pour les garçons qui sortaient en bande et, plus récemment, pour les filles aussi. Pas un homme majeur digne de ce nom dans un rayon de trois kilomètres n'aurait avoué un échec dans l'épreuve du Delph Run.

Kim et Bryant s'étaient d'abord rendus au domicile d'Arthur Connop, et son épouse désabusée leur avait indiqué où le trouver. En arrivant à l'adresse indiquée, ils avaient découvert un bâtiment jaune moutarde percé de trois fenêtres aux menuiseries en acajou – et si miteux qu'il fallait probablement s'essuyer les pieds en sortant, jugea Kim.

— Il vient ici à 11 h 30 ? s'étonna-t-elle.

À l'intérieur, un petit couloir obscur desservait plusieurs portes du même bois sombre que les fenêtres, accentuant le sentiment d'oppression. La première porte de gauche menait à l'arrière-salle et plus loin, du même côté, se trouvaient les toilettes. Les lieux empestaient la bière et, de l'avis de Kim, cette puanteur était pire que celle qui régnait sur la plupart des scènes de crime.

Bryant ouvrit la porte de droite, qui donnait sur un bar guère plus éclairé que le couloir. Une banquette au tissu taché et crasseux bordait les murs de la salle, derrière des tables en bois entourées de quelques tabourets. Un journal et une demi-pinte de bière attendaient sur l'une d'elles, dans un coin.

Il s'approcha du bar.

— Arthur Connop ? demanda-t-il à une femme d'une petite cinquantaine d'années qui essuyait des verres avec un torchon d'une propreté douteuse.

— Il est parti pisser.

Au même instant, un homme qui ne devait pas mesurer plus d'un mètre cinquante entra en ajustant sa ceinture.

— Un pain au fromage, Maureen, réclama-t-il en passant entre eux.

La barmaid souleva une cloche en plastique éraflée, examina un sachet à l'intérieur et le posa sur le bar.

— Ça fera deux livres.

— Et remets-moi une pinte, ajouta-t-il avant de lorgner Kim et Bryant. La flicaille se paiera à boire elle-même.

La fille lui servit sa chope, puis il compta sa monnaie, laissa quelques pièces sur un dessous-de-verre sale et retourna s'asseoir à sa table, côté banquette.

— Rien pour nous, merci, dit Bryant, ce dont Kim lui fut sincèrement reconnaissante.

— Qu'est-ce que vous voulez ? lança Arthur en les voyant s'installer tous les deux en face de lui.

— Vous vous attendiez à notre visite, monsieur Connop ?

— Faut pas me prendre pour un con. Vous creusez là où je bossais avant et mes anciens collègues se font buter les uns après les autres. Je savais bien que vous alliez pas mettre longtemps à rappliquer.

Il ôta le film alimentaire qui enveloppait son pain au fromage – apparemment le seul en-cas à la carte. Une forte odeur d'oignons s'en dégagea en même temps qu'un bout de fromage râpé tombait sur la table. Arthur lécha son index et l'appuya dessus pour le récupérer et le fourrer dans sa bouche. Il ne s'était sans doute pas lavé les mains après son passage aux toilettes, songea Kim avec dégoût. Bryant lui donna un petit coup sous la table. Il avait manifestement envie de mener l'entretien et elle ne demandait pas mieux que de le satisfaire.

— Monsieur Connop, pour le moment, nous cherchons à mieux comprendre le contexte de ces événements. Pensez-vous pouvoir nous y aider ?

— Si vous voulez. Mais dépêchez-vous et après, foutez-moi la paix.

Kim fut tentée de lui montrer les photos sur son téléphone, puis se rappela juste à temps un précieux conseil de Woody. « Essayez d'y aller en douceur avec les gens et, si vous n'y arrivez pas… laissez faire Bryant. »

Striée de petits vaisseaux éclatés, la peau de Connop ressemblait à une carte routière. Son teint blafard trahissait un alcoolisme de longue date, le blanc de ses yeux évoquait celui des personnes atteintes de jaunisse. Il ne s'était pas rasé depuis plusieurs jours et les rides de son front paraissaient ne jamais s'estomper. À en juger par leur profondeur, l'homme devait déjà être contrarié à la naissance.

Il prit son pain à deux mains pour le porter à sa bouche. Kim préféra détourner le regard.

— Que pouvez-vous nous dire sur Teresa Wyatt ?

Arthur avala une gorgée de bière pour faire passer son sandwich et fronça le nez.

— Elle pétait plus haut que son cul, celle-là, mais elle m'emmerdait pas trop. Elle adressait pas la parole aux types comme moi, de toute façon. Tout ce qu'y avait à faire était écrit sur un tableau, et moi je m'en occupais.

— Quel rapport entretenait-elle avec les filles ?

— Elle en avait pas vraiment. En fait, elle s'en foutait un peu. Je crois qu'elle aurait pas vu la différence si on avait gardé des poules dans une basse-cour. Elle avait un sale caractère, à ce qu'on m'a dit, mais à part ça je peux rien vous apprendre.

— Et Richard Croft ?

— Un putain de branleur !

— Vous voulez bien développer ?

— Non. S'il est encore en vie quand vous le verrez, vous comprendrez.

— Il avait davantage affaire aux filles ?

— Vous rigolez ? Il sortait jamais assez longtemps de son bureau pour leur parler. Et elles, elles savaient qu'il valait mieux pas le déranger. Son boulot, c'était les budgets, les machins comptables. Il blablatait beaucoup sur les analyses compatibles, les inspecteurs de performance et les conneries du genre.

Kim supposa qu'il faisait allusion à des analyses comparatives et des indicateurs de performance – autant d'expressions qui n'avaient manifestement aucun sens pour lui.

— Et il se la pétait avec ses sapes.

— Vous voulez dire qu'il portait des vêtements de marque ?

— J'veux dire que tout ce qu'il avait était de marque. Ses costards, ses chemises, ses pompes, ses cravates. C'était pas avec son salaire de fonctionnaire qu'il pouvait se payer ça.

— C'est pour cette raison que vous ne l'appréciiez pas ? demanda Kim.

— J'avais des tas de raisons de pas l'apprécier, mais celle-là en faisait pas partie, grogna Arthur, dont le visage se plissa de dégoût. Cet enfoiré de faux cul, avec ses airs supérieurs, ses petits secrets, ses…

— Quels secrets ?

— Aucune idée. Mais qu'est-ce qu'un type peut bien foutre avec deux ordinateurs sur son bureau ? Ça me dépasse. Et il refermait toujours le plus petit quand j'entrais. Je sais pas pourquoi. C'est pas comme si j'avais pu piger quelque chose à son boulot.

— Vous connaissiez Tom Curtis ?

— Ouais. C'était pas un mauvais garçon. Un type jeune, beau gosse. Et plus souvent en contact avec les filles que tous les autres. Il était du genre à leur préparer un sandwich si elles avaient raté leur quatre-heures. Vous voyez, quoi. Il essayait de s'accommoder de la situation.

— Quelle situation ?

— Travailler à Crestwood, bien sûr. Parce que c'était ça, le truc. Ils avaient tous une raison d'être là. C'était un bon tremplin pour aller où ils voulaient. Sauf Mary. Elle, c'était une vraie perle.

Écœurée, Kim pensa à ces filles confiées à des personnes qui, dans le meilleur des cas, ne leur avaient prodigué aucune affection, aucun conseil ni aucune attention sincère et, dans le pire des cas, avaient fait bien autre chose.

— Vous connaissiez William Payne ? demanda Bryant.

— Couilles d'Or ? dit Arthur, avant de laisser échapper un rire déplaisant.

Kim l'examina pendant qu'il vidait sa première chope. Il se détendait sous l'effet de l'alcool et commençait à loucher légèrement.

Elle se leva et alla au bar.

— Il en est à combien ? s'enquit-elle auprès de Maureen.

— Un double whisky et quatre pintes.

— C'est habituel ?

Maureen acquiesça en remplissant un bol de cacahuètes destiné à l'ensemble de la clientèle. Même si on lui avait braqué une arme sur la tempe, Kim n'y aurait pas touché.

— Quand il aura fini sa pinte, il en réclamera une autre, dit la barmaid en se retournant pour jeter le sachet vide à la poubelle. Je refuserai, il me balancera une insulte, et puis il rentrera chez lui en titubant pour dormir et cuver jusqu'à ce qu'il soit en état de revenir ce soir.

— Il fait ça tous les jours ?

— Oui.

— Nom de Dieu !

— Ne soyez pas désolée pour lui. Si vous avez de la compassion en trop, offrez-la plutôt à sa femme. Arthur n'est qu'une vieille loque que j'ai toujours entendue se plaindre. Il n'a rien d'un gentil petit vieux, vous savez. Sobre ou bourré, il est toujours aussi désagréable.

La franchise de cette femme la fit sourire. Le temps qu'elle se rassoie à sa table, Arthur avait descendu la moitié de sa dernière pinte.

— Ouais, y en avait que pour Billy. Tout le monde se pliait en quatre pour ce connard. Tout ça parce qu'il avait une fille infirme.

Kim sentit monter la colère, mais desserra les poings lorsque Bryant lui fit signe de se calmer. Cela ne servirait à rien d'envoyer ce type au tapis. Il ne changerait jamais.

— Ils étaient tous aux petits soins pour Billy. On lui laissait les boulots les plus faciles, et la merde, c'était pour ma pomme. Il bossait quand ça l'arrangeait, et moi, tout le reste du temps. Mais on avait chacun nos problèmes et, s'il avait bien voulu foutre sa gamine dans un centre spécialisé, on n'aurait jamais eu…

Kim se pencha en avant. Assez près pour voir s'éteindre la dernière lueur de lucidité dans le regard du pochard.

— Vous n'auriez jamais eu quoi, monsieur Connop ? le pressa Bryant.

Arthur secoua la tête. Ses yeux devinrent vitreux, mais sa main finit par retrouver sa chope, qu'il vida d'un trait.

— Une autre, Maureen ! cria-t-il en la levant.

— Tu as assez bu, Arthur.

— Salope.

Il reposa brutalement la chope, se redressa et chancela sur ses jambes.

— Arthur, qu'alliez-vous ajouter ?

— Rien. Dégagez, foutez-moi la paix. Vous arrivez trop tard.

Kim le suivit à l'extérieur et l'attrapa par le bras. Sa patience était à bout.

— Écoutez-moi, dit-elle en haussant la voix pour couvrir le bruit d'une voiture qui démarrait à proximité. Trois anciens employés de Crestwood sont morts au cours des deux dernières semaines. Au moins deux d'entre eux ont été assassinés et, si vous refusez de nous raconter ce que vous savez, vous serez probablement le suivant.

Il posa sur elle un regard qui contredisait soudain le taux d'alcool dans son sang.

— J'm'en fous. Putain, ce serait même un sacré soulagement.

Il libéra son bras et s'engagea dans la rue d'un pas incertain, heurtant d'abord un véhicule, puis un mur, comme une boule de flipper.

— Laisse tomber, dit Bryant. Il ne lâchera rien dans cet état. On ferait peut-être mieux de revenir plus tard, quand il aura fini de cuver.

Kim se rangea à son avis et l'accompagna vers leur voiture garée à l'angle de la rue.

Juste quand elle ouvrait sa portière, un bruit sourd et sordide retentit, suivi d'un hurlement.

— Qu'est-ce que… ! cria Bryant.

Contrairement à lui, elle ne se posa pas de question. Elle fit demi-tour et se mit à courir vers le pub.

Au fond d'elle, elle savait déjà.

37

Quelques secondes plus tard, elle découvrit Arthur Connop étendu par terre.

— Écartez-vous, ordonna-t-elle aux trois personnes qui s'étaient approchées.

Bryant se posta devant le corps, mais Kim lui désigna aussitôt un jeune de l'autre côté de la rue qui pointait un téléphone dans leur direction.

Il se précipita, laissant de nouveau le passage aux badauds.

— Reculez ! cria encore Kim tout en évaluant les dégâts.

La jambe gauche de Connop pendait dans le caniveau selon un angle peu naturel. Kim se pencha et appuya deux doigts sur son cou. C'était bien ce qu'elle craignait. Il était mort.

Une jeune femme avec une poussette appelait une ambulance lorsque Bryant revint.

— Chef, tu veux que je…

— Essaie d'obtenir des infos.

Jamais elle ne demanderait à ses coéquipiers de faire une chose qu'elle-même n'était pas disposée à faire.

Et, pas de chance, elle avait été formée aux premiers secours.

Pendant que Bryant entraînait les témoins à l'écart, elle s'agenouilla et fit rouler doucement Arthur sur le dos. Son visage était piqueté par les gravillons de la chaussée, et ses yeux ouverts fixaient le ciel sans le voir.

Quelqu'un étouffa un cri horrifié. Tant pis, elle n'avait pas le temps de prendre en compte la sensibilité des gens. Sa priorité était Arthur Connop.

Elle lui inclina doucement la tête en arrière. Comme il n'avait pas fermé son gilet, elle n'eut qu'à déchirer sa chemise avant de poser le talon de sa main droite au centre de sa poitrine et la gauche par-dessus. Elle entrelaça les doigts et exerça une série de trente pressions, puis entreprit de lui pincer le nez et de commencer le bouche-à-bouche. La poitrine d'Arthur se souleva, mais seulement parce qu'elle venait d'insuffler de l'air dans ses poumons. Elle reprit le massage cardiaque.

Cette technique de réanimation servait principalement à préserver les fonctions cérébrales en attendant que d'autres soins puissent être prodigués pour restaurer la circulation sanguine et la respiration. Ironie du sort, elle s'échinait à sauver un cerveau que son propriétaire avait passé des années à tenter de détruire.

Le hurlement des sirènes de police déchira l'air et s'arrêta quelque part derrière elle. Ses collègues allaient commencer par boucler la rue de façon à empêcher la perte ou la destruction d'éventuels indices. D'autres se chargeraient ensuite d'interroger les témoins.

Bien qu'elle eût conscience de toute cette agitation, elle resta concentrée sur le corps inanimé. Seule une voix parvint à percer la cacophonie ambiante.

— Chef, je prends le relais ?

Elle refusa. Certaine d'avoir vu la poitrine d'Arthur se soulever toute seule, elle la scruta ardemment et eut bientôt la confirmation qu'elle attendait. Une lueur réapparut dans les yeux du vieil homme, qui laissa échapper un grognement guttural.

Kim s'assit sur ses talons, les bras engourdis.

Arthur Connop la regarda. Juste avant que la douleur fuse jusqu'à son cerveau, elle comprit qu'il la reconnaissait, qu'il se rappelait ce qui s'était passé. Puis il grogna encore et une grimace déforma son visage.

— Ne bougez pas. L'ambulance ne va pas tarder.

Ses yeux révulsés se posèrent de nouveau sur elle tandis qu'une autre sirène résonnait au loin.

— Mettez… ou ça, murmura-t-il.

— Oui, Arthur ?

Il déglutit et s'agita – ce qui le fit gémir de plus belle. Les pas des secouristes approchaient.

— Qu'avez-vous dit ?

— Mettez fin à tout ça.

Une fois de plus, la lueur dans ses yeux s'amenuisa. Malgré ses bras endoloris, Kim se pencha aussitôt sur lui, mais deux secouristes vêtus de vert la tirèrent en arrière et lui bloquèrent bientôt la vue. L'un d'eux chercha le pouls de Connop, hocha la tête et sortit du matériel de son sac pendant que sa collègue entamait une série de compressions thoraciques.

Bryant prit Kim par le bras.

— Viens. Il est entre de bonnes mains.

Elle se retourna alors que le secouriste appliquait les électrodes d'un défibrillateur sur la poitrine d'Arthur Connop.

— Non, il est mort.

— Qu'a-t-il dit ?

— Il m'a demandé de mettre fin à tout ça.

Elle s'appuya contre un mur, épuisée après cette poussée d'adrénaline.

— Je ne sais pas ce qui s'est passé à Crestwood, ajouta-t-elle, mais cela a torturé tous ces gens jusqu'à la fin de leur vie.

— Des témoins ont remarqué une voiture blanche qui s'éloignait à toute vitesse. L'un d'entre eux jure que c'était une Audi, et un autre une BMW, mais personne n'a vu Connop se faire renverser et ce véhicule n'a peut-être aucun lien avec son accident.

— Bryant, il rentre chez lui à pied en titubant tous les jours et il n'a jamais eu d'accident jusqu'à maintenant.

— Tu penses que le chauffard a agi intentionnellement ?

— Oui. Il attendait ici, et ce salaud a eu le culot de tuer Connop juste sous notre nez.

Bryant lui reprit le bras avec douceur.

— Viens. Je vais t'emmener faire un brin de toilette avant…

— Quelle heure est-il ? le coupa-t-elle.

— À peine plus de midi.

— Il est temps d'aller rendre une visite de courtoisie à notre député.

— Chef, deux ou trois heures, ce n'est pas grand-chose…

— Mais peut-être assez pour arriver trop tard, répliqua-t-elle en repartant vers leur voiture. À part William Payne, le député est le dernier employé de Crestwood encore en vie.

38

— Il te reste des bonbons à la menthe, Bryant ?

Kim avait utilisé trois lingettes pour se nettoyer le visage, le cou et les mains mais, effet psychologique ou pas, elle n'arrivait pas à se débarrasser des relents persistants de la bière et des oignons ingurgités par Connop.

Bryant lui tendit un paquet non entamé qu'il gardait dans le vide-poche de sa portière. Aussitôt après avoir enfourné une pastille mentholée dans sa bouche, Kim sentit un sillon de feu dévaler jusqu'à ses poumons.

— La vache ! Il faut une licence pour vendre ces trucs-là ? dit-elle une fois que son œil droit eut fini de larmoyer.

Elle observa le paysage à mesure qu'ils approchaient du centre-ville de Bromsgrove.

Bryant tourna à droite après l'ancien hospice où des indigents avaient travaillé comme des forçats jusqu'en 1948. Ils n'étaient qu'à une quinzaine de kilomètres de Stourbridge, mais ils auraient tout aussi bien pu entrer dans un autre monde.

La zone avait été mentionnée pour la première fois dans un document du début du IXe siècle sous le nom de Bremesgraf et s'était développée grâce à l'agriculture et à la fabrique de clous. Farouchement conservatrice, la population rurale et aisée des environs se composait essentiellement de Britanniques blancs, seuls quatre pour cent de ses membres étant issus de minorités ethniques.

— Je rêve ou quoi ? dit Kim.

Toutes protégées des regards par de grandes haies et de longues allées privatives, les maisons qui longeaient Littleheath Lane, dans le quartier de Lickey End, affichaient un prix minimal à sept chiffres. Connue comme « la ceinture des banquiers », la zone accueillait des représentants des professions libérales qui disposaient là d'un accès rapide à la M5 et à la M42. Pas franchement l'habitat naturel d'un député.

Ils s'arrêtèrent devant un portail en fer forgé qui marquait l'entrée d'un vaste jardin muré. Bryant descendit sa vitre et appuya sur l'interphone. Une voix déformée lui répondit, dont Kim n'aurait su dire si elle était masculine ou féminine.

— Police des Midlands de l'Ouest.

Il n'y eut pas de réponse, mais un bruit sourd retentit et le portail coulissa. Dès que l'ouverture fut assez large, Bryant s'engagea sur une allée gravillonnée qui les mena à une cour pavée de briques rouges.

L'ancien corps de ferme en forme de L avait été transformé en résidence à deux étages, et Kim entrevit à l'arrière un immense garage adjacent à côté duquel sa propre maison aurait fait pâle figure. Une Aston Martin DB9 et une Porsche étaient garées dehors, sur une bande de terrain gravillonnée. Elle nota également la marquise qui surplombait le perron et les lauriers plantés dans de gros pots qui se succédaient à intervalles réguliers le long de la façade.

— On ne renoncerait pas à tout ça sans se battre, hein ? dit-elle.

— C'est un témoin, pas un suspect, lui rappela Bryant.

— Bien sûr. Je veillerai à ne pas l'oublier au moment de l'interroger.

Avant qu'ils l'atteignent, la porte s'ouvrit sur un homme en pantalon chino beige et T-shirt bleu marine – sans doute Richard Croft lui-même, supposa Kim. Ses cheveux grisonnants étaient humides et une serviette de toilette roulée pendait à son cou.

— Excusez-moi, je sors tout juste de la piscine.

Évidemment. Elle aussi rencontrait sans cesse ce genre de problème.

— Jolies voitures, observa-t-elle poliment en désignant les deux bolides séparés par un espace assez grand pour en accueillir un troisième.

Au passage, elle remarqua les deux caméras de surveillance perchées au sommet de la maison.

— Ces mesures de sécurité, c'est parce que vous êtes député ?

— Oh, ça ? C'est pour ma femme.

Dans le vestibule, Croft bifurqua sur la gauche et franchit une double porte vitrée pour les conduire dans ce qui devait être l'un des salons – une pièce basse de plafond, traversée par d'épaisses poutres savamment restaurées et égayée par des canapés en cuir couleur caramel et des murs mauves. Des portes-fenêtres menaient à une véranda qui semblait s'étendre sur toute la longueur de la maison.

— Je vous en prie, asseyez-vous pendant que je fais préparer du thé.

— Quel homme civilisé, dit Bryant alors que le député quittait la pièce. Il va nous préparer du thé.

— Il a dit qu'il allait le *faire* préparer. Je suis presque sûre qu'il ne s'en chargera pas lui-même.

Lorsqu'il revint quelques instants plus tard, Richard Croft s'était peigné et sa serviette avait disparu.

— Marta sera bientôt là, annonça-t-il.

— Votre femme ?

Son sourire dévoila des dents un peu trop blanches.

— Mon Dieu, non ! Marta est notre employée à demeure. Elle aide Nina à s'occuper des garçons et de la maison.

— Une maison tout à fait charmante, monsieur Croft.

— Appelez-moi Richard, dit-il, bon prince qu'il était. Cet endroit est le petit paradis de ma femme. Elle travaille beaucoup et souhaite pouvoir se détendre dans un cadre agréable.

— Que fait-elle au juste ?

— C'est une avocate spécialiste des droits de l'homme. Elle défend des gens que vous n'auriez peut-être pas très envie de côtoyer.

— Des terroristes ?

— Il serait plus politiquement correct de parler *d'individus accusés d'activités terroristes*.

Kim tenta de ne pas laisser voir ce que cela lui inspirait, mais son dégoût fut trop évident.

— Tout le monde doit pouvoir exiger l'entier respect de la loi. Vous n'êtes pas d'accord avec moi, inspecteur ?

N'étant pas sûre de pouvoir rester mesurée dans ses propos, elle s'abstint de répondre. Elle croyait fermement que la loi s'appliquait à tous, et cela impliquait que tous devaient bénéficier des mêmes droits. Donc, oui, elle était d'accord. C'était bien ce qui la gênait.

Elle prit conscience d'un autre détail encore en observant le député. La parfaite immobilité de ses traits durant cet échange l'intriguait. Le front et les pommettes de Croft n'avaient pas bougé une seule fois. Kim trouvait quelque peu surréaliste de se faire injecter volontairement dans le corps un produit dérivé de la plus puissante toxine connue au monde. Pour un homme proche de la cinquantaine, c'était carrément obscène. Elle avait l'impression de contempler un pantin en cire, pas un être humain.

— Nina apprécie le confort, et j'ai la chance d'avoir une femme qui m'aime beaucoup.

Ce commentaire s'était probablement voulu charmeur et moqueur vis-à-vis de lui-même, mais elle le perçut comme suffisant et vaniteux. *Elle ne vous aime sans doute pas autant que vous vous aimez*, fut-elle tentée de répondre, avant d'en être heureusement empêchée par l'arrivée d'une jeune fille blonde et svelte chargée d'un plateau – les cheveux mouillés elle aussi. Elle échangea un regard avec Bryant. Bon sang ! Le député et sa femme ne possédaient pas une once de moralité, et elle eut peur pour les deux jeunes garçons parfaitement apprêtés dont les photos ornaient le manteau de la cheminée.

Une fois Marta repartie, Richard versa le contenu d'une théière en argent dans de petites tasses. Il n'y avait pas de lait sur le plateau, et rien qui dégageât une odeur de café, aussi Kim l'arrêta-t-elle lorsqu'il voulut la servir.

— J'avais l'intention de passer dans vos locaux pour vous proposer mon aide, dit-il ensuite, mais j'ai été très pris par mes électeurs.

Ben voyons. Tous le suppliaient sûrement de s'accorder du bon temps en pleine journée avec son employée. Même le ton de sa voix sonnait faux. Kim se demanda si elle l'aurait jugé plus crédible dans son bureau, mais là, au beau milieu d'un cadre de vie si luxueux – et sachant à quoi il avait été occupé quelques instants plus tôt –, elle fut submergée par une vague de dégoût.

— Ma foi, nous sommes ici maintenant. Nous avons juste quelques questions à vous poser et nous partirons.

— Je vous en prie, allez-y.

Il s'assit sur le canapé en face d'eux et cala un pied sur son genou.

Kim décida de commencer par le début. Cet homme lui était profondément antipathique, mais elle essaierait de faire en sorte que son avis personnel n'influence pas son jugement professionnel.

— Savez-vous que Teresa Wyatt a été assassinée récemment ?

— Oui. Quelle terrible nouvelle ça a été, dit-il sans changer d'expression. J'ai fait livrer une couronne de fleurs.

— Quel geste attentionné.

— C'était la moindre des choses.

— Connaissiez-vous Tom Curtis ?

Croft baissa la tête.

— Oui, c'est vraiment horrible.

Kim aurait mis sa main au feu qu'il avait également fait livrer des fleurs pour l'ancien cuisinier.

— Avez-vous été informé que Mary Andrews aussi était décédée il y a peu de temps ?

— Non, pas du tout, répondit-il en se tournant vers son bureau. Il faut que je fasse une note pour penser…

— À envoyer des fleurs, j'imagine. Vous souvenez-vous d'un autre membre du personnel qui s'appelait Arthur Connop ?

Richard Croft sembla réfléchir un instant.

— Oui, c'était l'un des surveillants.

Kim se demanda quel genre d'aide cet homme aurait bien pu leur apporter s'il avait réussi à trouver le temps de se rendre de lui-même au poste de police, parce qu'il ne se montrait pas des plus diserts à cet instant.

— Nous lui avons parlé tout à l'heure.

— J'espère qu'il va bien.

— Il n'en a pas dit autant en ce qui vous concerne.

Le député se mit à rire et saisit sa tasse.

— Les gens gardent rarement un bon souvenir de leurs supérieurs, surtout quand ils sont paresseux. J'ai été amené plus d'une fois à faire des reproches à M. Connop.

— Pour quelle raison ?

— Il dormait pendant son service, faisait mal son travail…

Il laissa traîner sa phrase comme si la liste était longue.

— Et ?

— Ce n'était que des petites choses à corriger au jour le jour.

— Qu'en est-il de William Payne ?

Kim nota un léger changement dans le regard de Richard Croft.

— Que voulez-vous savoir ?

— Eh bien, c'était le deuxième surveillant de nuit. Aviez-vous des reproches à lui faire, à lui aussi ?

— Non, absolument pas. William était un employé modèle. Vous connaissez sa situation familiale, je suppose ?

— Oui.

— Il n'aurait rien fait qui ait pu lui coûter son poste.

— Diriez-vous qu'il bénéficiait d'un traitement de faveur par rapport à Arthur Connop ? insista Kim.

Elle tenait un élément important. Elle le sentait.

— Honnêtement, nous avons sans doute fermé les yeux sur une ou deux fautes.

— Par exemple ?

— Nous savions que William faisait parfois un saut chez lui en pleine nuit quand sa fille était particulièrement souffrante ou quand sa voisine ne pouvait pas veiller sur elle, mais il n'a jamais fait preuve de négligence envers nos pensionnaires, alors on laissait couler. Je veux dire qu'on était au courant, mais… Vous échangeriez votre place contre la sienne, vous ?

— Et à part ça ? Arthur nous a raconté…

— Franchement, inspecteur, je pense qu'Arthur Connop était déjà plein d'amertume à sa naissance. Si vous l'avez rencontré, vous avez dû vous rendre compte qu'il se perçoit comme une éternelle victime. Tout ce qui lui est arrivé de mauvais dans la vie a été la faute de quelqu'un d'autre, jamais la sienne.

— Il n'a peut-être pas eu tort aujourd'hui quand une voiture l'a fauché par-derrière et laissé pour mort.

Richard Croft se figea.

— Il est… mort ?

— Nous l'ignorons pour le moment. Il ne semblait guère avoir de chances de s'en tirer, cependant.

— Mon Dieu, quel tragique accident ! Mais dans ce cas, je crois que je ne causerai de tort à personne en étant franc avec vous, inspecteur.

— Je vous en prie, dit Kim, sans comprendre ce qui pouvait soudain lui délier la langue.

— Peu avant l'incendie, on m'a signalé qu'Arthur avait fourni de la drogue à quelques-unes des filles. Pas des drogues dures, mais tout de même.

— Pourquoi a-t-il fait ça ? s'étonna-t-elle.

S'il avait été éventé, ce trafic lui aurait coûté sa place, une inscription sur son casier judiciaire et peut-être même quelques mois de prison.

— William était le gardien de nuit, en alternance avec un remplaçant les deux soirs de la semaine où il ne travaillait pas. De temps en temps, Arthur se proposait pour faire des heures supplémentaires, mais sans que le personnel s'en aperçoive, il passait la première partie de son service au pub. Un petit groupe de filles l'a vite découvert et elles ont tourné la situation à leur avantage.

— Elles l'ont fait chanter ? demanda Bryant.

— C'est un mot que je préfère éviter d'employer, inspecteur.

Et comment, songea Kim. Cela faisait mauvais genre pour le directeur de Crestwood.

— Arthur a manifestement gardé le silence de peur de perdre son poste.

— J'espère bien ! explosa-t-elle. Il était responsable de la sécurité de presque vingt filles âgées de six à quinze ans. Il aurait pu leur arriver n'importe quoi en son absence.

Richard la regarda d'un air perplexe.

— Vous cautionnez le comportement de ces gamines, inspecteur ?

Non, bien sûr que non, mais elle n'avait encore rencontré personne parmi les anciens employés de Crestwood qui s'était un tant soit peu soucié des filles placées dans l'institution.

— Pas du tout, répondit-elle en choisissant ses mots avec soin. Mais si Arthur avait fait son travail correctement, il ne se serait pas retrouvé dans une telle situation.

— Je vous l'accorde, inspecteur, dit Croft en souriant. Sachez toutefois que les demoiselles en question n'étaient pas des anges.

Elle réprima une bouffée de colère. Leur comportement leur avait valu d'être automatiquement cataloguées comme des délinquantes amorales, sans aucun avenir devant elles. Avec des modèles tels qu'Arthur Connop, cela n'avait rien d'étonnant. Puis elle s'interrogea sur les révélations inattendues de Richard Croft. Qu'avait-il à y gagner ?

— Vous ne voulez toujours pas de thé ? demanda le député.

— Monsieur Croft, vous ne semblez pas très inquiet d'apprendre que tous vos anciens collègues meurent les uns après les autres à un rythme anormal.

— Ma foi, si je compte bien, il y a eu deux meurtres, une mort naturelle et un accident qui n'a peut-être pas été fatal.

Kim décida de l'attaquer plus frontalement.

— Que s'est-il produit à Crestwood autrefois ?

— J'aimerais le savoir, répliqua-t-il du tac au tac, mais je n'ai dirigé cet établissement que pendant les deux années qui ont précédé sa fermeture.

— Durant cette période, le nombre de filles qui se sont enfuies a nettement augmenté, vous ne trouvez pas ?

Il soutint son regard sans ciller, même si l'agacement affleurait derrière sa retenue. Elle était passée de questions d'ordre général à d'autres plus indiscrètes, et il n'appréciait pas qu'elle mette en cause la gestion du foyer sous sa direction.

— Certains jeunes n'aiment pas obéir aux règles, si bien intentionnées soient-elles.

À d'autres. Dans le souvenir qu'elle en gardait, la majorité des règles étaient fixées pour satisfaire les besoins du personnel, pas ceux des pensionnaires.

— Vous nous avez parlé d'Arthur, mais quels étaient vos propres rapports avec les filles de Crestwood ?

— Je n'en avais pas beaucoup. J'avais été engagé pour faire des choix organisationnels et assurer la bonne marche de cet établissement.

Son emploi du mot « établissement » donnait l'impression que Crestwood avait plus été un quartier pénitentiaire qu'un foyer pour enfants abandonnés.

— Monsieur Croft, d'après vous, est-ce que l'un de vos collègues aurait pu vouloir s'en prendre à l'une des pensionnaires ?

— Bien sûr que non, affirma-t-il en se levant. Comment pouvez-vous poser une question pareille ? C'est très déplacé. Tous les employés de cet établissement étaient là pour veiller sur les enfants.

— En échange d'un salaire mensuel, ne put-elle s'empêcher de rétorquer.

— Cela valait aussi pour ceux qui n'étaient pas rémunérés. Même le pasteur ne parvenait pas à se faire entendre de certaines de ces filles.

— Et Arthur ?

— Il a commis une erreur, mais il n'aurait jamais fait de mal à personne.

— Peut-être, monsieur Croft, seulement nous avons découvert dans le périmètre de Crestwood un squelette qui semble être celui d'une adolescente et, s'il y a bien une chose que je peux affirmer avec certitude, c'est qu'elle n'est pas arrivée là toute seule.

Croft se figea, puis se passa une main dans les cheveux. Ce fut sa seule réaction physique à l'annonce de cette nouvelle. Le Botox rendait ses expressions faciales presque indéchiffrables.

— Monsieur Croft, est-ce que vous ou l'une de vos connaissances avez tenté de vous opposer aux fouilles réclamées par le Pr Milton ?

— Absolument pas. Je n'aurais aucune raison de faire ça.

Kim se leva à son tour.

— Une dernière question avant que je vous laisse tranquille : où étiez-vous le soir du meurtre de Teresa Wyatt ?

Le visage du député vira au rouge.

— Je vous prie de bien vouloir quitter ma maison sur-le-champ, dit-il. Je retire mon offre d'assistance et vous voudrez bien vous adresser à mon avocat pour toute autre demande.

— Je quitte très volontiers la maison de *votre femme*, monsieur Croft, déclara Kim. Et je vous remercie de nous avoir consacré ces quelques instants.

Elle sortit au moment où une Range Rover gris métallique s'arrêtait sur la bande de terrain gravillonnée – mais pas dans l'espace disponible entre la Porsche et l'Aston Martin, ce qui laissait penser qu'un autre véhicule était garé là en temps normal.

Une femme svelte, l'air strict, en émergea et récupéra un attaché-case sur la banquette arrière. Les cheveux bruns coiffés en queue-de-cheval, elle portait une veste de tailleur noire avec une jupe crayon qui lui arrivait juste sous le genou et des talons aiguilles de dix centimètres. Elle était d'une beauté renversante, nota Kim, qui eut droit à un sourire clément et à un petit hochement de tête.

— Tu veux bien m'expliquer ce qu'elle lui trouve ? s'étonna Bryant.

Aussi dubitative que lui, Kim monta en voiture en regardant la porte se refermer sur le couple. Certaines choses demeureraient un mystère à ses yeux…

— Chef, continua Bryant en passant la marche arrière. Tu crois que tu arriveras un jour à la jouer en douceur ?

— Bien sûr que oui. Quand j'aurai trouvé des camarades de jeu que j'apprécie.

Et elle se retourna vers la maison des Croft en songeant à William Payne et à sa fille Lucy. Le sort choisissait décidément très mal ses victimes.

— À quoi tu penses ? demanda Bryant alors que le portail coulissait devant eux.

— À la réaction de Croft quand je lui ai parlé de la fille enterrée à Crestwood.

— Et ?

— Il n'a même pas demandé si on l'avait identifiée. Rien ne l'a choqué dans tout ce qu'on lui a appris. Le Botox a peut-être engourdi son visage, mais pas ses yeux.

Ce type lui avait tout de suite déplu. Il savait quelque chose, elle en était certaine. Mais elle courait encore après un fil insaisissable – un dernier fil qui, une fois déroulé, lui dévoilerait les secrets de Crestwood.

39

— Qu'est-ce qu'ils voulaient ? demanda Nina Croft en posant son attaché-case dans l'entrée.

— Ils m'ont interrogé sur Crestwood.

Richard suivit son épouse dans la cuisine. Après quinze années de vie commune, il y avait deux choses chez elle qui continuaient à le stupéfier.

D'abord, elle était toujours aussi belle que lorsqu'il l'avait rencontrée. Il était tombé fou amoureux de cette femme et, à cet égard, rien n'avait changé, malheureusement. Ensuite, il y avait l'attitude distante et glaciale qu'elle lui opposait depuis sept ans.

Ils s'arrêtèrent chacun d'un côté de l'îlot central de l'immense cuisine, séparés par des ustensiles Le Creuset qui n'avaient jamais servi.

— Que leur as-tu raconté ?

Il baissa les yeux. Sept ans auparavant, la naissance de leur deuxième fils l'avait rendu totalement euphorique. Voir sa superbe épouse donner la vie lui avait inspiré un amour sans bornes pour elle et un désir farouche de la protéger, au point qu'il s'était imaginé que rien ne saurait jamais briser les liens qui les unissaient. Il pouvait tout lui confier. Deux jours plus tard, après avoir couché Harrison dans son berceau, il avait avoué à Nina les secrets de Crestwood. Ils n'avaient plus jamais partagé le même lit après ça.

Il n'y avait pas eu de crises de colère, de récriminations ni de menaces de dénonciation. Simplement, un brouillard froid s'était abattu sur leur couple et ne s'était plus jamais levé.

— Que t'ont-ils demandé ?

Il lui rapporta la conversation mot pour mot. Elle resta parfaitement impassible jusqu'à ce qu'il évoque les deux dernières questions de l'inspecteur Stone. Alors seulement, un muscle tressauta dans sa joue, et il scruta sa réaction en sentant une goutte de sueur se former sur son front.

— Richard, comme je te l'ai dit il y a des années, je ne tolérerai pas que tes erreurs passées affectent ma vie ou celle de mes enfants.

— C'était le soir où tu as quitté mon lit à jamais, ma chérie ?

Le ton intransigeant de Nina lui faisait l'effet d'un coup de pied dans le ventre, mais il arrivait parfois que cela déclenche chez lui une riposte inattendue.

— Oui, mon amour, tout ton charme s'est évanoui après tes aveux. Il aurait été bien assez scandaleux qu'une enquête révèle que tu piochais dans les caisses de l'établissement. Voler l'argent destiné à ces filles était déjà condamnable en soi, mais ce que tu as fait pour masquer ta conduite, eh bien… Franchement, les mots me manquent pour le qualifier.

Une fois de plus, il se maudit pour son honnêteté de ce fameux soir. Oui, il avait complété son salaire en détournant une partie des fonds alloués au foyer. Mais il le méritait, et les filles n'en avaient pas souffert. Elles n'avaient jamais été privées de rien d'important.

Le dégoût exprimé par sa femme le piqua au vif. Il refusait de la perdre. Son premier réflexe fut de riposter, de la blesser d'une façon qui provoquerait une émotion en elle, si infime fût-elle.

— Heureusement pour moi, dit-il en souriant, j'ai une autre personne disposée à m'apporter un peu d'amour à ta place.

Il retint son souffle. N'importe quelle réaction trahissant un sentiment quelconque serait la bienvenue. N'importe quoi, dès lors qu'il y décelait les vestiges de ce qu'ils avaient un jour partagé.

Elle éclata d'un rire qui n'avait rien de joyeux.

— Tu veux parler de Marta ?

Elle le prenait par surprise et, devant le sourire rusé qui se dessinait sur les lèvres de Nina, il eut l'impression que les murs de la pièce se resserraient autour de lui.

— Tu… tu es au courant ?

— Si je suis au courant, mon chéri ? Je la rémunère grassement pour ça.

Richard recula comme si elle l'avait giflé. Elle mentait. À coup sûr, elle mentait.

— Oh, Richard, quel pantin ridicule tu fais ! Marta a une famille nombreuse en Bulgarie qu'elle fait vivre grâce à son travail. Son salaire annuel leur assure à tous de quoi manger. Quant à ses… *heures supplémentaires*, cela permet de scolariser ses deux frères. Si elle a l'air toujours partante pour coucher avec toi, c'est parce qu'elle est payée à l'heure. Et je lui verse très volontiers ce complément de revenu. Elle le mérite vraiment jusqu'au dernier penny.

Richard se sentit devenir écarlate à mesure qu'il assimilait la sordide vérité. Un peu plus tôt ce jour-là, Marta s'était montrée très insistante.

— Salope.

Nina ignora l'insulte et se tourna vers la cafetière.

— Je t'ai déjà dit que je ne laisserai pas un scandale entacher mon nom. J'ai travaillé dur pour réussir à mener cette vie, et ton statut d'homme public fait que je te tolère à mes côtés. Du moment que je ne t'entends pas.

Richard fut soudain pris de nausée. Il n'apportait strictement rien à sa femme, hormis, par procuration, la gloire de son statut de député et une certaine respectabilité qui contrebalançait sa clientèle peu fréquentable.

— Ne sois pas si choqué, mon chéri. C'est un arrangement qui a bien fonctionné jusqu'à maintenant et qui devrait perdurer.

Il frissonna à l'idée de coucher de nouveau avec Marta. Il avait parfois eu le sentiment de partager avec elle quelque chose de sincère, alors qu'en vérité il n'était rien de plus qu'une sorte de prime salariale.

— Pourquoi Marta ? demanda-t-il, encore abasourdi par la révélation.

— Je suis très attachée à ma réputation et il n'est pas question que tu la salisses. Tu es un homme, tu as certains besoins, mais je n'accepterai pas que tu mettes mes enfants en danger en baisant une pute ramassée sur le trottoir qui te refilera je ne sais quelle maladie. Maintenant, ajouta-t-elle en prenant son téléphone, continue à jouer sagement la comédie pendant que je m'occupe du bazar que tu as semé derrière toi.

Richard serra les poings. Il se trouvait face à un choix. Il pouvait partir, quitter cette maison, fuir la froideur et la domination de Nina. Il pouvait se rendre tout droit au poste de police et se débarrasser du fardeau qui pesait sur lui. Il pouvait se libérer de cette femme et de cette vie.

Mais il songea ensuite à sa maigre indemnité parlementaire de soixante-cinq mille livres. Même en trafiquant ses notes de frais, il était loin d'arriver à un salaire à six chiffres. Son revenu mensuel couvrait à peine les factures courantes de la maison, alors que celui de sa femme payait le crédit, les voitures et les cinq mille livres d'argent de poche qui atterrissaient sur son compte le premier de chaque mois.

Il desserra les poings et alla se réfugier dans son bureau, la queue entre les jambes. Ce n'est qu'une fois la porte refermée derrière lui qu'il essuya la goutte de sueur derrière son oreille. Une dernière pointe de fierté l'avait empêché de le faire devant Nina.

Teresa et Tom étaient morts, Arthur le serait bientôt. Il voulait croire qu'il s'agissait de pures coïncidences. Il le fallait… parce que sinon, cela ne pouvait signifier qu'une seule chose : il était probablement le prochain sur la liste.

40

Kim composa le numéro de Stacey pendant que Bryant passait leur commande au drive du McDonalds. La jeune femme répondit à la deuxième sonnerie.

— Stace, il nous faut les coordonnées des pensionnaires de Crestwood que tu as pu trouver. On va bientôt être à court d'anciens membres du personnel.

— Ouais, on a appris ce qui s'était passé. Woody est descendu. Il vous cherchait.

— Woody me cherche, murmura Kim à Bryant, qui grimaça en réponse.

— OK, continua Stacey en pianotant sur son clavier. La première sur ma liste… En fait, il y en a deux. Des sœurs jumelles, Bethany et Nicola Adamson. J'ai pu localiser la seconde. Elle vit à Brindleyplace, à Birmingham.

Kim répéta l'adresse à voix haute afin que Bryant puisse la noter.

— Très bien, peux-tu continuer à pister le pasteur que tu avais mentionné ? Il a de nouveau été évoqué aujourd'hui et je pense que ça justifie une petite visite. Les filles se sont peut-être confiées à lui.

— Je m'y colle tout de suite, chef.

— Merci, Stace. Des nouvelles de Dawson ?

— Il ne m'en a pas donné.

Kim mit fin à l'appel.

— On a eu tort de ne pas retourner au poste après ce qui est arrivé à Connop, souligna Bryant.

Elle savait très bien qu'elle aurait dû briefer leur supérieur sur l'accident et respecter la procédure qui s'appliquait aux témoins d'un « incident traumatique », mais ils en auraient été quittes pour passer la journée au poste.

— Je rédigerai un rapport plus tard et j'irai parler à Woody. Le temps presse. On a déjà perdu quatre personnes qui travaillaient à Crestwood au moment de la fermeture du foyer.

Elle mordit dans son hamburger au poulet. On aurait dit un bout de carton coincé entre deux plaques d'aggloméré, aussi le laissa-t-elle de côté avant de reprendre son portable.

Dawson répondit immédiatement.

— Comment ça va ? demanda-t-elle.

— Ça avance. Cerys est dans la fosse avec ses outils. On ne doit plus être très loin de ce qu'il y a là-dessous.

Kim sentit la fatigue dans sa voix.

— Tu es allé voir William Payne ?

— Affirmatif. J'ai passé un coup de fil à la société qui a installé l'alarme pour m'assurer que tout fonctionnait bien. J'ai nettoyé et testé les détecteurs de mouvements, ils balaient une zone de 4,5 m à l'avant et à l'arrière de la maison. J'ai conseillé à Payne d'éloigner quelques pots de fleur de la clôture et de changer les piles du dispositif d'appel d'urgence de Lucy. Oh, j'ai aussi demandé à tous les officiers de patrouille du secteur de venir jeter un coup d'œil à sa maison de temps en temps.

Kim sourit. Voilà pourquoi Dawson faisait partie de son équipe. Il y avait des moments où manager ce garçon était comme s'occuper d'un petit enfant. Parfois, il mettait sa patience à rude épreuve et, parfois aussi, il faisait son travail. Brillamment.

— Juste pour info, chef. La nouvelle est tombée sur la radio : Arthur Connop est mort.

Elle ne répondit pas. Ce n'était pas vraiment une surprise.

— La rue est toujours bouclée par la police scientifique, poursuivit Dawson. On ne sait jamais, ils trouveront peut-être quelque chose.

Kim le remercia et raccrocha.

— Connop, murmura-t-elle.

— Il est mort ?

Elle acquiesça, un peu abattue. Pour être honnête, elle avait du mal à mesurer la perte que représentait Arthur Connop. Sa femme leur avait bien fait comprendre qu'elle se désintéressait complètement de lui. Aucune des personnes qu'ils avaient interrogées ne lui avait jamais porté la moindre affection. Maureen le regretterait peut-être en voyant chuter ses ventes hebdomadaires de bières et de sandwichs, mais peu de gens le pleureraient sincèrement.

Kim aurait aimé penser que cet homme grossier et imbuvable avait autrefois été quelqu'un de bien, un être humain qui s'était aigri avec l'âge, mais la manière flagrante dont il avait négligé ses devoirs envers les filles placées sous sa responsabilité dix ans plus tôt lui interdisait tout espoir. Maureen avait sans doute raison : Arthur avait toujours été égoïste et mauvais. Elle se demandait à présent s'il avait été plus que ça. Jusqu'où avait-il pu aller pour couvrir ses agissements ?

Elle consulta l'heure sur le tableau de bord. Il était un peu plus de 15 heures et une tonne de paperasse l'attendait au poste. La journée avait été longue et épuisante. Elle pourrait toujours s'atteler à la liste des anciennes pensionnaires de Crestwood le lendemain. Son corps réclamait une douche et un peu de repos.

— Tu veux qu'on aille à cette adresse à Birmingham, chef ?

Elle sourit et hocha la tête.

41

Couvrant une superficie de près de sept hectares, Brindleyplace était le plus grand ensemble immobilier à usage mixte de tout le Royaume-Uni. Des usines bordant le canal et une école de l'époque victorienne avaient été rénovées de façon à présenter des styles architecturaux divers et variés. Entamé en 1993, le projet comportait à présent trois zones distinctes : Brindleyplace proprement dit, un ensemble de petits immeubles de bureaux spacieux, de boutiques et de galeries d'art ; Water's Edge, qui regroupait les bars, les restaurants et les cafés ; et enfin la partie résidentielle, concentrée sur Symphony Court.

— Chef, où est-ce qu'on s'est plantés, nous ? dit Bryant en sonnant à une porte au quatrième et dernier étage de l'immeuble baptisé King Edwards Wharf.

Une femme mince et sportive, en legging noir et haut moulant, leur ouvrit. À en juger par ses joues rouges, elle venait de faire de l'exercice.

— Nicola Adamson ?

— Oui. Vous êtes ?

Après que Bryant se fut présenté, elle s'écarta et les fit entrer dans un grand et luxueux appartement. Kim s'avança sur le parquet en hêtre qui s'étirait jusqu'à la cuisine américaine. Des canapés en cuir blanc étaient disposés en biais devant un mur supportant un écran plat géant. Juste en dessous, plusieurs boîtiers électroniques étaient encastrés dans la cloison, sans aucun fil ni aucun câble apparent.

Des spots parsemaient l'ensemble du plafond, dont deux qui éclairaient une cheminée tapissée de galets et d'autres, une grande table en verre entourée de chaises en teck qui marquait la fin de la partie salon. Le parquet cédait ensuite la place à des dalles de pierre.

À vue de nez, la pièce flirtait avec les cent cinquante mètres carrés.

— Puis-je vous offrir un verre ? Du thé ou du café, peut-être ?

— Du café, dit Kim. Le plus fort que vous ayez.

Nicola Adamson lui décocha un grand sourire.

— Sale journée, inspecteur ? lança-t-elle avant de se diriger vers les placards blanc laqué et rehaussés de bois brun de sa cuisine.

Kim ne répondit pas et continua à examiner le salon. À sa gauche, une grande baie vitrée ponctuée de quelques colonnes de pierre ouvrait sur un balcon et, sans même mettre le pied dehors, elle devina qu'il dominait le canal de Brindley Loop.

Elle remarqua aussi le long de la vitre un tapis de course partiellement masqué par un paravent. Quitte à faire du sport, songea-t-elle, autant que ce soit dans ces conditions, en effet.

Pour une femme d'environ vingt-cinq ans qui se trouvait chez elle au beau milieu de l'après-midi, un tel espace était impressionnant.

— Que faites-vous dans la vie ?

— Pardon ?

— Vous avez un très bel appartement. Je me demandais juste ce que vous faisiez pour pouvoir vous payer ça.

Son tact et sa diplomatie l'avaient abandonnée autour de 11 heures ce matin-là. La journée commençait à lui paraître longue, et tant pis si cette fille le prenait mal.

— Je ne vois pas en quoi cela vous regarde dans la mesure où mon travail n'a rien d'illégal, mais je suis danseuse. Danseuse exotique. Et il se trouve que je suis très douée.

Kim n'en douta pas, tant Nicola Adamson se mouvait avec une souplesse et une grâce naturelles. La jeune femme revint avec deux tasses fumantes et une bouteille d'eau sur un plateau.

— Je me produis au Roxburgh, précisa-t-elle, comme si cela expliquait tout.

Kim comprit l'allusion. Le club offrait des spectacles pour adultes à une clientèle choisie d'adhérents. La direction y faisait respecter un règlement très strict et la police locale s'y déplaçait rarement, contrairement à d'autres établissements du centre de Birmingham.

— Vous savez pourquoi nous sommes ici ? s'enquit Bryant.

Ayant commis l'erreur de s'asseoir sur le canapé, il avait à présent toutes les peines du monde à ne pas se laisser engloutir par les coussins moelleux.

— Bien sûr. Je ne vois pas très bien comment je peux vous aider, mais posez-moi toutes les questions que vous voulez.

— À quel âge vous êtes-vous trouvée à Crestwood ?

— Je n'y ai pas fait qu'un seul séjour, inspecteur. Ma sœur et moi avons vécu dans ce foyer par intermittence à partir de nos deux ans.

— Et sur cette photo ? demanda Kim en montrant un cadre argenté posé sur la petite table à côté d'elle.

Les traits des jumelles étaient aussi semblables que leurs tenues. Toutes deux portaient des chemisiers blancs provenant d'un magasin de charité spécialisé dans les uniformes scolaires. Kim se rappelait bien ces vêtements et les moqueries qu'ils suscitaient. Par-dessus, Bethany et Nicola avaient enfilé des gilets roses assortis avec des fleurs brodées sur le côté gauche. Seule la coiffure les différenciait. L'une avait laissé ses boucles blondes tomber librement sur ses épaules, tandis que l'autre les avait attachées en queue-de-cheval.

Nicola saisit la photo et sourit.

— Je me souviens parfaitement de ces gilets. Quand Beth a perdu le sien, elle s'est mise à me piquer le mien. C'est à peu près la seule chose pour laquelle on s'est battues, toutes les deux.

Bryant s'apprêtait à faire un commentaire lorsque Kim lui intima le silence d'un regard. La mine de la jeune femme avait changé. Ce n'était plus la photo qu'elle contemplait, mais son passé.

— Ils ne paient peut-être pas de mine, ces gilets, mais on y tenait énormément. Mary avait demandé à quelques volontaires de l'aider à lessiver les murs du foyer. Beth et moi avions proposé notre aide parce que c'était une brave femme qui faisait tout son possible avec nous. À la fin de la journée, elle nous a donné quelques livres en compensation de notre travail.

Nicola leva les yeux vers eux, l'air triste et mélancolique.

— Vous n'imaginez pas ce qu'on a ressenti. Le lendemain matin, on est allées au marché de Blackheath et on a écumé les stands toute la journée pour décider de ce qu'on allait acheter. Ce n'était pas tant les gilets en eux-mêmes qui étaient importants, mais le fait qu'ils nous appartenaient à nous en premier. Ce n'étaient pas des vêtements donnés par des pensionnaires plus âgées ou trouvés dans des boutiques d'occasion. Ils étaient neufs et ils étaient à nous.

Une larme coula sur sa joue. Elle reposa la photo pour l'essuyer.

— Ça doit vous paraître idiot. Vous ne pouvez pas comprendre…

— Si, je peux, répondit Kim.

Nicola eut un sourire indulgent.

— Non, inspecteur, vous…

— Je vous assure que si.

La jeune femme croisa son regard et le soutint un bref instant. Elle avait saisi le sous-entendu.

— Pour répondre à votre question, nous avions quatorze ans sur cette photo.

Bryant se tourna vers Kim, qui lui fit signe de prendre le relais.

— Les services sociaux vous ont toujours placées à Crestwood ?

— Non. Notre mère se droguait. J'aimerais pouvoir dire qu'elle a fait de son mieux, mais ce n'est pas le cas. Jusqu'à nos douze ans, on a alterné entre les familles d'accueil, les foyers pour enfants et les séjours chez elle, quand elle arrivait à rester clean. Je ne me rappelle pas tous les détails.

Ses yeux démentaient ses propos. De l'avis de Kim, elle se rappelait très bien cette période, au contraire.

— Mais vous étiez deux, dit-elle en fixant la photo.

Durant six ans, elle aussi avait su ce que c'était de pouvoir compter sur quelqu'un d'autre.

— Oui, nous étions deux.

— Mademoiselle Adamson, reprit Bryant, nous avons des raisons de penser que le corps découvert à Crestwood est celui d'une ancienne pensionnaire.

— Vous n'êtes pas sérieux ?

— Avez-vous gardé un souvenir particulier de cette époque qui pourrait nous être utile aujourd'hui ?

Kim et lui restèrent silencieux pendant que Nicola se concentrait, semblant fouiller sa mémoire.

— Franchement, je ne vois pas, dit-elle enfin. Beth et moi ne nous mêlions pas beaucoup aux autres. Je n'ai malheureusement rien à vous apprendre.

— Et votre sœur ? Croyez-vous qu'elle pourra nous aider ?

Nicola haussait les épaules quand le portable de Kim se mit à sonner, suivi deux secondes plus tard par celui de Bryant. Tous deux farfouillèrent dans leur poche pour couper l'appel.

— Désolé, s'excusa Bryant. Vous disiez ?

— Beth se souviendra peut-être de quelque chose. Elle loge chez moi en ce moment. Si vous voulez l'attendre, elle devrait rentrer d'ici une demi-heure.

Le téléphone de Kim se mit alors à vibrer et elle déclina la proposition, se levant aussitôt pour tendre la main à Nicola.

— Appelez-nous si vous pensez à quoi que ce soit, ajouta-t-elle encore.

— Bien sûr.

Sur le point de sortir, Kim se retourna. Elle aurait aimé prendre un cliché panoramique de cet appartement.

— Savez-vous si l'une des filles avait un goût particulier pour les perles ?

— Les perles ?

— Peut-être un bracelet.

D'abord perplexe, Nicola plaqua soudain une main sur sa bouche.

— Oui, oui ! Il y avait cette fille, Melanie. Elle était plus âgée que moi et je ne la connaissais pas très bien, mais elle faisait partie de la bande des nanas « cool », celles qui créaient toujours des problèmes.

Kim retint son souffle.

— Oui, je me rappelle ces perles. Elle en avait donné quelques-unes à ses meilleures amies. Elles formaient une sorte de petit club. Oui, bien sûr… Elles étaient trois et elles portaient toutes des perles.

Ces mots firent à Kim l'effet d'une douche froide. Elle était prête à parier que les trois filles s'étaient enfuies du foyer.

42

— Merde ! jura Bryant en remontant dans la voiture.

— Tu penses la même chose que moi ?

— Qu'il est possible qu'un troisième cadavre nous attende ? Oui.

— Remplace « possible » par « probable » et ce sera bon, dit Kim en bouclant sa ceinture. Tu as noté les noms ?

Bryant acquiesça et sortit comme elle son téléphone.

— Deux appels ratés et un message de Dawson, annonça Kim.

— Un de Woody pour moi.

Kim écouta la voix surexcitée de son jeune coéquipier sur sa boîte vocale, puis effaça le message.

— Dawson veut que je rapplique sur-le-champ à Crestwood.

Bryant se mit à rire.

— Woody veut que je te ramène au poste dans le même délai et, aux dernières nouvelles, l'ubiquité ne figurait pas dans tes nombreux dons. Alors, chef, solution A ou solution B ?

Kim haussa un sourcil.

— Ouais, ça ne m'étonne pas.

43

Bryant se gara sur la bande de terrain nu. Ils avaient mis quarante minutes pour parcourir les treize kilomètres depuis le centre de Birmingham.

— File voir Dawson, ordonna Kim en ouvrant sa portière. Assure-toi qu'il va bien.

— OK, chef.

Elle traversa le champ au pas de course en se faisant la réflexion que les tentes dressées sur le site évoquaient davantage les stands de restauration d'un festival qu'une scène de crime. À l'entrée de la troisième, elle marqua une pause, baissa les yeux sur la maison et sa prisonnière, au pied de la colline, et agita la main. Juste au cas où.

Cerys se tourna vers elle à son arrivée.

— Où est-elle ? demanda Kim en se penchant sur la fosse.

Elle avait une fois de plus attribué sans réfléchir un genre aux ossements. Elle n'avait aucun moyen de savoir si ce squelette était de sexe féminin, seulement la possibilité d'écouter son instinct – d'habitude, cela lui suffisait.

— Dan l'a fait transférer dans l'autre tente il y a environ une demi-heure. On a passé au tamis un tiers de la fosse, j'ai pensé que vous aimeriez savoir ce que nous avons découvert…

— De nouvelles perles, la coupa Kim.

— Comment le savez-vous ?

— Aucune importance. Autre chose ?

Cerys eut un geste d'agacement.

— Nous avons sondé tout le terrain et trouvé…

— Une troisième masse.

— Je peux rentrer chez moi, si vous voulez, rétorqua l'archéologue, les poings sur les hanches.

— Désolée, je suis un peu fatiguée, avoua Kim avec un sourire. Il y a des jours comme ça. Vous aurez bientôt fini d'étudier cette fosse ?

— Oui. Dès demain matin, je m'attaquerai à la dernière. On ne l'a pas marquée au sol pour ne pas donner une longueur d'avance aux vautours de la presse. On n'est pas encore certains que l'anomalie détectée par le magnétomètre soit un cadavre.

Au fond d'elle, pourtant, Kim n'avait absolument aucun doute.

— Les journalistes observent tous nos faits et gestes, continua Cerys, alors j'ai demandé aux gars de terminer leur étude du terrain, puis de remballer l'appareil sans approcher de la partie qui nous intéresse pour ne pas éveiller les soupçons.

— Comment saurez-vous où creuser si vous n'avez pas repéré l'endroit ?

— J'ai mesuré la distance en nombre de pas depuis le bord de la tente. Faites-moi confiance, je le retrouverai.

De fait, Kim avait une entière confiance en elle.

— La bonne nouvelle, c'est que la première tombe pourra être comblée demain. Il faut juste que je signe un papier et la tente sera démontée.

— Et à part ça ?

— On a quelques lambeaux de tissu, tous étiquetés, mis sous scellés et envoyés au labo. Ils nous aideront peut-être à identifier la victime.

Une victime qui, grâce à Nicola Adamson, était peut-être à chercher parmi trois personnes seulement…

— Autre chose ?

Cerys fit signe que non.

Kim appréciait la ténacité de cette femme. Elle avait aussi conscience que sa propre détermination, cette fois, dépassait l'envie de résoudre une enquête. Celle-ci était différente des autres, et tous ses efforts pour se persuader du contraire n'y changeraient rien. Elle savait combien le passé de ces filles avait été douloureux. Aucune n'avait ouvert les yeux un beau matin et choisi l'avenir qui se dessinait devant elle. Leur comportement ne pouvait pas être imputé à une année, un mois, un jour et une heure précis. Il était le fruit d'une évolution progressive, ponctuée de hauts et de bas, au terme de laquelle tout espoir en elles avait fini par être étouffé.

Cela ne se jouait pas sur des points très voyants. Dans son enfance, on ne l'avait jamais appelée autrement que « petite ». Comme toutes les filles du foyer d'accueil, ce qui épargnait au personnel de mémoriser leur prénom.

Sa motivation à élucider ces meurtres s'expliquait par le besoin de rendre justice à ces enfants oubliées.

Elle ne connaîtrait pas le repos avant d'y être arrivée. Et elle savait gré à quiconque essayait de l'aider.

— Hé ! lança-t-elle juste avant de partir. Merci.

Cerys sourit.

Kim se dirigea ensuite vers la tente où était entreposé le matériel technique. Daniel lui tournait le dos, mais elle vit qu'il était occupé à étiqueter des sachets en plastique avec l'aide de deux assistants.

— Bonjour, doc. Qu'est-ce que vous avez trouvé ?

— Quoi, pas d'insultes ? pas de menaces ?

— Écoutez, je suis fatiguée, mais je suis sûre que je pourrais…

— Non, ça ira. Je m'en passerai volontiers aujourd'hui.

Il était plus grincheux que d'habitude, remarqua-t-elle. Les épaules légèrement voûtées, il referma le sac contenant le crâne. L'os contenu à l'intérieur et son emplacement dans la fosse étaient marqués au feutre noir sur des bandes blanches autocollantes.

— Non, pas tout de suite, dit-il à l'un de ses assistants qui soulevait le couvercle d'une caisse.

Cela étonna Kim. Elle avait déjà vu des os empaquetés ainsi et savait qu'on mettait les plus lourds tout au fond, sous les plus légers et fragiles.

On emballait normalement le crâne en dernier.

Les mains de Bate tremblèrent légèrement lorsqu'il saisit une autre boîte, beaucoup plus petite et tapissée de papier de soie. De petits os s'entassaient sur un côté de la table.

— A-t-on affaire à un adulte ?

— Il est certain que non. Mais dans le cas présent, je ne peux pas vous dire comment elle est morte, déclara-t-il d'une voix basse et mesurée. Les restes ne présentent aucune trace visible de traumatisme.

Kim fut momentanément déroutée.

— Attendez… Parce que notre première victime était très jeune, je n'ai pas réussi à vous arracher la moindre supposition concernant son sexe, et là, tout d'un coup, vous parlez de celle-là comme d'une fille avant même d'avoir emporté ses os au labo ?

Il ôta ses lunettes et se frotta les yeux.

— Exact. Et je le fais sans aucune hésitation, inspecteur, dit-il en lui montrant la petite boîte. Cette jeune fille était enceinte.

44

— Quelle journée de merde ! dit Bryant en se garant derrière le poste de police.

C'étaient ses premiers mots depuis qu'ils avaient quitté Crestwood.

— Dawson n'a pas été très bavard, ajouta-t-il.

— Ça t'étonne ?

Leur coéquipier avait été incapable de quitter des yeux la petite boîte jusqu'à ce que les os du fœtus soient rangés dans la caisse, près de ceux de sa mère.

— Rentre chez toi, Bryant. Je vais aller voir Woody et je ferai pareil après.

Il était 19 heures tout juste passées, ils étaient debout depuis l'aube et venaient d'enchaîner six jours de travail consécutifs. Bryant tenait à rester à ses côtés, mais contrairement à elle, il avait une famille.

Vidée de toute énergie, elle monta à pied au troisième étage, frappa à la porte de son supérieur et attendit. Lorsque Woody lui cria d'entrer, elle admira la rage contrôlée que pouvaient exprimer à elles seules ces deux petites syllabes.

Elle ne s'était pas encore assise qu'il agrippait déjà sa balle antistress.

— Vous vouliez me voir, monsieur ?

— J'aurais préféré le faire il y a trois heures, quand je vous ai appelée.

Elle fixa sa main droite. Elle aurait juré avoir entendu la balle crier grâce.

— Il y a eu du nouveau sur le site…

— Stone, vous avez été impliquée dans un incident traumatique.

— Bryant ne conduit pas si mal que ça, répliqua-t-elle faiblement.

— Taisez-vous. Vous connaissez la procédure. Vous auriez dû revenir au poste pour faire un débriefing et nous permettre de nous assurer que vous alliez bien.

— Je n'avais rien, demandez à Bryant…

— Vous m'excuserez de ne pas perdre mon temps avec ça.

Il s'adossa à son siège et fit passer la balle dans sa main gauche. Merde, elle n'était pas tirée d'affaire.

— J'ai l'obligation, le devoir de veiller sur vous, et vous me compliquez singulièrement la tâche. Il vous faut un soutien et un accompagnement psychologiques.

— Quand j'aurai besoin qu'on me dise ce que je dois éprouver, je vous le ferai savoir, réagit-elle aussitôt.

— Mais c'est peut-être bien ça, le problème. Vous n'éprouvez rien.

— Ce n'est pas un problème pour moi, monsieur.

— Pas en ce moment, mais tôt ou tard toutes ces choses négatives que vous refoulez vous affecteront, vous, ainsi que votre capacité à vivre et travailler normalement.

Kim en doutait. Elle avait toujours fonctionné ainsi, en rangeant ses souvenirs désagréables dans des boîtes parfaitement hermétiques qu'elle veillait à ne jamais ouvrir, et elle se demandait pourquoi les gens n'étaient pas plus nombreux à en faire autant.

Un vieil adage disait que le temps guérissait tout. Et elle était passée maître dans l'art de le manipuler. Elle avait échoué à sauver la vie d'Arthur Connop seulement sept heures plus tôt, mais tout ce qu'elle avait fait dans l'intervalle avait mis l'incident à distance. Dans son esprit, il aurait tout aussi bien pu s'être produit une semaine auparavant. Par conséquent, il remontait à beaucoup plus loin que Woody ne le croyait.

— Monsieur, je vous remercie de vous inquiéter pour moi, mais je vais bien, je vous assure. J'accepte de ne pas pouvoir sauver tout le monde et je ne me flagelle pas quand les gens meurent.

— Ça suffit, Stone. Ma décision est prise. Quand cette enquête sera terminée, vous consulterez quelqu'un. Vous serez suspendue si vous refusez.

— Mais…

— Tout ce poison en vous finira par vous détruire, sinon.

Faux. Ce qu'elle gardait au fond d'elle ne lui faisait ni chaud ni froid. Ses souvenirs étaient enfermés à double tour, et sa seule crainte était de les laisser s'échapper, parce qu'elle pressentait que cela l'anéantirait à coup sûr.

Elle garda cependant le silence. Cette bataille-là serait pour une autre fois.

— Le sujet est clos, mais avant que vous partiez, j'ai un dernier point à aborder avec vous.

Génial, pensa-t-elle.

— J'ai reçu un appel du directeur de la police régionale, qui lui-même en avait reçu un de son supérieur. Ils veulent tous les deux que vous soyez dessaisie de l'enquête. Je suis donc curieux de découvrir qui vous avez contrarié aujourd'hui.

Il n'aurait servi à rien de mentir. À l'évidence, elle avait pris quelqu'un sérieusement à rebrousse-poil.

— Je pourrais vous dresser une liste, monsieur, mais elle ne serait pas exhaustive. Cela dit, s'il y a bien une personne que j'ai dû énerver, c'est Richard Croft. J'ai juste du mal à croire qu'il ait une telle influence.

Un bref silence s'ensuivit, durant lequel leurs regards se croisèrent.

— Sa femme, conclurent-ils en même temps.

— Que lui avez-vous dit ?

— Beaucoup de choses, répliqua Kim avec nonchalance, tout en songeant que Nina Croft devait vraiment aimer son mari, au bout du compte.

— Vous l'avez traité comme un témoin ou un suspect ? — Un peu des deux, répondit-elle avec une grimace.

— Bon sang, Stone ! Quand comprendrez-vous qu'il faut savoir faire un peu de politique quand on enquête à ce niveau-là ?

— Non, monsieur. Il faut savoir faire de la politique quand on est à *votre* niveau. Moi, je n'ai à me soucier que de faire éclater la vérité.

Woody la fixa avec colère. Elle n'avait pas voulu paraître insolente, mais elle espéra qu'il la comprendrait et décida de ne pas revenir sur sa réponse.

— Vous allez leur obéir ? demanda-t-elle.

— Stone, je n'ai pas besoin de vos provocations pour affirmer mon autorité – je suis capable de le faire tout seul, merci. Ces messieurs ont déjà été prévenus que vous continueriez à diriger l'enquête.

Elle ne masqua pas sa satisfaction. Elle n'aurait pas dû en attendre moins de sa part.

— Le député a manifestement quelque chose à cacher, fit-elle remarquer. Il n'aurait pas lâché son chien sur nous, sinon.

Pour la première fois depuis plusieurs jours, Woody lui laissa entrevoir l'ombre d'un sourire.

— Je ferais bien de lâcher le mien, dans ce cas.

— Je suis bien d'accord avec vous, monsieur.

45

— OK, déclara Kim en regardant Bryant et Stacey tour à tour. On se remet au boulot. Dawson va se rendre directement à Crestwood et m'appellera dès qu'il y aura du nouveau. Quant à nous, récapitulons : sur les six employés identifiés, il n'en reste que deux, Richard Croft et William Payne. Le premier ne m'apprécie pas beaucoup et je doute qu'on arrive à lui soutirer des informations maintenant, mais il cache quelque chose.

— Chef, intervint Stacey, deux des recours déposés contre le projet de fouilles du Pr Melton proviennent du cabinet d'avocats Travis, Dunne et Cohen.

— Celui de la femme de Croft ?

— Oui, elle travaille sous son nom de jeune fille, Cohen.

— Et elle connaît les secrets de son mari, quels qu'ils soient.

— Ça mérite une petite visite à son bureau, non ? lança Bryant.

— Non, elle a déjà essayé de me faire dessaisir de l'enquête. Je ne veux pas lui donner des munitions pour m'abattre. Tant pis, on n'obtiendrait rien d'elle, de toute façon. J'ignore ce qu'a fait Croft, mais elle le couvre et elle ne reculera devant rien pour nous empêcher de le découvrir.

— Jusqu'où est-elle prête à aller, à votre avis ? demanda Stacey.

— Ça dépend des dégâts que pourrait causer la résolution de cette enquête, répondit Kim en se rappelant la belle maison clôturée et les voitures de Nina Croft – sans oublier sa carrière.

Puis elle étudia le tableau, séparé en deux par une ligne verticale. La première partie se divisait elle-même en quatre, les deux cases du haut regroupant les informations sur Teresa Wyatt et Tom Curtis, les deux du dessous celles concernant Mary Andrews et Arthur Connop.

— Des nouvelles de la police scientifique au sujet d'Arthur ?

— On a retrouvé des éclats de verre provenant d'un phare gauche et quelques particules de peinture blanche incrustées dans son pantalon. Nos collègues cherchent à quel modèle de voiture les associer.

Kim fixa le côté gauche du tableau. Malgré son incapacité à prouver le meurtre de Mary Andrews et d'Arthur Connop, elle sentait que leur mort était liée à un événement sinistre survenu dix ans plus tôt.

Qu'avez-vous fait ? les questionna-t-elle en silence.

L'autre moitié du tableau comportait deux parties qui représentaient les cadavres déterrés à Crestwood. D'ici la fin de la journée, elle le savait, une nouvelle case s'y ajouterait.

Trois noms avaient été inscrits sur le côté.

Melanie Harris

Tracy Morgan
Louise Dunston

— Où en est l'identification des victimes ? s'enquit Stacey, qui avait suivi son regard.

— Apparemment, ces trois filles formaient une petite bande très soudée. J'espère que le Dr Bate pourra nous donner plus d'indices afin de déterminer qui est qui.

— Vous pensez qu'il y en a plus de trois ?

Kim fit signe que non. Ce trio n'avait pas été pris pour cible par hasard.

— Tu peux essayer de glaner des renseignements sur Facebook sans te faire repérer ?

— Sans problème. Quand j'ai demandé si quelqu'un se souvenait de moi, une fille a voulu savoir si j'étais la petite brune toute timide qui bégayait et portait de grosses lunettes. J'ai répondu oui.

Bien que médusée, Kim se garda de tout commentaire.

— Et le pasteur dans tout ça ?

— Je n'en ai trouvé qu'un seul qui présentait un lien avec Crestwood. Il s'appelle Victor Wilks et faisait un peu de bénévolat. Son nom a surgi dans quelques posts. Toutes les filles le mentionnent affectueusement en l'appelant « père ». Il venait leur rendre visite une fois par mois et dirigeait un bref office.

— Qu'a-t-il fait avant ça ?

— Difficile à dire. Pour le moment, j'ai juste appris qu'il avait passé quelques années à Bristol, deux à Coventry et une à Manchester. J'ai envoyé quelques mails au cas où quelqu'un aurait des infos sur lui.

— Où vit-il maintenant ?

— À Dudley.

— Depuis quand ?

Stacey chercha la réponse sur son ordinateur.

— Deux ans.

— Tu as son adresse ?

Elle tendit un bout de papier à Kim juste au moment où Bryant finissait de répondre à un appel.

— Chef, c'était l'accueil. Il y a quelqu'un qui veut te voir.

Cela tombait vraiment mal. Elle était occupée et ne pouvait pas tout laisser en plan pour recevoir un visiteur.

— Rappelle le standard et dis…

— La personne refuse de partir, chef. C'est Bethany Adamson et elle a l'air furax.

46

— Je peux vous aider ? demanda Kim à la femme qui patientait à l'accueil.

Elle fut totalement prise au dépourvu lorsque celle-ci se retourna. Ce n'était pas tant sa ressemblance avec Nicola qui la surprenait. Après tout, elles étaient jumelles. Non, c'était plutôt tout ce qui les *différenciait*.

— Je suis Bethany Adamson, dit la femme sans lui tendre la main. J'veux vous parler.

Kim lui fit signe de la suivre le long d'un couloir.

Un claquement régulier résonna derrière elle jusqu'à la salle d'interrogatoire n° 2. Elle tapa le code d'accès et tint la porte ouverte à la jeune femme, qui passa devant elle en s'appuyant sur une canne.

Bethany Adamson était venue habillée d'un jean noir trop large au niveau des cuisses, de bottes à talons plats confortables et d'un gros blouson d'hiver qui enveloppait un corps *a priori* plus frêle que celui de sa sœur.

— Je n'ai pas beaucoup de temps, mademoiselle Adamson.

— C'que j'ai à vous dire prendra pas trois plombes, inspecteur.

Surprise par son accent local très marqué, Kim l'examina avec attention. Si elle n'avait rien su d'elle, elle aurait deviné que Bethany était la sœur de Nicola, mais elle l'aurait dite beaucoup plus âgée.

Ses cheveux blonds aux racines grasses étaient attachés en queue-de-cheval et son visage, bien qu'identique à celui de sa jumelle par son ossature, était plus émacié, plus dur. La vitalité et le charisme n'avaient décidément pas été répartis de la même façon entre les deux.

Notant qu'elle faisait reposer tout son poids sur sa canne, Kim lui désigna une chaise, mais Bethany refusa. Toutes deux restèrent debout, de part et d'autre de la table métallique qui meublait la pièce.

— Vous avez vu ma sœur hier, attaqua Bethany, la mine butée.

Une fois de plus, Kim fut choquée par la rudesse qui émanait d'elle.

— Oui. Vos noms ont surgi à la faveur d'une enquête que nous menons en ce moment.

— On n'a rien à vous dire.

— Comment pouvez-vous en être sûre ?

Bethany l'affronta du regard. Ses yeux froids n'exprimaient rien, pas même de la colère ou un quelconque bouillonnement intérieur. Ils étaient simplement éteints, inflexibles. Si le visage d'une personne se composait de la somme de ses expériences passées, alors cette femme n'avait jamais connu un seul moment de joie de sa vie.

— Je le sais, point barre.

— Votre sœur a été un peu plus accommodante, déclara Kim en croisant les bras.

— Mais elle se rend compte de rien, elle.

— De quoi voulez-vous qu'elle se rende compte ?

— Nos premières années ont été difficiles. Notre mère était une camée qu'arrêtait pas de nous refourguer aux services sociaux et de nous reprendre, comme si on était des bouquins de bibliothèque. En grandissant, on a perdu toutes nos chances de mener une vie normale parce que plus personne voulait de nous. La seule chose qu'on avait, c'était l'autre.

— Je comprends, mademoiselle Adamson, mais…

— Nos années à Crestwood ont pas été très joyeuses, l'interrompit Bethany, les yeux toujours rivés aux siens. Et non, vous pouvez absolument pas comprendre ce que c'est d'avoir une mère qui veut de vous que pour toucher ses alloc'. L'amour et la stabilité ont pas fait partie de notre enfance, et on n'a pas envie que quelqu'un vienne nous rappeler ça. Ni elle ni moi.

Kim la comprenait plus qu'elle ne voudrait jamais l'admettre. Malgré l'attitude de cette femme, quelque chose en elle la poussait à tenter un rapprochement. Elle savait ce qui avait engendré cette posture défensive, mais pour l'heure, sa priorité était ailleurs. Les cadavres anciens et récents s'empilaient.

— Que s'est-il passé là-bas, Beth ? demanda-t-elle doucement.

— Mlle Adamson, si ça vous ennuie pas. Ce qui s'est passé, c'est à vous de le découvrir, mais ne nous mêlez pas à ces histoires. On n'a rien de bon à en tirer.

— Pas même si cela nous aidait à arrêter un assassin ?

— Non, répondit Bethany sans ciller. Ma sœur est trop polie pour vous le demander, mais pas moi. Fichez-nous la paix.

— Si cette enquête m'oblige à reparler à l'une d'entre vous…

— Je le ferais pas, à votre place. Laissez-nous tranquilles ou je vous jure que vous allez le regretter.

Bethany Adamson traversa la pièce à une vitesse étonnante et sortit avant que Kim prenne conscience qu'elle venait d'être menacée. Mais, loin de la faire fuir, cet avertissement attisait encore plus sa curiosité. Et une question la taraudait à présent.

Nicola et Beth avaient connu la même enfance, et pourtant elles étaient comme la nuit et le jour. Qu'était-il donc arrivé pour que Bethany Adamson devienne aussi hostile et haineuse ?

47

Le quartier de Hollytree s'étendait entre Brierley Hill et Wordsley. Entièrement composé de logements sociaux construits au début des années 1970, il couvrait une zone longue de trois kilomètres et abritait au moins trois délinquants sexuels fichés par la police.

Ce genre de paysage urbain évoquait toujours pour Kim les cercles de l'enfer de Dante. La partie périphérique regroupait des maisons préfabriquées grises aux fenêtres cassées, barricadées ou protégées par des barreaux. Les clôtures séparant les propriétés avaient disparu depuis longtemps, et les jardins des habitations vides servaient de dépotoirs à l'ensemble de la communauté locale. Des vieilles voitures aux éléments de carrosserie dépareillés encombraient la route.

Au fur et à mesure qu'on approchait du centre, les maisons cédaient la place à de petits immeubles de douze logements. Les tags présents sur tous les murs extérieurs semblaient le fruit d'un concours de vulgarité et offraient plus de détails sur les organes sexuels et la reproduction que les enfants n'en verraient jamais dans tous les manuels scolaires. La municipalité avait cessé de lutter. Kim n'avait pas besoin de sortir de la voiture pour distinguer l'odeur putride des halls d'entrée, théâtres d'un trafic de drogue florissant.

Au centre même du quartier, enfin, trois immeubles montaient haut vers le ciel, pareils à des tours de guet. La ville s'en défendait, mais c'était là que vivaient les familles expulsées des autres logements sociaux du secteur. La somme des années de prison accumulées par la plupart des habitants devait égaler les années de présence de l'humain sur Terre.

— Il paraît que Tolkien pensait au Pays noir quand il a appelé le royaume de Sauron Mordor, dit Bryant. Si c'est vrai, il s'est sûrement inspiré de Hollytree.

Kim ne pouvait pas lui donner tort. C'était une zone que tout espoir avait désertée. Elle était bien placée pour le savoir, elle qui avait habité là durant les six premières années de sa vie.

Bryant se gara devant ce qui était autrefois une rangée de magasins. Le dernier à avoir baissé le rideau était le marchand de journaux, tout au bout, après que deux gamins de douze ans l'avaient braqué en le menaçant d'un couteau.

Le local du milieu, qui accueillait auparavant une friterie, était désormais occupé par un centre d'assistance sociale ouvert une matinée par semaine. Sept adolescentes traînaient devant la porte, qu'elles bloquaient de leur présence menaçante. Bryant se tourna vers Kim.

— Ne leur fais pas trop mal, hein ?

— Bien sûr que non, répondit-elle en souriant.

Il resta en retrait pendant qu'elle s'approchait de celle qui, visiblement, menait la bande – une fille aux cheveux teints de trois violets différents et au visage hérissé de bouts de métal.

— Y a un droit d'entrée à payer, annonça-t-elle en tendant la main.

Kim tenta de masquer son amusement.

— Combien ?

— Cent ?

— Nan, c'est trop. C'est la crise dans ce pays, tu sais.

— C'est bien pour ça que j'dois maintenir des prix élevés, dit la fille d'un ton narquois.

Ses copines ricanèrent et se poussèrent du coude.

— Très bien. Réponds à une question toute simple et on fera affaire.

— Je répondrai pas à tes questions parce que tu rentreras pas, pétasse.

— Comme tu veux, répliqua Kim en faisant demi-tour. Je m'en vais. Mais bon, tu laisses filer ta chance.

La fille n'hésita pas longtemps.

— C'est quoi, ta question ?

Kim revint vers elle. Les yeux de la gamine n'exprimaient rien que l'appât du gain.

— Dis-moi combien je devrais payer si je te demandais une remise de quinze pour cent.

— Hein ? Putain, qu'est-ce que tu veux que j'en sache, moi…

— Tu vois, si tu étais allée à l'école, tu arriverais à extorquer beaucoup plus. Maintenant, ôte-toi de mon chemin avant que j'attrape l'anneau que tu as dans le nez pour t'emmener faire un tour, ajouta-t-elle en se penchant si près que leurs visages se touchèrent presque.

Elle n'avait pas haussé la voix, mais son regard ne laissait aucun doute quant à ses intentions.

La fille la fixa longuement. Kim ne cilla pas.

— Venez, les filles, cette salope n'en vaut pas la peine, dit-elle enfin en se décalant sur la gauche.

Le groupe l'imita. Une fois le passage libéré, Kim se tourna vers elle.

— Hé, mademoiselle ! Dix livres si tu acceptes de surveiller ma voiture.

La fille hésita, mais l'une de ses copines lui donna une bourrade dans le dos.

— OK, dit-elle à contrecœur.

Bryant suivit Kim à l'intérieur du bâtiment, dont ne subsistait guère plus que le gros œuvre. Tout ce qui avait la moindre valeur en avait été retiré, y compris les dalles de polystyrène du plafond, et une fissure de deux mètres zébrait le mur du fond depuis le coin droit jusqu'au centre.

Trois hommes se retournèrent à leur arrivée. Deux paniquèrent tout de suite en les voyant et passèrent vivement devant eux pour gagner la sortie. Les criminels de métier étaient capables de flairer les flics d'un comté voisin.

— On a dit quelque chose qu'il ne fallait pas ? ironisa Bryant.

Kim ignora le grognement de mépris qui suivit. Le sentiment était partagé.

Restait le troisième individu, qu'elle avait déjà rencontré au crématorium le jour où ils avaient couru après le corps de Mary Andrews.

— Pasteur Wilks, je ne vous avais pas reconnu dans ces vêtements, plaisanta Bryant.

Victor Wilks sourit en masquant mal combien il ne faisait que tolérer ce commentaire qu'il avait dû entendre un nombre incalculable de fois. Et pourtant, Bryant n'exagérait pas.

Dans sa tenue de religieux, Wilks s'était d'emblée imposé comme un personnage familier, respecté et révéré. Là, dans cet environnement banal, il avait l'air d'un type ordinaire, un simple quidam. Kim lui avait donné près de soixante ans au crématorium, mais sans sa chasuble il en paraissait dix de moins. Son jean clair et son pull bleu accentuaient une silhouette dont la corpulence devait plus aux muscles qu'à la graisse.

— Puis-je vous offrir un verre ? dit-il en montrant une fontaine à thé.

Les deux derniers doigts de sa main droite étaient repliés sur eux-mêmes à la manière d'un crochet, une blessure que Kim avait déjà observée chez les lutteurs à mains nues. Si on y ajoutait sa stature supérieure à la moyenne, il semblait évident que le pasteur Wilks avait pratiqué la boxe à un moment ou à un autre de sa vie.

Elle poussa légèrement Bryant en lorgnant la fontaine.

— Non merci, mon père… euh… pasteur.

— Victor, je vous en prie.

— Qu'est-ce que vous fabriquez ici ? demanda Kim.

De son point de vue, personne ne pouvait venir dans un tel endroit de son plein gré.

— J'essaie d'apporter un peu d'espoir, inspecteur. Ce quartier est l'un des plus défavorisés de tout le pays. J'aimerais montrer aux gens qu'il existe une autre voie. Il est facile de juger ses semblables, mais il y a du bon chez tout le monde, il suffit de regarder.

Il avait repris la voix qu'il utilisait pour ses sermons, nota-t-elle, agacée. Le pasteur en lui était de retour.

— Et quel est votre taux de réussite ? Combien de ces âmes avez-vous sauvées ?

— Je ne me soucie pas des chiffres, ma chère.

— Heureusement pour vous.

Bryant s'empressa de ramener la conversation vers leur enquête.

— Sauf erreur de ma part, vous veniez régulièrement à Crestwood parler aux filles et diriger des services religieux.

— Exact.

— Et de temps à autre, vous remplaciez William Payne ?

— Oui. Nous le lui proposions tous, à l'occasion. Sa situation n'est pas enviable, vous en conviendrez. Personnellement, je trouve son dévouement envers sa fille admirable. Lucy est pour lui une source de joie éternelle. Il prend soin d'elle sans relâche, et tout le personnel s'efforçait de le soutenir.

Wilks se tut un instant, puis se corrigea.

— Enfin, presque tout le personnel.

— À ce sujet, intervint Kim, pouvez-vous nous dire qui travaillait à Crestwood durant la période où vous fréquentiez l'institution ?

Wilks se dirigea vers la fontaine – Kim s'étonna qu'elle n'ait pas encore été volée pour approvisionner des ferrailleurs – et laissa tomber un sachet de thé dans un gobelet en plastique.

— Quand je suis arrivé, Richard Croft venait d'être nommé directeur. Son rôle était essentiellement administratif – je crois qu'il avait pour mission de réduire les coûts et d'améliorer le fonctionnement du foyer. Il avait peu de contacts avec les filles et cela lui allait très bien. J'ai toujours eu l'impression qu'il ne s'était jamais vraiment intégré, qu'il était pressé de faire son travail et de remplir ses objectifs afin de passer à autre chose.

— Et Teresa Wyatt ?

— Il y avait des tensions entre eux. Elle convoitait le poste de Richard et était amère de ne pas l'avoir obtenu.

Wilks remua son sachet de thé pour tenter de parfumer l'eau du gobelet.

— Teresa n'était pas une femme particulièrement chaleureuse, enchaîna-t-il. Richard et elle se sont tout de suite affrontés. Tout le monde savait qu'ils se détestaient.

C'était bien beau, tout ça, mais ça n'expliquait pas pourquoi il y avait deux, voire trois filles enterrées à côté du foyer.

— Nous avons lieu de croire que Teresa avait un sale caractère, déclara Kim.

Le pasteur haussa les épaules sans répondre.

— Vous avez pu le constater par vous-même ?

— Non.

— Quelqu'un d'autre, peut-être ?

Il hésita, puis leur présenta ses paumes tendues.

— Je ne vois pas quel mal il y aurait à le dire maintenant. Teresa m'a parlé d'une menace de plainte. J'avais eu vent de certaines rumeurs selon lesquelles il lui arrivait de coller une gifle ou de rudoyer des pensionnaires quand la colère prenait le dessus, mais là, c'était différent. Elle avait donné un coup de poing dans le ventre d'une fille, si fort que la gamine avait craché du sang.

Kim s'aperçut que son pied battait le sol. Elle s'obligea à se calmer.

— La plainte a-t-elle été déposée ?

— Non. Et Teresa s'inquiétait moins de cet accès de violence que de ce que la plaignante allait laisser entendre.

— C'est-à-dire ?

— Que Teresa l'avait frappée pour avoir refusé de coucher avec elle.

— C'était vrai ?

— Je ne pense pas, répondit Wilks avec hésitation. Teresa s'est confiée à moi en toute franchise. Elle a reconnu ce qu'elle avait fait, mais m'a juré que ça n'avait rien à voir avec une histoire de sexe. Elle se doutait bien que de telles allégations la détruiraient. Cela aurait sali sa réputation pour toujours.

Kim ferma les yeux. Les secrets n'en finissaient pas d'émerger au grand jour.

— Qui était la plaignante ?

Elle aurait mis sa main à couper qu'il s'agissait de l'une des trois filles.

— Elle ne me l'a pas dit, inspecteur. Nous n'avons parlé que d'elle-même lors de cette conversation, afin qu'elle puisse remettre de l'ordre dans ses idées.

Ben voyons ! Comme si Teresa Wyatt avait pu envisager d'avouer la vérité.

— Et Tom Curtis ? demanda Bryant.

Durant quelques secondes, Wilks sembla chercher à qui il faisait allusion.

— Oh, le cuisinier ? Il était assez réservé. Pas du genre à entrer en conflit avec les autres. On pourrait dire de lui que c'était un mouton, j'imagine. Il s'est fait sermonner deux ou trois fois pour sa trop grande familiarité avec les filles.

— Vraiment ?

— Il avait la vingtaine et c'était le plus jeune de l'équipe. Forcément, il avait un meilleur contact avec elles. Trop bon, peut-être, selon certains, mais ce n'était que des rumeurs et je préfère ne pas m'aventurer sur ce terrain-là.

— Mais vous aviez bien un avis personnel ?

Les traits du pasteur se durcirent et il leva la main droite.

— Je ne salirai pas le nom d'un homme mort alors que je n'ai été témoin d'aucun geste déplacé de sa part.

— Ce qui laisse supposer que d'autres l'ont vu faire, eux ?

— Ce n'est pas à moi de le dire et je ne me risquerai pas à des spéculations.

— Compris, Victor, l'apaisa Bryant. Continuez, s'il vous plaît.

— Il y avait aussi Mary Andrews, une femme pragmatique et probablement la personne qui prêtait le plus attention aux filles. Elle était ferme, mais aimante, et disponible aussi. Elle ne faisait pas ce travail que pour l'argent.

— Et Arthur ?

Wilks se mit à rire.

— Ah ! Arthur Connop, je l'avais presque oublié. Il m'a toujours fait l'effet d'un triste individu, je me suis souvent demandé ce qui avait pu le rendre si amer et agressif. C'était un drôle de bonhomme qui n'aimait personne.

— En particulier William Payne ?

— Je ne pense pas qu'il ait eu une rancœur personnelle contre lui. Il est difficile de ne pas apprécier William. Non, je crois plutôt qu'Arthur était jaloux de l'aide que tous les autres s'efforçaient de lui apporter. Il ne supportait pas qu'on donne à quelqu'un quelque chose auquel lui-même n'avait pas droit.

— Il s'entendait bien avec les filles ?

— Arthur ? Pas du tout. Il les détestait toutes. Sa nature faisait de lui une cible facile. Elles lui jouaient des tours, cachaient ses outils, ce genre de choses.

— Elles jouaient des tours à William aussi ?

Wilks resta un moment pensif, en proie à une émotion indéfinissable.

— Pas vraiment, dit-il. William travaillait de nuit, si bien qu'il ne les voyait pas souvent.

Kim l'observa attentivement. Il leur taisait quelque chose.

— Que pouvez-vous nous dire sur ces filles ?

— Ce n'étaient pas de mauvaises gamines. Certaines ne faisaient que passer, en raison d'une situation familiale compliquée. D'autres avaient été confiées aux services sociaux à la suite d'accusations de maltraitance contre leurs parents. D'autres encore étaient hébergées au foyer jusqu'à ce qu'un membre de leur famille les recueille. Et puis il y avait celles qui n'avaient plus de famille du tout.

— Vous vous souvenez des jumelles, Nicola et Bethany ?

— Oh, oui ! répondit Wilks en souriant. C'était de jolies petites filles. Si ma mémoire est bonne, Nicola était la plus extravertie des deux. Bethany se cachait souvent derrière elle et la laissait parler à sa place. Elles ne se mêlaient pas beaucoup aux autres pensionnaires – et sans doute est-ce normal. Chacune avait sa sœur pour compagnie.

— Il n'y avait aucune fille à problèmes, si je comprends bien ? insista Kim, qui ne retrouvait pas dans ce tableau les foyers qu'elle-même avait connus.

— Il y avait des personnalités plus endurcies, bien sûr. Des jeunes filles avec qui il était impossible de communiquer. Je me souviens de trois, en particulier… Désolé, j'ai oublié leurs noms. Prises séparément, elles étaient déjà assez malveillantes, mais réunies, elles formaient un petit clan redoutable. Elles s'entraînaient mutuellement et faisaient toutes sortes de bêtises. Elles volaient, fumaient, fréquentaient des garçons… ça, et d'autres choses encore.

— Quelles autres choses ? demanda Bryant

— Ce n'est pas à moi de vous le dire.

— Elles ont blessé quelqu'un ? avança Kim.

— Pas physiquement, inspecteur, répondit Wilks en s'approchant de la fenêtre.

— Comment, alors ?

Il baissa la tête, résigné.

— Elles étaient plus cruelles que la plupart des filles de cet âge, surtout ensemble.

— Qu'ont-elles fait ?

— L'une d'elles était originaire du coin et avait entendu parler de Lucy. Un jour, elles ont proposé de jouer toutes les trois avec l'enfant pendant que

William allait faire quelques courses. Étant d'un naturel confiant, William en a profité pour aller au supermarché. Quand il est rentré, à peine une heure plus tard, les filles avaient disparu, et Lucy également. Il l'a cherchée dans toute la maison. Savez-vous où il l'a retrouvée ?

Kim fut prise d'un mauvais pressentiment. La réponse n'allait pas lui plaire.

— Elles l'avaient déshabillée et fourrée dans la poubelle. Lucy n'avait pas la force physique d'en sortir toute seule, alors elle est restée là pendant plus d'une heure, couverte de détritus et de ses propres couches sales. La pauvre petite n'avait que trois ans.

C'était bien ce qu'elle craignait. Si loin qu'ils aient tenté de jeter leurs filets, cette enquête les ramenait tout droit chez William et Lucy Payne.

Une nouvelle petite conversation s'imposait.

48

— Qu'est-ce qui se passe ici ? s'alarma Kim au moment où Bryant s'arrêtait devant la propriété des Payne.

Un véhicule de secouristes et une ambulance, les portes arrière grandes ouvertes, étaient garés à l'extérieur. Alors qu'elle les contournait en courant, deux soignants émergèrent de la maison avec un brancard.

Le petit corps fragile de Lucy emplissait à peine l'étroit lit de fortune, et les hommes la portaient aussi facilement que si elle avait été un bébé. L'atrophie de ses membres se remarquait davantage lorsqu'elle n'était pas dans son fauteuil. Un masque à oxygène recouvrait son visage, mais Kim lut la terreur dans son regard. Elle ne put que lui effleurer brièvement le bras au passage des secouristes, qui foncèrent vers l'ambulance sans perdre un instant.

William Payne sortit à son tour précipitamment, le teint livide, les yeux écarquillés et apeurés.

— Qu'est-il arrivé ? demanda Kim.

— Elle a eu du mal à respirer cette nuit. Comme elle avait l'air d'aller mieux ce matin, je l'ai laissée le temps de changer les draps des lits à l'étage, mais elle a refait une crise et elle n'a pas pu me prévenir. Elle était incapable de crier.

Tous deux restèrent derrière l'ambulance pendant que les secouristes arrimaient le brancard à l'intérieur.

— Elle a juste réussi à appuyer sur le bouton d'appel d'urgence. J'ai entendu les sirènes au loin et, quand je suis redescendu, elle avait commencé à devenir toute bleue.

Il secoua la tête, incapable de refouler ses larmes, et continua d'une voix rauque.

— Elle a failli mourir, tout ça parce que je ne pouvais pas l'entendre appeler au secours…

Kim voulut le réconforter, mais l'un des secouristes l'interrompit en sautant au bas de l'ambulance.

— Monsieur, il faut qu'on…

— Je dois y aller, dit Payne. Excusez-moi…

Sans un mot, elle le poussa vers sa fille. Les portières claquèrent derrière lui et le véhicule partit en trombe, sirènes et gyrophares allumés. Elle le regarda s'éloigner et disparaître avec une boule au ventre.

— Ça ne laissait rien présager de bon, hein, chef ?

Elle acquiesça et traversa la route pour rejoindre le site des fouilles. En entrant dans la tente qui abritait la deuxième victime, elle découvrit Cerys à genoux près des ossements. L'archéologue sourit en la voyant, puis ôta l'un de ses gants en latex et accepta la main que Kim lui tendait pour l'aider à sortir de la fosse.

Sa main à elle était douce et chaude, imprégnée du talc qu'elle avait glissé à l'intérieur du gant.

— J'ai entendu des sirènes, dit-elle. Tout va bien ?

Kim ne vit pas l'intérêt de lui parler de Lucy. Cerys n'était pas concernée par cette partie de l'enquête, et elle-même ne comprenait pas sa propre réaction devant l'état de la jeune fille, alors à quoi bon essayer de le lui expliquer ?

— Vous en avez fini avec la première tombe ?

Celle-ci avait été comblée et partiellement recouverte d'herbes qui faisaient penser à des implants capillaires ratés. La tente avait été démontée, mais une autre l'avait remplacée un peu plus loin.

— Du nouveau au sujet de la troisième ?

— On se rapproche de la masse. Les relevés du magnétomètre indiquent qu'elle se trouve à moins de soixante centimètres de profondeur.

Contrairement à Cerys qui, en tant que scientifique, ne supposerait pas qu'il s'agissait d'un corps avant d'avoir vu un os, Kim pressentait déjà qu'il s'agissait de la troisième fille. Ne restait plus qu'à l'identifier.

— Je signerai l'autorisation de combler la deuxième fosse cet après-midi, ajouta l'archéologue.

— Autre chose ?

— Nous avons des perles, dit-elle en l'entraînant vers une table pliante. Onze au total. Et ça.

Elle brandit un sachet en plastique. Kim le prit et palpa le morceau de tissu à travers le film plastique pour en jauger l'épaisseur.

— De la flanelle, selon moi, dit Cerys.

— Un pyjama ?

— Possible, mais il n'y a que le haut.

— Pas de pantalon ?

— Non.

Kim garda le silence. L'absence du bas de pyjama faisait naître une image qui la rendait folle de rage.

— Elle portait peut-être un ensemble dépareillé, avec un pantalon coupé dans un tissu différent qui se serait déjà décomposé.

En effet. On pouvait toujours l'espérer.

— Vous n'avez rien trouvé d'autre ?

Cerys lui tendit un Tupperware rempli de bouts de métal maculés de boue.

— Il y avait ça aussi, mais je doute que cette ferraille soit liée au meurtre.

— Et maintenant, quelle est la suite du programme ?

— On passe à la troisième fosse, dit l'archéologue en s'essuyant les mains sur son jean. Vous venez ?

Kim l'accompagna jusqu'à la dernière tente.

— Juste à temps, chef, dit Dawson.

Elle baissa les yeux sur la forme qui dépassait du sol terreux. Sans erreur possible, c'était un pied.

Les sept personnes présentes fixèrent la tombe. Presque tous s'étaient attendus à cette découverte, mais qu'importe. Chaque corps méritait un moment de recueillement et, durant cette déclaration silencieuse d'unité, ils jurèrent de faire de leur mieux pour que le meurtrier soit traduit en justice.

Kim croisa le regard de Cerys. L'air à la fois hagard et déterminé, la jeune femme exprima d'une voix basse et voilée par l'émotion ce que chacun pensait.

— Kim, il faut que vous trouviez le salaud qui a fait ça.

Elle opina et sortit de la tente. Telle était précisément son intention.

49

— Chef, j'ai un message, dit Bryant en repartant avec elle. Le Dr Dan veut nous montrer quelque chose.

Kim redescendit la colline et monta en voiture avec lui sans un mot. Bryant prit la direction du Russells Hall Hospital en respectant son mutisme. Il savait quand il valait mieux la laisser tranquille.

La colère enflait en elle. Quoi que ces filles aient pu faire, cela ne justifiait pas qu'elles meurent. L'idée que quelqu'un ait estimé pouvoir disposer d'elles la révoltait. Elle avait fait partie de ces gamines autrefois, et toutes celles qu'elle avait connues méritaient une chance de s'en tirer.

Un piètre début dans la vie ne préjugeait pas de l'avenir. Elle en était la preuve vivante. Ses jeunes années ne laissaient présager pour elle que des problèmes de délinquance et de toxicomanie, des tentatives de suicide, voire pire encore. Tous les panneaux sur sa route lui avaient indiqué le chemin de la destruction – la sienne ou celle des autres –, et pourtant elle avait fait un doigt d'honneur à cette existence déjà toute tracée. Rien ne permettait de croire que les trois victimes n'auraient pas réussi la même chose.

Tandis que Bryant s'arrêtait devant l'entrée principale de l'hôpital, elle sortit vivement et s'éloigna sans l'attendre.

— Bon sang, ralentis ! dit-il en la rattrapant devant les ascenseurs. Jouer au rugby, ça va, je gère, mais courir à ton rythme, c'est une autre histoire.

— Allez, papy, magne-toi.

À son arrivée à la morgue, elle vit le squelette de la victime n° 2 sur une table à côté de la n° 1. Elle en fut soulagée. Bien que morte, la première jeune fille n'était plus seule dans l'atmosphère froide, sinistre et aseptisée de cette salle. Si ces deux-là avaient bien été amies de leur vivant, au moins étaient-elles réunies.

Mais le soulagement fut de courte durée. Un petit tas d'os gisait aussi sur la table.

— Le bébé ?

Daniel Bate acquiesça.

Il n'y eut entre eux ni salut ni la moindre pique ironique.

Kim examina les os de plus près. Ils étaient si minuscules qu'il était impossible de les associer à une forme humaine – ce qui lui parut d'autant plus triste. Et il incombait à Bate de leur arracher des indices en essayant d'oublier qu'il s'agissait du squelette d'un bébé. Chacun se devait d'observer une objectivité toute scientifique. Il n'y avait pas de place pour les émotions. Mais Bate allait disséquer une vie qui n'avait jamais pu advenir, et c'était quelque chose qu'elle aurait été incapable de faire.

— Combien de mois ? s'enquit-elle.

— Les os commencent à se développer à treize semaines. À la naissance, un bébé en compte environ trois cents. J'estime que ce petit était entre sa vingtième et sa vingt-cinquième semaine.

En clair, c'était une personne, songea Kim. Tant d'un point de vue éthique que juridique. L'avortement n'était pas autorisé au-delà de la douzième semaine de grossesse, sauf en cas de risque majeur pour la mère.

— C'est donc un double meurtre, chef ? La mère et l'enfant ?

— Oui.

Elle avait envie de tendre la main vers ces os, de les recouvrir – pour quelle raison, elle l'ignorait.

— Au cas où cela pourrait vous servir, dit Bate, j'ai quelques éléments de plus à vous fournir sur la première victime. Elle mesurait environ un mètre soixante, mangeait mal et était même sous-alimentée, selon moi.

Bryant sortit son calepin afin de tout noter.

— Elle n'était pas suivie par un dentiste et ses incisives centrales inférieures se chevauchaient. À un moment donné, elle a eu deux doigts cassés à la main gauche, ainsi que le tibia droit. Ces blessures sont antérieures à sa mort.

— Vous pensez qu'elle a été maltraitée dans son enfance ?

— C'est plus que probable, dit-il en se détournant – pas assez vite cependant pour cacher à Kim la tension qui l'habitait. Je n'ai pas autant de détails sur l'autre fille, mais il y en a tout de même un que j'estime devoir vous communiquer.

Il s'avança vers le bout de la table et déplaça doucement la mâchoire inférieure de la victime n° 1.

— Regardez bien la paroi intérieure de ses dents.

Kim se pencha plus près. Elle vit les incisives tordues qu'il avait évoquées, mais hormis l'absence de gencives et de chairs autour, cette dentition lui paraissait relativement normale.

— Maintenant, passez à la victime n° 2.

Elle obtempéra et observa cette fois des dents assez droites, sans aucune blessure apparente, mais dont l'émail n'avait pas la même teinte que les précédentes.

— La première victime a été nettoyée ?

— Non. Aucune des deux ne l'a été.

Kim sentit sa patience pour les devinettes s'évaporer rapidement.

— Qu'est-ce que ça veut dire, doc ?

— La terre présente sur les dents de la victime n° 1 s'est frayé un chemin dans la cavité buccale au fil du temps, après que les chairs se sont décomposées, soit cinq ou six ans après la mort. Celle qui s'est incrustée dans les dents de la victime n° 2 était là le jour où elle a été enterrée.

Kim ne mit pas longtemps à saisir où il voulait en venir. Il n'y avait qu'une seule explication possible.

La fille avait été enterrée vivante.

50

Tracy a été la première à « fuguer », et je l'ai parfois déploré. Cette pointe de regret que j'ai éprouvée après coup était si étonnante et si nouvelle pour moi que j'ai d'abord eu du mal à mettre un nom dessus.

Prendre du recul ne va pas de soi quand on est psychopathe, sauf si un plan ne se déroule pas comme prévu – et encore, la pensée reste alors purement analytique, sans aucune part d'émotion.

Le monde a légèrement basculé sur son axe lorsque je me suis débattu avec ce sentiment inopportun, jusqu'à ce que, en l'analysant, je me rende compte que ce n'était pas mon geste qui me contrariait, mais l'idée de ne plus jamais revoir Tracy, de ne plus jamais contempler le balancement de ses hanches lorsqu'elle déambulait dans une pièce.

Ce regret ne portait que sur ce que j'avais perdu.

À ce moment-là, le monde est redevenu stable.

Tracy était pourtant différente des autres. Même très jeunes, certaines filles sortent du lot. Quand elles entrent quelque part, les têtes se tournent, les yeux se posent sur elles. Cela n'a rien à voir avec la beauté, mais plutôt avec une force intérieure, un caractère indomptable, une détermination qui leur permet de réaliser tout ce qu'elles décident d'entreprendre.

C'est une qualité à la fois séduisante et excitante.

Je savais que la propre mère de Tracy l'avait prostituée dès l'âge de neuf ans, en échange de trente-cinq livres. Une semaine plus tard, ayant compris la valeur de sa fille sur le marché, elle avait considérablement augmenté le tarif. Deux mois plus tard, elle-même cessait toute activité.

Tracy lui avait été retirée par les services sociaux deux jours après son quatorzième anniversaire. Conduite à Crestwood, elle avait rejoint d'autres gamines battues, violées et abandonnées.

Cela ne l'avait pas réjouie.

Elle n'était pas une victime, et ce qu'elle aurait voulu, elle, c'était ne rien changer à sa situation.

L'expérience lui ayant durement appris qu'elle devait se méfier de tout le monde, elle avait mis de côté un peu d'argent en cachette de sa mère pendant deux ans. Elle ne se plaignait pas des difficultés de l'existence, elle s'arrangeait juste pour en tirer quelque chose.

Elle m'a raconté sa vie d'avant et cela m'a fait penser à un récit factuel tiré d'un livre. Une ou deux fois peut-être, sa voix a tremblé, mais elle s'est vite ressaisie.

Je l'ai écoutée en hochant la tête et je lui ai offert mon soutien.

Et puis on a couché ensemble. Rectificatif : j'ai couché avec elle et elle s'est débattue. Mais le viol est un mot très laid qui ne définit pas ce qu'il y a eu entre nous.

À la fin, elle s'est redressée et elle a posé sur moi un regard froid et calculateur qui détonnait avec la jeunesse de son visage.

— Je me vengerai, a-t-elle dit.

Je n'ai pas redouté qu'elle se confie à quelqu'un – elle ne faisait confiance à personne. En revanche, j'étais sûr qu'elle trouverait un moyen de profiter de ce qui venait de se passer.

J'ai donc admiré son optimisme juvénile et n'ai pas été surpris quand elle m'a acculé dans un coin quelques mois plus tard.

— Je suis enceinte et on sait tous les deux qui est le père, m'a-t-elle annoncé d'un ton triomphal.

Cela m'a amusé, tout en me laissant très sceptique tant sur sa grossesse que sur ma prétendue paternité. L'une des choses que j'aimais le plus chez elle était sa capacité à retourner n'importe quelle situation à son avantage.

— Et ? ai-je dit.

À l'évidence, les négociations commençaient.

— Je veux de l'argent.

J'ai souri. C'était à prévoir. La vraie question était : combien ? J'avais en tête le souvenir des transactions passées, je savais combien pouvaient coûter l'avortement et un petit extra. Le prix normal pour ce genre d'affaire.

J'ai gardé le silence – mon arme de négociation la plus puissante – et elle, consciente de mon manège, elle a attendu.

— Combien ? ai-je fini par demander avec indulgence.

Il y avait vraiment un truc qui me plaisait chez cette fille.

— Une somme suffisante.

D'accord. C'était ce que j'avais l'intention de lui proposer, bien sûr.

— Est-ce que cinq cents...

— On est loin du compte.

Cela valait toujours le coup de démarrer très bas. On ne savait jamais. Cela avait marché deux fois déjà...

— Qu'est-ce que tu avais en tête ?

— Ce sera cinq mille pour que je ferme ma gueule.

J'ai éclaté de rire. On ne parlait plus d'un petit extra, là.

— L'avortement ne coûte pas...

— Je ne veux pas avorter. Pas question. Je veux du fric pour me tirer d'ici et repartir de zéro, a-t-elle dit en posant une main sur son ventre.

C'était tout simplement hors de question. Je suis quelqu'un de raisonnable. Personne ne la croirait si elle m'accusait tout de suite, mais avec un enfant dont l'ADN serait une preuve contre moi, je n'aurais jamais l'esprit tranquille. Son existence me menacerait en permanence.

Il ne fallait pas qu'il naisse.

J'ai dit que je comprenais, mais que j'avais besoin de temps pour réfléchir, pour me préparer.

Le soir même, j'étais prêt.

— On ne devrait pas se séparer sans boire un verre, ai-je dit en lui versant une bonne rasade de vodka dans un fond de Coca.

— Où est mon fric ?

J'ai tapoté ma poche.

— Qu'est-ce que tu comptes faire avec ?

— Aller à Londres, trouver une piaule et un job, et puis retourner à l'école pour obtenir un diplôme.

Elle a continué à déblatérer et moi, j'ai continué à remplir son verre. Vingt minutes plus tard, elle avait les paupières lourdes et la voix pâteuse.

— Viens avec moi, je veux te montrer quelque chose, ai-je dit en lui tendant la main.

Elle l'a ignorée, s'est levée, puis est retombée sur sa chaise. Il lui a fallu quelques instants avant de pouvoir essayer encore. Cette fois, elle s'est dirigée vers la sortie comme un chien sur un parcours d'obstacles. Je me suis empressé d'aller lui ouvrir la porte. L'air frais du dehors l'a fait tituber contre moi. Je l'ai aidée à recouvrer son équilibre, mais ses jambes ne la soutenaient plus et elle s'est écroulée par terre.

Elle s'est mise à rire tout en cherchant à se redresser. J'ai ri avec elle et, dans le même temps, je l'ai soulevée en l'attrapant par les bras et je l'ai entraînée dans l'herbe.

Nous avons fait vingt-cinq pas vers le nord-ouest avant que je la lâche. Elle a basculé à la renverse dans le trou, toujours hilare, et je l'étais aussi lorsque je me suis agenouillé à côté d'elle pour placer mes mains autour de son cou. Sentir sa peau m'a excité. Les yeux fermés, elle se tordait sous moi, à moitié évanouie. Le mouvement de ses hanches et le renflement de ses seins m'hypnotisaient. Impossible de les ignorer. J'ai déchiré le fin tissu de son short et l'ai pénétrée aussitôt.

Son corps était souple. Elle perdait et reprenait conscience, s'agitant comme dans un rêve, mais contrairement à la première fois, elle ne s'est pas débattue.

Quand j'ai eu terminé, ses yeux s'étaient révulsés. Je me suis accroupi à côté d'elle dans l'espace limité de la fosse afin de ramasser son short. Il était à moi, et pour toujours. Je le garderais en souvenir.

Après ça, mes mains se sont replacées autour de sa gorge, puis mes pouces ont flotté au-dessus de son larynx, mais je me suis soudain retrouvé incapable de passer à l'acte. Même dans sa torpeur, son joli visage continuait à me sourire.

Frustré, j'ai sauté hors de la fosse. La première pelletée de terre est tombée sur sa poitrine sans qu'elle rouvre les yeux. J'ai travaillé avec frénésie et comblé le trou en quelques minutes. C'était la première fois que je me débarrassais de quelqu'un de cette façon.

Pour finir, j'ai piétiné le sol et arrangé les mottes de terre herbeuses par-dessus.

Durant une demi-heure, je suis resté avec elle. Je ne voulais pas qu'elle soit seule. Assis près de sa tombe, je lui en ai voulu de m'avoir obligé à faire ça. Si seulement elle n'avait pas été cupide. Si seulement elle avait juste accepté l'argent pour avorter, il n'y aurait pas eu de problème.

Mais je ne pouvais pas laisser naître cet enfant.

51

Bryant enfourna un bonbon à la menthe dans sa bouche – un réflexe quand il quittait un espace non fumeur.

— Tu peux imaginer quelque chose de pire que d'être enterré vivant ? demanda-t-il en rejoignant la voiture avec Kim.

— Oui, l'être avec toi, répliqua-t-elle pour essayer de détendre l'atmosphère.

— Merci, chef. Non mais, franchement, tu arrives à concevoir ça ?

Non, elle n'y arrivait pas. Une mort si horrible échappait à l'entendement. Elle supposait que la plupart des gens souhaitaient partir paisiblement dans leur sommeil – même si, pour sa part, elle avait toujours préféré l'idée d'un simple coup de feu.

La victime n° 2 était sûrement inconsciente, ou immobilisée d'une façon ou d'une autre, quand on l'avait allongée dans le trou. Elle était ensuite revenue à elle au milieu d'une obscurité compacte, incapable de voir, d'entendre quoi que ce soit et de bouger même un doigt. Peut-être avait-elle voulu crier – réaction naturelle à une terreur absolue. Sa bouche avait dû se remplir de terre, chacune de ses inspirations lui avait obstrué un peu plus le nez et la gorge, et elle s'était étouffée petit à petit en cherchant désespérément un peu d'air.

Kim essaya d'imaginer la peur, la panique totale qui avait paralysé cette fille de quinze ans à moitié dévêtue. La noirceur de l'âme de son meurtrier la dépassait totalement.

— Comment une telle cruauté naît-elle chez l'homme ? s'interrogea Bryant à voix haute. Je veux dire, où cela commence-t-il ?

— Edmund Burke a vu juste quand il a dit : « Pour triompher, le mal n'a besoin que de l'inaction des gens de bien. »

— Hein ?

— Ces trois victimes n'ont peut-être pas été les premières. Les meurtres de sang-froid sont rarement les premières manifestations du mal chez quelqu'un. Il y a forcément eu des signes avant-coureurs qui ont été soit excusés, soit ignorés.

Bryant acquiesça, puis se tourna vers elle.

— À ton avis, combien de temps a-t-elle mis à mourir ?

— Pas longtemps, répondit Kim, songeant que cela avait dû paraître une éternité à l'adolescente.

— Dieu merci.

— Tu sais, Bryant, je ne peux pas continuer comme ça.

— C'est quoi, le problème ?

— Je ne peux pas continuer à faire référence à ces filles en les appelant par des numéros, victime n° 1, victime n° 2. Elles ont suffisamment été traitées comme ça de leur vivant. On a trois corps et trois noms, j'ai besoin de les associer entre eux.

Elle fixa le paysage derrière sa vitre, soudain assaillie par un souvenir. Son quinzième anniversaire était tombé dans l'intervalle entre ses familles d'accueil nº 5 et nº 6. Deux jours avant, un employé du foyer où elle était hébergée s'était approché d'elle.

— C'est l'anniversaire de Kim après-demain et nous faisons une petite collecte pour lui offrir un cadeau. Tu veux donner quelque chose

Elle l'avait longuement dévisagé, curieuse de voir s'il allait se rendre compte de sa bévue, mais il était resté impassible.

— Et maintenant, chef, on va où ? demanda Bryant en sortant de l'hôpital.

Il n'y avait qu'une seule personne en mesure de les aider à identifier les ossements grâce aux informations transmises par Daniel Bate, et Kim se moquait bien des menaces qu'elle avait reçues un peu plus tôt ce jour-là.

— À Brindleyplace. Il est temps d'aller voir les jumelles, dit-elle, les yeux rivés sur la route. Il me faut le nom de ces filles.

52

Ils frappèrent deux fois à la porte avant que Nicola Adamson leur ouvre. Vêtue d'un pyjama de satin, les cheveux en bataille, elle leur offrit un bâillement en guise de bonjour.

— Pardon si on vous réveille, dit Bryant.

Il ne faisait aucun doute que c'était le cas, bien que l'heure du déjeuner fût passée depuis longtemps.

Elle bâilla encore et se frotta les yeux.

— La soirée au club a fini tard. Je suis rentrée vers 5 heures cette nuit… enfin, ce matin. Bref, passons.

Elle referma la porte derrière eux et se dirigea tout droit vers la cuisine. Kim elle-même n'avait que trente-quatre ans, mais elle se demanda si elle avait jamais été aussi resplendissante au sortir du lit.

— Laissez-moi préparer du café et je serai ravie de discuter avec vous.

Kim déplaça un sac à main et s'assit sur le canapé.

— Votre sœur est venue me voir ce matin.

— Quoi ? réagit aussitôt Nicola.

— Elle n'était pas très emballée à l'idée que vous coopériez avec nous.

L'air dépitée, la jeune femme rangea brutalement un pot de café instantané dans son placard. Kim eut l'impression que ce n'était pas la première fois que Beth interférait dans sa vie.

— Que vous a-t-elle dit ?

— Elle m'a ordonné de vous laisser tranquilles toutes les deux et de ne pas raviver de vieilles blessures.

À ces mots, Nicola parut se détendre.

— C'est sa manière de veiller sur moi. Je sais qu'elle peut sembler revêche, mais elle se montre juste un peu trop protectrice. C'est comme ça avec les jumeaux.

Kim ne songea pas un instant à la contredire.

— Mais je suis une grande fille et je vous ai proposé de faire tout mon possible pour vous permettre de résoudre votre enquête. Si vous avez des questions, allez-y. Surtout maintenant que mon café est prêt, précisa Nicola en souriant.

— Votre sœur s'est récemment blessée à la jambe ? demanda Kim, qui avait envisagé que cela puisse expliquer l'amertume de Bethany.

— Non, ça remonte à loin. Quand on avait huit ans, elle est montée dans un pommier et elle a fait une mauvaise chute. Les os de son genou se sont brisés. Ils ont fini par se ressouder avec le temps, mais le froid a tendance à réveiller la douleur. Enfin, si vous me disiez ce que je peux faire pour vous ?

Bryant sortit son calepin.

— Nous avons de nouvelles informations sur nos victimes et nous espérons que vous pourrez nous aider à les identifier.

— Bien sûr. Volontiers.

— La première était probablement la plus grande et il y a de fortes chances pour qu'elle ait été maigre aussi. Ses dents du bas se chevauchaient…

— Melanie Harris, affirma Nicola.

— Vous êtes sûre ?

— Oh, oui ! Sa dentition lui a souvent valu des moqueries à l'école, elle en souffrait beaucoup. Ça a duré jusqu'à ce qu'elle se lie d'amitié avec les deux autres. Plus personne ne l'a ennuyée après ça. Comme elle était grande, elle détonnait un peu à côté de ses copines. On aurait dit leur garde du corps. La direction nous a expliqué qu'elle avait fugué…

Kim et Bryant ne répondirent pas.

— Mais qui aurait pu vouloir du mal à Melanie ? continua Nicola, incrédule.

— C'est ce que nous essayons de découvrir.

— Il y a une deuxième victime, dit Kim. Celle-là était enceinte.

La jeune femme ramassa son sac à main et en sortit un paquet de cigarettes ainsi qu'un briquet jetable – ce dont Kim s'étonna légèrement. Lors de leur précédente visite, rien dans l'appartement ne lui avait donné à penser que Nicola fumait.

Celle-ci coinça une cigarette entre ses lèvres, mais dut s'y prendre à trois fois avant d'arriver à allumer le briquet.

— Tracy Morgan, murmura-t-elle.

Kim jeta un coup d'œil à Bryant, qui haussa les sourcils.

— Je n'en suis pas particulièrement fière, reprit Nicola, mais plus jeune j'étais un peu trop curieuse. Mes bulletins scolaires comportaient toujours des commentaires du style : « Nicola ferait bien de s'occuper de ses affaires et un peu moins de celles des autres. »

— Je vois. J'ai la même à la maison, intervint Bryant avec un petit rire.

— J'avoue, je traînais dans les couloirs et j'écoutais aux portes. Je me souviens d'avoir entendu Tracy annoncer à ses amies qu'elle était « en cloque », comme elle disait.

— Vous avez une idée de qui elle fréquentait ? demanda Kim, toujours à l'affût d'une piste pour faire avancer son enquête.

— Non, elle a ajouté qu'elle allait parler au père, mais je ne me suis pas attardée. J'avais peur qu'elles ne me surprennent.

Nicola tira sur sa cigarette en semblant soudain comprendre quelque chose.

— Il y a une troisième victime, n'est-ce pas ?

Bryant et Kim gardèrent le silence, le temps qu'elle assimile cette donnée.

— Pouvez-vous nous en dire plus sur…

— Louise. J'ai oublié son nom de famille, mais c'était elle la meneuse et la plus dure des trois. Personne ne l'ennuyait, elle, même après la fugue des deux autres… pardon, leur *disparition*. Vous savez, maintenant que j'y repense, elle n'arrêtait pas de dire que ses copines n'avaient pas pu partir comme ça.

— Est-ce qu'elle avait un signe particulier qui nous permettrait de l'identifier avec certitude ?

— Oui, répondit Nicola en écrasant sa cigarette dans un cendrier en verre. Elle portait une prothèse dentaire depuis qu'elle avait eu trois dents cassées au cours d'une bagarre avec des filles d'une autre école. Elle détestait se voir dans une glace sans ce truc. Une des pensionnaires de Crestwood a eu le malheur de le cacher un soir, juste pour rire. Louise lui a pété le nez.

— Avez-vous entendu parler d'un incident impliquant la fille de William Payne ?

Nicola réfléchit un instant.

— Le surveillant de nuit ? Non, on ne le croisait pas souvent. Je n'ai jamais rien entendu de particulier à son sujet. Je me souviens juste que Louise, Melanie et Tracy ont été une fois interdites de sortie pendant un mois pour je ne sais quelle raison. Il faut dire qu'elles mijotaient toujours un mauvais coup… Mais tout de même, elles ne méritaient pas ça.

Bryant tourna une page de son calepin.

— Vous vous rappelez Tom Curtis ?

— Oui. Il était plus jeune que les autres membres du personnel. Il avait l'air un peu timide, et plusieurs filles en pinçaient pour lui…

Nicola plaqua soudain une main sur sa bouche.

— Vous ne croyez pas qu'il aurait pu être le père de…

Sa phrase resta en suspens, comme si elle n'osait pas aller au bout de sa pensée. Kim avait eu la même idée, mais elle décida de ne pas répondre. À ce stade, elle avait le sentiment que la jeune femme ne leur apprendrait rien de plus.

— Merci, Nicola, dit-elle en se levant. S'il vous plaît, gardez pour vous toutes ces informations jusqu'à ce que les victimes aient été formellement identifiées.

— Bien sûr.

— Laquelle est partie en premier ? demanda encore Kim.

— Pardon ?

— Qui a disparu en premier ? Melanie ou Tracy ? Vous nous avez dit que Louise avait été la dernière.

— Tracy, déclara Nicola après un moment de réflexion. Melanie et Louise pensaient qu'elle s'était enfuie à cause de sa grossesse.

— OK.

— Inspecteur…

— Oui ?

— Ne faites pas attention à ma sœur. Je suis plus que ravie de vous aider.

Kim la remercia d'un signe de tête et quitta l'appartement.

— Et maintenant, chef ? demanda Bryant tandis qu'ils arrivaient à l'extérieur.

— On rentre au poste, dit-elle en voyant à sa montre qu'il était plus de 15 heures.

Puis elle appela Dawson.

— Bonjour, chef !

— Où en est-on à Crestwood, Kev ?

— La deuxième tombe est en train d'être comblée et Cerys a mis au jour la moitié du troisième squelette. Le Dr Bate est en route. Comme la victime n'est pas enterrée aussi profond que les autres, ils espèrent avoir fini de la dégager d'ici ce soir.

— Quand Bate sera là, file te reposer. Tout ça peut attendre la première heure demain matin.

— Chef, si vous êtes d'accord, j'aimerais rester.

Voilà qui était nouveau. D'habitude, Dawson ne refusait jamais la moindre pause.

— Kev, tout va bien ?

— J'ai vu sortir de terre les restes de deux gamines assassinées, alors je préférerais ne pas lâcher l'affaire, expliqua-t-il d'une voix soudain tendue.

— OK. Je te rappellerai plus tard.

Certains jours, ce garçon la stupéfiait.

— Ça t'étonne à ce point ? dit Bryant après qu'elle eut raccroché.

— Non, c'est un bon gamin, même s'il manque parfois un peu de jugeote.

— Et je ne voudrais pas d'un autre que lui dans mon équipe, conclut-il à sa place.

Tous deux n'étaient pas souvent au diapason, mais Bryant savait se montrer objectif quand il le fallait.

— Va voir où en est Stacey, lui demanda Kim lorsqu'ils arrivèrent au poste de police. Inscris le nom de ces filles au tableau et ensuite rentre chez toi.

Elle se dirigea vers sa moto et marqua une pause avant d'enfiler son casque. Il y avait eu quelque chose de louche chez Nicola. Quelque chose qui la tracassait et qu'elle aurait dû relever. C'était comme si ses yeux avaient vu un détail que son cerveau n'avait pas enregistré.

53

Pour la deuxième fois ce jour-là, Kim arriva devant l'entrée principale du Russels Hall Hospital. Elle laissa sa moto sur le trottoir – tant pis si elle écopait d'une amende – et s'avança dans le hall d'accueil en fendant un groupe de patients et de visiteurs qui crapotaient allègrement sous un panneau « interdit de fumer ».

À la réception, une femme portant un badge au nom de Brenda lui sourit.

— Je cherche Lucy Payne, annonça Kim. Elle a été admise ici aujourd'hui.

— Vous êtes de la famille ?

— Oui. Une cousine.

Brenda effectua une recherche sur son ordinateur.

— Chambre C5, en médecine générale.

Kim consulta le tableau d'information situé à côté de la cafétéria, prit l'ascenseur jusqu'au deuxième étage et s'engagea dans l'aile ouest de l'hôpital. En chemin, elle s'écarta pour laisser passer un brancard de retour du bloc opératoire et le suivit dans un service où des murmures se mêlaient au doux ronronnement de plusieurs machines. Quelqu'un allait d'une salle à une autre en poussant un chariot de médicaments.

Les visites touchaient à leur fin, comprit-elle. Après avoir dit tout ce qu'elles avaient pu trouver à dire, des familles patientaient en silence en attendant que sonne l'heure.

— Lucy Payne, demanda-t-elle au bureau des infirmières.

— Deuxième porte plus loin dans le couloir. C'est une chambre individuelle.

Kim passa devant une petite cuisine et se retint juste à temps de frapper à la porte suivante.

Lucy dormait paisiblement dans un grand lit, la tête soutenue par cinq oreillers. Un oxymètre fixé à son index enregistrait son pouls, que la machine à sa droite changeait en bips réguliers.

Sur la grande commode à son chevet, à côté d'un ours en peluche gris, une carte solitaire lui souhaitait de vite se rétablir.

William Payne ronflait doucement dans un fauteuil dans l'angle de la pièce. Sans bruit, Kim s'approcha du lit et contempla la silhouette endormie. Lucy paraissait tellement plus jeune que son âge, et pourtant elle avait déjà tant souffert. Elle n'avait pas demandé cette maladie cruelle qui lui avait lentement volé ses forces et sa mobilité, ni cette mère capable de l'abandonner. Et elle n'avait certainement pas demandé non plus à être fourrée dans une poubelle par trois gamines stupides.

Quelques heures plus tôt seulement, elle avait failli mourir. Elle avait tenté de crier, sans parvenir à émettre le moindre son. Malgré l'existence qu'elle menait, cette fille courageuse et déterminée avait résisté. Elle s'était arrachée au gouffre qui menaçait de l'engloutir, tout simplement parce qu'elle voulait vivre. Qu'elle ait réussi à appuyer sur le bouton de son dispositif d'appel d'urgence en était la preuve.

Kim se souvint de la fois où les secours l'avaient sortie de l'immeuble où elle habitait à Hollytree. On ne donnait pas cher de sa peau à elle non plus, à l'époque. Les soignants avaient soupiré en silence en l'accompagnant jusqu'à l'hôpital, où elle avait été nourrie par intraveineuse, sans trop d'espoir. À six ans, elle ne pesait que neuf kilos, ses cheveux tombaient par touffes entières et elle était incapable de parler. Mais dès le troisième jour, elle s'était assise dans son lit.

Elle prit un mouchoir et essuya un mince filet de bave sur le menton de l'adolescente.

Elle comprenait enfin son affinité avec cette jeune fille qu'elle connaissait depuis si peu de temps. Lucy était une battante. Le hasard lui avait distribué des cartes pourries, mais elle n'abandonnait pas la partie. Chaque jour, elle luttait pour tenir bon et déjouer tous les pronostics.

Elle aurait pu choisir de ne pas appuyer sur le bouton ce matin-là. Elle aurait pu baisser les bras devant la maladie et opter pour un repos éternel, mais elle ne l'avait pas fait. Une seule chose l'avait arrêtée. L'espoir.

Connaîtrait-elle un jour une vie meilleure ? se demanda Kim. Son existence pourrait-elle devenir plus paisible et plus agréable ? Elle-même n'en avait aucune idée, mais elle était sûre que ce petit brin de fille possédait une force et une détermination admirables.

En posant le mouchoir sur la commode, elle prit conscience d'un changement derrière elle. Les ronflements avaient cessé.

— Vous savez qu'il faudra qu'on parle, n'est-ce pas ? dit-elle sans se retourner.

— Oui, inspecteur. Je sais, répondit William Payne d'une voix rauque.

Sans un mot de plus, elle sortit. Il était temps pour elle de rentrer.

Elle avait du pain sur la planche.

54

Beth feuilletait un magazine. Elle n'avait aucune idée de ce qu'elle lisait, mais peu importait, elle cherchait avant tout à faire passer un message.

L'anxiété de Nicola était palpable. Bien qu'elles n'aient pas échangé un mot depuis son retour, Beth la connaissait assez bien pour savoir qu'elle voulait lui demander ce qui n'allait pas, mais qu'elle craignait la réponse – ou plutôt qu'elle était incapable de l'affronter.

Nicola avait toujours détesté qu'on soit en colère contre elle. Elle aimait faire plaisir aux gens et voulait que tout le monde soit heureux. Ce trait de caractère lui avait coûté cher. Il *leur* avait coûté cher.

Et cela allait recommencer.

Beth continua de fixer son magazine, furieuse. Nicola n'arriverait pas à rester silencieuse encore bien longtemps. Elle tourna une page avec nonchalance.

— Myra s'est plainte auprès de moi hier, déclara Nicola. Elle m'a dit que tu avais été très impolie avec elle.

— En effet.

Si elle préférait évoquer des sujets triviaux au lieu d'aborder les vrais problèmes, soit. Elle finirait par craquer.

— Pourquoi es-tu si méchante ? Cette femme ne t'a rien fait.

— Cette saleté de vieille fouine se mêle de ce qui la regarde pas. Qu'est-ce que t'en as à foutre de ce qu'elle pense ?

— C'est ma voisine et je te rappelle que j'habite ici, moi. Tu lui as vraiment dit que j'allais ajouter ton nom sur le bail ?

Beth sourit intérieurement. Sa petite phrase avait dû empêcher cette salope de dormir des heures durant.

— Ouais.

— Tu comptes me compliquer la vie tout le temps de ton séjour ?

— Nic, je t'ai demandé de faire un truc, tu l'as pas fait. Alors quand toi, tu m'as demandé d'être gentille avec cette vieille peau de vache, je l'ai pas fait non plus. C'est pareil, non ?

— Bon sang ! Beth, j'ai compris que tu étais en colère contre moi, mais vas-tu enfin m'expliquer pourquoi ?

Beth jubilait. Elle connaissait si bien sa sœur. Depuis toujours.

— Quelle raison tu veux ? dit-elle en tournant une nouvelle page.

— N'importe laquelle plutôt que ce silence. Tu sais que je déteste te voir fâchée contre moi.

Oh, ça oui !

— Je t'ai dit de pas parler à cette femme.

— Quelle femme ?

L'interrogation était forcée. Nicola avait tout de suite deviné à qui elle faisait allusion.

Beth continua à tourner les pages, consciente que cela énerverait encore plus sa sœur. Nicola exigeait toute son attention. Elle ne supportait pas de la voir ainsi, tranquille, capable de se concentrer sur autre chose, et pas complètement dévastée par cette atmosphère pesante comme elle l'était.

— Tu veux dire la policière ?

— Han-han.

— Merde ! Beth, comment peux-tu être si insensible ? Ils ont découvert des corps enterrés là où on vivait avant.

— Et ?

— On a connu ces filles. On a discuté avec elles, on a mangé ensemble. Comment peux-tu rester indifférente ?

— Elles représentent rien pour moi. Je les aimais même pas. Pourquoi je devrais me soucier d'elles aujourd'hui ?

— Elles sont mortes et, quoi qu'elles aient fait, elles ne méritaient pas ça. Un monstre les a enterrées et abandonnées là. Il faut que j'essaie d'aider la police.

— Tu te fais plus de bile pour ces filles que pour moi.

— Comment ça ?

Cette fois, sa confusion était réelle. Et voilà, c'était reparti pour un tour. Elles ne pourraient jamais aller de l'avant tant que Nicola n'admettrait pas sa faute.

— Tu sais ce qu'on m'a fait et t'as même pas moufté.

— Beth, j'ignore ce qu'on t'a fait et qui l'a fait. Explique-moi.

— Demande à Mme Stone, peut-être qu'elle te le dira, vu comme t'as l'air décidée à te mêler de son enquête.

— Seulement parce que je sens que cette histoire a un lien avec nous.

La main de Beth se figea en l'air et la page qu'elle tenait lui échappa. Ce premier rapprochement était déjà un progrès. Elle voulait que Nicola se souvienne. Elle voulait des excuses. Elle voulait entendre les mots qu'elle attendait depuis dix ans.

Mais pas tout de suite.

— J'te le répète, Nic, te mêle pas de cette histoire.

— Je veux qu'on mette tout sur la table, insista Nicola avec une émotion perceptible dans la voix.

Beth ne leva pas les yeux. Elle ne le pouvait pas.

— Je cherche à comprendre en quoi je t'ai blessée et trahie, continua Nicola. Tu es ma sœur. Il y a trop de secrets entre nous. Je t'aime et je voudrais juste connaître la vérité.

Beth jeta le magazine sur le côté et se redressa.

— Fais attention à ce que tu souhaites, Nic… Tu pourrais bien finir par l'obtenir.

55

Kim avait prévu un débriefing plus tardif que d'ordinaire. L'enquête mettait les nerfs de chacun à rude épreuve, elle pouvait bien offrir à son équipe une heure ou deux de sommeil en plus.

Le temps qu'elle informe Woody des derniers événements, Bryant, Stacey et Dawson étaient à leurs bureaux.

— Bonjour, tout le monde. Je suis sûre que vous le savez déjà, mais les médias s'intéressent de plus en plus à notre affaire. Le montage de la troisième tente les a déchaînés. Le sujet fait la une de tous les journaux et des commentateurs en ont débattu sur Sky News hier soir.

— Oui, j'ai vu ça, dit Bryant.

— Je ne pense pas avoir besoin de vous rappeler qu'on ne doit parler à aucun journaliste, si persuasif soit-il. Cette enquête évolue beaucoup trop vite pour qu'on laisse un commentaire mal cité la faire dérailler.

Kim s'incluait dans la mise en garde. Elle connaissait ses limites quand on la provoquait, raison pour laquelle on l'avait sagement tenue à l'écart des reporters.

— Si vous voulez mesurer à quel point on est mauvais, je vous invite à aller lire la presse dans le bureau de Woody.

Celui-ci ressemblait à un kiosque à journaux, et leur supérieur lui avait détaillé chaque article consacré à Crestwood durant leur entretien. Elle estimait préférable que tous soient au courant de ces critiques.

— Vraiment, chef ? demanda Dawson.

— Oui, mais ne t'inquiète pas, Kev, tu sais comment c'est. À partir du troisième jour, en général, les gens considèrent qu'on est mauvais. On a réussi à tenir jusqu'au cinquième, alors je dirais qu'on s'en sort plutôt bien.

En même temps qu'elle prononçait ces mots, Kim sentit des ondes négatives traverser la salle.

— Si l'attention des médias compte autant pour vous, vous auriez dû faire carrière dans le show-biz. On est des officiers de police. Personne ne nous aime.

— C'est quand même un peu déprimant, chef, fit remarquer Stacey. Difficile de rester motivés dans ces conditions.

Kim prit conscience à cet instant que les discours galvaniseurs n'étaient pas son fort.

— OK, regardez le mur et regardez-le bien.

Le tableau blanc la heurtait beaucoup moins à présent que le nom des filles y figurait. Il avait été divisé en trois colonnes :

Victime 1 – Melanie Harris
Âge : 15 ans

Taille supérieure à la moyenne, sous-alimentée, problèmes de dentition, chaussette avec un papillon.
Décapitée

Victime 2 – Tracy Morgan
Âge : 15 ans
Enceinte, bas de pyjama manquant
Enterrée vivante

Victime 3 – Louise Dunston ?
Âge : 15 ans
Prothèse en remplacement de trois dents

— Ces trois filles ont été tuées par un monstre. Elles ont été violées, battues, étouffées et enterrées. Il s'agit de leur vie, leur réalité, pas d'un fait divers dans le journal. Si on se lève tous les matins, c'est pour trouver la personne qui a cru pouvoir commettre ces crimes en toute impunité. Il y a quelques jours encore, ces gamines étaient anonymes, oubliées de tous et silencieuses. Mais plus maintenant. Grâce à nous, Melanie, Tracy et Louise vont faire entendre leur voix. Et je vous jure qu'on va arrêter le salopard qui a fait ça.

Kim marqua une pause et observa son équipe.

— S'il vous faut une motivation supplémentaire, c'est que vous vous êtes trompés de voie.

— Merci, chef, dit Bryant.

— Je suis à fond avec vous, renchérit Stacey en souriant.

— Et moi donc ! lança Dawson.

Kim reprit sa place habituelle sur le coin du bureau vacant.

— Très bien. Kev, où en est-on à Crestwood ?

— Le Dr Dan a fait emporter la troisième victime vers 2 heures cette nuit. Cerys a effectué une inspection préliminaire de la tombe, mais ils ne passeront la terre au tamis que ce matin.

— Le doc a-t-il évoqué une prothèse dentaire ?

— Il ne dit jamais grand-chose. C'est un drôle de bonhomme, chef.

— Parles-en à Cerys. La prothèse est peut-être toujours dans la fosse. Stace, du nouveau de ton côté ?

— J'ai le relevé des derniers appels émis et reçus par le portable de Tom Curtis. Quelqu'un a tenté de le joindre plus de cinquante fois sans qu'il décroche durant les deux heures précédant sa mort.

— Continue.

— Le numéro correspond au portable de Croft.

— Nom de Dieu… Autre chose ?

— Il n'y a rien à tirer de la bande-vidéo de la maison de retraite. On n'a donc aucune preuve incriminante concernant la mort de Mary Andrews.

— Et Arthur Connop ? Où en est la police scientifique ?

— D'après les analyses, les éclats de peinture proviennent d'une Audi TT immatriculée entre le 1er septembre 2009 et le 28 février 2010.

— C'est tout ?

— Non, les archives de Crestwood sont merdiques. Je garde un œil sur Facebook à titre officieux et j'appelle d'anciennes pensionnaires à titre officiel. Certaines filles répertoriées comme fugueuses dans les archives étaient en fait présentes le soir de l'incendie, tandis que d'autres censées être présentes avaient quitté le foyer des semaines plus tôt.

Kim resta songeuse. Soit quelqu'un avait fait preuve d'une incompétence crasse, soit on avait délibérément tenté d'embrouiller la dernière liste des occupantes du foyer. À ce stade, tout était possible.

— Renseigne-toi sur Tom Curtis, demanda-t-elle à Stacey. Essaie de découvrir s'il était proche des filles. J'aimerais savoir si des rumeurs ont circulé au sujet d'un comportement inapproprié.

— OK, chef.

— Kev, retourne à Crestwood. Bryant, je pense que toi et moi, on devrait aller rendre une seconde visite au député.

— Euh, chef… Il y a autre chose, l'interrompit Stacey.

— Oui ?

— J'ai les dernières adresses connues de chacune des victimes.

Cette tâche était celle qui répugnait le plus à tous les policiers. Quelles que soient les circonstances qui avaient conduit au placement de ces trois filles en foyer d'accueil, Kim ne doutait pas que certains membres de leur famille seraient très affectés en apprenant leur mort.

Bryant récupéra les adresses en passant devant le bureau de Stacey.

Ils allaient d'abord s'occuper des vivants, ensuite seulement des défunts.

56

Kim fit un petit signe en direction de la voiture garée devant le portail. Bien que la police des Midlands de l'Ouest n'ait pas donné son accord pour surveiller Richard Croft vingt-quatre heures sur vingt-quatre, les agents en patrouille dans le secteur étaient censés s'assurer régulièrement que tout allait bien *via* l'interphone de la maison.

Bryant pressa le bouton et attendit. Au bout de dix secondes, il recommença.

Bizarre. On leur avait ouvert tout de suite la première fois.

— Essaie encore, dit Kim, avant de sortir et de s'approcher de la voiture de patrouille.

Le conducteur baissa sa vitre.

— Vous avez sonné il y a combien de temps ? lui demanda-t-elle.

— Environ vingt minutes. Croft m'a dit qu'il allait travailler chez lui ce matin et qu'il se rendrait à son bureau plus tard. Un véhicule a quitté la maison un peu après. La nourrice, je crois.

Kim revint en courant vers Bryant. Richard Croft était seul chez lui depuis au moins vingt minutes.

— On t'a répondu ?

— Non.

— OK, on entre.

Elle chercha un endroit où franchir la grille décorée de fleurs, d'arabesques et de feuilles en fer forgé, puis avisa un point d'appui près du mur de gauche. Par précaution, elle testa le portail en le secouant à deux mains. Il était solide. Elle commença à escalader la grille.

— Ne compte pas sur moi pour te suivre, dit Bryant en la regardant balancer sa jambe droite par-dessus les pointes de trente centimètres qui coiffaient le portail.

— Allez, tu es une grande fille.

— J'en serai une si je tente de faire comme toi.

En descendant de l'autre côté, Kim espéra que Richard Croft n'avait tout simplement pas entendu sonner l'interphone. Qu'il écoutait de la musique trop fort. Ou que le système hypersophistiqué de commande du portail était en panne, ce qui l'aurait obligé à venir leur ouvrir lui-même. Mieux valait qu'il soit légèrement contrarié plutôt que mort.

Elle courut le long de l'allée, mais ne vit pas âme qui vive. Parvenue à la maison, elle frappa à la porte et sonna en même temps, avant de reculer dans le champ balayé par les caméras de vidéosurveillance. L'une était braquée sur le portail et l'autre sur ces foutues voitures. Rien en revanche ne protégeait l'arrière de la propriété.

— Continue à frapper, ordonna-t-elle à Bryant, qui avait réussi à franchir la grille, *a priori* en un seul morceau.

Elle fit le tour par l'arrière et trébucha sur une pelle appuyée contre le mur. Un crissement sous ses pieds lui fit baisser les yeux. Du verre brisé jonchait le sol.

Elle appela Bryant en criant de toutes ses forces, jusqu'à ce qu'il apparaisse de l'autre côté de la maison. La porte de la véranda avait été fracturée. Sur le point d'entrer, Kim se figea.

— Suis-moi, dit-elle en revenant sur ses pas.

En chemin, elle ramassa la pelle sur laquelle elle avait trébuché et la tendit à son collègue.

— Casse cette fenêtre. Je ne veux pas contaminer la porte de derrière avant l'arrivée de la police scientifique.

Bryant fracassa le carreau en s'écartant autant que possible. Kim se servit d'une brique pour faire tomber les morceaux de verre effilés restés accrochés au cadre et grimpa sur un gros pot en terre cuite. De l'autre côté, elle put prendre appui sur un ancien secrétaire. Elle se trouvait dans le bureau.

Elle tendit la main à Bryant afin de l'aider à la rejoindre et gagna avec lui le vestibule. Pendant qu'il montait l'escalier, elle s'engouffra dans la pièce sur sa gauche – où Croft les avait reçus lors de leur première visite – et l'examina rapidement.

— Rien dans le salon ! cria-t-elle.

Bryant n'ayant rien vu non plus dans la chambre principale, elle passa à la bibliothèque et s'arrêta net sur le seuil.

Richard Croft gisait par terre, un long couteau de cuisine planté dans le dos. Une mare de sang avait imbibé le tapis autour de lui.

Elle appela Bryant et, attentive à ne rien toucher, s'agenouilla près du député pour presser deux doigts sur son cou.

— Putain de merde ! jura son adjoint en arrivant près d'elle.

— Il vit encore.

Elle laissa Bryant contacter les secours et se mit en quête du boîtier de l'interphone. Après l'avoir découvert accroché au mur près d'un congélateur Smeg géant, elle commanda l'ouverture du portail et regarda ce dernier coulisser sur l'écran de contrôle. L'alarme de la maison n'avait pas été branchée, nota-t-elle, étonnée que les gens se soucient de protéger leurs biens quand ils étaient absents de chez eux, mais pas leur propre vie quand leurs anciens collègues mouraient à tour de rôle.

Coupant court à ses réflexions, elle courut déverrouiller la porte d'entrée en prévision de l'arrivée des secours puis retourna examiner la porte fracturée et le jardin. À première vue, elle ne distinguait aucun point vulnérable. L'arrière de la propriété était ceint par une clôture d'un mètre quatre-vingts, elle-même rehaussée de quarante bons centimètres par une treille décorative. Le tout semblait intact.

— OK, connard, si tu ne l'as pas franchie, c'est que tu es passé à travers.

Elle longea la clôture en partant de la gauche et poussa chacun des panneaux. Les piquets de bois étaient solides et bien visibles – seules des herbes aromatiques avaient été plantées à leur pied. Un intrus n'aurait pas pu échapper à l'attention de quiconque se trouvant à l'arrière de la maison.

Elle étudia le fond du jardin. De grands conifères se dressaient tous les trois mètres, la plupart au milieu des panneaux de la clôture – sauf le quatrième. Plus large que les autres, celui-là cachait entièrement un panneau et un piquet. Kim s'en approcha et constata qu'à cet endroit, la clôture ne tenait presque plus à rien.

Des pas résonnèrent au même instant sur le côté de la maison.

— M'ame ? appela un agent de police.

Elle sortit de derrière l'arbre. Le choix du point d'entrée était d'autant plus intelligent que le conifère pouvait parfaitement masquer quelqu'un.

— Qu'est-ce que je dois faire, m'ame ?

— Surveillez la porte de la véranda. Ne laissez personne s'en approcher.

Il acquiesça et se posta devant, dos à la maison.

Kim retourna derrière le conifère et poussa de nouveau la clôture qui s'écarta facilement, dévoilant une ouverture par laquelle il était assez facile de se glisser.

— Merde !

Le salopard était futé. Pensive, elle rebroussa chemin afin de ne pas compromettre davantage la collecte d'éventuels indices. Elle était grimpée sur une balançoire lorsqu'elle entendit des véhicules arriver à fond de train dans un hurlement de sirènes. Elle jeta un coup d'œil par-dessus la clôture. Le sol de l'autre côté formait un talus raide qui descendait jusqu'à l'arrière d'une zone artisanale et commerciale. Au-delà s'étendait un lotissement traversé par un dédale de rues, de petites allées et d'impasses.

Un peu comme cette enquête, rumina-t-elle.

Elle revint vers la véranda en suivant une ligne droite et en scrutant le sol à droite et à gauche.

— Comment allez-vous aujourd'hui, m'ame ? lança l'agent lorsqu'elle s'arrêta devant lui.

Elle s'apprêtait à lui demander comment il s'imaginait qu'elle allait dans des circonstances pareilles lorsqu'elle reconnut le policier à qui Bryant avait parlé à Crestwood. Il suivait le conseil qu'on lui avait donné : il engageait la conversation.

Agacée, elle alla retrouver Bryant à l'avant de la maison. Les portières de l'ambulance venaient de se refermer.

— Alors ? s'enquit-elle.

— Il respire, mais il a toujours le couteau planté dans le dos. Les secouristes ne veulent pas l'enlever avant de savoir si la lame bloque ou pas une hémorragie quelconque. En somme, c'est peut-être l'arme censée le tuer qui le maintient en vie à cet instant précis.

— Quelle ironie ! dit-elle en s'asseyant sur les marches de pierre du perron.

— Tiens, voilà la nounou.

Une Vauxhall Corsa pila sur le gravier et Marta en jaillit, le teint livide.

— Qu'est-ce que… qu'est-ce que…

— M. Croft a été gravement blessé, lui expliqua Bryant en s'approchant d'elle. Il faut que vous préveniez sa femme et que vous lui demandiez de se rendre au plus vite à l'hôpital.

Marta acquiesça et s'engouffra dans la maison d'un pas incertain.

Deux nouvelles voitures de patrouille déboulèrent à leur tour dans l'allée, talonnées par la fourgonnette de la police scientifique.

— Je ne comprends pas, dit Bryant. Les flics, c'est comme les bus. Parfois, il n'y en a aucun et parfois…

Un officier bien charpenté l'interrompit pour se présenter, les mains enfoncées dans son gilet pare-couteau. Bryant commença à expliquer la situation au sergent Dodds pendant que Kim allait intercepter le premier technicien de la police scientifique sorti de la fourgonnette.

— Suivez-moi, ordonna-t-elle sans ambages.

Elle refit le tour de la maison afin de lui montrer la clôture au fond du jardin.

— Le panneau cassé derrière cet arbre est le point d'effraction. Le point d'entrée est la porte de la véranda, qu'on voit d'ici.

— Compris, m'ame.

Elle le laissa là et revint vers le perron, où Marta lui tendit un portable.

— Mme Croft aimerait vous parler.

— Oui ? dit Kim en prenant le téléphone.

— Inspecteur, Marta m'a laissé entendre que des dégâts considérables avaient été infligés à ma propriété.

— Pas autant qu'à votre mari.

— J'aimerais que vous m'expliquiez ce que vous faites chez moi. J'avais bien demandé que vous soyez dessaisie…

— Il est à Russells Hall, si ça vous intéresse, coupa Kim avant de raccrocher.

Elle rendit le téléphone à Marta au moment où Bryant la rejoignait.

— Prête ?

Elle acquiesça et repartit avec lui vers leur voiture.

— Tu noues des liens avec Mme Croft, on dirait ?

— Oh ! On est de plus en plus proches, elle et moi.

— Où on va, maintenant ?

— À Hollytree, répondit-elle, consciente qu'ils ne pouvaient plus reculer. On va gâcher la journée d'une famille.

57

Bryant louvoya dans le dédale de ruelles jusqu'au triangle formé par les trois grandes tours au centre du quartier. Dans cet ensemble de cinq cent quarante logements, deux bandes rivales semaient la terreur parmi les habitants : les « Deltas », un groupe de jeunes hommes originaires de Dudley, et les « Bee Boys », qui vivaient deux rues plus loin, là où commençait le code postal de Sandwell.

Ils se garèrent à côté du terrain de jeu. Les balançoires et les bancs n'avaient plus accueilli le moindre enfant depuis des années. C'était là, dans cet endroit surnommé « la fosse », que les représentants de chaque bande se rencontraient et « réglaient leurs affaires ». Trois corps y avaient été retrouvés au cours des deux années précédentes, sans que jamais personne ait été témoin de quoi que ce soit – alors même que près de soixante-dix logements donnaient directement sur le terrain.

Ils purent accéder à Swallow Court sans encombre. Si indésirable soit-elle, la police pouvait aller et venir dans le quartier. Simplement, les crimes commis au sein de cette enclave fermée au monde extérieur étaient résolus en interne, et les chefs de bande comptaient sur les citoyens pour ne jamais parler aux flics.

— Bon Dieu ! grogna Bryant en se bouchant le nez.

Kim avait pris une bonne inspiration avant d'entrer dans la tour du milieu, dont le petit hall dépourvu de fenêtre empestait l'urine. Deux ampoules grillées attendaient d'être remplacées et la seule source de lumière était un néon jauni protégé par une grille au plafond.

— Quel étage ? demanda-t-elle.

— Septième. On prend l'escalier ?

Elle opina. Dans ces immeubles, les ascenseurs étaient notoirement défectueux et ils ne pourraient sûrement compter sur personne pour venir les aider s'ils se retrouvaient coincés. Entre se fatiguer et être abandonnés à ce triste sort, le choix n'était pas bien difficile.

Au troisième étage, Bryant avait déjà dénombré sept seringues, trois bouteilles de bière cassées et deux préservatifs usagés.

— Qui a dit que le romantisme n'existait plus ? ironisa-t-il.

Enfin, ils arrivèrent au septième étage et frappèrent au 28C. Une enfant de trois ou quatre ans leur ouvrit la porte – laquelle affichait une trace évidente de coup de poing en son centre. Sans un mot ni un sourire, elle les fixa en buvant un biberon de jus de fruits.

— Rhianna, reste pas là ! cria une voix féminine.

Bryant poussa la gamine et s'avança dans un couloir miteux, suivi par Kim.

— Excusez-moi, dit-il. Nous sommes de la police. Pouvons-nous…

— Putain de merde !…

Quelqu'un sembla s'affairer brusquement dans la pièce voisine.

— On a déjà senti l'odeur ! lança Kim en dépassant son coéquipier.

Elle entra dans un salon aux rideaux à moitié fermés où une jeune fille à la mine blafarde portant des créoles aux oreilles agitait les mains autour d'elle. Une forte odeur de marijuana flottait dans l'air.

— Qu'est-ce que vous foutez là ? Vous avez pas le droit…

— Rhianna nous a ouvert, répliqua Kim en manquant de trébucher sur un petit fauteuil à bascule dans lequel dormait un nourrisson. Nous sommes venus voir Brian Harris.

— C'est mon père. Il est au pieu.

Il était plus de 11 h 30.

— Vous êtes donc la sœur de Melanie ? demanda Bryant.

— Qui ça ?

À cet instant, un bruit de porte retentit dans le couloir, et un homme à moitié vêtu déboula bientôt, l'air furieux.

— Qu'est-ce que vous foutez ici ?

Bryant lui montra son insigne et se présenta.

— Monsieur Harris, dit-il d'un ton aimable en se postant devant Kim, nous aimerions vous parler de Melanie.

Le type se figea et fronça les sourcils.

Kim commençait à penser qu'ils s'étaient trompés d'adresse, mais Melanie devait manifestement sa grande taille à son père. Brian Harris mesurait plus d'un mètre quatre-vingts. On pouvait distinguer ses côtes, son jean tombait sur ses hanches osseuses, et ses bras maigrelets étaient couverts de tatouages rudimentaires.

— Qu'est-ce qu'elle a fait, cette garce ? dit-il en jetant un coup d'œil derrière le canapé.

Kim suivit son regard. Une femelle staffordshire bull-terrier aux mamelles rouges et distendues haletait dans une cage plutôt destinée à un gros yorkshire. Juste à côté, quatre chiots se tenaient blottis les uns contre les autres dans une boîte en carton. Elle n'aurait su dire s'ils avaient déjà ouvert les yeux, mais ils avaient été séparés de leur mère dans un but évident : un chiot sevré trop tôt développait en effet des problèmes comportementaux en grandissant. Des problèmes susceptibles d'être exploités par les Deltas pour afficher symboliquement leur force…

Elle contempla la chienne, qui serait sans doute accouplée de nouveau à la première occasion, puis se tourna vers Bryant. Il avait les yeux rivés sur les chiots.

— J'veux même pas savoir ce qu'elle a fait, cette gamine, grogna Harris. J'ai rien à voir là-dedans. Je l'ai foutue dehors il y a longtemps.

À cet instant, le bébé se mit à pleurer. La fille commença à balancer du bout du pied le fauteuil qui tenait lieu de berceau puis, sans plus s'occuper du nourrisson, tapa un texto sur son iPhone pendant que Brian Harris s'avachissait à côté d'elle.

— Va brancher la bouilloire, Tina, lui ordonna-t-il en lui collant un bon coup de coude.

— Fais-le toi-même, gros flemmard.

— Vas-y ou tu fous le camp d'ici avec tes mioches.

Tina lui décocha un regard mauvais, mais se leva. Rhianna la suivit dans la cuisine.

Harris alluma une cigarette et souffla la fumée au-dessus de la tête du bébé. Bryant se força à garder son calme en prenant place sur le canapé en face de lui. Kim, elle, resta debout.

— Pouvez-vous nous dire quand vous avez vu votre fille pour la dernière fois, monsieur Harris ?

— Je sais plus trop. Elle était petite.

— Quel âge avait-elle quand vous vous êtes débarrassé d'elle ?

— J'me souviens pas, répondit Harris, sans manifester la moindre émotion devant cette pique. Ça fait un bail.

— C'était une enfant à problème ?

— Nan, mais elle bouffait beaucoup. Une vraie truie, c'te gamine, dit-il en riant de sa propre réflexion.

Ni Bryant ni Kim ne firent de commentaire.

— Écoutez, j'me suis retrouvé avec deux gosses à élever quand leur salope de mère s'est barrée. J'ai fait ce que j'pouvais, moi, se défendit-il, comme s'il s'attendait à recevoir le trophée du Père de l'année pour ses efforts.

— En gros, des deux, c'est elle qui a eu le moins de chance ?

Il grimaça, dévoilant une rangée de dents jaunies.

— Elle était bizarre, avec des grandes pattes et juste la peau sur les os. Pas franchement une beauté, hein.

— Êtes-vous parfois allé la voir au fil des ans ?

— Nan, ça aurait rendu les choses encore plus dures pour elle. Fallait couper les ponts pour de bon. Je sais même pas où ils l'ont casée. P'être bien là où les flics creusent en ce moment, conclut Harris en tirant sur sa cigarette.

— Vous n'avez pas pensé à contacter la police au cas où l'une des victimes de Crestwood serait votre fille ? lança Kim, exaspérée.

Il aurait suffi d'une once d'émotion chez cet homme pour restaurer sa foi en l'humanité, mais il n'y avait décidément rien à tirer de lui.

— Melanie fait partie des gamines qu'on a retrouvées mortes ?

Enfin. Il était temps qu'il se soucie un peu de la fille qu'il avait abandonnée quinze ans plus tôt.

Mais Harris ne s'inquiétait en fait que pour lui.

— Ça va rien me coûter, c't'histoire, hein ?

Kim serra les poings au fond de ses poches. Il y avait des jours où, dans son propre intérêt, elle aurait aimé pouvoir les enfermer là.

Tina revint avec une boisson chaude pour son père. Son expression était telle que Kim ne se serait jamais risquée à avaler une seule gorgée du liquide contenu dans la tasse.

— Monsieur Harris, nous sommes désolés, mais même si nous attendons toujours une identification formelle, nous pensons que les restes de Melanie ont bien été découverts à Crestwood.

Brian Harris eut beau tenter d'afficher un air grave, son égoïsme l'emporta.

— Ouais, mais vous comprenez, je l'ai laissée aux services sociaux y a des années. Ça me concerne plus trop, tout ça.

Kim regarda Rhianna contourner le canapé et glisser les doigts à travers les barreaux de la cage pour tirer sur les bajoues de la chienne, qui n'avait nulle part où se réfugier. Elle se déplaça sur le côté et poussa la petite du bout du pied. Rhianna reporta son attention sur les chiots, mais cette fois Brian Harris se chargea d'intervenir.

— Tina, éloigne-la des clebs.

Sa fille se leva de mauvaise grâce, prit l'enfant par la main et l'entraîna hors de la pièce. Rhianna ne risquant plus de les entendre, Kim ne put se contenir davantage. À défaut de ses poings, elle était libre d'utiliser d'autres armes.

— Monsieur Harris, j'aimerais repartir d'ici en vous laissant une image en tête. Un dernier souvenir, en quelque sorte. Votre fille de quinze ans a été assassinée dans des conditions atroces. Un détraqué lui a brisé les os du pied pour qu'elle ne puisse pas s'enfuir et, après ça, il l'a décapitée. Elle s'est débattue, elle a crié et vous a sans doute appelé à l'aide pendant que ce salopard la débitait en petits morceaux.

Elle se pencha devant cette pourriture qui avait servi de père à l'adolescente.

— Et cette info est totalement gratuite, ajouta-t-elle avant de lancer à Bryant : C'est bon, on s'en va.

Bryant lui emboîta le pas, mais hésita juste avant de refermer la porte derrière eux.

— Je reviens, je veux juste lui poser une dernière question.

En l'attendant, Kim se fit la réflexion que cet entretien avait un peu débordé les consignes sur la manière d'informer une famille de la mort d'un être cher. Aurait-elle détecté chez Brian Harris un peu d'amour ou d'affection, voire un vague regret, elle s'en serait tenue aux recommandations officielles. Mais là, cela avait été tout bonnement impossible. Les autres familles seraient prévenues par quelqu'un d'autre, décida-t-elle. Elle ne se sentait pas capable de rester calme si elle devait faire face une nouvelle fois à autant d'indifférence.

La porte de l'appartement se rouvrit et elle fixa son adjoint avec stupeur.

— Bryant, c'est une blague ?

58

— Tiens, prends les chiots, moi, je m'occupe de la mère.

Bryant lui fourra le carton dans les bras. Les quatre chiots se mirent à bouger à l'intérieur, et Kim vit qu'ils avaient les yeux ouverts. Tout juste.

— Mais comment…

— Je lui ai dit que j'étais prêt à passer l'éponge sur toutes les activités criminelles qu'on a pu identifier dans son appartement s'il me donnait les chiens, expliqua-t-il en la suivant dans l'escalier. Mais je n'ai pas mentionné les services sociaux.

Kim dévala les marches et ne s'arrêta que devant leur voiture.

— Euh… et maintenant, Docteur Doolittle ?

Bryant posa la chienne sur la banquette arrière et le carton à côté d'elle.

— C'est toi qui conduis, dit-il.

— On va où ?

— Enfin, tu sais où j'habite.

— Nom de Dieu…

Elle sortit du quartier puis jeta un rapide coup d'œil derrière elle. La chienne lorgnait ses petits par-dessus le bord du carton, l'un des chiots tendait le cou vers elle.

— Ne me reproche plus jamais d'être impulsive, Bryant. Que va dire ta femme ?

— Est-ce que j'avais le choix ?

Elle ne répondit pas. Ils savaient qu'ils ne pouvaient pas sauver la Terre entière, mais il était tout simplement impossible de rester de marbre devant certaines situations.

Elle s'arrêta à un feu rouge.

— Chef, regarde.

La chienne léchait le petit le plus proche d'elle, tandis que les autres griffaient le côté de la boîte.

Cinq minutes plus tard, Kim se gara devant la maison semi-mitoyenne de Bryant à Romsley.

— OK, si tu veux bien porter…

— N'y pense même pas, dit-elle. Tu es tout seul sur ce coup-là.

— Poule mouillée.

— Et comment !

Bryant saisit la laisse de la chienne, qui sauta au bas de la voiture sans se faire prier, et entra chez lui avec le carton sous le bras. Kim récita une prière silencieuse. Ayant déjà vu la femme de Bryant de mauvaise humeur, elle craignait que son collègue n'en réchappe pas. Elle décida de lui donner dix minutes avant de l'abandonner à son sort.

Dans l'intervalle, elle appela les services sociaux. Un signalement de la part d'un officier de police entraînait en général une réaction immédiate. Un assistant social se rendrait dans l'heure chez les Harris. Tina était peut-être irrécupérable, mais Rhianna et le bébé avaient une chance de s'en sortir.

La porte de la maison s'ouvrit sur Bryant. Kim n'aurait pas pu le jurer, mais il semblait intact.

— Tu es toujours un homme marié ? demanda-t-elle en lui laissant le volant.

— La mère et ses petits sont réunis sur une couverture près du radiateur de la cuisine. Il y a du poulet et du riz sur le feu, et ma femme cherche sur Internet des conseils pour s'occuper de chiots.

— Vous allez les garder ?

— Pour le moment, oui. Jusqu'à ce qu'ils soient sevrés.

— Comment tu t'y es pris ?

— Je lui ai juste dit la vérité, chef.

Kim imagina la chienne et ses petits, nourris, choyés et pourris gâtés, et cela la médusa.

— Bon, dépose-moi au poste et file à l'hôpital. Il faut que l'un de nous soit là pour interroger Croft si l'occasion se présente.

— Tu ne viens pas ?

— Ce n'est probablement pas une bonne idée. Je suis peut-être parano, mais je n'ai pas l'impression que Mme Croft m'apprécie beaucoup.

59

Le vrombissement de la Ninja fit place au silence lorsque Kim se gara sur le chemin de terre. Elle ôta son casque et le posa sur le guidon en observant le champ depuis le sommet de la colline.

Les sites des tombes 1 et 2 avaient retrouvé leur aspect originel et la tente abritant le matériel avait disparu, de même que les barrières grillagées, les journalistes et les agents de police chargés de surveiller le périmètre. Il ne restait plus que quelques outils rassemblés dans un coin. Cette parcelle redevenait un terrain municipal où la fête foraine s'installait tous les ans pour divertir le quartier.

Seuls les ours en peluche et les bouquets de fleurs défraîchis au pied de la colline laissaient deviner ce qui s'était passé les jours précédents.

Cette partie de l'enquête était terminée. Les cadavres avaient livré toutes leurs informations, et il incombait désormais à Kim et son équipe de les déchiffrer.

Un jour, l'article consacré au Pays noir sur Wikipédia renverrait vers une page où s'afficherait le nom des trois filles. Ce triple meurtre salirait à jamais son histoire.

Les gens liraient en diagonale le passage décrivant le travail des ouvriers de Netherton, qui avaient forgé les ancres et les chaînes du *Titanic*, et les vingt chevaux de trait célèbres pour avoir tiré un poids de cent tonnes à travers la ville. À lui seul, ce fait divers sensationnel ferait oublier l'industrie métallurgique locale, pourtant présente depuis le XVIe siècle. Cela ne compterait pas parmi les moments les plus glorieux de la région.

— Je pensais bien que c'était vous, chef, dit Dawson en sortant de la dernière tente.

Les yeux cernés, il portait un jean sale et un pull chiffonné, mais les heures qu'il avait passées sur place et son implication dans cette enquête lui donnaient bien le droit de paraître quelque peu lessivé.

Alors qu'elle souhaitait le féliciter pour son boulot, Kim se découvrit incapable d'articuler un mot. Il suffisait souvent qu'elle le complimente pour qu'il trouve tout de suite le moyen de l'énerver.

— Dawson, tu me fatigues. Tu es un sacré bon inspecteur, mais parfois tu te comportes comme un gamin.

Elle s'interrompit. Ce n'était pas tout à fait ce qu'elle avait voulu exprimer.

— Écoute, se corrigea-t-elle, j'ai bien conscience que la semaine a été difficile pour toi, et malgré tout ça, tu as fait du superboulot.

Il éclata de rire.

— Merci, chef. Venant de vous, ça me touche beaucoup.

— Je le pense vraiment, Kev.

Leurs regards se croisèrent. Il savait qu'elle était sérieuse.

— Repose-toi, demain. On a tous enchaîné huit jours d'affilée. Samedi matin, on s'accordera quelques heures devant un café et des muffins – c'est Bryant qui invite. On analysera tout ce qu'on a et on établira un plan d'action.

Puis elle prit congé et entra dans la tente, où Cerys était seule à la table près de la tombe.

— Vous avez perdu tous vos amis ?

— Mes coéquipiers sont rentrés à l'hôtel pour faire leurs valises. La semaine a été longue.

— Et vous ?

— Je n'ai pas terminé. J'en ai encore pour deux ou trois heures à passer le reste de cette tombe au peigne fin. Il n'y a sûrement plus rien à découvrir, et la victime n'était pas enterrée aussi profondément dans le sol que les autres, mais je n'aime pas bâcler mon travail.

— Vous partirez donc en fin de journée ?

— Non, j'aurai de quoi m'occuper jusque tard ce soir avec la paperasse, dit Cerys en saisissant un petit Tupperware. Ce sont encore des perles, mais vous vous en doutiez déjà. Il y avait aussi des bouts de vêtements que Daniel a emportés au labo. Ils étaient trop fragiles pour qu'on les détache des ossements ici.

— Autre chose ?

L'air exténuée, l'archéologue lui montra un petit coin de la tombe, d'environ trente centimètres carrés.

— À moins qu'il n'y ait un élément intéressant juste à cet endroit, j'ai bien peur que non.

— Avez-vous déterré une prothèse dentaire ?

— Non. J'aurais dû ?

— C'est l'indice que j'espérais trouver, celui qui nous aurait permis d'identifier la victime.

— Si elle était là au départ, elle ne s'est pas décrochée, en tout cas.

Mince, sans ce dernier élément, elle ne pouvait pas être sûre que Nicola ne s'était pas trompée… Elle fit signe qu'elle comprenait et sortit de la tente, avant de se raviser.

— Cerys, vous allez bien ?

Celle-ci se retourna, surprise peut-être par la question – ou par la personne qui la posait. Puis elle lui adressa un sourire contraint et dépourvu de chaleur.

— Vous voulez que je vous dise, Kim ? Je n'en ai aucune idée. Je suis remplie de colère et je n'arrive pas à l'évacuer. Je me fiche de ce que ces filles ont fait ou pas. Je sais seulement qu'elles ont été traitées comme des sous-êtres. Quelqu'un les a torturées, balancées dans un trou et laissées pourrir là alors qu'elles n'étaient que des gamines. Je veux être présente quand vous coincerez le salaud qui leur a infligé ça. J'ai envie de lui faire subir le même sort, et ce qui m'inquiète, c'est que je me sens capable d'autant de cruauté que lui.

Kim eut l'impression que cet aveu l'avait complètement vidée de son énergie. Elle oubliait parfois que Cerys n'avait pas travaillé sur beaucoup de scènes de crime et, dans le genre éprouvant, celle-ci représentait une initiation qu'elle ne souhaitait à personne.

— Comment faites-vous, Kim ? Comment arrivez-vous à affronter ça tous les jours sans devenir folle ?

Elle prit le temps de la réflexion.

— Je bricole. Je rassemble des pièces sales et rouillées et j'en fais quelque chose de beau. Je crée de quoi contrebalancer la laideur de nos métiers. Ça aide. Mais vous savez ce qui me porte, au fond ?

— Quoi ?

— La certitude que je coffrerai ce connard.

— Vous le pensez vraiment ?

— Oh, oui ! Mon désir d'y arriver dépasse de très loin l'énergie qu'il lui faudra pour me fuir. Je ne lâcherai rien jusqu'à ce qu'il ait été puni pour ses actes. Et tout ce que vous avez fait ici, tous les indices que vous avez découverts, tous les os que vous avez déterrés me seront utiles dans mon enquête. C'est dur, mais ça en vaut la peine.

Cerys sourit franchement, cette fois.

— Je le sais et je vous crois. Vous l'arrêterez.

— J'y compte bien. Ce jour-là, je lui transmettrai vos amitiés.

Le silence retomba. Kim n'avait plus rien à demander à cette femme qui avait travaillé sans relâche des jours durant, jusqu'à s'épuiser physiquement et émotionnellement, mais, sous le coup d'une impulsion, elle s'avança et lui serra la main. Bien que calleuse par endroits, la peau de Cerys était douce et chaude.

— Merci pour tout, Cerys, et rentrez bien chez vous. J'espère qu'on se reverra.

— J'espère aussi, inspecteur.

Kim la salua d'un petit signe de tête et sortit.

Elle avait une prothèse dentaire à trouver.

60

Bate et Keats étaient penchés sur un classeur quand elle arriva à la morgue.

— Oh, inspecteur, quel plaisir de vous revoir ! lança le médecin légiste.

Kim se rembrunit.

— Non, je le dis en toute sincérité. Votre absence a attendri mon cœur, et je m'aperçois que ma nature sensible et délicate pourrait presque supporter vos remarques vachardes.

— Cette semaine a été de tout repos, hein ?

— En effet. J'ai eu deux personnes poignardées à Dudley, un vieillard de quatre-vingt-cinq ans qui s'est écroulé sur son assiette pendant sa fête d'anniversaire et deux décès aux causes médicales incertaines. Sans parler de tous les cadavres que vous semez derrière vous.

— Je suis ravie de vous aider à passer le temps, mais avez-vous réussi à établir une seule conclusion un tant soit peu utile ?

Il réfléchit un instant, puis secoua la tête.

— Je reviens sur ce que j'ai dit, finalement. Vous ne m'avez pas du tout manqué.

— Keats…

— J'ai envoyé les résultats de l'autopsie à votre bureau ce matin. Comme vous le savez, Teresa Wyatt a été noyée. Étant déjà dans l'eau, elle n'a pas pu opposer de réelle résistance à son assassin. Je n'ai détecté aucune trace de coup sur son corps et aucun signe d'agression sexuelle. Par ailleurs, elle était en assez bonne forme pour son âge. En ce qui concerne Tom Curtis, l'origine du décès ne fait aucun doute, mais je peux vous affirmer que la bouteille de whisky l'aurait probablement tué. Son cœur était si affaibli qu'il n'aurait jamais vécu au-delà de quarante-cinq ans. Oh, et son dernier repas s'est composé d'une salade et d'un steak. Du gîte de bœuf, à mon avis.

Kim se retint de l'envoyer promener.

— Dans le cas de Mary Andrews… Eh bien, j'ai généralement besoin d'un cadavre pour formuler une hypothèse digne de ce nom. Quant à Arthur Connop, il a succombé à de graves lésions internes provoquées par une collision avec un véhicule. Son foie était en sursis, mais j'ai trouvé les autres organes vitaux en assez bon état pour un homme de cet âge.

Keats leva ensuite les mains pour signifier que c'était tout.

— Pas d'indice, pas de trace quelconque… rien de rien ?

— Non, inspecteur. On n'est pas dans un feuilleton, sinon j'aurais probablement découvert dans l'estomac de Teresa Wyatt une fibre de moquette identique à celle de la maison d'un suspect. Ou j'aurais relevé sur le corps de Tom Curtis un cheveu qui serait miraculeusement tombé de la tête du tueur, avec sa racine. Sauf que je ne produis pas de mini-série télévisée.

Kim grimaça intérieurement. Elle avait déjà souffert d'une rage de dents moins pénible à supporter qu'un sermon de Keats, et il n'en avait manifestement pas fini. Résignée, elle s'appuya contre la table en acier inoxydable et croisa les bras.

— Combien de femmes l'Éventreur du Yorkshire a-t-il assassinées ? demanda-t-il.

— Treize, répondit Bate.

— Et comment a-t-il été arrêté ?

— Par deux officiers de police qui l'ont interpellé parce qu'il roulait avec une fausse plaque d'immatriculation.

— Ce qui veut dire qu'il a commis treize crimes sans avoir été confondu par le moindre cheveu ou la plus petite fibre de moquette. Je peux vous communiquer ce que les corps m'apprennent, mais aucun indice médico-légal ne remplacera jamais les bonnes vieilles méthodes de travail policières, lesquelles supposent des capacités de déduction, de l'instinct, de l'intelligence et un esprit pratique. À ce sujet, où est Bryant ?

Kim le fusilla du regard, mais il l'ignora et reporta son attention sur le catalogue de matériel de bricolage qu'il étudiait à son arrivée. L'étiquette de sa blouse blanche dépassait de son col et elle tendit le bras pour la rentrer avec son index. Il se retourna vers elle. Elle haussa un sourcil. Amusé, il se replongea dans sa revue.

— Doc, avez-vous retrouvé une prothèse dentaire ? demanda-t-elle ensuite à Bate.

Au même moment, elle fut frappée par la fatigue qui se lisait dans ses yeux. Elle savait qu'il avait veillé tard sur le site des fouilles pour récupérer le troisième corps. Elle-même en aurait fait autant.

— Quoi, pas d'insulte, de sarcasme ni de pique ?

À certains égards, Bate lui ressemblait. Une fois les questions posées, il exigeait des réponses et ne relâchait pas ses efforts avant de les avoir obtenues. Une enquête de cette nature remisait au placard les tableaux de service, les horaires et les pauses. Il n'y avait plus que le besoin de savoir et ça, elle le comprenait.

— Pas aujourd'hui, doc, répondit-elle en souriant.

Il croisa son regard et lui sourit en retour.

— Non, il n'y a pas de prothèse.

— Merde !

— Mais il devrait y en avoir une. Elle avait perdu trois dents de devant.

Kim soupira. Ils connaissaient désormais les noms des trois filles. La dernière était incontestablement Louise.

— Vous avez interrogé Cerys ? s'enquit-il.

— Oui. Rien non plus dans la tombe.

— Ça y est, j'ai trouvé, annonça soudain Keats.

Daniel se décala pour voir ce que le médecin légiste désignait du doigt, puis il acquiesça en silence.

— Quoi ? dit Kim.

Keats pivota vers elle, mais il était visiblement incapable de parler. Cela la déstabilisa. Cet homme avait examiné des corps dans des états de décomposition avancés. Il avait travaillé sans sourciller sur des scènes de crime toutes plus macabres les unes que les autres. Elle l'avait même vu mener un examen préliminaire sur un cadavre en qualifiant les vers qui grouillaient à l'intérieur de « p'tits gars ». Qu'est-ce qui pouvait bien lui inspirer une telle horreur ?

— Là, dit Daniel en lui montrant le bassin de la victime.

Elle distingua une fissure au centre.

— Une fracture ?

— Regardez de plus près.

Elle se pencha et aperçut des petites entailles sur le bord de l'os. Il y en avait sept au total, et celle du milieu était plus profonde que les autres. On devinait de chaque côté un motif en forme de zigzag qui se prolongeait sur deux bons centimètres avant de la rejoindre.

Horrifiée, elle recula en dévisageant tour à tour Bate et Keats. Son cerveau refusait d'assimiler ce qu'elle avait sous les yeux.

— Oui, inspecteur, dit Keats d'une voix rauque. Le salaud a essayé de la scier en deux.

Le silence s'abattit sur la pièce tandis qu'ils contemplaient le squelette de ce qui avait été un jour une jeune fille. Pas un ange, pas une personne sans défaut, mais tout de même une jeune fille.

Kim fit un pas de côté et manqua de tomber contre Daniel, qui la rattrapa dans ses bras.

— Ça va aller ?

Elle hocha la tête et s'écarta. Elle avait trop envie de vomir pour pouvoir articuler un mot.

La sonnerie de son portable les fit sursauter. Comme si quelqu'un avait relâché un bouton « Pause », tous trois recommencèrent à s'affairer.

La bouche sèche, Kim répondit.

— Chef, je perds mon temps ici, annonça Bryant qui se trouvait dans une autre partie de l'hôpital.

— Croft est toujours au bloc opératoire ?

Si tel était le cas, ses chances de s'en tirer s'annonçaient très minces.

— Non, il en est sorti il y a une heure. Le couteau a été retiré et je l'ai fait mettre sous scellé, mais Croft n'est conscient que par intermittence et sa femme refuse que je l'approche.

— J'arrive.

— Où allez-vous ? lui demanda Keats après qu'elle eut raccroché.

Elle jeta un coup d'œil au troisième cadavre et prit une profonde inspiration.

— Chercher la bagarre.

61

Je sentais que Louise m'avait percé à jour. Elle était très différente de ses deux copines. Melanie était une ado timide et en manque d'affection qui cherchait désespérément l'approbation des autres. Tracy, une fille futée et sensuelle. Mais Louise avait un fond de méchanceté qui courait en elle comme une veine de charbon sous la terre.

Elle ne leur ressemblait pas, ça non. Elle n'avait pas été violée, abandonnée ou négligée. Simplement, les règles qui accompagnaient l'arrivée d'un beau-père et d'un nouveau-né ne lui avaient pas plu du tout.

Elle aimait commander. Je l'ai compris dès le premier jour, quand elle a décidé dans quel lit elle dormirait. La fille qui l'occupait déjà a osé protester, elle a fini avec une fracture du poignet.

Dans ces conditions, il n'était pas difficile de croire aux violences infligées par Louise à son petit frère de sept mois – des violences telles qu'il avait fallu l'éloigner. Contrairement à Tracy, elle n'avait pas de qualité rédemptrice. Elle était cruelle et c'est tout.

Avec elle, pas de sexe, pas d'humour. Je ne la supportais pas.

Personne ne se risquait à la contrarier. La rage qui bouillonnait en elle, au milieu de ses blessures et de sa rancœur, était trop perceptible, trop impatiente qu'on la libère.

Mais je savais une chose sur elle que tous les autres ignoraient.

En plus d'être mauvaise et violente, Louise pissait au lit.

Elle programmait sa montre pour être réveillée chaque nuit à 4 heures et aller aux toilettes, puis se recouchait une fois sa vessie vidée. Une nuit, je l'ai appelée alors qu'elle regagnait sa chambre.

— Salut, Louise.

— Qu'est-ce qu'il y a ? a-t-elle demandé à voix basse.

— Je pense qu'on devrait avoir une petite conversation. Tu m'as l'air perturbée, ces derniers temps.

— Normal, non ? Mes copines tombent comme des mouches, en ce moment.

— Faut croire qu'elles ne t'aiment pas assez pour traîner dans les parages.

Elle a pincé les lèvres et plissé les yeux, si bien que tout son visage a paru se racornir.

— Ouais, ou peut-être qu'elles n'ont pas eu leur mot à dire.

Je ne m'étais pas trompé à son sujet. Il faut être soi-même psychopathe pour reconnaître ce trait de caractère chez quelqu'un.

Rien ne justifiait que je m'amuse avec elle – son sort était déjà scellé –, mais je n'ai pas pu résister.

— Comment ça ?

— Je sais que vous êtes mêlé à cette histoire. Vous faites semblant d'être sympa avec nous, mais il y a quelque chose de tordu chez vous.

Je l'ai félicitée en moi-même pour sa perspicacité.

— Tu es mal placée pour dire ça. Qui a délibérément blessé son petit frère ? Tu es si mauvaise que tu fais fuir tout le monde. Je parie que tes copines sont parties parce qu'elles en avaient marre de toi. Même ta famille te déteste maintenant.

— J'en ai rien à foutre, a-t-elle rétorqué, bravache.

— Ah oui ? Si c'est vrai, pourquoi tu continues à pisser au lit ?

Elle s'est jetée sur moi, le poing serré, mais j'étais prêt. Attrapant son poignet, je l'ai fait pivoter sur elle-même pour qu'elle bascule en arrière contre moi, puis j'ai pris son cou en étau avec mon avant-bras et je l'ai bâillonnée d'une main pour l'empêcher de crier.

Sans cesser de l'étrangler, je l'ai obligée à avancer. Elle a voulu mordre mes doigts et tenté de me frapper, en vain, et ses efforts ont faibli tandis que je l'entraînais dehors. Là, j'ai encore resserré ma prise tout en la secouant jusqu'à ce qu'elle laisse échapper son dernier souffle et que je sente la vie quitter son corps. Elle s'est affalée contre moi, pareille à une poupée de chiffon.

J'ai palpé son cou, juste pour être sûr.

Sa peau était silencieuse sous mon doigt.

Je l'ai balancée par-dessus mon épaule et l'ai portée vers le trou qui l'attendait. À la différence des deux autres, je n'ai rien éprouvé en la laissant tomber. Melanie m'avait écœuré par son besoin d'affection et j'avais même eu la chair de poule devant sa mine obséquieuse. Tracy, elle, m'avait inspiré du désir. C'était sa cupidité qui lui avait été fatale.

Mais avec Louise, je ne ressentais rien. Elle n'était qu'un moyen de parvenir à mes fins.

Une forme d'assurance, si on veut.

Les circonstances de sa mort induiraient en erreur quiconque viendrait à trouver son corps.

Je lui ai écarté les jambes et j'ai ramassé ma scie.

62

Kim longea les couloirs de l'hôpital pour la seconde fois en deux jours et, parce que les visites étaient terminées, se présenta en tant qu'officier de police à l'interphone. Même si le personnel médical s'attachait en priorité à soigner les patients, il s'efforçait dans la mesure du possible de faciliter le travail des forces de l'ordre.

Bryant se leva en la voyant passer devant la salle d'attente à l'entrée du service, mais elle lui fit signe de se rasseoir et se dirigea vers le bureau des infirmières. Elle s'annonça à une petite femme rondouillarde, vêtue d'une blouse bleu marine dont la ceinture élastiquée échouait piteusement à marquer sa taille.

— Inspecteur, je ne pense pas que M. Croft soit en état d'être interrogé, affirma celle-ci.

Kim comprenait son point de vue, mais elle voulait que cela soit réciproque.

— Madame, j'ai déjà ramassé six cadavres cette semaine. Tous exigent des réponses. Richard Croft a failli être le septième et il est peut-être en mesure de nous aider. Je vous assure que je ne ferai rien qui puisse aggraver son état, ajouta-t-elle devant l'air soucieux de l'infirmière.

Ce n'était pas un mensonge. Elle n'avait aucune intention de faire quoi que ce soit.

— Juste quelques minutes, d'accord ? céda la femme, avant de lui indiquer la troisième porte ouverte un peu plus loin dans le service.

Kim acquiesça et s'approcha de la chambre sans bruit. Ce ne fut pas la forme inerte dans le lit qui attira d'abord son attention, mais la femme aux beaux cheveux bruns assise à côté. Concentrée sur son téléphone portable, Nina Croft redressa la tête quand Kim s'appuya au chambranle.

Sa mine figée n'exprimait qu'une patience polie – celle dont elle usait manifestement avec le personnel de l'hôpital. Dès l'instant où elle la reconnut, cependant, l'amabilité de façade disparut et Kim s'étonna brièvement de voir combien un si joli visage pouvait être dénaturé par le venin. Tout ce qui en faisait le charme l'avait déserté, ne laissant plus que des yeux plissés et une bouche au pli mauvais.

— Qu'est-ce que vous fabriquez ici ?

— Il faut que j'interroge votre mari, madame Croft.

— Pas maintenant, inspecteur Stone, et certainement pas vous, répliqua Nina Croft en se levant.

C'était exactement ce que Kim avait espéré. Elle fit un pas vers le lit d'où provenait un gémissement, mais la femme du député lui bloqua aussitôt le passage en la saisissant brutalement par le bras.

— Sortez, cracha-t-elle en l'entraînant dans le couloir. Sortez et ne vous approchez plus de mon mari !

Si elle n'avait pas été inspecteur de police, Kim l'aurait frappée. Son travail lui semblait parfois ne pas justifier ce genre de sacrifice.

Alors qu'elles repassaient devant la salle d'attente, Kim croisa le regard de Bryant et lui fit signe que la voie était désormais libre.

— Je n'aime pas vos méthodes, inspecteur, et je ne vous aime pas non plus, déclara Nina Croft en lâchant le bras de Kim comme si celle-ci avait contracté la lèpre en sortant du service.

— Croyez-moi, ça ne m'empêchera pas de dormir. De toute façon, ce ne sont pas vraiment mes méthodes que vous réprouvez, n'est-ce pas ?

Sur le point de retourner auprès de son mari, Nina Croft se figea, puis revint sur ses pas. Parfait.

— Vous n'êtes pas stupide, continua Kim. Vous avez dû vous renseigner sur moi avant de demander que l'enquête soit confiée à quelqu'un d'autre. Je suis sûre que c'est mon taux de réussite qui vous déplaît.

— Non, ce qui me déplaît, c'est que vous ayez donné à Richard l'impression d'être un suspect. Voilà pourquoi je vous pense inapte à gérer ce dossier. Vous êtes visiblement incompétente…

— Pourquoi vouloir me dessaisir de l'enquête alors que vous savez pertinemment que je la résoudrai, quel que soit le temps que ça prendra ? Je m'interroge d'autant plus que vous êtes au courant des menaces qui pèsent sur la vie de votre mari. N'importe quelle femme voudrait que l'assassin soit arrêté le plus vite possible afin d'éloigner le danger de celui qu'elle aime.

— Faites très attention à ce que vous dites, inspecteur Stone.

— De quoi avez-vous peur, madame Croft ? Pourquoi cette panique à l'idée que je trouve les réponses à mes questions ? Qu'est-ce que votre mari a fait autrefois ?

Nina Croft recula d'un pas et croisa les bras.

— Vous ne réussirez jamais à prouver qu'il ait fait quoi que ce soit d'inconvenant.

— Intéressant. Vous ne déclarez pas qu'il n'a rien fait de mal, mais seulement que je n'arriverai pas à le prouver.

— Vous jouez sur les mots, inspecteur.

— Votre mari doit savoir ce qui s'est passé à Crestwood il y a dix ans. Il s'accroche à la vie à cet instant, mais d'autres n'ont pas eu autant de chance que lui.

Nina Croft resta de marbre. Kim douta d'avoir jamais rencontré une femme aussi dépourvue d'empathie.

— Vous avez entravé cette enquête à chacune de ses étapes, enchaîna-t-elle. Vous avez essayé – sans succès – de me faire mettre sur la touche. Vous avez usé de votre influence d'avocate pour vous opposer aux fouilles…

Elle laissa sa phrase en suspens. Une évidence venait de lui sauter aux yeux.

— C'est vous qui avez tué la chienne du professeur ! Quand vous avez compris que vos démarches ne servaient à rien, vous avez décidé de le dissuader d'aller au bout de son projet par tous les moyens possibles. Mais qu'est-ce qui ne va pas chez vous ?

— Vous êtes libre de m'arrêter pour usage inapproprié d'une agrafeuse, inspecteur, répliqua Nina Croft avec indifférence.

À cet instant, un mouvement derrière la porte vitrée du service hospitalier avertit Kim que Bryant était sorti de la chambre de Croft.

— Vous êtes une vraie pourriture, froide et sans cœur. Vous vous moquez de tout et de tout le monde. Je pense que vous savez très bien ce qui s'est passé à Crestwood et que vous ne vous souciez que de protéger votre petite personne. Laissez-moi juste vous promettre une chose : on se reverra bientôt et, cette fois, je vous arrêterai publiquement pour avoir fait obstruction à la justice. Maintenant, vous avez une raison valable de porter plainte contre moi. Je vous en prie.

Elle marqua une pause alors que Bryant les rejoignait.

— Tu as obtenu ce que tu voulais ?

Il opina et se tourna vers la femme du député.

— Votre mari vous demande.

Nina Croft les dévisagea tour à tour, soudain livide. Elle s'était fait berner – chose qu'elle détestait assurément.

— Espèce de sale petite garce…

Kim la planta là et s'éloigna avec Bryant.

— Tu as essayé de faire amie-amie avec elle, chef ?

— Yep. C'est ma meilleure copine, maintenant. Qu'est-ce que tu as appris, de ton côté ?

— Que dalle.

— Tu plaisantes ?

— Non.

— On a une victime encore en vie, la seule à avoir survécu à un salopard qui a tué au moins deux personnes, et elle n'a rien à nous dire ?

— Chef, Croft peut à peine articuler deux mots, mais en m'arrangeant pour qu'il n'ait à répondre que par oui ou non à mes questions, j'ai réussi à comprendre qu'il se tenait debout, le dos à la porte, quand il a été poignardé. Il est tombé en avant et a tout de suite perdu conscience.

— Ça s'est joué à quelques minutes, Bryant. Quelques toutes petites minutes. Notre homme savait qu'il disposait d'une fenêtre de tir pendant que Marta allait faire des courses, et il connaissait le seul chemin qui lui permettait d'entrer et de repartir sans être repéré.

Exaspérée, elle sortit de l'hôpital, suivie de Bryant. La nuit était tombée.

— Ne viens pas travailler demain, dit-elle. J'ai dit la même chose à Kev. On tentera de tout démêler samedi. Cette semaine a été éprouvante.

Pour une fois, Bryant ne protesta pas.

Ils se séparèrent, et Kim contourna le bâtiment pour rejoindre le parking où elle avait laissé sa moto. Elle détachait son casque quand son téléphone se mit à sonner.

63

Elle décrocha aussitôt et constata qu'elle n'avait plus beaucoup de batterie.

— Qu'y a-t-il, Stace ?

— En épluchant de vieux commentaires publiés sur Facebook, j'ai vu un truc qui devrait vous intéresser.

— Vas-y, je t'écoute.

— Il y a huit mois environ, une des anciennes pensionnaires a aperçu Tom Curtis et sa famille au zoo de Dudley. Elle a publié un post dans lequel elle se moquait de son poids et se demandait ce qu'elles avaient bien pu lui trouver autrefois. Les autres ont répondu par des blagues potaches sur le fait qu'il avait fourré quelques nanas avec sa saucisse, ce genre de conneries, mais ensuite elles ont commencé à mentionner nos trois victimes.

Kim ferma les yeux. Elle devinait ce qui allait suivre.

— Il est évident qu'il couchait avec l'une d'entre elles, chef.

Elle songea à l'adolescente tombée enceinte à quinze ans.

— Le nom de Tracy était-il mentionné ?

— Non, et c'est bien le problème. Tom Curtis couchait avec *Louise*.

Kim garda le silence, en proie à une rage grandissante.

— Ça va, chef ?

— Oui, Stace. Bon travail. Maintenant, rentre…

Son téléphone s'éteignit, l'empêchant de finir sa phrase. Elle le rangea dans sa poche et donna un coup de pied dans le mur à côté d'elle.

— Merde, merde, merde !

Elle chercha en vain un exutoire à la colère qui fusait dans ses veines. Les salauds chargés de veiller sur ces filles avaient complètement failli à leur mission. C'était à croire que chacun d'eux avait trouvé le moyen de les blesser encore plus que la vie ne l'avait déjà fait.

Il existait quatre grandes formes de maltraitance sur un enfant : les violences physiques, les violences sexuelles, les violences psychologiques et les négligences lourdes. Pour ce qu'elle en voyait, le personnel de Crestwood avait pratiquement fait un carton plein. Comble de l'absurde, ces filles avaient été placées au foyer pour y être *protégées*.

Aucune n'était arrivée là de son propre chef. Kim savait par expérience que ces établissements s'apparentaient à des rebuts, des décharges où échouaient les gamins brisés dont personne ne voulait. Dans le meilleur des cas, ils y perdaient toute humanité et toute identité. Dans le pire, ils y étaient victimes de nouveaux abus.

Elle-même avait pu le constater. Les mauvais traitements devenaient quelque chose de normal et, lentement, à force d'être sans cesse poussés vers le fond, ces enfants ne parvenaient plus à garder la tête hors de l'eau.

Elle contourna sa moto en essayant de se ressaisir, puis serra et desserra les poings pour chasser la tension qui montait en elle.

Chacune de ces filles avait été envoyée à Crestwood pour diverses raisons – toutes aussi abjectes les unes que les autres. Melanie avait été abandonnée sans façon par son père, refourguée à l'État afin d'avoir une bouche en moins à nourrir. Le choix s'était porté sur elle à cause de son physique – elle n'était pas aussi belle que sa sœur. Comment aurait-elle pu l'ignorer ? Et comment avait-elle pu s'y résigner et vivre avec l'idée que le seul homme qui aurait dû se soucier d'elle l'avait mise à la porte parce qu'elle était laide ? Cette fille avait quémandé un minimum d'attention, n'importe quoi qui lui aurait prouvé qu'elle était digne d'être aimée. Elle avait même tenté de s'acheter des amies pour trouver sa place en ce monde. Elle voulait bien être le vilain petit canard, du moment que le reste de la portée l'acceptait.

Mais l'histoire de Melanie n'était pas unique. Tous les enfants confiés à l'assistance publique avaient la leur – y compris Kim, qui avait partagé son histoire avec celle d'un autre, au début. Une image de Mikey lui vint à l'esprit – pas celle qu'elle aurait voulu conserver, mais l'autre, qui s'imposait toujours. La gorge nouée par l'émotion, elle recula dans l'ombre de l'hôpital.

Mikey et Kim étaient nés trois semaines avant terme, avec une santé fragile. Contrairement à celui de son frère, l'état de Kim s'était amélioré, elle avait pris du poids et ses os s'étaient renforcés.

Ils avaient pu quitter l'hôpital pour rentrer dans leur immeuble de Hollytree à l'âge d'un mois et demi. Le premier souvenir de Kim datait de trois jours après son quatrième anniversaire, quand sa mère, Patty, avait appuyé un oreiller sur le visage de Mikey. Elle avait vu les petits membres de son frère s'agiter sur le lit et s'était précipitée pour écarter la folle. Mais celle-ci le tenait fermement, et Kim n'avait pas trouvé d'autre solution que de se baisser et de lui mordre le mollet, comme un chien enragé, en y mettant toutes ses forces. Sa mère avait lâché l'oreiller et s'était retournée vers elle, avant d'aller et venir dans la pièce en criant et en secouant la jambe. Elle n'avait pas réussi à lui faire lâcher prise et Kim n'avait desserré les dents qu'une fois à bonne distance du lit.

Elle se rappelait avoir ensuite couru vers Mikey, qui avait craché, toussé et inspiré tour à tour. Postée en bouclier devant lui, elle avait rencontré le regard de leur mère, si plein de haine qu'elle en avait eu le souffle coupé.

— Crétine ! Sale petite peste ! Tu ne vois pas qu'il est le diable ? Il faut qu'il meure pour que je n'entende plus ces voix dans ma tête. Tu ne comprends donc pas ?

Elle avait secoué la tête. Non, elle ne comprenait pas. Mikey n'était pas le diable. C'était son frère.

— Je l'aurai, je te le promets, avait craché sa mère. Je l'aurai !

À partir de ce moment-là, elle n'avait plus jamais relâché sa vigilance. D'autres tentatives s'étaient succédé au cours de l'année suivante, mais elle n'était jamais loin.

Le jour, elle gardait dans sa poche une broche avec laquelle elle se piquait le bras pour se maintenir éveillée. La nuit, elle avalait des grains de café par poignées entières qu'elle fourrait directement dans sa bouche et laissait fondre sur sa langue. Ce n'est que lorsqu'elle distinguait les ronflements réguliers de sa mère qu'elle s'autorisait un peu de repos.

Les services sociaux leur rendaient visite de temps à autre. Une personne débordée menait une inspection sommaire – dix minutes montre en main pour cocher mentalement une série de cases sur un questionnaire. Sans qu'elle sache comment, sa mère s'en tirait toujours.

Elle s'était souvent demandé selon quels piètres critères on avait permis à cette femme de les garder chez elle.

Pas d'indice signalant une consommation de crack. OK.

Pas de parent titubant ou éméché. OK.

Pas de cicatrices visibles sur les enfants. OK.

Jusqu'au jour, une semaine après leur sixième anniversaire, où elle avait découvert son frère attaché au radiateur.

Elle avait fixé sa mère avec horreur et, durant quelques secondes aussi, avec perplexité. Il n'en avait pas fallu plus à cette dernière pour l'attraper par les cheveux et la traîner vers le radiateur, où elle l'avait menottée à son frère.

— S'il faut que je te fasse la peau pour avoir la sienne, je le ferai !

Les derniers mots que sa mère avait prononcés devant elle.

À la fin de la journée, elle avait réussi à glisser son pied droit sous le lit pour ramener vers elle un paquet de cinq crackers et une demi-bouteille de Coca-Cola. Durant deux jours, elle s'était persuadée que sa mère connaîtrait un de ses rares moments de lucidité et reviendrait les libérer.

Le troisième jour, elle avait compris que ce monstre comptait en fait les laisser mourir là. Parce qu'ils n'avaient plus que deux crackers et quelques gorgées de Coca, elle avait arrêté de manger et divisé les biscuits en deux, puis en quatre, pour obtenir huit petits morceaux à donner à Mikey.

De temps en temps, elle essayait de dégager sa main de la menotte, mais ne parvenait qu'à s'entailler la peau.

Le soir du cinquième jour, il ne leur restait plus qu'une gorgée de Coca. Mikey avait tourné vers elle son visage livide et émacié.

— Kimmy, j'ai encore fait pipi.

Il avait l'air bouleversé à l'idée d'avoir ajouté une nouvelle mare d'urine aux excréments qui les entouraient, mais elle avait éclaté d'un rire incontrôlable en le voyant si sérieux. Sans bien saisir pourquoi, il l'avait imitée, jusqu'à ce que des larmes coulent sur leurs joues. Quand les pleurs avaient cessé, elle l'avait serré contre elle. Elle savait déjà. Elle lui avait chuchoté à l'oreille que leur maman allait rentrer avec de quoi manger et qu'il devait juste tenir encore un peu. Puis elle l'avait embrassé sur la tempe en lui disant qu'elle l'aimait.

Deux heures plus tard, il mourait dans ses bras.

— Dors bien, gentil Mikey, avait-elle murmuré alors qu'un dernier souffle s'échappait du corps frêle et meurtri de son frère.

Des heures ou des jours après, un fracas avait retenti et des gens étaient entrés dans l'appartement. Beaucoup de gens. Trop. Ils avaient voulu emporter Mikey, et elle était si faible qu'elle n'avait pas pu les repousser. Une fois de plus, elle avait dû le laisser partir.

De son passage à l'hôpital, elle ne gardait qu'un souvenir confus dans lequel s'entremêlaient des tubes, des aiguilles et des blouses blanches. Ses quatorze jours aux mains des médecins se fondaient en un seul. Le quinzième, en revanche, restait beaucoup plus clair dans son esprit. Elle avait été conduite de l'hôpital jusqu'au foyer pour enfants, où on lui avait attribué le lit numéro 19.

— Pardon, mademoiselle, tout va bien ? demanda une voix au-dessus d'elle.

Kim resta d'abord interdite en constatant qu'elle s'était laissée glisser le long du mur et qu'elle était à présent assise par terre. Mais elle essuya vite ses larmes et se redressa.

— Oui, merci. Ça va.

L'ambulancier qui s'était arrêté hésita un instant, puis s'éloigna. Elle inspira profondément pour dissiper sa tristesse et remisa ses souvenirs au fond de sa mémoire. Elle ne se pardonnerait jamais d'avoir échoué à protéger son frère.

Ce fut pourtant avec une détermination nouvelle et une volonté de se battre jusqu'au bout qu'elle prit son casque. Non, elle n'acceptait pas la fatalité. Elle ne laisserait pas tomber ces filles parce que, merde, elles comptaient pour quelqu'un.

Elles comptaient pour elle.

64

Stacey s'appuya contre le dossier de sa chaise en s'étirant pour chasser une contracture douloureuse dans sa nuque. Sa clavicule droite fit entendre un craquement lorsqu'elle roula la tête d'un côté, puis de l'autre.

Le chef lui avait dit de rentrer chez elle, et c'était bien ce qu'elle avait l'intention de faire. Elle referma la page Facebook et sa messagerie. Quelques mails récents s'affichaient encore en caractères gras en haut de la boîte de réception, mais elle les lirait le samedi matin. Pour l'heure, elle n'aspirait qu'à un bon bain moussant suivi d'une pizza et d'une dose de téléréalité avec un épisode de *Real Housewives* – peu importe lequel.

Le ronronnement de l'ordinateur s'arrêta, plongeant la salle dans le silence. Elle enfila ses chaussures et son blouson, se dirigea vers la sortie… mais hésita au moment de couper la lumière. Quelque chose la troublait. Quelque chose qu'elle avait vu et dont elle n'arrivait pas à démêler le sens.

Exaspérée, ellc revint vers son bureau. Son ordinateur lui parut plus bruyant au démarrage, comme s'il renâclait à obéir.

Elle se faisait des idées, songea-t-elle avant de taper son code d'accès et de consulter ses mails. Mais le deuxième message non lu la fit soudain respirer plus vite. Elle le parcourut depuis le début, stupéfaite.

Le temps qu'elle parvienne à la fin, elle avait la bouche sèche, et sa main tremblait lorsqu'elle décrocha le téléphone.

65

Kim se gara sur le côté du bâtiment et s'avança vers la clôture. Il n'était que 20 heures, mais on aurait aussi bien pu se croire au milieu de la nuit. L'air froid avait déjà atteint une température négative, incitant les gens à fermer leurs portes à clé, tirer leurs rideaux et se blottir au chaud devant un feu crépitant pour regarder le film de la soirée.

Elle avait caressé cette idée en passant chez elle, dans sa maison qu'elle avait à peine vue au cours de la semaine écoulée, mais elle sentait qu'elle n'arriverait pas à se reposer. Les réponses avaient beau émerger du brouillard, elle restait chiffonnée par une pièce manquante.

Crestwood était désormais désert, sans plus aucune trace d'activité, et il y avait quelque chose d'irréel à découvrir le site ainsi. Démontées et remisées, les tentes blanches attendaient d'abriter de nouvelles victimes. Les techniciens avaient rangé leur matériel, lequel s'en irait le lendemain – tout comme Cerys.

Dans le noir, le champ paraissait semblable à ce qu'il était une semaine plus tôt. Même les quelques bouquets de fleurs et les ours en peluche avaient disparu.

Mais Kim se savait capable de localiser précisément les trois tombes. Elle ne doutait pas de pouvoir le refaire longtemps après que les plaies du sol se seraient refermées.

Malgré elle, elle se demanda combien de temps les filles seraient restées là, enfouies dans ce terrain quelconque, sans l'acharnement du Pr Milton à récupérer d'antiques pièces de monnaie. Grâce à sa ténacité, toutes trois auraient droit à un véritable enterrement. Kim entendait bien assister à chacun d'eux.

Cette affaire les touchait tous. Cerys avait exhumé les corps, Daniel les avait examinés pour déterminer les causes de leur mort. Dorénavant, il lui incombait d'arrêter l'assassin.

Elle jeta un coup d'œil à la maison au milieu de la rangée qui bordait la rue. Il y avait de la lumière à une fenêtre. Lucy et William étaient rentrés de l'hôpital et leur vie allait reprendre son cours normal. Du moins provisoirement.

Elle détourna les yeux. Une conversation très délicate s'imposait avec William Payne, mais il n'irait nulle part ce soir et sa priorité à elle était de retrouver la pièce manquante de son puzzle.

Le dentier était là, quelque part. Sans qu'elle puisse s'expliquer pourquoi, elle devinait qu'il jouait un rôle important. Son absence sur le corps et dans la tombe de Louise signifiait qu'il se trouvait toujours dans le bâtiment. Son emplacement lui dévoilerait toute la vérité. Et ce soir, elle était venue préparée.

Elle sortit un marteau de la sacoche de sa moto. Détacher deux planches de la clôture devrait lui suffire à se ménager un passage. Elle ôta ses gants en cuir, coinça son stylo-lampe entre ses dents, puis utilisa la fourche du marteau pour déloger les clous qui maintenaient les lattes en bois rugueuses contre les montants. Les deux premiers partirent facilement. Elle tira sur la planche, mais les deux clous rivés de l'autre côté refusèrent de bouger, l'obligeant à reprendre son marteau. Le clou du haut ne lui résista pas longtemps mais celui du bas ne voulut rien savoir. Tant pis. Elle fit pivoter la planche autour du fichu bout de métal puis répéta l'opération avec la seconde planche et libéra un espace assez large pour s'y faufiler. Une fois de l'autre côté de la clôture, elle secoua ses mains engourdies par le froid et souffla dessus.

Kim avait choisi de tenir Bryant et les autres à l'écart de ce projet. Elle n'avait aucun droit de pénétrer dans le bâtiment, et l'obtention d'un mandat de perquisition lui aurait pris trop de temps.

Le message de Woody sur la loyauté de son équipe avait été très clair.

Elle s'efforça de se remémorer la configuration de la partie arrière du foyer puis se mit en marche, le faisceau de sa lampe balayant le sol envahi de mauvaises herbes et jonché de briques et de débris. Elle trébucha sur un parpaing, jura, mais ne s'arrêta pas avant d'avoir atteint la fenêtre par laquelle elle était déjà entrée quelques jours plus tôt. Se souvenant de la poubelle qui lui avait servi de marchepied, elle alla la récupérer et la positionna sous la fenêtre, dont elle éclaira les contours afin de repérer les pointes de verre acérées qui tenaient encore au cadre. Puis elle coinça de nouveau sa lampe entre ses dents et se hissa à deux mains pour franchir l'ouverture.

Parfait. Elle était dans la place.

66

Je savais que je ne m'étais pas trompé en la voyant. Son zèle et sa ténacité l'ont menée loin. Peut-être trop loin.

Parce qu'elle revient vers moi.

J'avais cru d'abord que nos routes ne se recroiseraient pas, mais plus maintenant.

Mes précautions et ma feinte pour orienter la police dans la mauvaise direction n'ont pas suffi. Certains se seraient laissé berner. Pas elle.

Et voilà qu'elle débarque seule dans un bâtiment abandonné, tard le soir, en quête de réponses. Elle ne connaîtra le repos que lorsqu'elle aura découvert les secrets enfouis dans cet endroit.

Tous.

Ce n'est plus qu'une question de temps avant que son raisonnement méthodique la conduise jusqu'à moi. Je ne peux pas prendre ce risque.

Aurait-elle été moins intelligente, je l'aurais épargnée. Seulement voilà, les gens doivent assumer la responsabilité de leurs actes.

Je me souviens de ce jour dans le réfectoire de l'école. J'avais douze ans. Robbie tenait un sandwich au poulet qui me paraissait bien plus appétissant que le mien, au jambon et au fromage. Je lui ai demandé de faire un échange, mais il s'est contenté de me rire au nez.

Une côte cassée, un œil au beurre noir et deux fractures du doigt plus tard, j'avais son sandwich – effectivement aussi bon qu'il en avait l'air.

Vous voyez ? Il n'était pas nécessaire d'en passer par là. S'il avait simplement accepté ma proposition, il s'en serait très bien sorti. C'est ce que j'ai voulu expliquer aux enseignants, mais ils ne comprenaient rien. Tous se sont échinés à excuser mon absence de remords.

Je n'étais pas un enfant perturbé. Je n'essayais pas d'attirer l'attention. Je ne faisais pas des miennes parce que ma grand-mère était morte.

Je voulais juste ce sandwich.

Quel dommage que l'inspecteur doive mourir ! Son esprit vif et son flair infaillible seront regrettés, mais elle l'a bien cherché.

Ce n'est pas ma faute.

Mon seul tort est d'avoir agi avec étourderie il y a de cela quelques années – et je n'ai pas recommencé depuis.

Enfin, même les plus grands ne sont pas à l'abri d'une erreur occasionnelle.

Et en la regardant se faufiler à travers la clôture, il m'apparaît brusquement que Kim Stone vient de commettre sa dernière.

67

Kim posa les pieds sur le plan de travail en Formica. Le verre crissa comme du gravier sous ses bottes et, dans l'obscurité silencieuse, ce bruit lui sembla assourdissant.

Elle descendit et inspecta rapidement la cuisine avec sa lampe. Rien n'avait changé depuis sa première intrusion, mais ce n'était pas cette pièce qui l'intéressait.

Elle resta tout de même un moment immobile en imaginant les filles venir là en cachette pour chiper un paquet de chips ou une boisson. Combien de fois Melanie avait-elle franchi cette porte avant d'être décapitée ?

Elle traversa la cuisine et sursauta en sentant quelque chose sur son visage. Elle porta aussitôt les mains à ses joues, arracha de douces fibres soyeuses, puis leva sa lampe vers la toile d'araignée qu'elle venait de déchirer. Fausse alerte, songea-t-elle en délogeant le fil qui continuait à lui chatouiller l'oreille.

Alors qu'elle s'engageait dans le couloir, une bourrasque s'engouffra en hurlant à l'étage. Une poutre craqua au-dessus d'elle. Un bref instant, elle se demanda si cette visite nocturne en solitaire était bien sage, mais elle n'entendait pas se laisser effrayer par quelques araignées et un simple courant d'air. Elle continua d'avancer, prenant soin de voiler le faisceau lumineux de sa lampe en longeant les pièces qui donnaient sur l'avant de la propriété – malgré la clôture, elle ne pouvait pas prendre le risque que quelqu'un remarque la lumière depuis la rue ou les maisons d'en face.

Elle repéra une buanderie sur sa gauche, et la salle commune sur sa droite. Elle se représenta Louise à l'intérieur, tenant salon, ses troupes autour d'elle, la meneuse du groupe – jusqu'à ce qu'un salaud essaie de la scier en deux.

Elle continua ainsi jusqu'au bout du couloir. C'était là que le feu avait pris. Dans le bureau du directeur.

Elle éteignit sa lampe en entrant, car un réverbère à côté de l'arrêt de bus voisin jetait une faible clarté dans la pièce.

Es-tu venue ici le supplier de t'aider ? demanda-t-elle en silence à Tracy. *Es-tu venue voir Richard Croft et chercher conseil auprès de lui avant qu'on t'enterre vivante ?* Personnellement, elle en doutait.

Elle se ressaisit et étudia les lieux. Il y avait deux caissons de rangement derrière la porte. Elle ouvrit tous les tiroirs et, parce que la lumière du réverbère n'atteignait pas ce coin de la pièce, glissa la main à l'intérieur de chacun d'eux.

Rien.

De l'autre côté de la porte, une bibliothèque en bois massif montait presque jusqu'au plafond. Elle effleura les étagères vides et prit appui sur la deuxième pour tâter le dessus du meuble. Toujours rien, hormis une couche de suie et de poussière. Elle souffla sur la poudre noire qui maculait ses doigts et essuya le reste sur son jean.

Elle fouilla ensuite le bureau le plus proche de la fenêtre, ne trouvant qu'une petite caisse destinée à ranger la monnaie dans le tiroir du bas. Elle la secoua légèrement. Vide, elle aussi.

La prothèse de Louise se trouvait dans cette pièce, elle le sentait. Où aurait-on pu la cacher pour s'assurer qu'elle soit détruite ?

Ses yeux se posèrent de nouveau sur la bibliothèque. Le feu avait démarré dans le couloir juste derrière, à l'opposé des chambres des filles. Curieusement, il s'était propagé dans l'autre direction, laissant intact le bureau de Croft.

Elle rangea sa lampe dans sa poche et revint inspecter les étagères, les panneaux latéraux, supérieur et inférieur de la bibliothèque, puis elle s'agenouilla en quête d'une fente sous le rayon du bas.

Rien de rien.

La poussière et la suie qu'elle avait soulevées la firent éternuer. Elle se releva et tira péniblement le meuble, d'un côté puis de l'autre, pour le décoller du mur. Ses efforts finirent par laisser un espace d'une vingtaine de centimètres – juste de quoi lui permettre d'accéder à la partie arrière.

Elle passa la main sur le fond en contreplaqué, le visage plaqué au montant latéral pour aller le plus loin possible. Très vite, elle sentit au bout de ses doigts une surface lisse qui contrastait avec le bois. Elle tendit le bras au maximum. Palpa la zone. Du Scotch. Elle était tombée sur l'extrémité d'un morceau de Scotch. Poussant de toutes ses forces sur la bibliothèque, elle se glissa dans le petit espace.

Cela lui rappela aussitôt sa famille d'accueil n° 3, celle qui l'envoyait souvent au coin. Elle estimait avoir passé environ un tiers de ses cinq mois chez eux en punition – parfois pour rien, seulement pour lui laisser croire qu'elle avait commis une faute.

Elle se figea lorsque sa main se referma autour de ce qui était indubitablement une dent.

Le mot punition résonnait dans sa tête et elle ferma les yeux, incrédule. Pourquoi n'avait-elle pas compris plus tôt ? La solution la narguait sur le tableau de la salle des inspecteurs depuis un moment déjà. La décapitation, l'enterrement vivant et le supplice de la scie. Autant de formes du châtiment suprême.

Elle dégagea son bras. Le dentier pouvait attendre. Il ne présentait plus autant d'importance. Il fallait qu'elle appelle des renforts. Elle avait à présent tout ce qu'il lui fallait pour résoudre cette enquête. Plus qu'une visite, et les filles reposeraient en paix.

Trop tard, elle aperçut une ombre jetée par le réverbère de la rue.

Puis elle ne vit plus rien.

68

Lorsque Kim reprit conscience, ce fut pour découvrir qu'elle gisait par terre sur le côté, bâillonnée, les pieds et les mains liés, les genoux ramenés vers le menton.

La douleur dans tout son corps n'était rien comparée à celle dans son crâne. Celle-là fusait depuis le sommet de sa tête et se répandait comme des tentacules jusqu'à ses tempes, ses oreilles et sa mâchoire. Pour ne rien arranger, le sol en béton lui glaçait les os.

Au début, elle se demanda où elle était, et pourquoi. Puis, petit à petit, des images de la journée lui revinrent de façon décousue, à la manière d'un collage. Il y eut Richard Croft, étendu sur le ventre dans une mare de sang. Un briefing avec son équipe dont elle n'aurait su dire quand il avait eu lieu. Elle sentit également, sans en avoir la certitude, qu'elle était repassée à Crestwood et qu'elle avait parlé avec Cerys.

À mesure que ces flashes s'agençaient dans l'ordre chronologique, tout s'éclaira. Elle était retournée à l'ancien foyer d'accueil pour chercher la prothèse dentaire de Louise. Malgré le brouillard dans son cerveau, elle se rappela qu'elle l'avait retrouvée – juste avant que l'obscurité l'enveloppe tout entière.

Elle n'avait aucune idée du temps qui s'était écoulé depuis, mais elle savait qu'elle était dans le bureau du directeur. De la poussière et de la suie collaient à sa peau.

Sa vision redevint nette et s'ajusta à la pénombre ambiante. Rien n'avait bougé. Le réverbère au-dehors jetait toujours une faible lumière dans la pièce et le silence régnait, brisé seulement par le tambourinement de gouttes d'eau quelque part au loin – un son régulier et continu qui était comme une présence irréelle en ce lieu.

Elle tira sur les cordes qui l'entravaient et lui cisaillaient la peau, s'obstinant malgré la douleur, mais les liens étaient solides et ils ne firent que l'écorcher un peu plus.

Elle sonda alors sa mémoire : y avait-il quelque part un objet qui pourrait l'aider ? Rien ne lui revint. Elle n'allait pourtant pas rester là à attendre sans rien faire…

Elle tenta de se pencher en avant et, luttant contre le vertige, se tortilla comme un ver de terre écorché vif. La bile lui brûla le fond de la gorge et elle pria pour ne pas vomir et s'étouffer.

Soudain, elle se figea, tous les sens en alerte. Un bruit avait retenti.

Elle tendit le cou vers la porte. Une silhouette familière apparut sur le seuil et un homme s'avança dans le rai de lumière.

Kim découvrit d'abord ses pieds, puis son regard remonta le long de ses jambes vers son torse, ses épaules, et enfin ses yeux. Ceux de William Payne.

69

Payne s'approcha lentement, la mine impassible, et Kim ne put s'empêcher de secouer la tête. Quelque chose clochait. Tous ses muscles se révoltaient contre le scénario qui se jouait devant elle. Ce n'était pas ce qu'elle avait prévu.

Il se pencha et entreprit maladroitement de dénouer les liens qui la saucissonnaient. Elle voulut parler, mais le tissu dans sa bouche rendit sa question inintelligible.

— Nous n'avons pas beaucoup de temps, murmura-t-il.

Un sifflement s'éleva à l'autre bout du couloir, l'empêchant d'en dire plus.

Il porta un doigt à ses lèvres et recula dans l'ombre. Incapable d'articuler un mot, Kim en fut réduite à supposer qu'il lui demandait de ne pas trahir sa présence.

Le sifflement se fit plus distinct. La personne n'avait pas la même démarche que William Payne. Ses pas étaient plus assurés, plus déterminés.

Une ombre se dessina sur le seuil du bureau, mais Kim n'eut pas à attendre que le nouveau venu s'avance dans la lumière.

Cette fois, c'était bien celui auquel elle pensait.

70

— Bryant, il faut que tu trouves Kim ! cria Stacey dans son téléphone. C'est le pasteur. C'est Wilks. Il a tué les filles et je n'arrive pas à joindre le chef au téléphone.

— Du calme, Stace.

Le bruit de la télévision derrière lui s'estompa, et elle supposa qu'il était passé dans une autre pièce.

— De quoi tu parles ? demanda-t-il.

— Tu te souviens des e-mails que j'ai envoyés pour voir si quelqu'un mordrait à l'hameçon ? Il y a douze ans, une famille a découvert une broche chirurgicale parmi les cendres d'un proche décédé. Ça a fait tout un foin. Le crématorium a été accusé d'avoir interverti deux défunts, mais curieusement, Wilks a tout de suite déguerpi.

— Stace, sans vouloir te vexer, ça ne veut pas dire qu'il est coupable de…

Elle s'efforça de contenir sa frustration. Le temps pressait.

— J'ai consulté les archives locales. Deux semaines plus tôt, une fille du nom de Rebecca Shaw s'était enfuie du foyer pour enfants de Clifton…

— Pourquoi est-ce que les journaux se sont intéressés à elle ?

— Parce qu'elle avait déjà eu droit à un article un jour où elle s'était fait renverser par une voiture. Elle avait été gravement blessée aux genoux…

— Et on avait dû lui mettre des broches ?

Stacey sentit qu'il commençait à comprendre.

— C'était sa méthode pour se débarrasser des corps, expliqua-t-elle, mais il aurait couru un trop gros risque en continuant après ça.

— Merde, Stace ! Combien sommes-nous…

— Il faut que tu trouves le chef, Bryant. Son téléphone s'est éteint quand je lui ai parlé tout à l'heure et elle n'avait pas l'air très en forme.

— Comment ça ?

— Je ne sais pas, elle était distraite, agitée. Je ne pense pas qu'elle soit rentrée chez elle. J'ai peur que…

— Stace, donne l'alerte. Je suis prêt à me faire engueuler si jamais elle n'a rien.

— D'accord, mais Bryant…

— Oui ?

— Retrouve-la.

Le mot *vivante* flotta entre eux.

— Je te le promets.

Stacey reposa le combiné. Elle avait confiance en lui. Bryant réussirait à localiser Kim.

Elle espéra juste qu'il n'arriverait pas trop tard.

71

Il entra dans la pièce et appuya une pelle contre le mur. Kim vit ses pieds s'approcher, mais malgré l'envie qu'elle en avait, elle ne pouvait pas lever la tête pour regarder dans les yeux l'ordure dégénérée qui avait essayé de scier une fille en deux.

Il lui parla d'une voix grave et joviale, comme s'il s'agissait de décider où ils iraient dîner ce soir-là.

— Vos collègues ont été très aimables de creuser quelques trous pour moi. Je n'ai eu aucun mal à dégager le dernier, vous y serez très bien, à mon avis.

Elle tira sur ses liens et tenta de recracher son bâillon. La corde autour de son poignet droit se détendit légèrement, mais pas assez.

Victor Wilks éclata de rire.

— Ce doit être une situation inédite pour vous, inspecteur. D'habitude, c'est vous qui avez les choses en main.

Elle se retint de hurler. Elle était assez forte pour affronter cet homme. Libérée de ses liens, elle l'aurait réduit en charpie, alors que lui avait dû la ficeler comme un rôti pour la maîtriser.

Il s'agenouilla près d'elle et, enfin, elle put le regarder en face. Ses yeux brillaient d'un éclat triomphant.

— J'ai lu beaucoup de comptes rendus sur vous, inspecteur. Je comprends votre passion. Je comprends ce qui vous anime. Je comprends même vos possibles affinités avec nos jeunes victimes.

Sa voix était si mélodieuse qu'on aurait pu croire qu'il disait un prêche en hommage à un feu paroissien.

— Vous avez fait partie de ces filles, n'est-ce pas, ma chère… mais, contrairement à elles, vous êtes devenue quelqu'un de respectable.

Kim tira plus fort sur ses liens. Elle rêvait d'étrangler ce type et de lui écraser son poing sur le visage pour en effacer cet air suffisant.

— Oh, Kim ! dit-il en riant de plus belle. Je savais que vous vous battriez. J'ai senti votre cran dès notre première rencontre.

Elle émit un gargouillis contre son bâillon.

— Vous pensez que je n'échapperai pas à la police ?

Elle acquiesça.

— Oh, détrompez-vous, ma chère. Plus personne ne touchera à ce terrain. Certainement pas de mon vivant, en tout cas… et certainement pas du vôtre non plus. Ce site où les corps de trois adolescentes assassinées ont été retrouvés sera un sanctuaire. Aucun nouveau projet de fouilles n'y sera autorisé. Maintenant, rappelez-moi qui est au courant de votre présence ici…

Elle se tortilla encore. L'ombre de William Payne était visible derrière la porte ouverte et elle avait besoin que le pasteur reste focalisé sur elle.

— Vous oubliez un autre détail capital, ma chère. J'ai déjà fait ça. Au moins trois fois… Vous constaterez que je suis assez doué pour…

Il ne termina pas sa phrase. L'ombre sur sa gauche avait émergé de l'obscurité.

Kim grogna. William Payne intervenait trop tôt. Les trois pas qu'il dut faire pour atteindre le prêtre laissèrent le temps à ce dernier de se redresser et de se préparer pour l'affrontement.

Bien que plus âgé et plus petit, Wilks para facilement le premier coup, avec une force étonnante pour un homme de sa corpulence. Puis, comme Payne vacillait, il se jeta sur lui, lui décocha un coup de poing sur la tempe et enchaîna avec un crochet du gauche. Sa posture confirma à Kim qu'elle avait vu juste. Il avait bien pratiqué la boxe. William Payne n'avait aucune chance contre lui.

De toute sa vie, elle ne s'était jamais sentie si impuissante. En désespoir de cause, elle essaya de ramper vers le milieu de la pièce pour se poster derrière Wilks et, avec un peu de chance, le faire trébucher. Cela permettrait à Payne de reprendre l'avantage.

— Vous devriez m'être reconnaissant, pauvre petit merdeux, dit Wilks tandis que William glissait contre le mur. Après ce que ces salopes ont fait à votre fille, des remerciements seraient plus appropriés.

Sur le point de s'écrouler, Payne plongea vers lui en visant ses parties génitales. Wilks recula hors de sa portée mais, ce faisant, son pied droit heurta la tête de Kim. Au bout de quelques secondes, elle réussit à chasser les étoiles qui dansaient devant elle et découvrit alors avec horreur que le pasteur avait attrapé Payne par le cou pour le redresser et qu'il le maintenait cloué au mur, enserrant sa gorge d'une main – si fort que les yeux de Payne se révulsaient. Puis il lui assena un dernier coup de poing en pleine figure avant de le relâcher.

Elle poussa un cri, sans pouvoir rien faire d'autre que regarder Payne porter une main à sa poitrine et s'effondrer par terre.

72

William Payne gisait par terre, assommé, le visage à quelques centimètres de celui de Kim. Elle chercha rapidement un signe de vie en lui, mais la luminosité était trop faible pour qu'elle pût se rassurer.

Victor Wilks tira plus loin le corps inerte de Payne comme un vulgaire sac de pommes de terre, puis pressa deux doigts sur sa carotide.

— Il respire. Pour le moment.

Elle soupira de soulagement, jusqu'à ce que Wilks revienne s'agenouiller près d'elle et sorte un couteau de sa poche.

— Je suis sûr que votre dernier souhait sera de me parler, inspecteur. Je vais l'exaucer, mais si jamais vous criez, je le saigne.

Elle ne fit aucun mouvement et continua à fixer ses yeux froids. Il n'avait plus rien du pasteur affable qui s'adressait doucement à des assemblées endeuillées et avides de réconfort. Même son air suffisant avait disparu, ne laissant plus voir que l'âme noire d'un assassin. Il dénoua le bâillon, qui retomba autour du cou de Kim.

— Salaud, vous allez payer pour ce que vous avez fait, cracha-t-elle d'une voix éraillée.

Le tissu lui avait asséché la bouche, au point que sa gorge lui semblait tapissée de papier de verre.

— Oh, je ne pense pas, ma chère. Vous seule étiez tout près de me soupçonner. Je l'ai senti à votre mine, l'autre jour. Vous n'en aviez pas conscience, mais il était évident que vous ne tarderiez pas à tout comprendre.

— Vous avez assassiné trois innocentes !

— Je ne les qualifierais vraiment pas d'innocentes, pour ma part.

Kim savait qu'elle avait intérêt à gagner le plus de temps possible. Wilks avait raison : personne ne savait qu'elle se trouvait à Crestwood, elle ne pouvait espérer aucun secours et sa seule chance de s'échapper gisait inconsciente à deux mètres d'elle. Alors il fallait qu'elle le fasse parler. Tant qu'il continuerait à déblatérer, elle resterait en vie.

Elle se maudit de ne pas l'avoir démasqué plus tôt. Elle avait été troublée pendant le récit de Nicola, qui affirmait que Tracy Morgan comptait soutirer de l'argent au père. Il s'agissait forcément de celui qui l'avait mise enceinte, mais il aurait été plus naturel qu'elle emploie le mot « papa », ou alors le prénom du type. En réalité, elle désignait ainsi le père Wilks, parce qu'elle ne faisait pas la différence entre un pasteur et un curé.

— L'enfant de Tracy était le vôtre ?

— Bien sûr. Cette petite idiote s'imaginait pouvoir me faire chanter. Elle s'était même mis en tête de garder le bébé et de démarrer une nouvelle vie.

— Vous l'avez violée ?

— Disons qu'elle s'est fait désirer.

La remarque donna envie à Kim de lui arracher son couteau pour le planter entre ses yeux.

— Espèce d'ordure. Comment avez-vous pu faire ça ?

— Elle n'était rien, inspecteur. Comme la plupart de ces filles, elle n'avait personne. Sa vie était inutile.

— Pourquoi ne vous a-t-elle pas dénoncé ?

Mais à peine eut-elle posé la question qu'elle devina la réponse.

— Elle pensait le mériter, reprit-elle. Au fond d'elle, elle aussi croyait qu'elle n'était rien. Sa vie – ou son absence de vie – ne changeait rien à celle des autres. Elle n'affectait pas le cours des choses. Elle n'a pas été regrettée ni pleurée après sa disparition. C'était une fille sans importance.

Kim sentit la colère enfler. Elle comprenait Tracy. Constater que les seules personnes présentes dans votre vie n'étaient là qu'en échange d'une rémunération vous détruisait de l'intérieur. Une fois assimilée, l'idée de votre insignifiance ne vous quittait plus jamais, et des petits détails venaient chaque jour conforter cette croyance.

— Tracy a donc été la première ? demanda-t-elle, consciente qu'elle devait maintenir Wilks sur sa lancée, le temps de trouver un moyen de se libérer.

— En effet. Ses petites copines se porteraient très bien aujourd'hui si elles n'avaient pas été si têtues. Elles n'arrêtaient pas d'affirmer que Tracy n'avait pas fugué.

— Mais comment avez-vous pu l'enterrer vivante ?

Malgré l'indifférence affectée par Wilks, elle vit une drôle de lueur briller dans ses yeux.

— Vous n'avez pas pu vous résoudre à la tuer, c'est ça ? dit-elle, stupéfaite. Vous n'avez pas pu suivre votre plan. Vous projetiez de la supprimer, mais vous avez été incapable de le faire. Mon Dieu ! Vous éprouviez quelque chose pour cette fille…

— Ne soyez pas ridicule, la coupa-t-il sèchement. Je n'éprouvais rien du tout. Je lui ai simplement fait boire de la vodka pour qu'elle soit plus facile à manipuler. J'avais déjà décidé de mon mode opératoire.

Kim lutta contre la nausée qui l'envahissait. Elle imagina Tracy Morgan, ivre et malléable. Ce salaud n'avait pas dû résister à la tentation.

— Vous l'avez encore violée, n'est-ce pas ?

Sa question le fit sourire.

— Vous voyez, inspecteur, vous confirmez ma première impression. Vous savez vous servir de votre caboche, vous.

— Et vous osez vous prétendre un homme de Dieu ?

— Il me connaît mieux que quiconque, et pourtant Il m'a donné ces occasions. S'Il avait jugé que je m'égarais, Il m'aurait arrêté. Louise et Melanie ont refusé d'admettre qu'elle ait pu s'enfuir, mais aucune pensionnaire ne s'est posé de question. Le bruit courait que Tracy était enceinte et tout le monde pensait qu'elle avait filé avec le père de l'enfant, ou qu'elle était partie régler le problème quelque part.

— Mais pas ses amies.

— Non. Ces petites putes bornées n'ont pas lâché l'affaire.

— Est-ce que vous avez délibérément piégé William Payne ?

— Pas au début. Je voulais juste me débarrasser de Tracy, mais ses copines aussi représentaient une menace pour moi, et quand je me suis rappelé ce qu'elles avaient fait subir à la fille de William, j'ai préféré assurer mes arrières.

Kim devina la suite. À compter de ce moment-là, Wilks s'était présenté au foyer les soirs où William était de service et avait offert de le remplacer pour lui permettre de passer du temps avec Lucy. À supposer que les autres employés aient été au courant, ils avaient fermé les yeux en raison de la maladie de la jeune fille. Wilks se doutait bien que, en cas de souci, les soupçons se porteraient d'abord sur Payne.

— Qui a retrouvé la prothèse de Louise ?

— Teresa Wyatt. Elle savait que Louise ne serait jamais allée nulle part de son plein gré sans ce dentier – la gamine ne l'enlevait que pour dormir. Elle a donc réfléchi et elle est parvenue à la conclusion que j'espérais. En consultant le tableau de service, elle s'est aperçue que les trois filles avaient disparu un soir où William était de service. Évidemment, tout le monde avait entendu parler de l'incident avec Lucy. Il n'était pas bien compliqué d'en déduire qu'il avait commis ces crimes.

— Et le personnel de Crestwood a couvert ça ?

— Oui, inspecteur, dit Wilks en riant. Tout à fait.

— Pour protéger William ?

— Absolument pas. Oh, à première vue, ils étaient désolés pour lui. Son quotidien n'était pas enviable. Il regardait l'état de santé de sa fille se dégrader de jour en jour, sans pouvoir rien y faire. Sans lui, Lucy n'aura plus personne. Mais toujours est-il qu'ils ont agi dans leur seul intérêt.

Il avait parlé de William comme s'il était mort et Kim n'aima pas ça. La tombe que Wilks avait creusée était-elle assez grande pour accueillir deux personnes ?

— Je suis sûr que vous avez déjà percé leurs secrets. Une enquête officielle aurait détruit leur vie à tous. Richard aurait été accusé de détournements de fonds, Teresa d'agression sexuelle sur Melanie, et Tom de corruption de mineure – qui aurait pu croire que Louise avait volontairement couché avec lui ? Quant à Arthur, il détestait ces petites pestes qui lui pourrissaient l'existence. Les trois étant mortes, à quoi bon y revenir ?

Kim entendit une sirène au loin. Il était impossible que la police soit là pour elle, mais elle chercha d'instinct comment retourner la situation à son avantage, avant de s'efforcer de se concentrer sur Wilks.

— Qui était le meneur ?

— Tous ont décidé qu'ils n'avaient rien à gagner à prévenir la police. Il fallait séparer au plus vite les filles qui restaient et détruire les archives compromettantes.

— D'où l'incendie ?

— Oui. Le chaos dans le foyer et le transfert des pensionnaires vers d'autres établissements engendreraient un cauchemar administratif.

— Personne n'a cherché à parler à William ?

— Ça n'a pas été utile. Quelques mots de ma part sur son état d'esprit et sa fureur contre Tracy, Melanie et Louise ont réglé l'affaire.

— Et donc, vous avez déclenché l'incendie ?

— Oui, mais les filles n'ont jamais couru le moindre danger. Le feu a démarré dans la partie la plus éloignée des chambres, les détecteurs de fumée ont sonné tout de suite et Arthur Connop se tenait prêt à évacuer tout le monde.

— Trois filles ont perdu la vie, William a perdu son travail et quelques-uns des membres du personnel ont pour ainsi dire perdu la raison après ça. Et vous, vous vous en êtes tiré sans encombre ?

— Je vous l'ai dit, j'ai le Seigneur de mon côté.

— Il était avec vous aussi à Manchester, Bristol et je ne sais où encore ?

— Il est toujours avec moi, affirma Wilks.

— Vous en êtes certain ?

Elle vit le doute assombrir son visage lorsque la sirène retentit plus fort. Elle n'aurait pas d'autre chance, c'était évident. Il n'allait pas tarder à la poignarder et à enfouir son corps dans la tombe de l'une de ses victimes.

Il fallait qu'elle le fasse paniquer, qu'elle le pousse à commettre un acte stupide. Dans le vacarme grandissant, elle eut une idée.

— Vous avez oublié un détail important, Victor, dit-elle avec un grand sourire. Un détail qui causera votre perte.

Alors qu'il se penchait pour mieux l'entendre pardessus le bruit, William grogna et roula sur le dos. Elle aperçut le collier de Lucy accroché à son cou. Ce n'était pas sa poitrine qu'il avait agrippée en s'effondrant…

— Qu'est-ce que j'ai oublié, au juste, inspecteur ? demanda Wilks.

Le hurlement de la sirène semblait tout proche à présent, mais, persuadé qu'elle ne les concernait pas, il voulait des précisions sur les traces qu'il devait effacer. Toute ligotée qu'elle était, Kim comprit qu'elle avait enfin pris le dessus.

— Vous l'avez dit vous-même, je sais me servir de ma caboche.

Elle inclina la tête en arrière, puis la projeta en avant de toutes ses forces. La douleur lui vrilla le crâne lorsqu'elle heurta l'arête du nez de Wilks, et elle se demanda un bref instant si le craquement qu'elle avait entendu venait d'elle ou de lui.

Le cri qu'il poussa la rassura vite. Il porta les mains à son visage en laissant tomber son couteau tout près d'elle. Elle se tortilla pour s'en approcher tandis qu'il titubait.

— Salope ! brailla-t-il.

Elle réussit à s'emparer du couteau au moment où il se rendait compte qu'il ne le tenait plus. Une main toujours pressée sur son nez, il se dirigea vers la pelle qu'il avait appuyée à l'entrée du bureau.

Elle avait grappillé une minute de répit, mais elle était toujours pieds et poings liés et un coup de pelle sur la tête suffirait à lui régler son compte.

Le bruit de la sirène devenait assourdissant.

Elle tourna la lame vers elle et s'attaqua au lien que William avait desserré, entaillant peu à peu les fibres, mais sans libérer ses membres. Grâce à la petite marge de manœuvre qu'elle venait de gagner, elle s'activa plus rapidement encore. Plus que deux pas et il serait sur elle.

La main de William jaillit soudain pour attraper la cheville de Wilks. Le pasteur trébucha, tomba, mais se releva sur-le-champ.

Kim redoubla d'efforts, le souffle court, mettant toute son énergie à trancher cette cordelette qui liait ses mains et ses pieds.

Lorsque Wilks se dressa devant elle, son regard était empli d'une fureur meurtrière. Dans la lumière du réverbère, le sang qui coulait de son nez lui dessinait une moustache et une barbe.

Il brandit la pelle, puis l'abattit sur elle. Kim roula vers la gauche. La plaque métallique heurta le sol à deux centimètres de sa tête avec un bruit qui lui fit l'effet d'une explosion. Dans le même temps, elle sentit la cordelette se détendre et se représenta mentalement les fibres qui s'effrangeaient sous le couteau.

Seulement, elle n'était pas assez rapide.

Wilks brandit de nouveau son arme et elle savait que, cette fois, il ne raterait pas son coup. La sirène avait cessé de hurler et le silence qui régnait désormais avait quelque chose de menaçant.

Wilks ajusta sa prise sur le manche, une lueur triomphante dans les yeux. Kim vit la pelle s'abattre sur elle. Lâchant le couteau, elle tira sur ses liens et pria pour avoir tranché la bonne ficelle.

Ses mains et ses jambes s'écartèrent brusquement. Elle se recroquevilla aussitôt sur elle-même, mais ne put éviter le coup qui l'atteignit dans le bas du dos. En hurlant, elle projeta ses pieds vers le pasteur et le fit tomber à la renverse. Dans sa chute, son coude heurta violemment le mur. Il fallait qu'elle profite de l'occasion. Le choc ne le laisserait pas K-O bien longtemps. Ignorant la douleur, elle se jeta sur lui et s'assit à califourchon sur son torse – assez vite pour l'empêcher de se redresser. Il se tordit sous son poids, tenta de rouler d'un côté et de l'autre, mais elle l'emprisonnait fermement entre ses genoux.

Du bruit lui parvint depuis la cuisine. Elle entendit les débris de verre qui jonchaient le plan de travail crisser sous des pieds.

— Par ici ! cria-t-elle.

Puis elle regarda Wilks. Ses yeux n'exprimaient plus que de la peur, et cela la fit sourire.

— On dirait que le Seigneur en a assez de vos crimes, lui aussi.

Il essaya une nouvelle fois de la faire basculer en arrière, mais elle serra le poing et l'abattit sur son nez, pile à l'endroit où elle lui avait assené un coup de tête. Wilks glapit.

— Ce n'était que des gamines, connard, cracha-t-elle en le frappant encore. Et celui-là, c'est de la part de Cerys.

Le faisceau aveuglant d'une lampe torche se posa sur elle, avant de balayer la pièce. L'homme qui la tenait était un aide-soignant.

— Euh… la police est en route, dit-il sans oser entrer.

— Dieu merci.

Kim brandit son insigne.

— OK, qu'est-ce que…

— Occupez-vous de lui, le coupa-t-elle en désignant William, gémissant. Il est blessé à la tête.

— Avez-vous besoin…

— Je vais bien. Lui d'abord. Et vous, restez tranquille, dit-elle en enfonçant un genou dans les côtes de Wilks, qui n'en finissait pas de se tortiller pour lui échapper.

Un second aide-soignant déboula.

— La police arrive, annonça-t-il en lui jetant un regard perplexe.

Pourquoi étaient-ils tous les deux si prompts à la cataloguer comme une menace ?

— C'est *elle*, la police, Mick, dit le premier avec une pointe d'incrédulité dans la voix.

Le dénommé Mick haussa les épaules, puis s'agenouilla près de William. Elle reconnut l'homme qui était intervenu chez les Payne lors du malaise de Lucy, et elle ne put s'empêcher de se demander combien de fois les secours avaient déjà été appelés auprès de cette pauvre enfant.

— Lucy..., articula William Payne.

— Elle va bien. Elle a réussi à nous dire où vous étiez, dit Mick.

Quelle fille ! songea Kim.

— Vous ne pourrez... jamais... prouver..., marmonna Wilks.

— La ferme, ordonna-t-elle en lui enfonçant de nouveau son genou dans les côtes.

D'autres sirènes retentirent au loin et se rapprochèrent rapidement. Quelques secondes plus tard, des pas résonnaient le long du couloir. Bryant et Dawson surgirent en courant dans le bureau et s'arrêtèrent net.

— Bonsoir, les gars ! leur lança Kim en souriant. Merci d'être venus, mais j'aurais apprécié de vous voir arriver dix minutes plus tôt.

Pendant que Dawson immobilisait les bras de Wilks au-dessus de sa tête, elle se mit debout en ignorant la main tendue de Bryant. Elle ne pouvait pas citer une seule partie de son corps qui ne la fît pas souffrir, mais sans doute aucune autant que son dos.

— Comment as-tu su ?

— Stacey a reçu un mail d'un prêtre de Bristol. Je te donnerai les détails plus tard. Attends-toi simplement à ce qu'il y ait d'autres victimes. Enterrer les filles n'était pas le procédé habituel de Wilks. Avant ça, il les faisait rôtir.

Elle n'en fut pas surprise. Fermant les yeux, elle récita une prière silencieuse pour celles qui ne seraient jamais découvertes.

— Lève-le, Kev.

Encadré par Dawson et Bryant, Wilks posa sur elle un regard brûlant de haine. S'il s'imaginait lui faire peur, il allait vite déchanter. Et puis, il n'avait encore jamais vu Woody de mauvaise humeur. Ce qu'elle venait de lui faire subir n'était rien en comparaison de ce qui l'attendait.

— Victor Wilks, je vous arrête pour le meurtre de Tracy Morgan et de son enfant à naître, ainsi que pour celui de Melanie Harris et de Louise Dunston. Vous avez le droit de garder le silence, mais tout ce que vous direz pourra être retenu contre vous, espèce d'ordure.

Elle savoura l'expression qu'elle avait fait naître.

— Ôtez-le de ma vue, maintenant.

— Chef…

— Je vais bien. Emmenez-le au poste. Je vous rejoins vite.

Bryant était inquiet et elle ne doutait pas qu'il la conduirait de force à l'hôpital si elle le laissait s'attarder. Elle n'avait pas le temps pour ça. Elle s'empressa de rejoindre William Payne et s'accroupit près de lui en grimaçant.

— Mademoiselle, vous avez besoin qu'on vous examine, nota le secouriste.

— Plus tard. Comment va-t-il ?

— Il souffre d'une grave commotion cérébrale. Il croit que j'ai huit doigts à une main. Il faut l'hospitaliser.

— Lucy, répéta Payne.

— Je veillerai sur elle, promit Kim en lui effleurant la main.

Elle remercia ensuite les secouristes et sortit, avec l'impression que son corps tout entier criait grâce. Au moment où elle émergeait du bâtiment, la voiture de ses coéquipiers démarra, Victor Wilks à son bord. Elle se demanda combien de vies il avait supprimées, combien d'autres filles vulnérables et meurtries il avait violentées – et comment faire pour le découvrir un jour.

— Mais c'est fini maintenant, Victor, murmura-t-elle alors que la voiture disparaissait au bout de la rue. Vous ne tuerez plus personne.

73

Kim traversa vivement la route et tourna la poignée de la porte. Celle-ci n'était pas fermée à clé.

— Merde, non ! s'écria-t-elle en entrant dans le salon.

Lucy gisait face contre terre devant son fauteuil roulant. Une nouvelle vague de douleur la submergea lorsqu'elle se pencha.

— Lucy, tout va bien, dit-elle en lui caressant les cheveux.

Elle chercha le moyen le plus rapide de l'aider, puis la fit doucement rouler sur elle-même de façon à l'étendre sur le dos. La panique se lisait sur le visage de la jeune fille.

— Tout va bien, ma belle. Tu peux me faire le signe qui signifie oui ?

Lucy cligna deux fois des yeux.

— Je vais te soulever, d'accord ?

Deux clignements.

Kim plaça une main sous son cou et la mit en position assise. Les muscles de l'adolescente ne supporteraient pas son poids, elle le savait. Après l'avoir bien calée contre elle pour l'empêcher de retomber en arrière, elle la prit par les aisselles et la souleva. Inerte, Lucy n'opposa aucune résistance, mais bien qu'elle fût très légère pour une fille de quinze ans, Kim dut se retenir de crier tant le bas de son dos lui faisait mal.

— Tu sais quoi ? Pour cette danse, c'est moi qui vais mener, dit-elle.

Elle installa Lucy avec précaution dans son fauteuil, puis approcha un tabouret et lui prit la main.

— Ça va ? Tu es blessée ?

Pas de réaction. Elle comprit vite le problème : elle avait posé deux questions en même temps.

— Désolée. Ça va ?

Deux clignements.

— Tu voulais joindre ton père ?

Deux clignements.

Elle lui pressa la main plus fort. Bon sang ! Cette gamine avait du cœur.

— Il va s'en tirer. Il a reçu un coup sur le crâne et il a dû partir à l'hôpital pour vérifier que tout allait bien, mais il va s'en tirer.

L'air soulagée, Lucy inclina légèrement la tête en avant.

— Lucy, je suis désolée, je ne comprends pas.

L'adolescente recommença avec agacement et un peu plus de vigueur.

— Ooooo, parvint-elle à articuler.

Kim éprouva la frustration de la malheureuse. Son cerveau fonctionnait parfaitement, mais son incapacité à communiquer ses pensées faisait de son corps une véritable prison. Lucy réitéra son geste en l'accompagnant du même son que précédemment. Ce fut pourtant l'intensité de son regard qui permit à Kim de deviner sa question.

— Tu veux savoir si je vais bien ? demanda-t-elle, la gorge nouée par l'émotion.

Deux clignements.

Elle contempla la main fragile qu'elle tenait dans la sienne. Sa vision se brouilla un instant, puis elle toussota.

— Je vais bien, Lucy, et c'est grâce à ton père, expliqua-t-elle en se rappelant les quelques précieuses secondes qu'elle avait gagnées lorsqu'il avait attrapé Wilks par la cheville. Il m'a pour ainsi dire sauvé la vie.

Les yeux de la jeune fille brillèrent de fierté.

— Il faut que je file, maintenant. Y a-t-il quelqu'un qui pourrait venir s'occuper de toi ?

Lucy cligna des yeux. Au même instant, la porte de la maison s'ouvrit et une voix féminine résonna dans l'entrée.

— Eh bien, je ne sais pas ce qui se passe encore de l'autre côté de la rue, mais…

Une femme gironde proche de la soixantaine s'arrêta à l'entrée du salon et croisa les bras.

— Vous êtes qui, vous ?

— Inspecteur Stone.

— Hmmm… Charmante surprise, dit-elle en se postant entre Lucy et elle. Tout va bien, Luce ?

Celle-ci dut acquiescer parce qu'elle s'écarta, les yeux cette fois rivés sur Kim.

— Où est William ?

— Il a dû partir à l'hôpital.

— Qu'est-ce que vous lui avez fait ? Il va bien ?

— Il va bien, oui, mais il restera probablement là-bas une bonne partie de la nuit.

— Heureusement que j'ai eu l'idée de jeter un œil ici au cas où, hein ? Bon, je vais brancher la bouilloire, et ensuite on se commandera un truc sympa à manger, Luce. Je te prendrai ta pizza préférée.

La femme disparut dans le coin cuisine sans cesser de parler.

— Je me demande vraiment à quoi vous jouez, entre la police, les ambulances, les tentes… Je pensais que tout ce cirque était terminé, mais non, il a fallu que vous remettiez ça ce soir…

Kim réprima un sourire puis rit franchement en voyant que Lucy levait les yeux au ciel.

— Il faut que j'y aille, OK ?

Deux clignements.

— Tu as besoin de quelque chose ?

Deux clignements.

Elle jaugea la situation. La voix retentissante de la femme s'échappait toujours de la cuisine. Comprenant brusquement ce que voulait Lucy, elle porta une main à son oreille droite.

Deux clignements.

Elle alla chercher l'iPod sur le rebord de la fenêtre et revint fixer les écouteurs sur les oreilles de la jeune fille. Puis elle posa la commande sur le bras du fauteuil, près de sa main.

— C'est bien ça ?

Deux clignements et une grimace malicieuse répondirent à sa question. Elle ne put s'empêcher de rire encore.

— Il faut que j'y…

Deux clignements.

Elle pressa le bras de Lucy et partit.

Alors que l'ambulance démarrait, une seconde voiture de patrouille se gara devant le foyer. Kim traversa la route, notant au passage le trou béant laissé dans la clôture par le passage des secouristes. On aurait dit une dent manquante.

— Dans le bureau au bout du couloir, juste à côté de la porte, il y a une bibliothèque, dit-elle aux policiers qui arrivaient. Une prothèse dentaire a été scotchée au dos. Mettez-la sous scellé et envoyez-la au labo.

Ils acquiescèrent et se dirigèrent vers le bâtiment. Puis tout redevint silencieux, sans plus aucune trace de ce qui s'était produit quelques instants plus tôt. Aucun repère pour indiquer que c'était là qu'elle avait failli perdre la vie.

Elle ne devait sa survie qu'à un collier équipé d'un dispositif d'alerte. L'objet tout bête qui accompagnait Lucy jour après jour.

Kim se figea tout à coup en prenant conscience de ce qui lui avait échappé, et une chape de plomb s'abattit sur elle tandis que les toutes dernières pièces du puzzle s'assemblaient.

— Non, pas ça, murmura-t-elle dans le noir.

— On a la prothèse, m'ame, lança un agent en réapparaissant avec son collègue.

Il lui restait du pain sur la planche, songea-t-elle. Il n'y avait qu'une seule personne en mesure de l'aider.

— Vous auriez l'amabilité de me prêter votre téléphone ? demanda-t-elle.

74

Lorsqu'elle arrêta sa moto sur la bande de terre, Kim se sentit un peu mieux. Elle s'était douchée, changée et avait astiqué sa Triumph, qui trônait à présent dans son garage, aussi flamboyante qu'une pièce de collection dans un musée.

Il n'aurait servi à rien d'essayer de dormir. Tout son être attendait que l'obscurité se lève afin de pouvoir revenir à Crestwood et en finir avec cette enquête.

Elle repéra Cerys au bas du terrain, juste devant l'ouverture percée par les secouristes quelques heures plus tôt.

Le soleil n'avait pas encore percé à l'horizon, mais il n'allait plus tarder.

— Vous ne mentiez pas quand vous m'avez appelée hier soir. On n'est vraiment que toutes les deux ? s'enquit l'archéologue.

— Oui.

Ce qu'elle s'apprêtait à faire risquait de lui coûter très cher. Les paroles de Woody résonnaient encore à ses oreilles. Pas question d'entraîner son équipe dans sa chute.

— J'ai vu Dan en quittant l'hôtel. Vous pourrez le lire dans son rapport, mais il a déjà confirmé que la prothèse que vous lui avez fait parvenir est bien celle de Louise Dunston.

Ce n'était pas une surprise, mais Kim la remercia. Puis Cerys pressa plusieurs boutons sur l'appareil qu'elle avait apporté et consigna quelques chiffres dans un petit carnet.

— Bon, tout est prêt. Vous êtes sûre qu'on va faire une nouvelle découverte ?

— Plus que je ne voudrais.

— Vous savez que rien de ce qu'on trouvera ici n'aura la moindre valeur au tribunal ?

Kim en avait conscience mais, si elle ne se trompait pas, cette partie de l'enquête ne déboucherait jamais sur un procès.

— Donnez-moi ça et expliquez-moi ce que je dois faire, dit-elle. Je crois que je vous ai assez ennuyée cette semaine.

— Je suis une grande fille, je sais prendre soin de moi. Et sans vouloir vous offenser, cet appareil vaut une fortune. Il n'est pas question que je vous laisse vous en servir.

— Cerys…

— Taisez-vous et filez-moi ce sac à dos.

Kim ramassa le sac et aida Cerys à enfiler les bretelles, puis elle accrocha la baguette métallique sur son épaule pendant que Cerys fixait le moniteur autour de sa taille.

— Je vous pensais plutôt du genre à vous habiller en Prada, dit-elle à la fin en reculant d'un pas.

Cerys ignora la plaisanterie.

— J'ai jeté un coup d'œil à la zone. Il y a beaucoup de débris sur le sol et il va falloir déplacer tout ça.

— Je suppose que c'est à moi de m'y coller ?

— Vous voyez quelqu'un d'autre ?

— D'accord. Par où commence-t-on ?

— Je vais d'abord sonder l'arrière du bâtiment. L'avant donne sur la route et les maisons d'en face. Si on recherche bien ce que vous supposez, cette partie-là aurait été trop visible de l'extérieur.

— Je peux vous aider, inspecteur ?

Kim se retourna. William Payne se tenait derrière la clôture, l'air pâle et fatigué.

— Comment vous sentez-vous ? demanda-t-elle.

— Tout endolori, répondit-il en souriant, mais il n'y a pas de gros dégâts. On m'a renvoyé chez moi il y a deux heures.

— Et Lucy ?

— Jugez par vous-même.

S'approchant de la clôture, elle put voir Lucy qui les observait par la fenêtre. Kim lui fit un petit signe, puis reporta son attention sur William.

— Je doute que vous soyez en état de…

— Inspecteur, j'ignore ce que vous faites ici aujourd'hui, mais Lucy et moi sommes désormais mêlés à cette histoire. J'aimerais vraiment vous aider. Ce n'était que des gamines, insista-t-il en la voyant hésiter. Des filles endurcies, abandonnées, négligées. Ce qu'elles ont fait à Lucy était mal, bien sûr, mais elles en ont pris conscience. Elles sont revenues s'excuser toutes les trois le lendemain.

— Et vous leur avez pardonné ?

— Peu importe. Lucy l'a fait.

Kim resta médusée.

— Votre fille est une véritable source d'inspiration, vous savez ?

— Oh, oui ! répondit-il avec fierté. C'est elle qui me donne envie de me lever tous les matins.

— Vous n'êtes pas si mauvais, vous non plus. Hier soir, si vous n'aviez pas réussi à desserrer mes liens et à faire trébucher Wilks…

— Il n'y a rien eu de courageux là-dedans, inspecteur. Je vous ai vue entrer dans le bâtiment et je suis venu vous demander si vous aviez besoin d'un coup de main. Et puis j'ai surpris Victor en train de creuser un trou…

Il rougit, sans finir sa phrase. Kim comprit qu'il avait été un héros par hasard, mais un héros quand même.

— Malgré tout…

— Arrêtons là. S'il vous plaît, dites-moi ce que je peux faire.

Elle sourit intérieurement. William Payne n'était pas homme à courir après les remerciements, les louanges et les marques de compassion.

— Très bien. Vous voyez cette poubelle près de la fenêtre ? Il faudrait qu'on y jette tous les débris qui pourraient interférer avec l'appareil de Cerys.

Il se mit au travail en commençant par la gauche, elle par la droite. Ils progressèrent ainsi depuis le périmètre délimité par la clôture en ramassant tout ce qui traînait.

— L'appareil fonctionne beaucoup mieux quand il y a moins de végétation, leur signala Cerys.

Kim regarda autour d'elle. À certains endroits, l'herbe leur arrivait aux genoux.

Elle se pencha, prête à arracher des touffes à la main, quand l'appareil émit un bruit. Elle se raidit et regarda l'archéologue reculer de dix pas, puis s'avancer lentement. L'appareil bipa de nouveau.

— Votre intuition était bonne, on dirait, annonça-t-elle en se tournant vers Kim.

75

Kim s'approcha de William et le débarrassa des touffes d'herbe qu'il avait arrachées.

— Je vais devoir vous demander de partir.

L'air blessé, il scruta la bande de terrain qui avait retenu l'attention de Cerys.

— William, insista-t-elle en lui prenant la main, rien de tout ceci n'est votre faute. Mettez-vous bien ça dans le crâne. Personne n'est mort à cause de vous. Les choses ont juste été présentées de façon à faire croire le contraire par un esprit tordu et sans scrupule.

Leurs regards se croisèrent. Il faudrait du temps à William Payne pour accepter cette idée.

— D'accord. Je vous laisse, inspecteur.

— Appelez-moi Kim. Et j'aimerais vous remercier pour tout ce que vous avez fait.

Il rougit, embarrassé.

— Maintenant, retournez auprès de votre admirable fille.

— Merci, inspect… Kim, répondit-il avec un grand sourire. J'y vais.

Elle attendit qu'il soit parti et rejoignit Cerys, qui avait reposé son appareil.

— Je ne sais pas ce qu'il y a là-dessous, mais ce n'est pas très profond, déclara la jeune femme, avant de lui tendre les clés de sa fourgonnette. Il y a des pelles à l'arrière. Allez les chercher pendant que j'installe des repères.

Kim courut jusqu'au véhicule. L'effet des antalgiques qu'elle avait pris un peu plus tôt se dissipait, et le bas de son dos l'élançait lorsqu'elle revint avec deux pelles. D'emblée, elle constata que la zone jalonnée par Cerys était plus petite que les précédentes.

L'archéologue consulta une dernière fois les relevés fournis par le magnétomètre et lui désigna un point sur le sol.

— Attaquez ici, mais doucement.

Elle enfonça la pelle et une vague de douleur la traversa de part en part, mais elle l'ignora pour se concentrer sur sa tâche. Au bout d'une demi-heure de travail silencieux, Cerys déclara :

— C'est bon, Kim, arrêtez et écartez-vous.

Le trou mesurait environ un mètre cinquante de long et quatre-vingt-dix centimètres de large, mais pas plus de trente centimètres de profondeur – soit moins encaissé que pour enterrer un animal domestique. Cerys en fit deux fois le tour avant d'y entrer pour continuer à y prélever d'infimes quantités de terre qu'elle rejetait sur le côté. Kim observait en silence l'avancée de plus en plus délicate du travail. Puis Cerys attrapa une petite truelle dont elle se servit pour racler une zone au centre du trou. À son troisième passage, quelque chose de blanc apparut. Elle en épousseta la surface avec un pinceau. Peu à peu, la tache claire s'allongea.

Accablée, Kim n'eut plus le moindre doute quant à la nature de leur découverte.

— C'est un bras, dit Cerys en faisant apparaître ce qui ressemblait à l'articulation d'une épaule.

— Et ça, qu'est-ce que c'est ?

L'archéologue passa un coup de pinceau sur l'os. Un morceau de tissu se dessina et le cœur de Kim se mit à battre sourdement.

— Dégagez-le un peu plus.

Cerys s'exécuta et elle poussa un juron.

— C'est ce que vous cherchiez ?

— Oui, dit-elle en reculant lentement. Cerys… il faut que…

— Allez-y. Je préviens vos collègues.

Kim fonça vers sa moto aussi vite que ses jambes le lui permettaient.

76

Kim s'arma de courage, puis frappa à la porte.

— Bonjour, inspecteur, dit Nicola Adamson en lui ouvrant. Entrez donc.

— Bonjour, Nicola.

— Vous êtes seule aujourd'hui ?

— Oui. Il faut que j'accorde un peu de repos à mon équipe de temps en temps.

— Mais pas à vous ?

— Bientôt. Très bientôt.

— Asseyez-vous, je vous en prie.

En prenant place avec elle sur le canapé, Kim remarqua l'objet qui y était appuyé et son cerveau enregistra cette fois l'importance de ce qu'elle avait aperçu lors de sa précédente visite.

— En quoi puis-je vous aider ? s'enquit Nicola.

Kim l'examina attentivement, mais son expression était franche et sincère. Elle ne décelait aucune trace de duplicité chez cette fille. Mince !

— Nous avons découvert un autre corps.

Nicola plaqua une main sur sa bouche, visiblement choquée.

— Oh, mon Dieu ! Non…

— Avez-vous une idée de qui il pourrait s'agir ?

La jeune femme se leva et fit les cent pas derrière le canapé.

— Je ne vois pas du tout qui…

— Y avait-il une quatrième fille dans le clan qui s'était formé autour de Louise Dunston ?

Nicola plissa le front, le mouvement de ses yeux laissant deviner qu'elle fouillait dans ses souvenirs.

— Non, inspecteur. Je suis sûre qu'elles n'étaient que trois.

Kim soupira et se leva à son tour, comme sur le point de partir.

— Peut-être que Beth penserait à quelqu'un ?

— Elle est allée faire des courses. Dès qu'elle rentrera…

— Vous en êtes certaine ?

— Évidemment, répondit aimablement Nicola.

— Alors pourquoi n'a-t-elle pas pris sa canne ? dit Kim en désignant l'objet accroché au dos du canapé.

Nicola posa dessus un regard perplexe. Profitant de sa confusion, Kim traversa vivement le salon vers la première porte qui se présentait à elle avec l'espoir de tomber sur la bonne.

— Si ça se trouve, elle n'est pas encore sortie. Peut-être qu'elle…

— Non, inspecteur, protesta Nicola. Beth n'aime pas…

Sa phrase mourut sur ses lèvres lorsque Kim entra dans la pièce. Elle la rejoignit sur le seuil et examina les lieux avec elle. Un lit simple composé d'un sommier à ressorts et d'un matelas, mais sans drap ni couette, y côtoyait une commode à deux tiroirs ainsi qu'une armoire. Kim s'approcha et l'ouvrit. Sept cintres vides pendaient à l'intérieur.

Toujours plantée sur le seuil, Nicola semblait horrifiée. Kim attendit une explication, mais la jeune femme continua à fixer la chambre vide, jusqu'à ce qu'une larme coule sur sa joue.

— Elle est encore partie, sans même me dire au revoir.

Kim la raccompagna vers le salon et la fit asseoir sur le canapé.

— Beth a déjà fait ça ? demanda-t-elle doucement.

— Oui. Elle n'arrête pas depuis qu'on a quitté Crestwood, répondit Nicola.

De nouvelles larmes lui échappèrent, qu'elle essuya avec la manche de son pull.

— Elle est toujours en colère contre moi, mais refuse de me dire pourquoi. C'est comme ça avec elle : un jour elle apparaît, un autre elle s'en va sans prévenir. C'est tellement injuste. Elle sait que je n'ai personne, à part elle.

Kim alla lui chercher quelques feuilles d'essuie-tout dans la cuisine. La jeune femme n'avait pas fini de pleurer.

— Vous rappelez-vous la dernière fois qu'elle est revenue ?

Nicola réfléchit un instant, puis renifla et hocha la tête.

— C'était il y a deux ans, quand j'ai eu une mononucléose infectieuse et qu'on a dû m'hospitaliser. Un matin, je me suis réveillée et elle était là, assise à côté du lit.

— Et avant ça ?

— Quand j'ai eu mon accident de voiture. C'était juste un accrochage, en fait, et je n'ai pratiquement rien eu, mais ça m'a vraiment fait peur sur le coup. Je n'avais pas le permis depuis très longtemps.

— Depuis votre départ de Crestwood, donc, elle va et vient dans votre vie. Vous avez une idée de la raison pour laquelle elle vous en veut ?

Nicola secoua la tête avec véhémence.

— Elle ne veut pas me le dire.

Kim perçut l'exaspération dans sa voix. Cette conversation s'annonçait plus difficile que prévu.

— J'ai besoin que vous vous rappeliez le jour de l'incendie, dit-elle en lui prenant la main. Je crois qu'il s'est passé quelque chose à ce moment-là que vous avez oublié. Pensez-vous pouvoir y arriver si je reste près de vous ?

— Mais il ne s'est rien passé…

— Tout va bien, Nicola. Je suis là. Racontez-moi étape par étape ce dont vous vous souvenez et on verra ensemble ce qu'on peut en tirer.

Nicola se pencha en avant, les yeux rivés sur le mur en face d'elles.

— Je sais qu'il faisait froid et que Beth et moi, on s'était disputées. Comme elle me faisait la tête, je suis allée dans la salle commune.

— Vous y avez trouvé quelqu'un ?

— Non, répondit-elle en plissant le front. Toutes les filles étaient sorties pour faire un bonhomme de neige.

— Et ensuite ?

— J'ai entendu des éclats de voix dans le bureau de M. Croft.

— Des éclats de voix ?

Kim lui pressa la main, mais en gardant le pouce sur son fin poignet. Le pouls de la jeune femme s'était accéléré.

— Plusieurs personnes parlaient de William. Apparemment, elles voulaient couvrir quelque chose. Elles disaient qu'il aurait des ennuis, qu'il irait en prison, et elles ont évoqué le sort de Lucy.

— Qui était là ?

— Il y avait M. Croft et Mlle Wyatt, qui s'affrontaient. Le pasteur Wilks s'exprimait calmement, en revanche, et j'ai reconnu Tom Curtis et Arthur Connop en arrière-fond.

Ils étaient cinq, songea Kim.

— Et Mary Andrews ?

— Elle était en congé maladie à cause d'une grippe.

— Que s'est-il passé ensuite ?

— Le pasteur a ouvert la porte et m'a aperçue. Il a eu l'air si furieux que je me suis enfuie.

Kim sentit la paume de Nicola devenir moite.

— Où êtes-vous allée ?

— J'ai rejoint Beth dans notre chambre. J'en avais assez qu'on soit en colère contre moi.

— Et qu'avez-vous fait ?

— Je lui ai dit… Je lui ai dit…

Nicola secoua la tête, le regard affolé tandis qu'elle sondait sa mémoire en espérant réarranger les événements du passé.

— Non, non, non, non, non…

Elle dégagea vivement sa main et recommença à faire les cent pas comme un animal en cage qui aurait cherché un endroit où se terrer. Sa panique grandissante rendait ses gestes de plus en plus rapides et frénétiques.

— Non, ce n'est pas possible, je n'ai pas pu…

Elle abattit les poings sur la table-bar de la cuisine, puis martela ses placards avant de commencer à se frapper elle-même. Kim courut l'attraper par-derrière et ramena ses bras sur le côté pour l'empêcher de se faire du mal.

— Qu'avez-vous dit à Beth ?

— S'il vous plaît, arrêtez, je ne peux pas…

— Nicola, il faut vous rappeler. Qu'avez-vous dit à Beth ?

La jeune femme tournait la tête dans tous les sens en essayant de se libérer, et Kim leva le menton afin d'éviter de recevoir un coup.

— Répondez-moi. Qu'avez-vous dit à votre sœur ?

— Qu'elle pouvait prendre ce fichu gilet si ça lui faisait plaisir ! cria Nicola.

Abandonnant brusquement toute résistance, elle s'effondra sur le sol. Le silence retomba dans la pièce. Les événements qui s'étaient produits dix ans plus tôt refaisaient enfin surface dans son esprit.

— Elle a accepté, n'est-ce pas ? dit Kim en s'asseyant par terre à côté d'elle.

— Oui.

— À cause de ce gilet, ils l'ont confondue avec vous.

— Oui. À un moment, je l'ai vue jouer dehors avec les filles, et puis je ne l'ai plus trouvée. J'ai interrogé tout le monde, mais on me répondait à chaque fois qu'elle n'était pas là. J'ai fini par aller l'attendre dans notre chambre. Elle n'est jamais rentrée. Plus tard, juste avant l'incendie, j'ai aperçu Teresa Wyatt et les autres dehors, par la fenêtre de la cuisine. Ils se tenaient tous autour d'un trou. C'est là que j'ai compris. Mais je ne savais pas quoi faire et j'étais terrifiée à l'idée qu'ils viennent me chercher, alors quand le feu a démarré, j'ai juste été soulagée qu'ils ne puissent plus s'en prendre à moi.

Beth aurait été incapable de s'enfuir, elle, songea Kim. Son genou ne lui permettait pas de courir quand il faisait froid.

— Quand votre sœur est-elle réapparue ?

— Il y a environ deux semaines, répondit Nicola d'une voix rauque.

C'est-à-dire après l'annonce du début des fouilles. Elle avait de nouveau eu peur en apprenant la nouvelle.

— Vous avez conscience maintenant que c'est vous qui l'avez fait revenir, n'est-ce pas ?

— Nooooon…

Son cri sonnait comme le gémissement d'un animal – une pauvre âme blessée qui se tordait de douleur. Sentant que Nicola s'efforçait d'échapper à ses souvenirs, Kim la serra fermement contre elle.

Il était encore trop tôt pour lui dévoiler quels crimes elle avait commis dans la peau de Beth. Elle le découvrirait elle-même, sous la direction d'un bon psychiatre.

Et tout en la berçant, Kim douta que cette jeune femme brisée dont la vie avait été entièrement régie par la culpabilité soit un jour en état de comparaître devant un tribunal pour y répondre des meurtres de Teresa Wyatt, Tom Curtis et Arthur Connop.

Au bout de quelques minutes, elle se détacha doucement d'elle.

Il était temps de passer un coup de fil.

77

William versa une goutte de lait froid dans le porridge et testa le résultat en y trempant son petit doigt replié. Parfait. Lucy serait contente, elle qui adorait ce plat.

Lavée et habillée, sa fille attendait son petit déjeuner. Il nettoierait ensuite la salle de bains et changerait les draps des lits. Puis le four aurait besoin d'un bon décrassage dans l'après-midi.

Il sourit. Les gens avaient pitié de lui et de la vie qu'il menait, mais c'était parce qu'ils ne connaissaient pas Lucy. Elle était son moteur au quotidien. Jamais il n'avait rencontré quelqu'un de plus courageux et attentionné qu'elle.

Il savait que son incapacité à s'exprimer clairement la frustrait au plus haut point et qu'à certains moments, elle était fatiguée d'essayer de traduire ses pensées par des mouvements oculaires. Mais ils avaient conclu un pacte. Quand cela n'allait pas, il lui demandait si elle en avait assez. Il lui avait promis des années plus tôt de toujours respecter ses souhaits et de ne pas prolonger sa vie juste par égoïsme.

Il lui posait donc la question et retenait son souffle en attendant la réponse. Les hésitations de Lucy se faisaient plus longues, et ses inspirations à lui plus profondes, mais jusqu'à présent elle n'avait jamais cligné des yeux qu'une seule fois. Il redoutait le jour où elle ne supporterait plus sa condition et où deux clignements lui répondraient. Aurait-il la force de tenir sa promesse ? Pour son bien à elle, il l'espérait.

Il chassa cette idée de son esprit. La veille avait été une bonne journée. Lucy avait reçu de la visite.

Il ne l'avait d'abord pas reconnue. La jeune fille s'était présentée sous le nom de Paula Andrews, et il l'avait dévisagée un instant avant de se rappeler la fillette qui venait jouer autrefois, avec sa grand-mère Mary. Il avait été sincèrement attristé d'apprendre le décès de cette femme qui avait été pour lui une véritable amie durant ses années à Crestwood. Ses funérailles avaient eu lieu quelques jours plus tôt et, bien qu'il n'eût pas assisté à la cérémonie, il avait observé le convoi funéraire depuis la fenêtre de sa chambre.

Lucy avait tout de suite reconnu Paula, ravie. Très vite, toutes deux avaient développé une forme de communication bien à elles, dont il avait été exclu. Jamais il ne s'était senti si heureux.

D'emblée, Paula avait eu le mérite de ne manifester aucune réaction devant la transformation physique de sa vieille amie. Il s'était retiré dans la cuisine, à la fois inquiet et résigné. Il n'empêcherait jamais personne de rendre visite à sa fille, mais il ne pouvait pas inciter les gens à revenir. Il s'était fait une raison : la protéger contre toutes les déceptions de l'existence était impossible.

Sans qu'il comprenne comment, les filles avaient trouvé un moyen de jouer à un jeu de plateau.

— Lucy Payne ! s'était exclamée Paula à un moment. Tu n'as pas changé, tu triches toujours autant !

Il avait entendu le gargouillis de Lucy – sa façon à elle de rire – et une brusque bouffée de joie l'avait envahi. Rassuré, il s'était risqué à passer une demi-heure dehors à arracher des mauvaises herbes entre les dalles. L'air frais du matin lui avait donné de l'énergie pour le restant de la journée.

Deux heures plus tard, Paula lui avait demandé la permission de revenir – permission volontiers accordée.

Il emporta le porridge dans le salon et s'assit sur le tabouret. Lucy avait bonne mine et le regard vif. Cette journée s'annonçait encore sous de bons auspices. La visite de Paula leur avait fait du bien à tous les deux.

— Tu n'en as pas marre de manger ce truc ?

Un clignement.

Il prit un air faussement désespéré qu'elle imita aussitôt – ce qui le fit rire. Puis il lui donna une cuillerée de porridge qu'elle mâchonna avec une petite grimace de contentement. Il lui en tendait une deuxième lorsqu'un coup de sonnette retentit.

Il posa l'assiette sur l'appui de fenêtre et alla ouvrir. La panique l'assaillit tout de suite à la vue de l'homme et de la femme vêtus de noir qui se tenaient sur le perron, lui portant un attaché-case et elle un sac en bandoulière. Il songea aux services sociaux, mais ils le prévenaient toujours avant de passer et aucune visite n'avait été programmée. Après le départ de son épouse, il avait dû batailler pour garder sa fille avec lui. Il avait surmonté un tas d'obstacles et s'était démené comme un beau diable afin de montrer qu'il était capable de prendre soin d'elle. Devant sa détermination, les assistants sociaux avaient changé leur fusil d'épaule et s'étaient efforcés de l'aider à éviter une séparation. Son emploi à Crestwood avait fait le reste. Malgré ça, la peur de perdre sa fille un jour continuait à le tenailler.

— Monsieur Payne ? Monsieur William Payne ?

— C'est moi.

La femme lui décocha un grand sourire et sortit une carte de sa poche.

— Je suis Hannah Evans, de la société Enterprise Electronics. Nous sommes venus voir Lucy.

— Mais… je ne… hein ?

Elle frotta ses mains l'une contre l'autre et souffla dessus pour les réchauffer.

— Monsieur Payne, pouvons-nous entrer ?

Il lui laissa le passage et Hannah Evans s'approcha aussitôt de Lucy pendant que son collègue allait s'asseoir et ouvrait son attaché-case.

— Bonjour, Lucy. Je m'appelle Hannah. Ravie de te rencontrer.

William trouva son sourire franc et chaleureux. Et contrairement à la plupart des adultes, qui usaient d'un ton condescendant avec sa fille, elle s'était exprimée d'une voix calme et amicale.

— Tu te sens bien aujourd'hui ?

Lucy cligna deux fois des yeux.

— Ça veut dire oui, expliqua-t-il.

— Je sais, monsieur Payne. C'est un signe très répandu chez les personnes qui ont des difficultés à communiquer.

Elle jeta un regard complice à Lucy, qui émit un gargouillement en retour.

— Euh… excusez-moi, mais je ne comprends pas qui vous êtes ni ce que vous faites ici.

— C'est très simple, monsieur Payne. Nous sommes spécialisés dans les technologies de pointe qui ne requièrent qu'un minimum d'effort physique de la part de leurs utilisateurs. Notre entreprise travaille à rendre la vie bien plus intéressante et passionnante pour les personnes aux capacités motrices réduites.

— Mais enfin…, balbutia William, totalement dépassé par les événements. Je n'ai pas les moyens de…

— Il me semble que ce problème a été réglé, répondit Hannah, avant de lever les mains pour prévenir toute objection. Cela n'est pas de mon ressort et j'ai reçu des instructions.

Il se retint de lui demander de le pincer. Aucune réponse à ses questions n'émergeait du brouillard de son cerveau.

Hannah se tourna de nouveau vers sa fille.

— Lucy, je n'ai qu'une question à te poser. Peux-tu au moins bouger un doigt ?

Deux clignements.

— Dans ce cas, je crois qu'on est en mesure de faire beaucoup de choses pour toi, conclut-elle d'un air réjoui.

78

Kim examina le plat devant elle et décida que tante Bessie[1] était une sale menteuse. La comparaison entre la photo sur la boîte et son dessert tout juste sorti du four ne laissait aucun doute : aucun glaçage, aucune décoration n'y ferait rien. Elle jeta l'emballage à la poubelle. Elle se sentait trahie.

— J'essaie, Erica, dit-elle en levant la tête vers le ciel. Je te promets que j'essaie.

Au même instant, quelqu'un frappa à la porte.

— C'est ouvert !

Bryant, en jean et sweat-shirt, entra avec un carton à pizza qu'il laissa sur le plan de travail.

— Tu nous as manqué au boulot, aujourd'hui, dit-il.

— Ce sont les ordres de Woody et, selon lui, j'ai intérêt à les respecter parce que j'ai épuisé mes dernières cartouches.

— Il a dit ça ?

---

1. Aunt Bessie, qui se traduit par Tante Bessie, est une marque anglaise de plats préparés surgelés. (*N.d.l.T.*)

Elle acquiesça et compta sur ses doigts.

— Apparemment, mon comportement m'a valu deux plaintes officielles. J'ai aussi ignoré ses instructions à trois reprises et je n'ai pas suivi les procédures… euh, autant de fois qu'il me reste de doigts.

— Aïe ! Ça a été violent ?

Après un instant de réflexion, Kim acquiesça.

— Assez, oui. Il avait beaucoup de choses à dire.

— Qu'est-ce que tu as répondu ?

— Qu'il manquait les ressorts de suspension sur l'essieu arrière de sa maquette.

Bryant éclata de rire et elle se joignit à lui. *A posteriori*, c'était sans doute drôle, supposa-t-elle. Mais c'était surtout sa façon à elle de remercier Woody. Elle ne se faisait pas d'illusions, elle aurait dû être virée. Il lui avait bien fait comprendre que seuls ses résultats lui avaient sauvé la mise. Il aurait suffi d'une mauvaise intuition parmi toutes celles qu'elle avait eues pour que le Bocal soit attribué à quelqu'un d'autre.

Cette enquête avait failli lui coûter ce à quoi elle tenait le plus dans la vie, et pourtant elle ne regrettait rien.

— Combien de temps t'a-t-il donné ?

— Un mois, grogna Kim en sortant deux tasses d'un placard.

— La vache ! Comment tu vas tenir ?

Elle l'ignorait, mais Woody lui imposait quatre semaines de congés durant lesquelles elle avait l'obligation de parler à un psychiatre si elle ne voulait pas être suspendue.

— Tu penses qu'il ne mettra pas sa menacc à exécution, hein ?

— Oh, si ! dit-elle en se rappelant la mine déterminée de son supérieur. Il le fera sans hésiter.

— En attendant, tu seras contente d'apprendre que Richard Croft était en bien meilleure forme quand je l'ai vu tout à l'heure.

— Ah oui ?

— Du moins il l'a été jusqu'à ce que je lui récite ses droits.

Dommage qu'elle ait raté ça…

— Sa femme était là, au moins ?

— Et comment ! Elle a d'abord eu l'air d'un chameau constipé, mais ça n'a pas duré. Elle a vite ramassé ses papiers et son ordinateur en déclarant que nous aurions bientôt des nouvelles de son avocat.

— Nous ?

— Disons plutôt Richard. Je pressens un rapide divorce.

— Et lui, que t'a-t-il raconté ?

— Il a confirmé que Wilks était bien l'assassin de Beth. Les autres l'ont juste aidé à enterrer le corps. D'après lui, Teresa Wyatt a eu l'idée de provoquer l'incendie pour embrouiller les archives et empêcher de distinguer les filles qui avaient fugué de celles qui avaient déjà été transférées.

— Tu l'as cru ?

— Je ne sais pas, et ça n'a pas vraiment d'importance. Il prendra un bon avocat, mais il ira en prison, c'est certain. Surtout, la vie qu'il a toujours connue est terminée. Il a perdu sa femme, sa maison, sa carrière et probablement aussi ses enfants.

Kim garda le silence. Qu'aurait-elle pu dire ? Richard Croft la révulsait. Il pouvait s'estimer heureux de s'en être sorti vivant.

— Tu crois que Victor Wilks est foncièrement mauvais ? demanda Bryant, pensif. J'ai bien conscience de ce qu'il a fait, mais il a aussi beaucoup travaillé pour le quartier de Hollytree. Peut-être que tout n'est pas pourri chez lui.

Parfois, son collègue tenait des propos inattendus pour un homme de son âge, et elle regretta de devoir lui expliquer que le père Noël n'existait pas.

— Non, Bryant. Il était attiré par les endroits qui n'offraient plus aucun espoir aux gens. Des endroits désolés qui lui permettaient de s'imposer comme une source de lumière au milieu de la noirceur. C'était sa véritable gratification, son délire mégalo. Il couchait avec des gamines effrayées et vulnérables afin de satisfaire un besoin physique, et il choisissait pour ça des environnements où les accusations de viol seraient bien plus difficiles à étayer et où on se débarrassait vite de ceux qui causaient des problèmes. Non seulement il a tué ces filles, mais il a aimé ça. Il l'a fait parce qu'il le pouvait et parce qu'il estimait légitime d'abréger les jours de quiconque se dressait en travers de son chemin. Il y a sans doute eu d'autres victimes originaires de Hollytree et, même si c'est dur à avaler, on risque de ne jamais les découvrir toutes.

Dans ce quartier en expansion, on avait enregistré dix-huit fugueuses depuis le retour de Wilks, deux ans plus tôt. En y ajoutant les disparitions non signalées par des proches inattentifs ou indifférents, le chiffre pouvait sans doute être multiplié par deux.

— Le salaud, marmonna Bryant.

Kim était bien d'accord, mais elle se consola à l'idée que Victor Wilks ne retrouverait plus jamais la liberté.

— Et la voiture ? demanda-t-elle.

— Elle était dans un garage appartenant à Nicola Adamson, derrière son immeuble. Une Audi blanche avec l'aile avant cabossée.

Elle secoua la tête. Malgré ses efforts, elle ne parvenait à éprouver aucune compassion pour Teresa Wyatt, Tom Curtis, Richard Croft ou Arthur Connop. Avec Victor Wilks, ils avaient caché la mort de trois jeunes filles et empêché que justice leur soit rendue pendant dix ans, tout ça pour protéger leurs sordides secrets. Chacun avait trouvé le moyen d'aggraver les maltraitances qu'elles avaient déjà subies. Pis encore, ils étaient partie prenante de la mort d'une autre innocente, dont le seul crime avait été de vouloir porter le gilet rose de sa sœur.

— Un truc m'intrigue, Kim. Qu'est-ce qui t'a fait penser qu'il y avait deux tueurs distincts ?

— Le mode opératoire. À mesure qu'on déterrait les filles, il devenait évident qu'elles avaient été tuées par quelqu'un de costaud, alors que ce n'était pas le cas des meurtres commis ces derniers jours. Maintenir Teresa Wyatt sous l'eau ne demandait pas un gros effort. Tom a été égorgé par-derrière, Arthur, renversé par une voiture, et Richard, poignardé dans le dos. Autant de méthodes qui exigent de la ruse, de la patience et de la rapidité, pas de la force physique.

— Et le feu qui a pris chez Teresa ? À quoi rimait-il ?

— Le sol était recouvert d'une fine couche de neige, Bryant. Sans cet incendie, il y aurait eu beaucoup d'empreintes à relever, dont celles laissées par la canne, mais deux véhicules de sapeurs-pompiers, huit hommes et un jet d'eau puissant ont vite tout effacé.

— Intelligent.

— Oui. Raison pour laquelle il ne pouvait s'agir que d'une femme.

— Sauf qu'elle s'est fait pincer.

— Par une autre femme.

Bryant lui concéda ce point de mauvaise grâce.

— À ton avis, enchaîna-t-il, comment Nicola réagira-t-elle quand elle comprendra ce qu'elle a fait ?

— Ce n'est pas elle qui a commis ces meurtres, mais Beth.

— Sérieux ? Tu le crois vraiment ?

Par chance, Bryant n'était pas un homme bien compliqué.

— Absolument.

— Quand même, ça ressemble à un épisode d'*X-Files*.

— Nicola ne faisait revenir Beth que dans les moments difficiles, quand elle était malade ou effrayée. Son subconscient se servait d'elle comme d'un doudou, si on veut. Elle n'a jamais accepté la mort de sa sœur et elle a rayé cet événement de sa mémoire afin de pouvoir continuer à vivre. Ça la protégeait de la culpabilité. Mais lorsqu'elle entrait dans la peau de Beth, le passé refaisait surface. Seul son alter ego avait accès à ces souvenirs.

Nicola n'avait pas conscience de faire revivre Beth, Kim en était certaine. La jeune femme n'avait pas joué la comédie.

— Essaie d'imaginer quelqu'un dont la psyché se divise en deux. Nicola avait le contrôle de ses activités quotidiennes, elle vivait normalement, sauf que quelqu'un d'autre pilotait son subconscient.

— Nan, je gobe pas ces histoires, moi. Et ça m'étonnerait qu'un jury le fasse.

Peut-être, pensa Kim, mais il était peu probable que Nicola soit un jour déclarée mentalement apte à être jugée. Le combat que se livraient en elle ses deux personnalités avait transparu sur les scènes de crime de Teresa et Tom. Dans les deux cas, elle avait fait en sorte que la police soit rapidement présente sur place. Comme si une partie d'elle-même avait voulu qu'on l'arrête.

Cette femme n'était pas une mauvaise personne, et son châtiment surviendrait le jour où elle se rappellerait tout.

Kim savait par expérience que la culpabilité propre aux survivants avait le pouvoir de façonner un esprit – voilà pourquoi elle tenait ses souvenirs personnels loin de la surface.

— Comment Wilks a-t-il réussi à rester en vie ? demanda Bryant.

— Il a eu plus de chance que de jugeote. Il était le suivant sur la liste et elle l'aurait eu, lui aussi.

— Il y a une chose que je ne pige toujours pas. Comment se fait-il que personne ne se soit rendu compte qu'il manquait une jumelle ?

— C'était la pagaille dans les archives, Bryant. Rappelle-toi, la majeure partie des pensionnaires avaient déjà quitté Crestwood. Les dossiers des fugueuses n'étaient pas à jour et, le soir de l'incendie, presque tout le monde a dressé sa propre liste pendant que des ambulances emmenaient les filles à l'hôpital. Le chaos régnait – un chaos *voulu*. Il n'y a pas eu une liste identique à une autre ce soir-là.

— Mais pourquoi Nicola n'a-t-elle rien dit ?

— La pauvre gamine était terrifiée. Elle s'est persuadée que Wilks et les autres s'apercevraient de leur erreur et qu'ils reviendraient lui régler son compte.

— Et Mary Andrews ? Tu penses qu'elle a été tuée par Nicola, ou Beth, ou je ne sais qui d'autre habitant son esprit ?

— Non. Rien ne suggère qu'elle soit morte d'autre chose que d'un cancer. Mary était la seule à n'avoir été ni présente ni mentionnée ce jour-là. Nicola n'avait aucune raison de s'en prendre à elle.

Kim soupira.

— Je crois que cette femme était l'unique personne en qui les pensionnaires pouvaient avoir confiance. À part elle et William, qui travaillait de nuit, tous les employés de Crestwood les ont maltraitées. Et on s'étonne après qu'elles n'aient pas été des enfants de chœur ?

— Je te trouve très charitable avec elles.

Elle songea à insister pour défendre son point de vue, puis se ravisa. Bryant croyait qu'un code moral était ancré en chaque personne dès la naissance, que cela relevait de la génétique, au même titre que la couleur des yeux ou la taille. Kim était convaincue du contraire. La conscience et l'usage qu'on en faisait découlaient d'un apprentissage, des bons exemples qu'on vous donnait à suivre et des modèles qui s'offraient à vous. La perception de la différence inhérente entre le bien et le mal s'affinait au cours de la vie, elle n'était pas préimprimée dans le cerveau.

Le milieu social de Tracy, Melanie et Louise avait eu pour effet de pervertir définitivement ce code de valeurs – cela expliquait pourquoi les enfants maltraités devenaient souvent des adultes maltraitants. Bryant n'adhérerait jamais à ce raisonnement, mais elle savait de quoi elle parlait. Une parenthèse de trois ans lui avait sauvé plus que la vie.

Il avala une gorgée du café qu'elle lui avait servi.

— Hé ! Qu'est-ce qu'il y a entre le doc et toi ? J'ai senti le courant passer entre vous.

— Bryant…

— Allez, Kim. Avec un peu plus de temps, vous auriez fait des étincelles.

— Rappelle-moi ce que provoquent les étincelles ?

— Du feu ?

— Et as-tu jamais vu un feu qui ne causait pas de dégâts ?

Il réfléchit un instant.

— Il n'y a vraiment pas de réponse à cette question.

— Voilà.

— Ce n'est probablement pas plus mal, dit-il, songeur. Le doc te ressemblait un peu trop. Bon Dieu ! Imagine un peu vos enfants…

— Bryant, je crois que tu ferais mieux de te mêler de tes affaires.

Il y avait des moments où elle se disait que son collègue la connaissait trop bien. Et, de fait, qui sait ce qui arriverait si elle revoyait Daniel un jour ?

— Ouais, je devrais sans doute, mais ne compte pas là-dessus.

Elle sourit puis demanda, pour changer de sujet :

— Comment ça va au chenil de Battersea ?

— Les petits vont bien. Ils seront tous adoptés. Ma nièce aura Pebbles. Bam Bam ira chez notre voisin. Yogi a été réservé par la meilleure amie de ma fille et Boo Boo par la sœur de Stacey.

— Tu n'as quand même pas infligé définitivement des noms pareils à ces pauvres créatures ?

— Non, c'est juste pour qu'on puisse les différencier en attendant.

— Et la mère ?

— Je la garde. Elle n'a que quatre ans et le véto estime qu'elle a déjà eu trois portées. Elle a suffisamment travaillé.

L'espace d'une seconde, une toute petite seconde, Kim eut envie de serrer dans ses bras ce grand ours au cœur gros comme ça. Il était son collègue et son seul véritable ami.

Mais elle laissa passer l'instant.

— Bon ! Venons-en au but de ma visite, dit-il en descendant de son tabouret. Tu as fini, hein ?

— Oui, j'ai fini.

Il se frotta les mains.

— Je peux, je peux, je peux ?

Elle éclata de rire devant son impatience enfantine. Pendant qu'il fonçait vers le garage, elle jeta ses gâteaux à la poubelle et plongea son moule dans l'eau chaude savonneuse.

— Euh, Kim…, dit Bryant en revenant. Elle n'est pas là.

— Vraiment ?

Il s'appuya contre le cadre de la porte, les bras croisés.

— Tu l'as vendue, hein ?

Elle ne répondit pas.

— Mais tu adorais cette moto ! Ça faisait des mois que tu bricolais cette foutue bécane pour pouvoir un jour rouler avec. Je ne comprends pas. Elle comptait plus que tout pour toi.

— Certaines choses comptent encore plus, c'est tout.

Elle essuya et rangea son moule, indifférente à la mine perplexe de son ami.

Il pouvait bien s'interroger sur les raisons de sa décision. Elle-même les connaissait parfaitement, et rien d'autre n'avait d'importance.

Lettre d'Angela

Tout d'abord, je tiens à vous remercier du fond du cœur d'avoir choisi de lire *Le Pensionnat des innocentes*. J'espère que vous avez aimé cette première aventure de Kim et que vous éprouvez pour elle la même chose que moi. Bien qu'elle ne soit pas toujours parfaite, c'est quelqu'un que l'on souhaiterait avoir comme alliée.

Si vous avez aimé ce livre, je vous serais à jamais reconnaissante d'écrire une critique à son sujet. Outre que j'adorerais savoir ce que vous en pensez, cela aiderait peut-être d'autres lecteurs à découvrir l'un de mes livres pour la première fois. Ou vous pourriez aussi le recommander à vos amis et à votre famille…

Un roman ressemble d'abord à une graine qui germe et grandit, à force de regarder et d'écouter les gens autour de soi. Chaque personne est unique, et nous avons tous une histoire propre. J'aimerais pour ma part réussir à en raconter autant que possible, et je fais le vœu que vous vous joigniez à Kim Stone et à moi-même dans nos voyages, quel que soit l'endroit où ils nous mèneront.

Je serais donc ravie de lire vos impressions. Vous pouvez me les communiquer *via* Facebook, Goodreads, Twitter ou mon site internet.

Merci beaucoup pour votre soutien, je l'apprécie énormément.

Angela Marsons

www.angelamarsons-books.com
www.facebook.com/angelamarsonsauthor
www.twitter.com/WriteAngie

Cet ouvrage a été composé et mis en page
par Nord Compo à Villeneuve-d'Ascq

Imprimé en France par CPI
en mars 2021
N° d'impression : 2056529

Pocket – 92 avenue de France, 75013 PARIS

Suite du premier tirage : mars 2021
S29739/04